JN204521

クリス
ディック
スーリンディア
エメリン

Kill Time Communication Presents
Beginning Novels Series

To live as "Master of Timpo"

Story by Oumi Oujin
Illustration by sabet

Contents

序章　突然の追放

人族の住む領域の最北端にある街、ナローカント。

その城壁の上から、荒廃した大地を見下ろす。

数十キロ先まで続く、瘴気を吹き出す沼地。ねじくれた植物の繁茂する藪。蠢く魔物の影。

空は常に暗澹として、吹く風は冷たく、空気には僅かな毒素を含んでいる。

「ここからは魔族の支配地域となる。今までのようにはいかないだろう」

俺——賢者ディック・スティッフロッドは、仲間たちに呼びかけた。

勇者アラメアと俺を含む七人の仲間は、魔王を打倒するための旅を続けている。

その中でも最年長の俺は、一歩引いた位置からまだ未熟な勇者のサポートに徹している。

人類最強の賢者。勇者の選定者。さまざまな肩書きを持ってはいるが、ちょっと物知りで便利屋なおっさんと思ってもらえていれば充分だ。

これから向かう「魔族領域」は険しい環境だ。

環境に順応した魔物の強さもこれまでの比ではないし、物資の調達も困難だ。協力者がいる保証もない。

仲間の中で魔族領域での長距離行軍を経験しているのは俺だけなので、責任は重大だ。

今まで以上に気を引き締めていかねばならない。

俺の言葉に、アラメアが頷く。

「そうだね。街に泊まることもできないだろうし、野宿が続くのかな」

「お風呂にも入れませんね。水浴びも難しいでしょうか」

勇者アラメアが呟いた言葉に、僧侶イリナが天然気味に答える。

その年頃の娘らしい感想に、俺は思わず顔を綻ばせた。

そんなことを考える余裕があるうちは、まだ幸せだろう。

「水は貴重だ。左様な目的で無駄にはできぬ」

「水浴びは難しいでしょうけど、飲み水は切らさないように頑張りますよ！」

東国から来た剣士ウヅキはイリナを言葉少なに諌める。

そこに俺の姪で弟子でもある魔術師エメリンがフォローを入れる。

「ああ、俺もお前たちが渇くことのないように尽力しよう。この杖にかけてな」

仲間たちを安心させようと、俺は笑みを浮かべて言った。

魔力さえあれば飲み水は作れるが、問題はその配分だ。

戦闘中に魔力切れを起こせば最悪の場合、死に繋がる。

まだ未熟なエメリンには難しいかもしれない。俺が彼女の分まで補えるように、効率よく魔法を使おう。

そんなつもりで言ったのだが、仲間たちは目を丸くして沈黙した。

む？　何か変なこと言ったか？

「杖にかけて……ねえ……？」

元盗賊の吟遊詩人オリビアが、目をすがめて俺を睨んだ。

「ええと……別に、ディック殿は変な意味で言ったわけではないと思うのだが……」

女聖騎士カティナがよく分からないフォローを入れる。

いや、そもそも変な意味ってなんだよ。

「申し訳ありません。これ以上の侮辱を受けては、この旅についていくことが困難です……」

「キアラ！　君が出て行くことはない！」

「しかし……」

エルフの精霊使いキアラが悲しそうな顔で嘆息し、アラメアが彼女を引き止める。

んん？　なんでそんな話になってるんだ？

「いやいや、諸君らが過剰に気にしているだけで、きっとディック殿は全くそんなつもりは……」

「いいや、私も我慢の限界だ。それに、今回ばかりの問題ではない」

「アラメア、あんただってそうだろう？　あんたが言わないなら、あたしから言わせてもらうよ！」

「くっ……」

不穏な空気になってきた。

みんな、何をそんなに深刻そうにしているんだ。

こういうとき、女子の中に一人だけ中年のおっさんだと輪に入れなくて辛い。

「賢者ディック、すまない。あなたにはパーティを抜けてもらいたいんだ」

「は？」

「リーダーとして、これ以上の不和は見過ごせないんだ。こんなタイミングでの勧告になってしまって、申し訳ないとは思っている」

「え？　俺、何かやったか？」

アラメアの言葉に、頭が真っ白になった。

え？　仲間から外れろって？

散々、魔族領域は危険だと言っていたのに、なんで態々突入寸前で賢者を外すんだ？

「何かヤった後じゃ遅いから言ってんだよ！」

「オリビア、何の話だよ……お前さ、他の仲間にも分かるように、はっきり言ってくれないと」

「ディックさん！　これ以上はやめてください！」

イリナが真っ赤になって大声を出した。控えめな彼女にしては珍しいことだ。

「師匠、実は、何度も師匠以外で話し合ったことなんです」

「すまない。ディック殿、どうにかあなたが抜けないで済む方法を見つけたかったのだが……」

エメリンとカティナがすまなそうに言う。

「賢者ディック、分かっていると思うが、このパーティで男はあなた一人だけなんだ」

「ああ、まあ、そうだな」

「他は皆、若い女性ばかりだ。それに、私はともかく、皆容姿に優れている。こちらから言われる前に自分で考えて欲しかったんだけどな」

「いや、アラメア。お前だって美人だろ」

「くっ……そういうことは言わなくてもいいんだ！」

アラメアは俺から目を逸らす。

ぽつりとイリナが「セクハラ……」と呟くのが聞こえる。

「ディックさん……どうせ、私たちを淫らな目で見ているのでしょう？　知っているんですよ。人間の男は、いつも、こ、股間を膨らまし、女をお、おか……いやらしいことをしたいと思っているって、人族の書物に書いてありましたから……」

「いや、それ、読んだ本が偏りすぎだぞ」

おぞましげに身を震わせるキアラにつっこむが、答えてもくれない。

「実際にさ、あんた、あたしたちを見て勃起(ぼっき)してるんだろ。コソコソ用足しに行くフリをして抜いてるのを、この目で見たんだからね」

「いや、見るなよ。っていうか、それ生理現象だから」

「天使の法衣とか、水精霊の羽衣とか、ドライアドローブみたいな、スケスケだったり、布地が少ない服を装備した直後にだよ。何をオカズにしてるのか丸分かりなんだよ」

「そりゃたまたまだろ」

ひどい邪推をされた。

むしろ俺はオリビアが他人のオナニーを覗くような奴だってことがショックだよ。

「あと、あんた街に着くたびに娼館に行ってたよね」

「そりゃあ行くこともあるだろ。それにしたって毎回じゃねえよ」

「賢者ともあろうものが……」

「……クズ」

「下衆め」

「師匠……」

「ディック殿……それならそうと、言ってくれれば……」

「穢らわしい。穢らわしい。穢らわしい」

自慰も娼婦もダメって、どうすりゃいいんだ。

仲間内で間違いが起こらないように、娼婦や行きずりの女や自慰で済ますのは悪いことじゃないだろ。

誰だって、仲間同士の色恋沙汰でギスギスしたくはないはずだ。

「ディック殿、宿ではいつもエメリン殿と同室だったな」

「そりゃあ、まあ、家族だし」

「お主の言う家族とは、毎夜身体を弄って嬌声(きょうせい)を上げさせる関係のことか」

「ウヅキさん、だからそれは、師匠が私の魔力回路を強化するために……」

「エメリン。そう言うように口止めされているんだろう？　無理をするんじゃない」

「だから、それも誤解なんです！」

エメリンへの魔力調律に関しては、これまでも説明したはずだったのに、この反応だ。

魔法使いの師弟としては普通の修練法だというのに。

「すまない……万が一、本当にディック殿が私たちに欲情していたとしても、私一人で相手をするから大丈夫だと説得したのだが……」

「カティナ……それ、かなり斜め上の発想だよな」

「カティナさん！　何度も言っているけど、あなたが犠牲になる必要はないんだ！」

散々な言われようだ。まさか自分が誰彼構わず発情する猿だと思われていたなんて。

俺だって性欲はあるが、相手と時と場所くらいは考えている。それこそ仲間といる間は『賢者タイム』でいられるように努力してきたのに。

「どうか分かって欲しい。決して、あなたの賢者としての能力を疑っているわけじゃない」

「うーん……でも、人格は疑ってるってことか」

「ああ、すまない。その通りだ」

「……うん」

「無論、一切信頼に値せぬ」

「人間の男なんて、信じられるわけないのよ……」

「っていうか、キモいんだよ」

最後に放たれたオリビアの一言が効いた。

不意打ちに言葉のナイフで刺してきた。さすが元盗賊。クリティカル率高いな。

「正直な話、襲われるかもしれないと思ったことは一度や二度ではないんだ」

アラメアは切実そうな表情で言った。

「魔族の領域で野宿なんてしたら、誰も助けてはくれない。

あなたがもし仲間たちの生還を盾に身体を要求してきたら、私たちは断ることができないだろう」

「そんなことはしない」

「ああ、おそらくしないだろう。今までもしなかったし。でも百パーセントじゃない。これからのことは分からない。だから、みんな恐れているんだ」

俺は言葉に詰まった。

アラメアだけじゃなく、それが仲間たちの総意なんだな。否定や反論もできたはずだが、それ以前に俺は心が折られていた。

「賢者ディック。あなたは強すぎる。あなたは、私たちの生殺与奪の権を握っているんだ。それが私たちにとって、どういう意味を持つのか、どうか考えて欲しい」

真摯に、アラメアは俺に呼びかけた。

俺はアラメアを勇者として見出した選定者だった。

俺はエメリンの叔父で、師匠だった。

俺はパーティの要で、問題の解決役だった。

俺は、みんなの仲間のつもりだった。

今まで、自分が恐れられていたなんて、考えたこともなかった。

アラメアと出会って今までの出来事が脳裏に去来する。

彼女が聖剣を抜いた場に立ち会い、勇者であると認定したのが全ての始まりだった。

身寄りのない彼女が、各国の王侯貴族の操り人形にされないよう、選定者として後ろ楯になった。

俺が中心になって、各国の協力を取り付け、勇者を支援するシステムを作った。

人類最強という箔が、彼女を守ると信じていた。

エメリンを育てる傍ら、勇者の教育にも力を入れた。

俺が直接剣の技を教えることはなかったが、自ら世界中に足を運んで、彼女の剣の教師として、多種多様な剣術の使い手を招聘した。

教師以外にも、旅に必要な多くの協力者と顔を繋いだ。

今いる仲間は、ほとんどが俺が自ら各勢力に頭を下げて、勇者を補佐するために集めた人材だった。

自ら追いつめられる布石を置いていたのだと考えると、どこか滑稽にも感じる。

「分かった。アラメア、みんな、今まで世話になったな」

「理解してくれて助かるよ。賢者ディック、こちらこそ、今までありがとう。あなたへの恩は決して忘れない」

勇者アラメアが俺に頭を下げる。

やれやれ、何度も見てきたアラメアのつむじも、これで見納めか。

そんな冗談が脳裏に去来する。

反射的に彼女の頭を撫でようとして、手を止めた。

こういうのも、セクハラかもしれんな。

「とりあえず、俺は荷物をまとめて、別の宿を取る。宿が決まったらまた連絡する。せめて出発くらいは見送らせてくれ」

そう言い残し、踵（きびす）を返した。

背後で何やら言い争うのが聞こえる。

去り際までそんな調子では、心配になってしまう。

結局、俺を追い出すという決定は覆らなかったようで、誰も引き止めたり、追いかけてきたりはしなかった。

その後、適当に別の宿を取ると、元仲間が泊まっている宿に伝言を残した。

荷物を解いてひと心地ついたところで、羊皮紙とペンを取り出す。

過去、何度か魔族領域を旅した経験から、諸注意をメモしておくためだ。軽い忠告だけにするはずが、最終的には本にできそうな厚さになってしまった。

やはり魔族領域はヤバい。あいつらが俺なしであそこに踏み込むんだと思うと、心配になってくる。

俺は仲間たちをエロい目で見るより、親戚のおっさんのつもりで見守る方が性に合ってるようだ。

紙束に簡単な表紙をつけて紐で綴じていると、ノックの音が聞こえた。

「失礼します、師匠」

入ってきたのは、俺の可愛い天使だった。

もとい、姪のエメリンだった。

長い黒髪のお下げ、温かみのあるこげ茶色の瞳、小柄な体躯（たいく）を魔女らしい衣装で包んだ、可愛らしい少女。

殺風景だった部屋も、彼女が入ってきただけで、どこか華やいだような気がする。

彼女には父親がおらず、母親である俺の姉もふらふらと世界中を飛び回っている。

だから、叔父であり師匠である俺が彼女の親代わりでもあった。

しかし、パーティを追い出された今、その役目を全うすることは難しそうだ。むしろそろそろ俺も子離れというか、姪離れするべきなのだろうか。

「一人だけで来て大丈夫か？」

「師匠が悪い人じゃないのは、私が一番知ってますから！」

頭を撫でてやると、俺に抱きついてきた。

やれやれ、いつまでも子供だな。

「ちょうどいい。さっきできたところだ」

「『魔族領域の手引書』……これは⁉」

「未経験でいきなり突っ込むのは危険だからな。少しでも知識があった方がいい。俺はお前たちに死んで欲しくないからな」

「ありがとうございます、師匠」

エメリンは花が綻ぶようににっこり笑う。

化粧っけがなく、野暮ったいお下げ、地味なローブ姿。それでも笑顔になるだけで、数割増し可愛く見える。

家族としての贔屓目もあるが、エメリンは美人に育っている。

彼女の父親には会ったことがないが、美人の母親に似てくれてよかった。

「俺はこれから、何もしてやれんからな……」

「師匠……」

エメリンが不安そうな顔になる。

「大丈夫だ。お前は優秀な弟子だ。魔法能力も順調に育っているし、賢くて機転が利く。あと足りないのは経験くらいだ。死なないことにだけ気をつけて、何度もこの街に戻ってきなさい。助言くらいはしてやるさ」

「はい、師匠」

「そうだ。お前にやるものがある」

「はい？」

「服を全部脱いで、そこのベッドにうつ伏せになりなさい」

「えっ⁉　ええええええっ⁉」

エメリンは真っ赤になり、恥ずかしそうに躊躇する。

いや、オムツ換えてた頃から見てるんだから、今更恥ずかしがるなよ。

何度か促すと、彼女は酷く緊張した面持ちで全裸になり、俺のベッドに寝そべった。

「あ、あの……ふつつかものですが……」

「それは知ってる」

「し、師匠……できれば、優しくしてください」

「どうかな。俺も初めてだから、痛くないように入れられるかは分からん」

「ひうっ⁉　わ、わかりました……でも相手が師匠なら、ディックおじさまなら、大丈夫です……」

エメリンには何度も魔力譲渡やら整流やら、色々な魔力調律法を施してきた。しかし、さすが(さすが)に、魔力の完全継承はやったことがないからな。

というか、大半の師匠ってもんは一生に一回やるかどうかくらいだろう。

エメリンの腰――魔力回路の重要経路が集中する箇所に触れた。彼女はびくりと身を震わせる。

「おじさま……」

「安心して俺に全部任せてればいい。俺の全てを、ここに注ぎ込んでやる」

「はい……おじさまの、いっぱい、中にください」

エメリンはぎゅっと閉じていた脚をわずかに開く。

ふむ、緊張が少しほぐれたか。

強ばっていた魔力の流れがスムーズになっている。この方が魔力が馴染みやすいから、ちょうどよい。

時間がかかりそうだし、俺ももう少し楽な姿勢でやるとするか。

「いいか、入れるぞ？」

「あ、あの、おじさま！」

俺はエメリンの脚の間に座り、腰を両手でつかむ。

「うん？」

「私、おじさまのこと、ずっと、ずっと好きでした！」

「うん、そうか。そりゃあ、ありがとう」

「えへへ……あの、もう大丈夫ですから、どうか一思いにやってください」

ふむ？

まあ、俺は賢者ではなくなるしな。エメリンにとっての大好きな師匠ではいられなくなる。それは少し寂しい気もするな。

だが、これが師匠としてできる最後の仕事だ。ちゃんとやり遂げなくては。

「あっ！　あ……あれ？　なに、これ……なにか、入ってくる……」

俺はエメリンに自分の持つ魔力を注ぎ込む。

いや、魔力だけじゃない。魔力に乗せて、経験や知識、呪文のレパートリー、継承可能な特殊能力の全てを与える。

「あ……あぅ……おじさま……どうして、こんな……」

二十分か、三十分か。そのくらいで全てが終わった。

俺は賢者としてのレベルやスキル、全ての能力を失った。

変換の際に多少の目減りはしたが、それらはエメリンの中に生きている。

魔法での感知はできないが、肌で感じる魔力の流れから考えて、エメリンは一気にレベルが30ほど上がったくらいの魔法能力が上昇したようだ。

「よかった。ちゃんと成功したみたいだ」

「えっ、まだ性交してな……あ、いえ、なんでもないです。すいません。少し勘違いしてました」

「使いこなせるか？」

「あっ、はい……えっと……まだ少しぎこちないですね」

「毎日基礎練習を繰り返していれば、一週間ほどで馴染むはずだ。そこからは、自分で成長していくんだぞ」

ベッドの上に正座したエメリンの頭を撫でてやる。

彼女の目には涙が浮かんでいた。

「師匠……これからは、師匠がそばにいないから、だから、私に全部くれたんですね……」

「ああ、そうだ。本当なら死期が迫ってから行う術だが、まあ、それ以前にお前が魔族領域でくたばったら元も子もないからな」

「本当は、私、ずっと師匠といたかったのに、離ればなれなんて……力なんていらないから、師匠についてきて欲しかった……」

「離ればなれじゃないぞ。俺はずっとお前のここにいる」

そう言って、エメリンの下腹部を撫でる。膨大な魔力が渦を巻いている。魔力ゼロになった俺にも分かるほど強い力のうねりだ。

彼女は俺の手を自分の両手で包み込み、目を閉じて魔力の流れを感知する。

「俺の教えと、俺の力が、ずっとお前と一緒にいる。それに、分からないことがあったらいつでも会いにくればいい」

「……はい」

しばらくの間そうしていたが、エメリンは服を着て仲間のいる宿に帰ることにした。あまり長居しても仲間が心配するだろうからな。

「そう言えば師匠は、これからどうするんですか？」

「うーん、まあ、冒険者ギルドで再登録して新しいクラスでも取って、再就職かな」

「大変ですね……私のせいで……」

「気にするな。腐っても元大賢者だぞ。すぐに強くなって、またお前らに追いつくかもしれんぞ」

「あはは、そうだといいですね」

彼女は去り際にもう一度振り返る。

「あの、師匠にとって私はまだ子供ですか？」

「ん？　まあ、そろそろ一人前だが、そうだな……たぶんずっと我が子みたいに思ってるぞ」

「そう……ですか……」

「うん？」

「なんでもないです」

彼女は来た時のように、俺に抱きついた。

ただのハグかと思ったら、なぜか彼女は唇を重ねてきた。

「行ってきます」

「ああ、行ってこい。死ぬなよ」

エメリンは魔法使いの帽子を頭に乗せ、顔を隠すようにして去って行く。

しかし、最後のキス、頬とか額にして欲しかった。

まだ口臭とかは酷くないと思うが、あまり大事な姪に不快な思いはさせたくない。

ふとベッドに目を落とすと、シーツが濡れていた。

汗か？　いや、それにしては多い。

気づかないうちに飲み物でもこぼしてたのかな。

こんなとこに寝そべっていたなら、エメリンはさぞ気持ち悪い思いをしただろう。

そこまで考えて、粘液の出所について、一つの可能性に思い当たる。

俺がこぼしたのではなくて、エメリンがこぼしたのだとしたら？

「いや、まさかな。あいつはまだ子供だぞ。それに、どこにエロい気持ちになる要素があるって言うんだ」

自分の唐突な妄想を追い出そうと頭を振る。

考えすぎだ。

仮にエメリンのだとしても、きっと汗だ。

魔力を大量に受け取ると発熱することがあるし、きっとそれが原因だ。

俺はそう結論づけて、思索を打ち切った。

エメリンが去った部屋には、どことなく大人っぽい残り香が漂っていた。

第一章　ギルドの受付嬢、クリス

　人族の住む領域と魔族領域との境界にある街、ナローカント。

　その冒険者ギルド支部に、俺はやってきていた。

　常に人手不足のこの街では、昼過ぎの冒険者ギルドにはほとんど人がいない。

　冒険者は依頼や討伐で出払っており、職員は全支部平均よりも六割増しの仕事量をこなすために、各地を駆けずり回っている。

　たまたま今日ギルドに詰めていたのは、何度か担当してもらったことのある、クリスという受付嬢だ。

　金髪碧眼(へきがん)、北国育ち特有の雪のように白い肌。

　受付嬢にはなぜだか豊かな胸の女が採用されやすいが、彼女の胸はその中でも特に大きかった。

　確か、受付嬢の中では一番人気だとか聞いたことがある。

　担当してもらったときに聡明で働き者の印象を受けたので、人気なのも納得だ。

「ディック様じゃないですか！　いらっしゃいませ、本日は何のご用件で？」

「いや、クリス。様はつけなくていい」

「えっ、私の名前、覚えてくださっていたんですか⁉」

「可愛い子の名前は覚えやすいもんさ」

　クリスは顔を真っ赤にする。

　おっと、これもセクハラかもしれんな。彼女には悪いことをしてしまった。

「今日は、再登録のために来た」

「はい？　冒険者証の紛失ですか？」

「いや、賢者じゃなくなったから、新たなクラスをもらわなきゃいけない」

「えっ⁉」

　クラスは運命的に与えられる場合と、国やギルドの管理する魔法道具で得る場合がある。

　前者は勇者や賢者など、特殊なクラスが与えられることが多い。

　後者は国なら騎士に採用されたとき、ギルドなら冒険者登録したときに得る。

　元盗賊のオリビアなどのように、自主的に再登録してクラスを変える場合もあるが、普通は賢者がクラス変更することはないはずだ。

　まあ、そりゃあ驚くわな。

「全ての能力を弟子に譲る魔法があるんだ。エメリンに全部託して、俺は賢者を引退したってわけだ」

「そうなんですか、それは何と言うか、残念な……」

「まあ、これからは弟子が頑張るからな。残念でもないさ」

なぜかクリスは少し気落ちした様子で登録の準備をする。

うーん、若い女の考えることはよく分からんなあ。

「身元の保証はもはや聞くまでもないですし、保証金は免除で大丈夫です」

「おう」

「こちらの職能盤に手を乗せてください」

言われた通りに、黒い円盤の上に手を乗せる。

各支部に置かれた職能盤は、冒険者ギルド本部に設置されたSSSランクアーティファクトに接続されている。

そのアーティファクトの能力で登録者の才能を引き出し、クラスを与える仕組みになっているのだ。

ドクン――

心臓が一際強く鼓動を刻んだ。

全身の血流が、どこか力強く感じられる。

力が湧いてくる。

今までの賢者の力とは全く違う力だ。

魔力ではない。闘気に近いが少し異なっている。強いて言うなら血流が関係していそうな感じだ。

うーん、前衛かな。

前衛だと完全に賢者と勝手が違うから、心配だな。

そんなことを考えていると、クリスがどこかソワソワしたような感じになっていた。

トイレか？

俺のことは気にせず行ってきてもいいんだが……それを指摘するのはセクハラかなあ。

彼女は俺を見て、ぺろりと唇を舐めた。どことなく熱っぽい感じの視線だ。

「お待たせしました。これが新しいギルド証になります」

「ありがとう」

ギルド証を受け取り、真っ先にクラス欄を見る。そこには見たことのないクラスが書かれていた。

ティンポ師。

ん？　なんぞこれ。

二度見しても、やはりティンポ師だった。

ティンポ師？　チンポで戦うのか？

意味が分からん。

とりあえず、ステータスを開いてみた。

ギルド証の表面に書かれたクラスやギルドランクと違い、ステータスは本人だけが見られるプライベートな機能だ。

所持スキルや取得可能なスキルなどが、ギルド証を通じて脳内に表示されるのだ。

《ディック・スティッフロッド》
【クラス】
　ティンポ師：レベル１　（残りスキルポイント：３）
【所持スキル】
　［男の魅力：レベル１］［精力増大：レベル１］
【取得可能スキル】
　［経験値変換／性］［性技習熟］

うん。分からん。

とりあえずこれ、戦闘職じゃなさそうだな。経験値変換スキルがあることから、それが分かる。

例えば経験値変換／冶金(やきん)がある鍛冶師は、戦わなくても仕事しているだけでレベルが上がる。

まあ、本来モンスターと戦うのと鍛冶の腕は関係ないし、当然と言えば当然だけどな。

それはともかく、精力とか鍛えてどうするんだ。

花街で無双すんのか？　いや、できたとしても、だからなんなんだ。

首を捻(ひね)っていると、クリスがギルド証を覗き込んできた。

このクラス名を見られるのは、少し、いや、かなり恥ずかしいな。

「ティ……えっと、見たことのないクラスですね」

「あー、すまん。存在そのものがセクハラみたいなクラスになっちまった」

「いえ！　そんなことはありません。レアクラスに出会えるなんて、とても運がいいと思いますよ」

物は言いようだな。

確かに、悪い方にばっかり考えてもしょうがないか。

「ええっと、ギルドの記録を確認したところ、ティンポ師はまだ発見されていないクラスみたいですね」

「そうか。まあ、こんなクラスがたくさんいても仕方ないもんな」

「ディック様が世界で初めてのティンポ師ということになりますね」

いや、若いお嬢さんがあんまりティンポティンポと連呼するもんじゃない。

こっちが恥ずかしくなる。

「そうするとですね……冒険者ギルドには、未確認クラスを検証する責任があるんですよね」

「検証ねえ。レポートでも出せばいいのか……そいつは勘弁して欲しいけどな」

「いえ、レポートはこちらで書きますし、必要でしたら所持者は匿名にしておきますよ」

「それはありがたい」

「ギルド証を見れば一目瞭然ですし、偽装くらいはかけておきましょう」

クリスはいくつかの魔法道具を使って、何らかの処理をする。

返ってきたギルド証は【クラス】格闘家：レベル1になっていた。

これなら武器を持ってなくても、魔力が小さくても違和感はないな。いいチョイスだ。

ある意味、ベッド専門の格闘家と考えれば、間違ってもいないところが悩ましい。

「ありがとう。これで少なくとも関所で取り調べされることはないだろうな」

「えっ!? 他の街へ向かわれるんですか!?」

「いや、その予定はないけど。まあ、例えばの話だよ」

「そうですか。よかった」

クリスはあからさまにほっとしたような顔をする。

うーん、何がよかったんだろう。

「いえ、ほら、未確認クラスの取得に立ち会った職員としては、見届ける義務がありますし」

「無理せず他の奴に引き継いでもいいんだぞ」

「そんな勿体な……いえ、私のキャリアにもなりますし！」

「まあ、少しでも役に立つならいいけどな」

ティンポ師を研究して得られるキャリアってもな。

この子に変なあだ名がつかないことを祈りたいところだ。

「あの、ディック様？」

「うん？」

「この後、何かご予定は？」

「いや、特に何もないかな……戦闘職だったら色々準備しようかと思ってたけど、そもそもまだ理解が追いついてない状態だし」

「そうですか。それはよかった」

クリスは頷いて、こくりと喉を鳴らす。

彼女の視線は俺の顔から下に動き、もう一度顔に戻ってきた。

「あの、もしディック様がよろしければですが、これから未確認クラスの検証をしてみませんか？」

「検証？」

「はい。実際にスキルやクラスの能力がどう働くのかを、早めに理解しておいた方がいいかと思いますよ」

「まあ、確かにそうだな。でも、いいのか？ 受付を空けちゃっても」

「ええ、遅番の子が出勤してくるまで、誰も来ないと思いますので……」

言葉を切り、彼女は俺の手を握って上目遣いに見つめる。

「……たっぷり、時間はあるかと」

俺は少し考えた。

まあ、彼女が言うように検証はしておいた方がいい。

女を買って検証してもいいが、そうするとクリスに説明する手間が増える。

直接確認してもらう方が楽ではあるのだ。

「そうだな。お願いしようか」

「ありがとうございます、ディック様。それでは仮眠室の方に」

彼女は自分の腕を俺の腕に絡め、しなだれかかるようにしながら俺を誘導する。

薄めの香水の匂いに混じって、彼女の汗の匂いがした。

平均よりも大きめの膨らみが、俺の腕を挟み込むように包んでいる。

どんな検証をするのか聞く前だというのに、俺のチンポは期待で半勃起していた。

やれやれ、今から期待しすぎだぞ。

とは言え、冒険者内一番人気の美人受付嬢にそれっぽく誘われて期待するなというのも難しい。

仲間の目も気にしなくてよくなったことだし、積極的に狙っていくのも悪くないだろう。

◇　◇　◇

受付嬢クリスに連れられて、ギルド庁舎内の仮眠室へとやってきた。

一人用ベッドとサイドテーブルと小さなクローゼットがあるだけの、シンプルな部屋だ。

意外に掃除が行き届いていて、清潔そうだ。

まあ、冒険者は身なりに気を遣わないが、ギルド職員は割と身ぎれいにしてるし、不思議ではないか。

クリスはサイドテーブルから紙束とペンを置き、ベッドに腰掛けて振り返る。

どことなく頬が上気しているような気がする。

「さあ、検証を始めましょうか」

「楽しそうだな」

「えっ⁉　ええ、上手く行けば昇進とかできそうですし、元々ディック様のことは気になってましたし……」

意味深な言い方で期待しそうになるが、確かに勇者パーティの賢者はギルド職員としては気になるよな。

俺もクリスの横に腰掛ける。彼女はチラチラと俺の股間の辺りを見ながら、小さく咳払いした。

「ええと、ではまず、初期所持スキルと取得可能スキルについて……」

「所持が男の魅力、精力増大。取得可能が経験値変換と性技習熟だな」

地味にスキル名を口に出すのが恥ずかしいんだが。

「はい。初期スキル二つというのは、当たりクラスと同一フォーマットですね」

「当たりとは思えないんだがな。あと、初期スキルポイントが3だな」

「3ポイントですって⁉　それはすごい！」

すごいのか。よく分からん。

賢者は初期スキル三つに、スキルポイント5だったからなあ。

「スキルの効果は分かりますか？」

「表示されてないな。レベルが上がると説明が解放されていくタイプだと思うぞ。勇者がそんな形式だったらしい」

「なるほど……」

クリスは頷いてメモしていく。

綺麗な字だな。さすが受付嬢をやってるだけはある。

指も細くて綺麗で、爪の形も整っている。農婦でも冒険者でもない、事務作業を行う女の手だ。

肌も日焼けしておらず、キメが細かい。

長い金髪を結い上げていて、うなじが見えるのがなかなかそそる。

「うーん、男の魅力の方はなんとなく分かるんですけど」

「ほう。どんな効果？」

「ひゃっ⁉　み、耳はダメですっ！」

「おう、悪かった」

知らないうちに近づきすぎていた。耳に息がかかったのがまずかったらしい。

彼女は耳を真っ赤にして続ける。

「クラスを取得したときに、ディック様がなんだかぐっと魅力的になった気がしたんです」

「んん？　別に顔は変わってないと思うがな」

「いえ、顔とかじゃなくて、雰囲気です」

ふーむ。俺は普通オブ普通な見た目だから、雰囲気が変わったって大した違いはないと思うけどな。

「あとは精力増大はたぶん体力が上がって、性技習熟は器用になるんだろうってのはなんとなく分かる」

「そうですね」

「経験値変換は早めに取得しておいた方がよさそうだな。1ポイント振っておくぞ」

「はい。スキル振りはどうぞご自由に」

「いやまあ、共同研究みたいなもんだから、了解ぐらいは得ないとな」

そう言いながら、ポイントを振った。

うん、体感的な違いは全くない。この辺は普通の経験値変換スキルだな。

「さて、あとはどうするかな。なんとなく体感で効果が分かるなら、試しに男の魅力を上げてみるか」

「はい。それもいいかと思います」

1ポイント追加して、男の魅力をレベル2にしてみた。

俺自身は何も変化した気がしない。

しかし、ポイントを入れた瞬間にクリスが下腹部を押さえて俯いた。

「っ、くぅ～～～～～～～～～～ッ!?」

「どうした？　痛いのか？」

「い、いえ、ぜんぜん、痛くは……、ないんですが……」

呼吸が荒い。顔ももはや全体的に真っ赤だ。

「体調が悪いなら、医務室に連れて行くぞ」

「いえ……そんな……」

「元賢者とは言え、少しは体を鍛えている。お前一人くらいは抱えていけるぞ」

「だ、だめです！　そんなことをしたら、おかしくなってしまいますので！」

全力で拒否された。

うーん、分からんな。

しかし接近した異性の体調が悪くなるなら、女性型魔物専門のハンターになれなくもないかもな。

大発生するような女性型魔物は聞いたことがないので、相変わらず就職先としては微妙だが。

「本人に自覚がないのが厄介ですね……」

「まあ、詳しく教えてもらえないと分かりようがないな」

「ま、まあ、その……説明は後にするとして」

「なぜだ」

俺のツッコミをスルーし、クリスは右手にペンを持ったまま左手を俺の太腿に置く。

どこか遠慮気味に撫でさすった後、彼女は俺の硬くなりかけのイチモツに手を触れさせた。

「あ……」

「いや、あじゃないだろ。これも何かの検証か？」

「ええ、その、ティンポ師という名前のクラスですので、クラスに就く前と後で、チ……、おチ……、だ、男性器の大きさとかに違いはないかなーと」

クリスは俺と目を合わせず、早口に言った。

クラス名はさらっと言えるのに、チンポは言えないってどういうことだよ。連呼して慣れたのかもしれんけど。

「うーん、まだフルじゃないから分からんな」

「え……まだ大きくなるんですか？」

「いや、普通に考えてそうだろ」

「そんなこと言われても、その……私は触るのも見るのも初めてですので……」

恥ずかしそうに言いながら、クリスはズボンの上から半勃起したチンポを擦る。

刺激そのものは単調だが、可愛い女の子が撫でてくれているせいか、俺のそこはむくむくと膨張していく。

しかし、そういう経験がないのに、こんなクラスの検証に付き合って大丈夫なのか。クリスも成人はしているみたいだから、自己責任なのかもしれないが。

これ以上は苦しいというところで、俺はベルトを解き、ズボンからチンポを取り出す。

勢い良く飛び出したチンポに、クリスは驚いて手を引っ込める。

俺は彼女の左手を握って亀頭に触れさせた。

「転職前ならこれが全開だったが、今ならもう少しいけそうだ」

「なんだか、ヌルヌルしていますけど」

「クリスの手が気持ちいいからな」

「そ、そうですか……?」

褒め言葉を囁（ささや）いてやると、彼女はごくりと唾を呑み、舌なめずりした。

クリスは先走りを手のひらで塗り付けるようにして亀頭を擦る。左手は忙しなく動いていたが、先ほどからペンを握る右手が動いていない。

「検証は?」

「あ、はい……その、初めてなので比較はできないですが、すごく大きくて硬くて熱いんですね」

「まあ、もとのよりはな」

「こんなに大きいのが、は、入るんでしょうか……」

「どこに入れたいんだ?」

「え、あ……」

クリスは俺の下腹部と自分の下腹部を交互に見つめる。

なんだか少し押せばヤれそうだな。

まあ、何にしても経験値変換の検証は必要だから、誰かとヤる必要はあるのだし、手間は省けるか。

据え膳は身内以外なら遠慮なく食う主義だ。それが美人なら尚更だ。

「入れるなら準備しないとな」

「きゃっ⁉」

俺はクリスを持ち上げ、自分の上に座らせた。結構軽いな。ちゃんと飯食ってるのか。

彼女のスカートをめくり上げ、太腿の間からチンポが出るようにした。クリスが身をよじると、下着越しの柔肉が剛直に押し付けられる。

「そのまま続けろ。俺もクリスの準備をしてやるよ」

「ひぅっ⁉　は、はいっ！」

下着の上からクリスをいじめる。

ついでに性技習熟を取得しレベル1にしてみる。スキルを取った後では、手探りでも下着越しなのにクリトリスの位置がはっきり感知できた。

試しに乳首もつまんでみたが、一発でヒットした。

なかなか便利な……だが、他に使いどころのなさそうな微妙なスキルだな。

「んっ！　んんっ！　だ、だめです、乳首はぁ……っ⁉　なんで、こんな、気持ちいいとこばっかりっ⁉」

位置の把握だけではなく、力加減やリズムも的確になっているようだ。

処女相手は初めてじゃないが、こんな短時間で乱れすぎなんじゃないかと思うような反応だ。

ペンが床に転がり、紙束が崩れて落ちた。

俺の与える快楽から逃れようとするかのように、クリスは両手で俺のチンポを扱く。

教えてもいないのに、片手で亀頭を、もう片方で竿を、緩急をつけて刺激する。

「なかなか覚えがいい。ご褒美だ」

「んんんっ⁉　あぁっ！　ひぁああああぁぁぁぁぁぁぁぁんッ⁉」

下着をずらしてクリトリスへの直接刺激。

それと同時に強めに乳首をつねり、弱点らしい耳へ噛み付くようなキス。

クリスはチンポを握ったまま、俺の上で悶えて果てた。

痙攣する淫口から、とろりとした蜜が俺のチンポの上に垂れてくる。

口を半開きにして涎を垂らしていたので、舐めとり、そのまま口内を舌で犯してやった。

クリスはわずかに嫌がりながらも、どこか嬉しそうだ。

なんとなく、彼女は痛い方が好みのような雰囲気だ。それと、命令されたり無理矢理されたり。

軽度のマゾ傾向を感じる。

俺はクリスをベッドに寝かせた。

彼女はどこか期待するかのような表情で見上げる。

俺は彼女の愛液で濡れた赤黒いチンポを見せつけながら訊ねる。

「精力増大の検証がまだだが、続けてもいいか？」

「は、はい」

「じゃあ、性技習熟レベル1とレベル2の違いを、お前の腹で検証することにしようか。クリス、股を開け」

「承知しました、ディック様」

強めの口調で命令すると、彼女は自ら脚を開き、太腿を抱えた。

待ちわびるように愛欲の涎を垂らす純潔の唇に、俺ははち切れんばかりに勃起したチンポを押し付けた。

チンポでクリスのマ○コの入り口をぴたぴたと軽く叩く。

性技習熟による補正か、クリスがわずかな痛みとともに快楽と期待を感じているのが手に取るように分かる。

少しそうやって焦らした後、俺はクリスが気を抜いた隙を狙って一気に貫く。

初めての瞬間を踏みにじるつもりで、彼女が欲したタイミングから敢（あ）えてずらした。

ささやかな抵抗を軽々とブチ破り、未通の柔肉をこじ開ける。狭い膣道で俺をギチギチに締め付けながら、クリスは苦痛に悶えた。

「うぐっ!?　くぅ～～～～～～～ッ!?　お、おおきい……痛っ……」

「少し狭いが、なかなか具合のいいマ○コだな」

俺はクリスの腰を押さえつけ、ゆっくりと腰を引いた。

「っ、ぐ……ありがとうございます、ディック様……」

処女の証である鮮血が、俺のチンポを彩っている。

別に初物に拘りがあるわけじゃないが、征服感があるのと、他のチンポに触れていない清潔な感じは気持ちがいい。

「処女だったか」

「は、はい」

「じゃあ、女にしてやったんだから、俺にお礼を言わないとな」

「はい、私の処女を奪ってくれてありがとうございます、ディック様……」

クリスは痛みをこらえて笑顔を作って言った。

なかなか従順ないい子だ。支配されること、蹂躙されることが好きそうなのも好感が持てる。

「今度は全部入れてやるから、俺の形をしっかり覚えろよ」

「えっ？　あぐっ！　かは……っ！」

勢いをつけて腰を叩き付け、チンポを根元まで埋めた。

クリスの子宮を無理矢理押し上げる。

彼女の口から、チンポで絞り出されたように絶え絶えな吐息がこぼれる。爪を立てるように太腿を握りしめ、彼女は肉穴を穿（うが）たれる苦痛に耐えていた。

そのままチンポで型をとるようなつもりで、密着したまま固定する。

俺の袋を伝って、クリスの処女血が垂れ落ちた。

彼女は相当な苦痛を感じているらしく、口をだらしなく開いて苦しげな浅い呼吸を繰り返している。膣肉はビクビ

クと痙攣しながら俺を締め上げていた。

苦痛に慣れてきた頃に、また膣壁を抉(えぐ)るように動いてやると、面白いように哭いた。そのくせ、だんだん俺を歓迎するように絡み付いてくるのだから、良い雌穴だ。

まだ快楽には至っていないが、子宮口を突くたびに苦痛とは別の反応がある。ここは特に開発し甲斐がありそうだ。

「い、ぎっ⁉　くっ、かは……ぁ、っ」

「まだ痛いだろうが、お前のマ○コは俺のチンポがご主人様だって分かってきたみたいだぞ。優秀なマ○コだな」

「ぐっ、っ……、ディック様に、お褒めいただいて、っ！　うれしいですっ！」

「いいオナホに産んでもらってよかったな。親に感謝しろ」

「あぅ……承知しました……お、お母さん、クリスを……はうっ！　優秀な、オナホに、産んでくれて、ふくぅっ、あ、ありがとう！」

酷い台詞を言わせるたびに、クリスは嫌悪感を覚えながらも服従し、背徳的な快楽を感じている。

処女のくせに、なかなか順応の早いマゾだ。

俺はボタンを引きちぎるように胸元を開かせる。ギルド職員の清楚な制服に拘束されていた、やや大きめの乳房がまろび出てきた。

腰の動きと裏腹に優しく揉み、乳首を舌で転がしてやると、喘(あえ)ぎ声に甘い声音が混じるようになってくる。

「ずいぶんと胸が敏感だな」

「ふあぁん！　恥ずかしい、です……」

「ちゃんと答えろ。こっちでオナニーしてたのか？」

「は、はい！　んんっ！　クリスは、いやらしい子なので、おっぱいでオナニーしていました！　はぁんっ！」

「クリトリスも弄(いじ)ってただろ。こんなに簡単に剥けやすくなるくらいに」

「ふぁぁぁ……だめぇ！　クリスの、クリちゃん弄っちゃ……ひあぁぁっ！」

血混じりの愛液を塗り付けながら、硬くなった陰核を転がしてやると、クリスは全身を震わせて悶えた。

膣内の動きも、搾り取るような感じに変わってきた。このままいけば、初体験で絶頂させてやれそうだ。

俺もそろそろだな。

乱暴に痛めつけていたチンポの軌道を、クリトリスの裏側と子宮口を往復するものに変える。

少し優しめに快楽に導くように意識して動いてやると、クリスの声はもう完全に発情した雌のものになっていた。

「あ、あぁぁぁっ‼　ディック様！　ディックさまぁ！　これ以上、したら、いっちゃいますっ！」

「おう、イけよ。初めてのくせに、ガン突きされながら、下の口でチンポしゃぶってイけよ」

「ふぁぁあっ!!　イきますっ！　イク、イクイクイクイクイクぅ～～～～～っ!!」

クリスは仰け反りながら、多幸感に満ちた表情で上ずった嬌声を上げた。心地よい締め付けがチンポを襲う。

俺はパンパンに張った亀頭を震える子宮口に押し付け、無許可で存分に射精した。

精力増大スキルのせいか、普段より射精が長い。たっぷり一週間分は溜めたような量をクリスの子袋に注ぎ込んでやった。

クリスは初めての膣内射精の余韻に浸りながら、恍惚（こうこつ）とした表情で天井を見上げている。

精液を出し切り、俺はぶるりと腰を震わせた。

あー、久しぶりにいい射精だった。

「ふう……中に出したけど、いいよな」

「は……はいぃ……、ディックさま専用のぉ、孕み袋に、いーっぱいザーメン注いでくださって、ありがとうございますぅ……」

なかなか初めてでは出てこないような、気の利いた台詞が聞こえてきた。そういう趣味のエロ本とかオカズにしてそうだな。やはりマゾか。

射精の余韻に浸りながらクリスの美乳を揉む。

よそ見しながらのちょっと乱暴な愛撫だが、彼女は嬉しそうな声を上げている。

俺は意識をステータスの方に向ける。

ログに『処女貫通経験値ボーナス：クリス』『初回膣内射精経験値ボーナス：クリス』『初絶頂経験値ボーナス：クリス』の文字がある。

処女貫通のボーナスが大きかった。

クリスが初物だったのはラッキーだった。おかげで、一回も戦闘していないのにレベルが3に上がっている。取得スキルポイントは1レベルあたり3のようだ。

胸を揉んだりエロい声を聞いているうちに、クリスに入れたままのチンポが再び頭をもたげてきた。

普段より復活が早い。いつもより多めに出たのに。

精力増大はレベル1でも有用そうだ。

「あ……また、ディック様のおチンポが……」

「嫌がっても無駄だぞ。お前は俺のオナホなんだからな」

「いえ、そんな……むしろ、嬉し、ひあぁぁんっ！」

今度は最初から遠慮なしにガンガン突いていく。その代わり、精力増大をレベル2に上昇させておく。

意志も余韻も無視して無理矢理オナホ扱いしているのに、クリスは早くも感じ始めていた。

適当に俺自身の快楽のために腰を振っているのに、それだけでクリスの敏感な箇所にチンポが当たっているようだ。

射精量や回復力のチェックのために精力増大をレベル2にすると、新しい取得可能スキルが解放された。

スキル名は男根強化。とりあえずレベル1だけ取ってみるか。

「くひっ⁉　あ、ああ……あおっ、おっ、おあぁぁっ！　おふっ、あおっ⁉」

最初の一突きで、クリスはぐるんと白目を剥いた。

嬌声がどこか獣じみた下品なものに変わる。

膣の圧迫感も相対的に増大して、ようやくこなれてきた雌穴を更に無理矢理押し広げる感じがする。

ついでに経験値変換もレベル2にして、セックス一回あたりの効率を良くしておくか。

これで、残りポイントは2だ。

しばらく突いているとクリスは完全にスイッチが入ったようだ。

俺が子宮口を叩くたびに小刻みに痙攣し、膣肉は甘やかに俺のチンポに吸い付いてくる。

愛液が洪水みたいになっていて、一突きするたびに精液と混じり合った汁が音を立てて溢れ、シーツにしみを作る。

クリスは両手両足で俺にしがみつき、意味の分からないうわ言のような喘ぎを上げている。


完全にチンポのことしか考えられないって顔だ。

チンポを最奥にぐりぐりと押し付けて射精する。相手はオナホ奴隷志願のマゾなので、遠慮も許可も必要はない。

二度目なのに、さっきよりもたくさんの精液が狭い子宮口になだれ込もうと噴出していく。

「あ、あおおおっ！　い、イグ……あひぃぃ……熱いの、入ってぐるぅ⁉　お、おっ、おあぁぁぁあああぁぁぁ⁉」

射精を感じたせいか、クリスは俺の腰に絡めた脚に力を入れる。性器同士を押し付けて、強欲に精液を貪ろうとしている。

熱い精液を胎内に感じながら、彼女は再び絶頂したようだった。

クリスの子宮口はフェラチオをするかのようにこくりこくりと俺の子種を嚥下するが、大量の精液が相手では間に合わない。

精力増大レベル2で作られた大量のスペルマはクリスの子宮や膣を満たし、ごぷりと音を立てて膣口から溢れた。

射精の快楽に加えて、小便の快楽に似たすっきり感がある。尿道から粘り気のある液体を大量に吐き出すのは、それだけで気持ちいいのだとよく分かる。

半勃ちになったチンポをクリスから抜くと、彼女の股間から湯気が立った。

むせ返るような雄と雌の性の臭いだ。

ほんの十数分前には受付カウンターに清楚な顔で座っていた人気受付嬢が、今はあられもないポーズで、涎を垂らしてアヘ顔で忘我している。

いい征服感だ。

「どうだった？　精力増大レベル2の方がたくさん出ただろう？」

「あひぃ……」

まともに考えられないような様子だ。もう検証のことも頭になさそうだな。

まあいい。スキルの検証については俺が後で結果を教えてやろう。

「さて、今度は精力増大レベル3の検証をしようと思うが、構わんな？」

「ひゃい……」

精液と愛液、わずかな処女血に濡れたチンポを、クリスの目の前に突き出す。

彼女は蕩（とろ）けた顔で頷くと、俺のチンポに夢中でむしゃぶりついた。

パンパンと湿った音が宿の一室に響く。

むせ返るような熱気と性臭の中、発情期の雌犬のような嬌声が響く。

クリスは俺の腰の動きに合わせて、夢中でチンポを貪るために腰を振っていた。もはや処女だった頃の恥じらいは欠片もない。

今日何度目だか数えることすら忘れた射精を終え、俺はクリスの腰から手を離した。

彼女は尻を高く突き出したままベッドに崩れ落ち、ビクビクと震える。剥き出しのマ○コからは、どろりとしたゼリーのような白濁液が垂れ落ちていく。

精力増大を最優先で上昇させたので、現在レベル9だ。レベル8を超えた辺りから、射精のインターバルを回復力が上回ってしまった。

おかげで、ほぼ底なしだ。連続で注ぎ込んでいるのに、未だにこってり濃厚なのはそのせいだ。

俺は買い置きしてあった飲料水をビンからラッパ飲みし、飲み切れなかった余りをクリスに口移ししてやる。

彼女は嬉しそうに俺の口に吸い付いて舌を絡めてくる。

いや、キスじゃなくて水分補給なんだがな。

「疲れはないけど、腹が減ったな……」

俺は一息ついて、ぽつりと呟いた。

早朝から連続セックスを始めて、気づけば夕方になっている。そりゃあ腹も減るはずだ。クリスだって精液しか口にしてないんだから、栄養が足りないだろう。

そろそろ休憩して飯に行くとするか。

クリスには未確認クラスの調査という名目で一週間ほど有給を取ってもらっている。

今日がその最終日だったので、名残惜しさからたっぷりと愛してやったというわけだ。

しかし、セックスしかやることがないと、自堕落になっていけないな。

いくらティンポ師という戦闘向きじゃないクラスでも、簡単な依頼くらいはこなしておいた方がいいだろう。

「おい、クリス。飯に行くぞ。体を洗って、服を着ろ」

「ふぁ……はい……ごしゅじんしゃまぁ……」

クリスは力の入らない身体にむち打ち、のろのろと起き上がる。

俺は湯沸かし用の魔法道具でタライの水を温め、タオルを用意してやった。

ちなみに、結構高価なこの魔法道具はクリスに持ち込ませたものだ。

賢者だった頃はいくらでも魔法で沸かせたので、こういうアイテムは持っていなかった。

金は余ってるから、買おうと思えば買えるけどな。

俺はクリスに身体を拭かせて一足先に着替えた。

クリスが身支度を整え、精液まみれの雌から美人受付嬢に戻っていく。その様子を楽しみながら、今後の予定をどうするか考えた。

◇

絶え間なくクリスとセックスした結果、俺のティンポ師レベルは10になった。

その過程で『ティンポ師』についてもさまざまなことが分かった。

経験値ボーナスがつくプレイは色々あった。

例えば処女貫通、初回膣内射精、初絶頂、アナル貫通、初回口内射精。

そして同じ女との性交十回目、百回目、千回目でもボーナスがついた。

おそらくそれ以降も十の累乗回目ごとに入るはずだ。

とは言え、一万は時間をかければともかく、十万回目は無理だろうな。

買い出しの時に、実験として適当に市民権のない貧民少女の処女を買ってみた。

初回系、回数系のボーナスは、相手が変わると改めて付与されるようだ。

ついでに初受精でもボーナスがつくことが発覚するというアクシデントもあったが、まあ、多めに金を渡したからいいだろう。

逆説的に言うと、クリスはまだ受精してないということだな。排卵日狙って積極的にヤってみるか。

以上の検証実験から、一人の女に拘るよりも多数の女を相手にした方が経験値効率がいいことが推測できる。

クリスの有給も終わるし、都合のいい女を探しておくことにしよう。

スキルなどの成長はこんな感じになっている。

《ディック・スティッフロッド》
ティンポ師：レベル10　（残りスキルポイント：0）
【所持スキル】
［男の魅力：レベル5］［精力増大：レベル10］
［経験値変換／性：レベル10］［性技習熟：レベル5］
［男根強化：レベル1］［隷属化：レベル1］
【取得可能スキル】
［絶倫］［経験値吸収／性］［精液媚薬化］
［強制発情］［生殖能力強化］［強化儀式／性］
［精力変換］
【所持奴隷】
クリス・トリスクリオス／書記官：レベル24

とりあえず、効率に直結する精力と経験値変換を最優先にしてみた。

男根は強化効率が高すぎるので、痛みを伴うとまずいかと思って1で止めてある。スキル効果をオフにもできると分かったので、杞憂だったけどな。

特筆すべきは、やはり隷属化か。

男の魅力レベル5と性技習熟レベル5でリストに現れた。レベル10が上限と仮定すると、10人の性奴隷を持つことができるようだ。

新しい女を落とす前に上げても無意味だから、追々上げていくとしよう。

一週間の成果はこんな感じだ。

成長が早いんだか遅いんだか、よく分からんけどな。

高級料理店で食事した後、俺はクリスを人気（ひとけ）のない路地に連れ込んだ。

人気のない路地に引っ張っただけで、彼女は頬を上気させ、脚をもじもじさせている。清楚な受付嬢が、すっかり淫乱になったもんだ。感慨深い。

俺は買ってあった首輪を取り出し、クリスに見せた。

クリスは目を丸くし、目を潤ませた。

「お前に似合うと思って買っておいた」

「ありがとうございます、ご主人様。一生大事にします」

差し出された首輪に焼き付けられたDの刻印を愛しそうに撫でながら、クリスは嬉し涙を流した。

俺はクリスに首輪を巻いてやり、鎖を取り付けた。

やや強めに鎖を引っ張ると、クリスは何の抵抗もなく四つん這(ば)いになった。

「お前は俺の大事なペットだからな。俺の方こそ、お前を一生大事に使ってやる」

「ありがとうございます。クリスは幸せ者です」

「尻を向けろ。ペットに相応しい格好で犯してやる」

「はい。ご主人様のおチンポで、クリスの淫乱マ○コを可愛がってください」

前戯なしにもかかわらず、クリスの中は溢れんばかりに潤っていた。押し込んだだけで、ぽたぽたと愛液が地面に垂れる。

「おおおっ、おんっ！　おふぅ……おっ！　あおっ！　お、おっ、おんっ！　あおんっ！」

一瞬で出来上がったクリスは、抑えることも忘れて嬌声を上げる。

まあ、誰かに聞かれても盛りのついた犬だとしか思わないだろうけどな。

鎖を引っ張りながら、好き放題にクリスの中を蹂躙する。彼女もそれに合わせて腰を振り、嬉しそうに上下の口から涎を垂らしてチンポを貪る。首輪が絞まるたびにマ○コも絞まるのが心地いい。

「すっかり淫乱になっちまったな」

「おっ、あっ、はい！　ありがとう、ごじゃいましゅ！」

「だからって、絶対に俺以外に身体を許すなよ」

「あがっ⁉　はいっ！　ごしゅじんさまの、おチンポにっ！　えいえんのっ！　忠誠を、ちかいましゅ！」

「いい子だ」

一際強く腰を打ち付け、すっかり開発され切った子宮を突き上げる。

ぞくぞくと背中を震わせ、彼女が絶頂したのが分かった。ずん、ずん、と押しつぶすように突くたびに、彼女は連続絶頂する。フィーバータイムに入ったな。

「お、おんっ！　あああぁぁ！　あおぉぉぉっ！　い、イグぅぅぅ！　ほぁ、あぁぁぁっ⁉」

「クリス、孕めっ！」

「ひゃ……ひゃい‼　あおぉおぉぁぁぁあああぁぁぁっ‼」

俺は命令と同時に、クリスの中に残りの精液を全部出し切るつもりで射精した。

スキルの効果によって、俺は自分の意志で射精量をある程度コントロールできる。その最大値の精液が、クリスの胎内で荒れ狂った。

既に絶頂状態にあったクリスは完全に正気を失い、より深い絶頂に叩き込まれる。

獣そのもののようなイキ声を上げ、恍惚状態で俺の精液を味わう。その顔は涎や鼻水や涙でドロドロで、もはや高級料理店で食事を共にした清楚な女の面影もない。

だが、それがたまらなく可愛かった。

クリスが力なく路地に倒れ臥し、じゅぽっと音を立ててチンポが抜ける。

腹容積換算で三杯分もの精液を噴出した後だというのに、チンポは雄々しく天を衝いていた。精液と愛液に濡れた剛直が、月明かりに照らされて妖しく光る。

「ふう……いいマ○コだったぞ、クリス」

「はあ、はあ……はい、ごしゅじんさまぁ……これからも、ずっとクリスのマ○コをご利用くださいね」

「ああ、約束だ」

鎖を引いて無理矢理身を起こさせ、チンポを突きつける。クリスは苦痛に顔を歪めながら、嬉しそうにチンポを掃除し始めた。

ふと、俺は視線を感じて振り返る。

「し、師匠……？」

そこには、俺の姪にして元弟子、エメリンの姿があった。

俺とエメリンの視線が交錯したのはほんの数秒だった。

エメリンははっとして踵を返し、走って去って行く。

マズいところを見られた気がする。

どうにか言い訳を考えておかないと。まさか、ティンポ師のことを姪に言うわけにはいかんよな。

俺が悩んでいるうちに、クリスはお掃除フェラを終えて、ちんちんの姿勢で待っていた。彼女の頭を撫で、人間らしい姿勢になるように命じる。

「帰るぞ。出勤時間までたっぷり可愛がってやる」

「はい、ご主人様」

まあいいか。エメリンのことは、再会するまでに考えておけばいい。

そう思いながら、クリスの胸を揉みつつ宿への道を急ぐことにした。

第二章　賢者の弟子、エメリン

早朝の冒険者ギルドは混雑していた。

俗に依頼ボードと呼ばれている掲示板には人だかりができており、割のいい依頼は張り出された瞬間に奪い合いが発生する有様だ。

俺はそれを遠巻きに見つつ、不人気な依頼を確認した。

ドブさらい。荷運び。魔族領域の定期調査、など。

賢者にとっては魔族領域の調査も悪くなかったが、ティンポ師になった今はちょっと無理だな。

薬草収集とか、低ランク魔物の定期討伐くらいならどうにかなりそうだ。

とは言え金には困っていないから、すぐに依頼を受ける必要もない。不人気依頼でも昼頃には誰かが受けるらしいので、全くもって無理をする意味はない。

依頼ボード以外の掲示物も一通り確認するためにロビーを一周した後、受付がよく見える位置に腰掛けた。

受付には俺の奴隷、クリスがいる。金髪碧眼で、清楚で美人の、ギルド一番人気の受付嬢だ。

冒険者の男たちが色目を使っているが、彼女はその全てをばっさりと無視している。

まさか、あの子の子宮に俺の精液がたっぷり詰まってるなんて、誰も思わないだろうな。

クリスの手が空いたほんのわずかな瞬間に、不意に俺と目が合う。彼女は俺に微笑みかけ、首に巻いたスカーフをずらして首輪を見せた。

実に可愛いペットだ。

落としてから知ったことだが、元々彼女は賢者だった頃の俺を玉の輿の相手として密かに狙っていたらしい。

だから、賢者をやめたと知って相当ガッカリしたそうだ。

結局、一度意識した相手をそうそう嫌いになることができず、ティンポ師スキルのせいもあってあっさり絆(ほだ)されてしまったのだとか。

それも踏まえて、クリスは男の魅力スキルを「加算ではなく乗算」ではないかという仮説を立てていた。

元々意識していればいるほど、スキルの効果は高くなる。

逆に、こちらを全く意識していない相手に対しては、ほとんど効果はない。

実際スキルをオンにして街を歩いても、劇的に発情する女はいなかった。おそらく仮説は正解だろう。

とは言え、ブレイクスルーはある。

貧民を買った時、金貨を見せる前はスキルが無効だった。

しかし、その貧民少女は金貨を積むごとに劇的に発情していった。恋愛感情じゃなくても、何かの方法で好意や興味を惹くことができればスキルは有効なようだ。

「とは言えなあ……全く接点のない相手じゃ、交渉の時点で衛兵を呼ばれかねんよなあ……」

貧民や娼婦相手なら有効な方法かもしれない。

しかし、百回や千回も身体を重ねるつもりなのだから、超美人の処女とか贅沢は言わないまでも、できれば清潔な上玉がいい。

目を閉じて頭を捻っていると、俺の真向かいの席に誰かが座る気配がした。

「師匠。またお会いしましたね」

目を開けると、そこにはエメリンがいた。

昨晩のことがあるので、少し気まずい。

「おう。エメリン。元気でやっているか？」

「お陰様で、脱落者もなく全員生還できました」

「おお、そりゃあ優秀じゃないか。さすがは俺の弟子だ」

「いえ……順調とは言いがたいペースですし、それに師匠の忠告がなければきっと全滅していました」

彼女は暗い顔で俯く。

俺は彼女の頭を撫でようとして、躊躇した。

エメリンはもう一人前だし、子供扱いするべきじゃない。

別れ際にもそんなことを気にしていたよな。

そんな葛藤を知ってか知らずか、彼女は俺の真横に座り直す。

彼女はトレードマークの魔女帽子を脱ぐと、俺の肩にしなだれかかった。

「……お願いします。今日は大人扱いよりも、優しくされたい気分です」

「おう、そうか」

俺はエメリンの頭を優しく撫でた。

相当辛い戦いだったのだろう。俺も何度か魔族領域には踏み込んだことがあるので、なんとなく分かる。

「強くなりたいなあ……」

「ボロボロになってもそう思えるやつは、既に充分強いよ。心配しなくても、すぐに望んだ強さが手に入るさ」

「師匠……」

エメリンは帽子で顔を隠し、肩を震わせた。衣服越しに濡れた感触がある。

泣いてる彼女の背を、そっと撫でた。

元師匠とは言っても、今はこのくらいしかできない。なんだか、少し悔しい気分だ。

ひとしきり泣いた後で、ケロッとした様子でエメリンは顔を上げた。目元がまだ少し赤いが、帽子を深く被れば分からないレベルだ。

「すいません。取り乱しました」

「構わんよ。むしろ、まだ頼ってくれるのかと嬉しかったくらいだ」

「それは……まあ、当然ですよ……だって、師匠は今でも最高の師匠ですから……」

ボソボソと恥ずかしい台詞を言って、エメリンは俯く。

困ったやつだ。

確かに俺は最強の賢者だったが、教師としてはあまり優秀じゃなかった。そんな俺を最高の師匠なんて呼ぶやつには、なんでもしてあげたくなる。

しかし、それはそれとして。

昨晩のアレ、気にしていないようでほっとした。あるいは、他人のそら似だと思ってくれたのだろうか。

「偶然でも、また師匠に会えてよかったです」

「おう、俺もお前に会えて嬉しいよ」

「昨日会った時はびっくりしましたが……」

「昨日？」

安心したそばから、実は覚えてるときた。

どうするか、しらばっくれるべきか。

「あの……お相手、受付嬢のクリスさんですよね。まさか、師匠とクリスさんが恋人同士だなんて知らなくて、その、びっくりしました……」

はいアウト。

完全にバレてる。言い逃れしなくてむしろ正解だ。

「まあ、恋人というか、色々あってな……」

「そうですか……」

エメリンは更に深く俯いた。

黒いローブの肩が震えている。杖を握る手に力が籠もりすぎて、指が真っ白になっていた。

あれ、もしかして、泣いてるのか？

「エメリン……」

「ずるい……」

「うん？」

「師匠に会ったの……私の方が、ずっと先なのに……私の方が、師匠のこと……いっぱい好きなのに……」

何も飲んでいないのに咽せた。

ええ、ちょっと、なんだそれ。初耳だぞ。

「エメリン、まあ、あれだ。師匠を……っつーか、おじさんを取られて寂しいのかもしれんが」

「そうじゃないです！」

エメリンは強い口調で俺の言葉を遮り、俺の服を握った。

杖がカランと足元に転がる。

「私、ディックおじさまのこと、男として好きです」

「……そうか。でもな、お前は姉さんの子供だからさ」

「お母さんの子供だから、おじさまに恋しちゃいけないんですか？」

いや、いかんだろ。

そう言いたいが、圧力がすごくて口に出せない。

誰も聞いてないよな、これ。

「エメリン、少し落ち着け」

「落ち着けないです。だって、私、ずっと我慢してたのに、おじさまのこと取られるなんて」

「あー、その、それはな……」

「相手がお仕事の女の人のときや、一晩だけの女の人のときは、我慢できました。本当は私がして欲しかったけど、おじさまが困るからと思って……なのに、会って二週間も経ってない女に取られるなんて……」

エメリンは顔を上げ、クリスを睨んだ。

あかん。その顔はあかん。殺る気か。

今のエメリンは、本気を出せば街一つくらいは簡単に滅ぼせる最強の賢者なのだ。マジで落ち着いてもらわなければ困る。

「待て。全部説明する」

「聞きたくないです」

床に転がっていた杖が彼女の手に音もなく納まる。俺の知る限り最強の攻撃用杖、大魔導師の黒星杖だ。

ダメだ。

ここはなりふり構っていられない。

「エメリン、俺の部屋に来い」

俺はエメリンを抱きしめ、耳元でそう囁いた。男の魅力スキルを全開に解放した状態で。

エメリンは俺の腕の中でびくりと震え、力を失ってもたれかかった。吐く息がねっとりと湿って重い。表情こそ見えないものの、体温の上昇と体の震えで、俺の作戦が成功したのが分かる。

とばっちりでカウンターの中のクリスが倒れた。彼女は他の女性職員に助け起こされ、医務室に運ばれていく。

うん、被害が最小限で済んでよかった。

「お、おじさまぁ……」

「部屋に来いよ。お前が望むなら、とことんまで付き合ってやるから」

「はい……」

エメリンはようやく顔を上げて、俺を蕩けたような目で見つめる。

完全に恋をしている目だ。そして、これ以上ないくらいに発情効果がキマってる目だ。

覚悟を決めよう。

仲間には手を出さないと決めていたが、初めてその誓いを破ることになりそうだ。どうしてもってときは、姉に百回ブチ殺されても仕方ないことをしなけりゃならない。

俺を最高の師匠と呼んでくれる彼女には、なんでもしてあげたい。その気持ちには、一点の曇りもないのだから。

俺は発情して脱力したエメリンを支えながら、自分の泊まっている宿へ移動した。

エメリンは俺に絡み付くようにしなだれかかり、幸せそうにしていた。そういう方向に仕向けたとは言え、かなり強い期待を抱いている。

この国では叔父と姪でも法律上問題ないが、慣習としては避けた方がいいと言われている。

まあ、法律だ慣習だという前に、姉に本気で殺される危険の方が問題なんだがな。

それと俺の気持ちが問題か。

果たして、家族同然だと思っている姪にそういうことができるのか、未だに分からない。

彼女との接触面に意識を集中させる。

起伏は少ないが、柔らかな少女らしい感触がする。

胸の発育はともかく、幼い頃は病気がちだったエメリンが健康に育ってくれたのは感慨深い。

彼女は姉に似てはいるが、もっと素朴で穏やかな顔をしている。

化粧っ気も飾り気もなく、野暮ったい服装だが、清潔感があって可愛らしい。艶やかな黒髪、日焼けのない白い肌、細く折れそうな肢体。

彼女の澄んだ瞳に目を合わせると、保護欲を誘うおずおずとした視線が返ってくる。

叔父として贔屓目に見ている分を差し引いたとしても、美少女だ。文句なく美少女だ。

こうして密着していると、年頃の娘特有のいい匂いがしてくる。

エメリンの襟元に鼻口を近づけて息を吸い込むと、汗の臭いに混じったかぐわしい体臭が雄の欲望をくすぐる。

「お、おじさまぁ……」

感触、容姿、匂い、甘く掠（かす）れたような声。それらが男の本能を刺激し、俺の分身がもぞりと反応した。

うん。よし。できる。

ちゃんと大事な姪の、大事な弟子の、大事なエメリンの期待に応えることができそうだ。

「着いたぞ」

部屋にエメリンを押し込み、後ろ手に鍵をかけた。

換気はしておいたものの、部屋には昨晩までの行為による男女の匂いが漂っていた。留守中にシーツは取り替えられているようで、少し安心した。

忘れていたが、宿の従業員には多めにチップを渡しておかないとな。

彼女の後ろ姿からは、わずかな怒気が感じられた。匂いから性行為を想像して、欲情よりも嫉妬の方が強く出たか。

俺はエメリンを後ろから抱きしめた。

普段の家族同士のハグとは違う、女の感触を味わうための抱き方だ。その違いに驚いたのか、彼女の怒りが霧散したのを感じる。

「おじさま……あの、いきなり……」

「何がいきなりだ。そのつもりでついてきたんだろ?」

「は、はい……で、でも、もっとお説教とか、されるかと思ったのに……」

「そのつもりならギルドで説教してるさ。何のために誰にも邪魔されない場所に来たと思う?」

俺はエメリンの腰を押さえつけ、硬くなったチンポで服越しに彼女の尻をなぞる。

彼女はびくりとして身を強ばらせた。

初々しい、可愛い反応だ。顔を見なくても、仕草と呼吸に戸惑いと羞恥を感じる。

「やれやれ。男には気をつけろとあれだけ言ったのにな。こんな簡単に誘いに乗るとは悪い子だ」

「で、でも……おじさまは、おじさまだから……」

「俺だって男だぞ」

ローブの上から成長途上の身体を撫で回してやる。

エメリンの喉奥から、掠れて上ずった吐息が漏れる。

「そして……お前も、女だ」

「あ、あ、あぅ……そこ、ひぁぁ……」

ぐりぐりと、ローブ越しに股間を刺激する。

性技習熟のおかげで、布越しでも的確なポイントを責めることができる。中は余程ぐっしょりと濡れているようで、分厚いローブを通して湿り気が伝わってきた。

指とチンポに挟まれて逃げ場を失くした少女が腕の中で悶える。

その声には、早くも雌特有の媚態が混じっていた。

「漏らしたみたいになってるぞ。お前のことは赤ん坊の頃から知ってるつもりだったのに、いつの間にかすっかり女の身体になっちまったんだなあ」

「え、う……は、はい……」

「ほら。手を出せよ」

俺はズボンのチャックを下げ、ガチガチに反り返ったチンポを取り出した。

躊躇う彼女の手首を捕らえ、脈打つ剛直を握らせる。

「熱い……おっきい……、これ、おじさまの……？」

「最後に一緒に風呂に入ったのは何年前だったかな。その時とは全然違うだろ」

「はい。すごく、硬くて、大きくて、熱くて……こんなの、本当に……」

「入るぞ」

「あぅ……」

「歳は俺のちょうど半分だったか。そのくらいなら、ちゃんと入るようにできてる」

ローブを捲り上げ、彼女の太腿に手を回して持ち上げた。

昔と比べると大きくなったが、まだまだ軽い。このくらいなら二時間は支えていられるだろう。

どくどくと脈動するチンポを、割り開いた彼女の脚の間からコンニチハさせる。

エメリンから見ると、グロテスクな肉塊が自分の脚の間から生えているようにも見えるかもしれない。

「あ、ああ……」

「全部だと鳩尾まで行くか……まあ、今日全部入れるのは無理だな」

「ああ、き、今日は……って……」

「何日も何ヶ月もかけて、俺にぴったりの形にしてやるよ。おじさんはそういうのが好きなんだ。お前が小柄でむしろ嬉しいくらいだから、安心するんだぞ」

「おじさまの、形に……されちゃうんですか……」

微笑んで頬ずりしてやると、エメリンもまたぎこちなく笑った。

小柄なエメリンを持ち上げたまま、フル勃起したチンポを下着越しにゴリゴリと擦り付ける。

もう下着の意味もないくらいぐしょぐしょだ。愛液のぬめりや恥丘の柔らかさがとても心地いい。

「俺の趣味は知ってるだろ？　ほら、宝箱から拾ったばっかりの杖よりも、それを時間かけて俺専用にカスタマイズしたやつの方が好きだったろ？」

「おじさま専用に……」

「エメリンもこれから俺専用にしてやるからな」

自分で言っていて、結構楽しみになってきた。気分がノってきたせいか、背徳感もいいスパイスに感じられる。

エメリンも相変わらず緊張しているが、だんだん流されてきたようだ。元々スキル効果で発情しているし、陥落させるのは簡単そうだ。

チンポで湿った布を苦労して押しのけ、純潔の割れ目に触れさせた。

「あぁ……おじさまのが……」

まだ誰も受け入れたことのない、大事な姪のマ○コに、俺のチンポがキスしている。意外なことに、罪悪感より喜びの方が勝っていた。

「俺の、なんだ？」

「あ……いえ、なんでもないです……」

「このくらいで恥ずかしがってたら苦労するぞ。自分の言い方で構わないからチンポとマ○コくらいは言えなきゃ、おねだりするときに困る」

「お、オチンチンと……オ……オマ……」

「オマ○コ。ここの名前だ」

「ひぅ……あぁぁ……」

腰を振って、反り返ったチンポで穢れのない姪の花びらを擦り上げる。

「チンポはどこに当たってる？」

「お……、おマ○コに、当たってます……」

「誰の何を、誰のどこに、どうして欲しい？」

「お……おじさまの……おじさまの、おチンチンで、私の、おマ○コを……あ、あぁ、めちゃくちゃに、して……」

可愛い姪の無垢な舌と唇を、卑猥な言葉で穢したという快感でゾクゾクする。

彼女の要望通り、チンポで幼い淫華を存分に嬲(なぶ)る。

とめどなく溢れてくるエメリンの淫蜜と俺の先走りで、とてもスムーズに動ける。カリで引っ掛けるように陰核を責めたり、時折入りそうな角度で突いたり。

彼女はすぐに甘い声を上げて、俺の動きに身を委ねた。

「ふぁ、あぁぁぁっ！　おじさまぁ！　んっ、そこ……、なんだか、変なの……あぁぁ、おじさまぁっ！」

「ずいぶんと敏感だな。自分で弄ってたのか？」

「ひぁん！　はい！」

「週に何回くらいだ？」

「三回……じゃなくて、んっ、五回……いや、十回……？」

「毎日どころか、日に二回するときもあるのか。ずいぶんとスケベに育ったな」

「ひぁぁ……ご、ごめんなしゃいぃ……私、えっちな弟子で……」

「俺のチンポを想像してたのか？」

「んんっ、そ、それは……ひぅっ⁉」

言い淀むエメリンのクリトリスを執拗に擦り上げる。

勃起した陰核を亀頭が何度も往復すると、彼女はすぐに音を上げた。

「ここに俺のチンポ入れるのを想像してオナニーしてたのか？」

「は、はいっ！　おじさまのオチンチン……おじさまと、セックスするのを想像して、毎日オナニーしてましたっ！」

「よく言えたな。いい子だ」

エメリンの頬をべろりと舐める。

振り返った彼女の唇に、噛み付くように口づけた。

先週別れ際にしたのとは違う、舌を絡め合って貪り合う大人のキスだ。

口を離すと、彼女は恍惚とした表情で俺を見つめた。

「ふぁ……おじさま……これ、夢じゃないですよね……」

「現実だぞ。ほら、現実のチンポをちゃんと触って、俺も気持ちよくしてくれよ」

本当はマ○コに擦り付けてるだけでも気持ちいいけどな、というのは伏せてお願いする。

エメリンは従順にチンポに触れ、愛撫し始めた。

亀頭に淫液を塗り付け、裏筋を擦る。

ぎこちない愛撫だが、無垢な弟子にいけないことを教えているという実感で、興奮が高まってくる。

蕩けた花弁の感触に、ほっそりした少女の指の刺激が加わって、射精感が近づいてきた。

エメリンも奉仕の傍ら、貪欲にチンポを自身に押し付け、快楽を味わっている。

「あああぁぁ……おじさまぁ、私、もう、もう……」

「ああ、俺もイクぞ。しっかり受け止めろ」

「ひっ⁉　あああっ、熱いぃ……あぁ、おじさま、イクっ、イきますぅぅ――……っ‼」

エメリンが絶頂し、びくんと仰け反る。

それと同時に、俺は彼女の手の中で欲望をぶちまけた。

大事な姪の指が、俺の精液で穢されていく。

胸に、腹に、太腿に、堅苦しい黒いローブに、そして可愛いピンク色の花弁に、白濁液が飛び散っていた。

「ふぅ……」

「あっ！」

ぶるんとチンポを振ると同時に最後の一滴を絞り出す。

精液は綺麗に彼女の顔に命中した。

彼女は荒く息をつきながら、忘我の表情で自分の手や腹を見下ろしていた。

「こ、これが……おじさまの、あかちゃんの素……」

「舐めてみるか？」

「え……でも、そんな……」

「まあ、無理にとは言わない。今舐められなくとも、そのうち喜んで飲むようになるさ」

俺の調教宣言に、エメリンは背中をぞくりと震わせる。

彼女はしばらく躊躇した後、指についた俺の体液をほんの一口だけ口に運んだ。

「うっ⁉　これが、おじさまの味……変なの……」

「だんだん慣れていけばいいさ」

「はい……」

「それに、今日もっぱら精液を飲ませたいのは、こっちの口の方だからな」

「んんっ！」

絶頂後の敏感になったままのマ○コに、まだビンビンになったままのチンポを擦り付ける。

こぽりと新たな愛液がこぼれて、チンポに絡み付いた。

「ここに……でも、そしたら、あかちゃんが……」

「孕めよ」

「お、おじさま……」

「俺のこと好きなんだろ？　孕むまでやってやるよ」

「はい……」

エメリンは頬を染め、しっかりと頷いた。

俺は一度彼女を下ろし、いわゆるお姫さま抱っこの姿勢でベッドに運ぶ。

さて、最愛の姪、最愛の弟子を、最愛の恋人にしてやるとしようか。


エメリンをそっとベッドに横たえた。

彼女は夢心地で俺を見上げる。

愛しさがこみ上げてきて、思わずキスをしてしまった。

小さな口腔を、俺の舌が蹂躙する。

反応を観察しながら、舌の裏、歯茎、口蓋などの彼女がくすぐったがる場所を重点的に責めた。

今はくすぐったいだけでも、いずれは俺の舌やチンポに触れると感じるようになるだろう。

エメリンの小さな舌が俺に応える。まだぎこちないが、彼女は懸命に俺を求めてくる。

彼女の唾液を舐めとり、代わりに俺の唾液を流し込んだ。

彼女はこくりと喉を鳴らし、口の中のものを嚥下する。

相変わらず、物分かりのいい子だ。

エメリンの柔らかな腹に、はち切れそうなほど勃起したチンポを押し付ける。

「今までは魔法のことばかりだったが、これからはもっと色々なことを教えてやらないとな」

「は、はい……その、頑張って、おじさま好みの女になりますね」

彼女は恥ずかしそうに身悶えしながら承諾した。

その声音には、わずかな期待が混じっている。

軽いボディタッチやキスを織り交ぜながら、エメリンの服を脱がせ、産まれたままの姿にしていく。

彼女もぎこちない手つきで俺の服を脱がす。

反応から性感帯を探るのも忘れない。首筋、脇腹、内股辺りが弱そうだ。

おっと、靴下は残さないとな。それがマナーってやつだ。

お下げを結んでいたリボンを解くと、緩やかにウェーブした長い黒髪がベッドに広がる。髪型が変わっただけで、ぐっと大人っぽくなった。

「綺麗だ」

ぽつりと呟くと、エメリンは真っ赤になった。

そう、可愛いというよりも、綺麗だ。

俺が気づかないうちに、ずいぶん成長してたんだな。

「あの、おじさま、お世辞なんて……」

「エメリン、頼むから、他の男の前では髪を解かないでくれよ。ライバルが増えるのは困る」

「え、そ、それって、どういう意味ですか？」

「どういう意味かと言われても、ただの独占欲だよ」

動揺するエメリンの耳元で囁く。

「お前は俺だけのものだ。他のやつには渡さん」

「は、はい……」

俺と彼女は産まれたままの姿で抱き合った。

先ほど見つけておいた首筋の性感帯にキスすると、彼女は甘い声で鳴いた。

剛直で無毛の割れ目を弄ると、準備万端と言っていいほどぐっしょり濡れていた。

チンポを入り口に押し付け、エメリンを見つめた。

彼女の淫口は俺を歓迎するようにひくひくと蠢き、中に誘おうとしている。

エメリンが、姪が産まれてから今までの思い出が脳裏に去来する。何とも言えない気持ちで胸が詰まる。

ああ、必ず、この子を幸せにしよう。そう思った。

「エメリン。いいか、入れるぞ」

「あの……おじさま……」

「うん？」

「私、おじさまのことが、ずっと好きでした……ずっと、ずっと、ずっと好きでした……」

「うん。俺もお前のことが好きだ。これまでは姪として、これからは女として」

「おじさま……」

どちらからともなくキスをする。

唇を重ねたまま、腰を突き出した。穢れのない処女肉を押し広げながら、俺のチンポはゆっくりとエメリンの身体に新しい関係を刻み込んでいく。

浅く突き進んだだけで、すぐに抵抗にぶつかった。薄い肉が、俺を拒むように押し返す。

ここを越えてしまえば、もう引き返せない。

彼女の表情に苦痛と不安が滲む。

「……エメリン」

「はい……」

「悪趣味だと思うかもしれないが、俺は処女には痛くするのが好きなんだ。初めて繋がった瞬間を、永遠に覚えていて欲しい」

「おじさま……」

エメリンは俺の告白を聞いて柔らかく微笑んだ。まるで、俺を赦すかのように。

「分かりました。おじさまがくれる痛みも、歓びも、全部、ずっとずっと忘れませんから……だから……」

彼女は俺の両の手に、自分の手を絡めてしっかりと握る。

「おじさまのオチンチン、私のおマ○コに、ちょうだい」

天使のような姪の笑顔は、とてつもない破壊力で俺の理性を粉砕した。

噛み付くように彼女の唇を奪い、はち切れそうなほど勃起した醜悪な肉棒を、少女の無垢な胎内に押し込む。

「ん、んん――――ッ!!」

エメリンは俺に口を塞がれたまま苦痛の呻きを上げた。

彼女は足先までぴんと力を入れ、俺の手を痛いくらいに握り返して耐える。

彼女の膣肉は初めて受け入れる異物を押し戻そうと、ギチギチと俺を締め上げた。

大事な姪の処女血をチンポに感じ、気が狂いそうなほど獣欲が掻き立てられる。俺は破瓜の血と愛液を潤滑液にして、力任せに彼女をこじ開けた。

チンポの半分ほどが大事な姪の中に埋まったところで、行き止まりを示すこりこりとした感触に行き当たる。

俺たちは、とうとう一つになっていた。

ある種の感動が胸に湧き上がってくる。

エメリンが落ち着くまで、俺はそのままの姿勢で待った。

数分ほどして、破瓜の苦痛が和らいだのか、彼女の呼吸も落ち着いてくる。

「おじさま……私、ちゃんと、受け入れられてますか……？」

「ああ、ちゃんと一つになっているよ。お前の一番奥まで、しっかり俺のチンポが入った」

「よかった……嬉しい……」

目に嬉し涙を滲ませるエメリンを抱きしめ、彼女の頭を撫でた。

彼女も俺の背に手を回し、抱き返してくる。

「偉いぞ、よく頑張ったな」

「はい、あぁ……嬉しいです……」

「お前の中は、狭くて、よく濡れていて、チンポに吸い付いてきて、すごく気持ちいいぞ」

「は、恥ずかしいです、おじさま……」

「動くぞ」

「はい……お願いします……」

真剣な表情で頷くエメリンに、もう一度口付ける。

ゆっくりと引き抜き、それより更に遅い速度で再びこじ開ける。

一突きすらも疎かにしないように、俺の存在を彼女の膣内に刻み込んでいく。彼女は苦痛の吐息を堪えるように歯を食いしばった。

「ん、ん………あ、んんっ……、ふぁ……」

時々小さく甘い声が混じるようになってきた。

愛液も増え、滑りも増して動きやすくなってくる。彼女が慣れてきたのを見て取って、俺はペースを上げた。

「あ、あっ……お、おじさま、激しい……っ、うんっ……は、ぁ……」

「綺麗だよ、エメリン。汗びっしょりで、真っ赤になって」

「ふっ、んん……や……や、です、見ないで、おじさま、恥ずかしい……っ」

「可愛い声だ。もっと聞かせてくれ」

「んんっ！　だめぇ……!!」

結合部から聞こえる水音が大きく、更にねっとりとした音に変わっていた。

彼女は俺の突きに合わせて、無意識に腰を迎えるようにくねらせる。

初めて異物を受け入れる幼い膣肉は、一突きごとに綻び、男を受け入れることのできる雌の肉へと変化する。

まだ痛みは残っているようだが、彼女は俺のチンポに順応し、徐々に快楽の扉を開いていく。

とは言え、おそらくこれが限界だ。初体験で絶頂までは無理だろう。

クリスと違って、エメリンは小柄で未発達だ。感じるところまでもってこられたのだから、上々だと思っておくか。

「エメリン」

「っ、あ、は、はい……！」

「中に出したい。子宮の奥の奥まで、全部俺のものになってくれ」

「ふぁ、はい！　おじさま、私を、全部、っ……!!　全部、おじさまのものにして！」

ペースを上げ、本能のままにエメリンを貪る。

まだ花開きかけた蕾にすぎないはずの少女の淫肉からは、俺の理性を持っていきそうなほどの快楽を感じる。

きっと彼女は俺にとって最高の妻になるだろう。そんな期待が湧き上がる。

何かの予感を覚えたのか、あるいは偶然か、エメリンは俺の腰に脚を回した。

　種付けを請うかのようなポーズだ。

　ちょうど俺のチンポも限界を迎える。

　一際深い突き込みとともに、溜めに溜めた欲望を、大事な姪の胎内に解き放った。

　びゅるるるるるる、びゅる、びゅるるっ、どくどくっ、びゅ、びゅっ、びゅるるるるっ。

　精力増大を加味しても異常な量の精液が出た。

　密着して吸盤のように吸い付いた子宮口が、まるでフェラチオでもするかのように俺の精液を啜っていく。

　脳が灼き切れそうな快楽に、背筋が震えた。

「あぁぁ……ふぁぁぁ……すご、熱いの、いっぱい……んんっ、あああぁぁぁぁぁっ！」

　エメリンは子宮で俺の精液を受け止めながら、蕩けたような表情で悶えた。

　恍惚とした様子で射精に合わせて小刻みに痙攣し、胎内に吐き出される熱い粘液や、脈打つ剛直の感触を味わっている。

　浅く、しかし確実に、エメリンは絶頂していた。

　支配欲が刺激され、俺のチンポに再び血が集まっていくのを感じる。

「ふぁ……すごかった……」

「よく頑張ったな。初セックスなのにイけるなんて」

「あ……気づいてたんですか、恥ずかしい……」

「恥ずかしがることはない。むしろ、俺は誇らしい気持ちだよ」

「おじさま……えっと、私も、おじさまに抱いてもらって気持ちよくなれて、嬉しかったですよ」

「これなら二回目はもっと気持ちいいぞ」

「え……？　これで終わりじゃ、ないんですか？」

　はっとして、エメリンは目を見開く。

　俺は彼女の手を取り、下腹部を撫でさせる。

　彼女の淫襞に甘やかに締め付けられながら、俺のチンポはまだ鋼鉄のように硬いままだった。

「すごい……」

「おじさんは欲張りだからな。気に入った女とは、何度もやりたくなるんだ」

「あ……私、気に入っていただけたんですか？　そうなんだ、すごく、嬉しいです……」

　エメリンは幸せそうに微笑んで、自分の腹を押し上げる剛直をいい子いい子するかのように撫でた。

　我が姪ながら、天賦の才を感じる。

　このままでは、また餓えた魔獣のように大事な姪を貪ってしまう。

興奮し、荒く呼吸を繰り返す俺を、エメリンは手招く。

「いいですよ。おじさまの好きなように、したいように、しちゃってください……おじさまがしたいことは、私も、したいことですから……」

「エメリン……」

「どうぞ、来てください……愛しい私のおじさま……」

理性を総動員し、全力でブレーキをかけながら彼女を抱きしめる。

彼女に軽く口づけ、チンポをゆっくりと押し出した。

ストロークは短く規則的に、突きは優しめに、密着感を大事に、亀頭の先で子宮にキスするイメージだ。

愛液と血だけだった膣内に俺の精液が混じったため、汁気が多く滑らかだ。

その代わり、粘度が高くねっとりしている。

二回戦目くらいだと特に、相手の大事なところが自分の精液で満ちているのが実感できる。

幸福感が強く、だんだん心が落ち着いてくる。

連戦しすぎると、こういう些細な感動に対して鈍くなってくる。回数をあまり重ねないうちに、神経を研ぎ澄ませて互いに求め合うのはいいものだ。

まあ、ぐっちゃぐっちゃで何もかも分からなくなった状態でのセックスも好きだから、俺は両方楽しむけどね。


「あぁぁ……おじさまぁ……」

エメリンは甘く掠れたような声で鳴いて、俺を抱く腕に力を込めた。

キスをねだる彼女の唇をかわし、あえて別の場所——首筋や耳の裏などを吸う。

これから性感帯に育つ芽に、それよりも鈍い堅く閉じた種に、刺激を与えて少しずつ育てていく。

腰の動きにも変化をつけ、膣内にあるいくつかの快楽の蕾を綻ばせる。

唇で、指で、舌で、時には歯で、エメリンの全身を作り替えていく。焦らず、じっくりと、今日ではなく数ヶ月先のための刺激だ。

「ふぁ、ん……、あ……ぁ、おじさまぁ……」

俺の丹念な仕込みに、エメリンは耐え切れず媚びたような声を上げた。

「おなかが、切ないですぅ……、焦らさないで、もっと、えっちにしても……激しくしても、いいですから……」

彼女は俺の小刻みな律動に合わせて腰を動かす。

思わぬおねだりに、ぞくりとした。獣欲が理性の枷から抜け出そうとして、俺の下腹部で暴れる。

意味合いはだいぶ違うが、相変わらず姪のおねだりには勝てないな。

「くひぃぃぃっ……⁉」

「おぉ……」

カリ首が抜けるギリギリまで引いて、一気に子宮に叩き付けた。

エメリンは腹から無理矢理に呼気を絞り出されたような嬌声を漏らす。

思わず俺も感嘆の声を上げていた。

少しこなれた彼女の膣は、一回目よりわずかに俺のチンポを深く銜え込んでいた。

チンポが疼く。知らないうちに、俺の我慢も限界に達していたようだ。

たまらず、もう一度ピストンする。

チンポから背骨に電気が走ったような感覚に、思わず腰が震えた。

エメリンもまた発情した幼い性器から発された電気信号に、ぞくぞくと全身を震わせている。

抗うこともできず、もう一度エメリンの幼膣を抉る。

止まらなくなるな、という予感がした。

「エメリンっ！」

「ひゃ、ひゃいっ！」

「種付けするぞ！」

「ふあぁ、はい……おじさまのあかちゃん、ください！」

エメリンの両脚を抱え、自分のチンポで彼女のマ○コを圧し潰すような形で固定する。

ただひたすら種付けのために腰を振り、快楽を貪るための姿勢だ。

にちゅ、ぬちゅ、と重い水音がする。

杭打ちのように、俺は暴走気味の剛直をエメリンの淫穴に叩き込む。

「お、あっ、は、はいっ！　孕み、ますぅ！」

「俺の、子を、孕め！」

「産め！」

「はい、ん……ッ！　う、産みますっ！」

「俺が、望んだときは、いつでも、股を開け！」

「はいぃっ！　いつ、でもっ！　ふ、くっ……おじさまの、ため、に……っ、おマ○コぉ、捧げますぅっ！」

彼女の膣内は二人の体液の混合液で泡立ち、ごぽごぽと音を立てて溢れていた。

いつの間にか二人とも汗びっしょりで、腰を打ち付けるたびに肉同士のぶつかる湿った音がする。

体格差のある俺の腰を受け止め続けていた少女の下腹部や尻は真っ赤になっていた。

顔も真っ赤で呼吸も苦しそうなのに、なぜか彼女はこれ以上なく幸せそうな顔で俺を見つめている。

彼女の淫肉は俺のチンポをきつく締め付け、精液を搾り取ろうとしていた。痙攣の度合いから、そろそろイきそうな感じだ。

ペースなんて考えていないピストンのせいで、俺もあまりにも早く限界が近づいていた。

チンポの根元に精液が溜まって、今にも爆発しようと待ちかまえている。

我慢しようというつもりはさらさらなく、俺はとにかく俺の子種でエメリンの胎を満たしたかった。

「エメリン、俺の、妻になれっ！」

「はいっ！　く、ひあぁ、あぁぁぁあああぁあぁぁっ!!」

「ううぅっ!!」

一瞬、視界が真っ白になったような気がした。

下半身全体から体液が抜けたかと思うほど、大量の精液が噴き出す。

長い長い射精の律動に合わせて、エメリンの幼い子宮は、俺の子種を飲み込んでいく。

収まり切らなかった精液が結合部から溢れるのを感じた。

俺の射精を助けるかのように、エメリンの柔らかな膣肉がチンポを扱くように律動する。

抱え込んだ脚が、俺の下敷きになった腰が震える。

彼女は汗だくのとろんとした顔で、浅く呼吸を繰り返している。

全身が時折びく、びく、と震え、そのたびに俺のチンポは甘やかな抱擁を受ける。

「おじさまぁ……」

求められたような気がして、俺は思わずエメリンに唇を重ねていた。

同時にすっと意識がはっきりし、チンポにも芯が通ったような感覚が走る。

ずん、とエメリンの子宮を再び叩く。

「んん――っ!?」

射精したばかりの敏感なチンポが刺激され、悪寒にも似た快感が脊髄を上ってくる。

ほんの数秒で再び臨戦態勢になった俺の分身は、飽きることなくエメリンの柔肉を貪っていく。

「あ、あっ、あ……ら、らめ……らめぇ、れすぅっ！　い、いった、ばっかし、りゃから、あ、あぁぁ……っ！」

突くたびにエメリンは痙攣し、膣口から泡立った白濁液がシーツにこぼれ落ちる。

俺は夢中で腰を振り、生き急ぐように絶頂への階段を上っていく。

エメリンは暴力的な快楽から逃れようともがくが、俺は彼女をしっかりと押さえつけて離さない。

今度は彼女が先に限界を迎え、彼女の淫肉は絶頂特有の収縮を始めた。

俺は再び容赦なく射精する。

どく、どく、どく、どく、どく、と第二の心臓になったかのように、彼女に包まれた肉塊が脈打つ。

本人に似たのか、エメリンの膣は無遠慮に射精を続ける俺のチンポを律儀に真面目に締め付け、扱き立てる。

あまりの気持ちよさに、俺は天を仰いでため息をついた。

「ああ……」

「ふあぁ……ら、らめって……いったのにぃ……、また、いっひゃったぁ……」

「ごめんな、でも、もう一回……」

「ふぇ……？」

あられもない表情でぼうっと見つめる彼女にキスをし、俺は再びゆっくりと腰を振り始める。

彼女は小さくいやいやをするように首を振るが、俺はそれを押さえつけて唇を塞いだ。

もはや一突きごとにイくようになってしまった彼女は、なす術もなく俺にしがみつき、荒れ狂うチンポを受け入れながら嬌声を上げる。

柔らかくふやけたようになった彼女の膣は、俺のチンポを根元まで銜え込めるようになっていた。それでいて全く緩くなった様子もなく、相変わらず窮屈なままだ。

最奥を突くたびに、膣壁全体が生き物になったように竿に吸い付き、もう一つの唇のようになった子宮口が亀頭にキスをしてくれた。

俺はすぐに追いつめられ、射精感に急き立てられるようにペースを上げる。

射精するだけの機械になったかのように、俺はひたすらにエメリンを突いた。

「くぅぅっ!!」

「ふぁ、あ、あああぁぁ、あっ、あ、いぐ、いっぢゃ……、んん〜〜〜〜〜〜っ!!」

そんな無茶な行為が長続きするはずもなく、俺はあっさりと射精した。

また大量の白濁液がエメリンの中に流れ込み、彼女は子宮に打ち付けられる熱を感じながら一際深く絶頂する。

ぷしゅ、ぷしゅっと彼女の膣から透明な液が霧吹きのように噴き出した。

ぐぽっと大きな音を立てて、チンポが彼女から抜け出る。

自分でも驚くほどの精液が彼女の中から逆流してきて、シーツの上に水たまりを作った。

エメリンの瞳は焦点を失い、多幸感に満ちた笑みを浮かべてぼうっと天井を見つめていた。

薄く柔らかな腹に擦りつけて吐精しながら、俺は愛しい姪の唇を奪った。

めちゃくちゃに舌を絡めると、恍惚としたままの彼女はのろのろとそれに応える。

四回目の膣内射精を終え、俺はようやく彼女の脚を解放した。

彼女は力なく横たわり、ぜえぜえと辛そうな呼吸をする。

エメリンのそんな無防備でか弱い姿を見て、俺の欲望は再び鎌首をもたげた。

「も……もう……、らめ……、しぬ……しんじゃう……」

「頼む、もう一回」

「ふぁ……おじさま、もう、むりぃ……」

「我慢できない。もう一回だけ」

「も、もう……甘えんぼうさんなんだから……」

エメリンは呼吸を整え、困ったような、ゆるく微笑んだような表情で言う。

「いいよ……わたし、おじさまの奥さんだから……せーえき、ぜんぶ、わたしに注いでいいよ……」

「ありがとう。愛してる」

「もう……ばかぁ……」

彼女は照れ隠しをするかのように、ぺたりと力なく俺の胸板を叩く。

再び幼膣に没入する俺を、彼女は優しく抱きとめた。

そのまま十回くらい交尾した後、俺たちは一旦休息を取ることにした。

やめるのではなくて休憩だと聞いたエメリンの表情が、心なしか引きつっていたような気がする。

汗やその他色々な体液を拭き、酷使してしまった彼女の膣に回復ポーションを混ぜ込んだ軟膏を塗る。

水分補給し、買い置きしていた食料で軽食を取った。

ひと心地ついて、俺たちはまた産まれたままの姿で抱き合っていた。

俺の方は完全に臨戦態勢だが、彼女の身体を思いやって、いちゃつくだけに留めている。

ステータス上には『処女貫通経験値ボーナス：エメリン』『初回膣内射精経験値ボーナス：エメリン』『初絶頂経験値ボーナス：エメリン』『通算性交十回目経験値ボーナス：エメリン』というログが表示されていた。

他の女のはともかく、エメリンとの記録は大事なので、いつでも閲覧できるように、検索用の目印をつけておく。

レベルも11になっていた。

とりあえず、スキルのことは後で考えよう。

「もう、おじさまがこんなにエッチだなんて思いませんでした。幻滅です。奥さんにはなってあげません」

「今更そんなこと言われたら、どうやって生きていけばいいんだ」

「嘘です。冗談です。エッチなおじさまも好きです。でも、奥さんになったら家事もあるので、ほどほどにしてくださいね」

「エプロン姿のエメリンを襲いたい」

「もう、おじさま、私は真面目に話してるのに……でも、ちょっとだけなら、襲ってもいいですよ」

エメリンはデレデレな顔でそんなことを言いながら俺の胸板に頬ずりする。

柔らかい髪の毛ごと頭でぐりぐりされるのが、思いのほか気持ちいい。

こりゃあ、世の中のカップルどもがイチャつくわけだ。

ムラッと来たので、そろそろ休憩終了と行こう。

エメリンをベッドに組み敷き、未成熟な胸を弄る。

ほとんど白に近い薄いピンク色の小さな乳首を吸うと、彼女は俺の上でびくりと震えた。

「ひんッ!? そこ、だめです!」

「何がだめなんだ。ここだって、俺の大事なエメリンの一部だろ。つまり、俺のものってわけだ」

「でも……こんな子供おっぱいなんて、いじっても楽しくないんじゃ……?」

「俺は胸の大きさは気にしない。大事なのは、誰の胸かということだ。世界で一番好きな女の胸を触って楽しくないわけがないだろ」

「ううぅ……なんだか、騙されてるような……」

訝しみながらも、エメリンは胸を守っていた手をどけ、可愛らしい蕾を明け渡した。

遠慮なく彼女の薄い乳房を撫で、先端の突起を痛くない程度にゆっくりと舐め転がす。

「ふ、うっ! いや……くすぐったい、んっ!」

くすぐったいということは、敏感になる素質があるということだ。

俺は徹底的にエメリンの乳首を開発していくことを心に決める。とは言え、今はまだ弄りすぎたら痛がってしまうかもしれないのでソフトにいこう。

乳房全体を柔らかく撫で上げながら、持ち上げるように触れ、交互に優しくついばむ。

根気よく弱い刺激だけを与え続けていると、だんだん甘い声が聞こえるようになってきた。

小さな先端の突起も、ほんのわずかに堅くなって、その存在を可愛らしく主張している。

「あ、あん……、も、もう、これ以上は、だめ……、だめですっ」

おっと、本当にそろそろ限界のようだ。俺はすぐに手と口を離した。

エメリンの乳首は少し赤くなっていた。後で念のため乳首にも回復ポーションを塗っておくか。

なだめるように髪を撫でていると、彼女は俺の胸に顔を寄せた。

不意打ち気味に彼女は俺の乳首を口に含み、甘噛(あまが)みする。

「うっ」

「ふふふ、お返しです。ちゅっ」

歯を立てたのは最初だけで、そこからは唇や舌で優しく愛撫し始める。

ちらちらと上目遣いで俺が感じているかどうか窺(うかが)ってくるのが可愛い。

「エメリンもすっかり淫乱になったな」

「んっ、もう！　淫乱じゃないです！　セックスが好きなんじゃなくて、おじさまのことが好きなだけですよ！」

拗ねる姿も可愛い。

姪のそんな表情は散々見てきたはずなのに、性的な意味合いで可愛いと思うのは今日が初めてだ。

俺もすっかり順応してしまった。

あるいは、目の曇っていた昨日までの俺が勿体ないことをしていただけか。

「俺はセックスが好きだぞ」

「やっぱりエッチなんですね……」

「でも、エメリンのことはそれ以上に好きだよ」

「許します……おじさまが世界一エッチでもいいですよ」

チョロ可愛い。可愛いが、その反面心配にもなってきた。

まさか俺の弟子がこんなにチョロいなんて。

基本的に、エメリンはこれからも勇者パーティの一員として活動するだろう。

魔王討伐に至る過程のどこかで、変な男に引っかかってチョロくコマされないか心配だ。

まあ、俺がその変な男と言えばそれまでだが。

予定通り、ティンポ師でも戦闘能力を伸ばせる方法を模索しよう。男だけじゃなく、生存にも不安はある。

いざという時のために陰ながらエメリンたちについていける程度の能力は保持しておかねば。

そうなると、経験値取得源の確保が必要だ。

クリスや追加のパートナーとのセックスをエメリンに認めてもらおう。

ボーナスの形式から考えて、いちいち許可を取るのではなく自由に取っ替え引っ替えできるのがベストだ。

そう言えば、クリスとのことはすっかり忘れてくれているみたいだな。このチョロさを利用して、有耶無耶にするのも一つの方法か。

いかに上手く裏切るか、みたいなことを考えているとも知らず、エメリンは俺にすり寄ってくる。

幸せそうだし、何も教えないのも一つの手か。

「おじさま、ずっと硬いのって、お辛いですよね？　今度は私がご奉仕して差し上げます」

「おう、それは興奮するな。頼む」

エメリンは俺の腰の上に跨がり、ガチガチの怒張に自らの柔肉を擦り付ける。

彼女もイチャついているうちに興奮していたようで、既にそこは滾々と蜜を溢れさせていた。

「気持ちいいですか？」

「ああ、最高だ」

「ふふ、嬉しいです……おじさまの喜ぶことなら、なんでもしてあげますから……だから、私の前で、他の女のことを考えないでくださいね……？」

うっかりすると見逃しそうな短い間、彼女の笑顔が陰る。

重く湿った圧力に、消え入るような儚い雰囲気を纏わせ、彼女はそんなことを言った。

有耶無耶にしようかと思ったそばからこれだ。

だから、なんでそういうときばっかり鋭いんだ。俺ってそんなに分かりやすいのか。

「すまん。今はお前のことだけ考えるよ。だが、それについてはちゃんと後で話し合おう」

「……はい」

不安そうなエメリンにキスをしてなだめる。

妙な雰囲気になったが、俺たちは意識的にそのことを思考から除外して、目の前の愛しい伴侶に集中する。

エメリンは俺の竿を両手で支え、自身の淫唇を掻き分けて入り口を探す。

よく濡れそぼった花弁がチンポに心地よい刺激を与える。

俺の感じている顔を見て安心したのか、彼女の動きは積極的になっていく。

彼女は少しずつ慣らしながら、不釣り合いなほど大きな俺のチンポを銜え込んでいく。

エメリンの幼膣は、今日初めて男を知ったばかりとは思えないほどにしっとりと俺を包み込み、貪欲に襞を絡み付かせてくる。

チンポが食い込んでいくたびに、彼女は甘く囀り、情欲を掻き立てる。

「あ……んっ、おじさまの……また、おっきくなりました」

「お前が綺麗で、しかも最高に具合がいいからだよ」

「ふふ……嬉しい……」

傾いた陽がカーテンの間から差し込み、最愛の姪の一糸纏わぬ姿を薄闇（うすやみ）の中に浮かび上がらせる。

髪を下ろし、艶笑を浮かべて腰を揺らすエメリンの姿は、年端もいかぬ少女とは思えないほど妖艶だった。

「おじさまのおチンポ、あんなに怖い見た目なのに、私の中に入ると、ビクビク感じちゃって可愛いです……すぐにいっぱい気持ちよくしてあげますからね」

エメリンはうっとりとした表情で、自分の薄い腹越しに亀頭を撫でる。

俺は思わず呻き、彼女の中で跳ねた。我慢汁がだだ漏れになっているのが、見えなくても分かる。

彼女は俺が立てた膝にもたれる姿勢になり、仰向けに反りながら腰をグラインドさせる。

俺のチンポが彼女の最奥を押し上げれば、反らせた腹がわずかにぽこりと膨らむ。

背徳感でゾクゾクするような光景だ。

彼女は俺の反応をしっかりと観察しながら、それでいて自分も気持ちよくなるように、懸命にチンポを扱いた。

勉強熱心な弟子はすぐにコツをつかみ、あの手この手で俺を追いつめていく。


びゅるるるる、びゅっびゅるるるっ、どぷ、どぷっ、びゅるるる、びゅるっ。

俺はエメリンの与える快楽に抵抗することなく、素直に上り詰めて果てた。

膨大な灼熱の濁流（だくりゅう）が重力に逆らって尿道を登り、彼女の子宮口を叩く。

「ふぁ……熱いの、きてますぅ……」

エメリンは恍惚とした表情でチンポを根元まで銜え込み、ぐりぐりと最奥に押し付けて、精液の塊が自分の胎を打つ感触を愉しむ。

初めてした時からそうだったが、彼女は膣内射精が好きなのだろう。

彼女は俺の精液を味わいながら、多幸感に浸った様子で身を震わせ、さざ波のように押し寄せる絶頂感に身を任せている。

「んっ、いっぱい出ましたね……ふふ、ごちそうさまです、おじさま……」

エメリンはぺろりと唇を舐め、俺の精液をたっぷり受け入れて膨らんだ腹を撫でて見せつける。

ああ、身体はまだ未発達なのに、ずいぶんと大人っぽくなったものだ。

俺は即座に再勃起した。

膨張したチンポが彼女の腹を内側から圧迫し、膣口から精液がこぽりとこぼれる。

「あんっ！　もう……おじさまったら、せっかくたくさん注いでもらったのに、出てきちゃう……」

「そんなに好きなら、何度でも、嫌になるくらい注いでやるよ」

俺は繋がったままエメリンにキスし、今度は自分からも腰を突き上げる。

彼女は幸せそうな蕩け顔で嬌声を上げた。

「んんっ、約束、ですよ？　いっぱい、いっぱいぃ、私のおなかに、ふぁぁ……注いで、くださいね？」

エメリンは一度だけ俺の唇にキスすると、身を起こしてピストンに合わせて動き始めた。

ロデオのように跳ね上げられ、揺すられながら、彼女は俺が感じる場所を探り当てる。

空気を孕んだ淫猥な水音とともに、俺の腰にエメリンの薄い肉が打ち合うパンパンという音が響く。

ぐっしょりと涎を滴らせた彼女の淫肉は、俺を逃すまいとしてしっかりと喰らいつき、繊細な襞をうねらせながら、甘く激しく射精を促す。

「あ……はぁ……おじさまぁ……、浮気なんてできなくなるように、あなたの可愛い弟子が、全部、全部、ぜーんぶ、搾って差し上げますからね？」

エメリンは汗だくになりながら淫猥な笑みを浮かべ、俺を見下ろして妖しく微笑んだ。

◇　◇　◇

ガチャリと音がして、部屋のドアノブが回る。

入ってきたのは、買い出ししてきた食料や飲料を手にしたクリスだった。

彼女は部屋を見回し、驚きに硬直した。

部屋はむせ返るような雄と雌の臭いが充満していた。

ベッドの上には、年端も行かない全裸の少女が尻を高く突き出した姿勢で気を失って倒れている。

行為の激しさを物語るかのように、その尻は真っ赤に染まっていた。

その腹は妊娠でもしているかのように膨れている。

ぱっくりと開いた陰唇からは、断続的に白濁液が溢れ出ていた。

ベッドにこぼれた精液だけでも、ワインボトル一本分はあるだろう。

頭から爪先まで、精液がまだら模様に付着している。

付着した量を見れば、何者かが髪や手や胸を一方的に使った……

異様なことに、その少女は幸福の絶頂にあるかのごとき笑みを浮かべていた。

クリスは少女の顔に見覚えがあった。

そして、一連の行為を行った誰かにも、確信めいた心当たりがあった。

ぎしり。

何かの軋む音に、クリスは振り返る。

俺は静かな微笑みを浮かべ、手にした麻縄で彼女を搦めた捕った。

◇　◇　◇

エメリンの睫毛が震えた。

何度かぱちぱちと瞬きして、彼女はゆっくりと目を覚ました。

彼女はぼんやりとした顔で辺りを見回す。

しばらくしてようやく焦点が合ったのか、俺を見つけて笑みを浮かべる。

「師しょ――」

ぎしり。

身じろぎしようとした彼女の動きが止まった。

彼女はなす術もなく、再びベッドの上に転がる。

自身を縛っている縄に気づき、彼女の笑みは凍り付いた。

薄手のカーテン越しに差し込んだ月明かりに、エメリンの裸身が浮かび上がる。

少女の肌の透き通るような白と、それを縛る黒光りした麻縄のコントラストが美しい。

エメリンは背中側で腕組みするような姿勢で両腕を、膝を折り畳んだ形で両脚を拘束されている。

腕と脚にかけた縄を、やや逆海老に反らせる加減で連結してあるので、彼女は這うことすらもできない。

不安そうな顔をする愛しの新妻に、俺はにっこりと微笑んだ。

「おはよう、エメリン。まあ、時刻的には夜だけど」

「お、おじさま……あの、この縄は……？」

「これはまあ、旅する男の嗜みだよ」

女だらけのパーティに所属する男としては、性欲の処理は大事な問題だった。

俺は極力後腐れのない方法で欲望を満たしていた。

その日の一夜限りのお相手の性癖がノーマルだとは限らない。愛用の縄に限らず、色々な道具の準備はそんな時に役に立つのだ。

「ええと……それはよく分からないですが……なぜ、私は縛られているのでしょうか？」

「ああ、お前が暴れると話し合いも何もないから、寝てるうちに縛っておいた。なかなか似合うぞ」

「話し合い……？」

俺は手にした縄を手繰りながら、ゆっくりと彼女の視界を横切る。

エメリンの視線は俺を追い、ようやくそこにもう一人の女がいることに気づいた。

クリスだ。

彼女は両腕を後ろ手に拘束され、猿ぐつわを噛まされている。一糸纏わぬ姿のエメリンに対し、クリスは着衣のまま拘束しておいた。

クリスの姿を、エメリンは憎しみの籠もった目で見つめ、縄から抜け出そうともがく。

「そ、その女は！　この、泥棒猫！」

「いや、猫じゃない。紹介するよ。俺の飼い犬のクリスだ」

「飼い犬……ですか？」

エメリンの視線がクリスの首輪の辺りに向けられる。

彼女の瞳に、困惑に似た色合いが混じる。

「俺はさ、妻もペットも大事にしたいんだ。二人に仲良くやって欲しいと思ってる」

クリスの腰から伸びた縄を引っ張り、強制的に立たせる。

腰の縄はクリスの股間に通した縄に繋がっていて、縄の結び目が彼女の敏感な箇所に当たるようになっている。

俺は喋りながら、新しい縄を彼女の右足首に括り付けていく。

「んん～～っ、ん、んぅ――――ッ⁉」

「もちろん優先順位を間違うつもりはない。妻が一番大事なのは当然だ。だから、エメリンに捨てろって言われれば、悲しいけど犬は手放すよ」

「え……は、はい……」

「でもね、毛嫌いする前に、少しエメリンにも犬と遊んで欲しいんだ。それでどうしても嫌だと言うなら、俺も無理強いはしないからさ」

「その女は、それを納得しているんですか？」

「納得？　ああ、そうか、少し説明が足りなかったね」

天井に取り付けたフックに引っ掛けたクリスの縄をぐいと引く。

足首を引っ張り上げられ、彼女は逆さ吊りになった。

彼女の恐怖と苦痛に彩られたうめき声が響く。

「こいつは俺に絶対服従だ。そういう風に躾(しつ)けたからな」

エメリンは青ざめた顔でぞくりと震えた。

俺は天井に引っ掛けた縄の反対側をクリスのふくらはぎで結ぶ。負担の軽減と、行動の制限のためだ。

吊り下げられて揺れるクリスをくるりと回し、左脚を開かせる。

彼女は乱暴に扱われているにもかかわらず、下着をぐっしょりと濡らしていた。

ねっとりと糸を引く愛液を、エメリンにも見えるように指に絡めて見せる。

クリスとは先週色々やったおかげで俺を信頼しているため、無駄に暴れることもしない。

揺れや縄の張りが落ち着くと、クリスの声は甘く媚びたようになる。

「くぅ――ん、くふぅ――ん」

「おっと、クリス、おあずけだ。チンポはエメリンが先だ」

「んん……」

「どうかな、エメリン。なかなかいいだろう? ちょっと時間をかければ、すぐにお前の命令にも逆らわないように躾けられるよ」

「え、あの……頭が全然追いついてないです……」

「すぐに決めなくてもいいよ。たっぷり時間をかけて触れ合って、それから決めればいい」

別のフックに縄をかけ、クリスの右太腿に片方の端を固定して引っ張り上げる。

斜めに宙吊りという不安定な姿勢で、彼女は陸に打ち上げられた魚のように悶えた。

もう片方の端を腰で仮固定すると、股に渡した縄がきつく食い込んで、スカートにじわりと淫蜜の染みが広がっていく。

さてと、まだバランスが悪い。対角線で吊るか。

右上腕に新しい縄を結び、水平より頭が高い位置に来るように引っ張り上げた。

右半身だけで吊り下げられたクリスの左太腿に反対側の端を括り付ける。

負担が分散される代償に、左脚の自由も奪われた形だ。

仮結びしていた腰の縄を解き、左上腕に結び直す。足首の縄を解き、吊り縄の張りを調整する。

足首の縄の跡が少し赤く擦れていた。出血や痣はない。念のため、ポーション入り軟膏を塗っておく。

仕上げに吊り縄をもう数本を足してやり、股縄を一度解いて縛り直して完成だ。

最終形は横から見るとN字、正面からはM字に見えるような姿勢だ。

長期戦を見越した負荷の分散に加えて、吊り縄の揺れが股縄に連動するように工夫してある。

ブランコのようにクリスを揺すってやると、苦痛と快楽の混じり合ったうめき声を漏らしながら悶えた。

股縄が気に入ったようで、彼女は揺れに合わせて腰を突き出して結び目に擦り付けている。

「んっ……、んっ……」

「さてと、待たせたな、エメリン」

「ふぇ⁉ は、はい」

「大丈夫だよ、お前に痛いことはしないよ。して欲しいなら別だけど」

「い、いえ！ 痛くないのがいいです！」

俺は無防備なエメリンの両脚の間に指を差し込み、かき回した。

たっぷり注ぎ込んでやった精液に混じって、新しい愛液もたっぷりと分泌しているようだ。

それなりに興味はあるみたいだな。

いずれそのうち、ソフトなとこから試してみるか。

「ごめんな。チンポが恋しかっただろう？」

「別に、その……いえ、はい、おじさまの、おチンチン、早くいただきたいです」

あえてエメリンの鼻先にチンポを突きつけながら、焦らすようにゆっくりと縄を解いてやる。

彼女の視線が肉棒に集中しているのが、見なくても気配で分かった。

あまり暴れなかったおかげで、彼女には縄の跡がうっすらと残っているだけだった。

彼女の両手足を撫でさすり、時折キスしたりして労る。

たっぷりと焦らした後、エメリンを膝の上に乗せる。

吊り下げたクリスとは向かい合わせになる位置だ。

エメリンは自分の花弁を弄る俺の剛直を、陶酔したような目で見つめていた。

クリスもまた俺のチンポに熱い視線を向け、悩ましげに呻く。

「さぁ、お前のためのチンポだ。たっぷり味わうといい。浮気相手に取られないように、全部残らず搾り取ってくれるんだったよな？」

「はい、おじさまの性欲処理は、未来の妻である私の務めですから。いっぱいいっぱい、私のおマ○コで気持ちよくなって、いくらでもびゅっびゅってしてくださいね」

エメリンは優越感に満ちた様子で、クリスに交合を見せつけるようにゆっくりと腰を落としていく。

「あぁ……おじさまのおチンチン……私だけのための、おチンチン、入ってきますぅ……」

「ん、んん～～～～っ！」

クリスは幼膣に飲み込まれていく怒張を見つめながら、いやいやと子供のように首を振る。

エメリンは飼い犬の悲愴な呻きを聞きながら、ぞくぞくと背筋を震わせた。

よしよし、ここまでは俺が期待した流れだ。

さて、楽しい楽しい愛妻と愛犬のふれあいタイムの始まりだ。

「あぁぁ……、おじさまの、たくましいおチンチン……、はふっ、あはぁ……、全部、私のおマ○コに食べられちゃいましたよぉ……」

小柄な体躯には不釣り合いな巨杭を根元まで飲み込んで、エメリンは心底幸せそうに鳴いた。

彼女は露骨な実況とともに結合部を見せつけ、クリスを挑発している。

「んっ、おじさまったら、私の中で、こんなにカチカチになって、びくびくしてます」

「エメリンの中が気持ちいいからな」

「うふふふ、嬉しい。もっと、もーっと気持ちよくなってくださいね」

エメリンは俺の方を振り返り、クリスに見せつけるようにキスした。

彼女は蕩けた淫肉を俺のチンポに絡み付かせ、ねっとりとした腰遣いで扱いていく。

「あんッ！　あ、ふあぁぁん！　おじさまの、おチンチン、すごく気持ちいいっ！」

「そうか。お前が喜んでくれて嬉しいよ」

「おじさま……おじさま、大好きぃ！　わたし、おじさまとセックスできて、世界一の幸せ者ですぅ！」

恥ずかしがり屋のエメリンが、普段より大きな声で喘ぐ。

自分の上に乗った好きな女がガニ股でガチ腰振りしてくれるというのは可愛いものだ。

未発達なまだ肉の薄いお尻がくねる様も俺を喜ばせる。

クリスへの優越感や対抗意識がプレイのいいスパイスになっているようだ。

エメリンが心地よさそうに喘ぐたび、ギシギシと縄が鳴る音が聞こえる。

クリスの方を見ると、嫉妬にギラギラした目で俺とエメリンの行為を見つめていた。

歯を食いしばり、目に涙を浮かべながら、下の口からは床に滴るほど涎を垂らしている。こちらもいい具合に嗜虐心を刺激してくれる。もっと追いつめたくなる。

「おおぉ……、そろそろ出るぞ。どこに欲しい？」

「ひぅっ！　なかぁ……中にぃ、おじさまの、せーし、おなかにいっぱい、ください！　おじさまの、あかちゃん欲しいの！」

エメリンは甘く媚びるような喘ぎとともに、精を搾り尽くそうと腰の動きを激しくする。

言葉通りの本気の種請い腰振りに、俺も思わず理性を失って出鱈目に突き上げた。

どぶどぶっ、びゅ、ごぷっ、びゅるるる、びゅぐびゅるるるっ、どぷっ。

「あはぁあぁぁぁぁ――っ！　イクぅぅ、イキますっ！　おじさまのせーし、あかちゃんのお部屋にいっぱい出されて、イキますぅぅぅ～～～っ!!」

俺の射精に合わせて、エメリンは心底気持ち良さそうに絶叫しながら達した。

小さなマ○コが健気にチンポの痙攣に合わせて収縮し、精液を吸い出していく。

エメリンのイキマ○コは良い。脳が灼けそうなほど大量に出る。もしかするとこの子は天才かもしれん。

搾り取っている最中の彼女は、本当に幸せそうな顔をして射精の熱と圧を味わっている。

「あ……ん……、ふふふ、おじさまったら……、何十回もした後なのに、こんなにいっぱい……」

エメリンは恍惚とした笑みを満面に浮かべ、子種のたっぷり詰まったお腹を撫でた。

薄い腹が俺の精液で膨らんでいる様は、否が応でも妊娠をイメージさせる。

「こんなの、絶対孕んじゃいますよぉ」

「ああ、そのつもりだ」

「責任取って、お嫁さんにしてもらっちゃいますからね、お・じ・さ・ま」

エメリンは俺の方を振り返り、口づけをせがむ。

それに応えて、クリスに見せつけるように濃厚なキスをしてやった。

クリスはギリギリと猿ぐつわを噛みながら、不規則に腰を震わせている。

幸せそうに種付けされるエメリンの姿を見て、悔しさと興奮でイッたようだ。さすが俺の雌犬奴隷だ。

エメリンは惨めなクリスの様子を見ながら、ぺろりと唇を舐めた。

可愛い愛妻と愛犬の無言のやり取りを見ていたら、興奮してチンポがムズムズしてきた。

「ひゃうっ!?　え……ま、待って、おじさま……ちょっと休ませてぇ……」

「頼む。約束しただろう？」

「ふあぁぁ……も、もう、いっかいだけですよぉ……」

エメリンの両手を引き、マットレスの弾力を使ってガンガン突き上げる。

弓なりに仰け反った背から尻の曲線が、乱れた黒髪が、煌めきながら飛び散る汗が美しい。

「ひゃんっ！　あんっ！　もう……おじさまったら、私のおマ○コがそんなに好きなんですか？」

「ああ、好きだ。大好きだよ」

「嬉しいですけど、その、もう少し……あっ、あっ！　や、やっ！　だめ、そこ、あっ、あぁぁっ、そこ、いっ、そこだめ、ひぃいぃっ！」

愛しい新妻をまるでオナホのように乱暴に使い、劣情に任せてチンポを扱かせる。

エメリンの蕩けた膣肉は俺の激情を柔らかくねっとりと受け止め、天国のような快楽をもたらした。

俺は我慢することなく、優しくも淫らな彼女の最奥に己の濁った欲望を吐き出す。

「は、あぁ、ふぁぁ――――……っ‼」

天使の囁きのような、甘い調べが聞こえた。

俺の肉棒の痙攣に合わせて、幼い天使が全身を震わせる。

ああ、愛しい。

もう一回。もう一回だけ――

◇　◇　◇

どくり、どくり。どぷ、どくどくっ。びゅぐっ。ごぽ。

エメリンの中に精を迸らせる。

彼女は息も絶え絶えに呻いて、俺の下で小さく震えた。

繋がり合った俺とエメリンの性器は、欠けることのない一つの機械のように動いて快感を生み出し続けている。

気持ちいい。とにかく気持ちいい。

単純な気持ちよさだけで言えば、エメリン以上の穴には何度も巡り合ったことがある。

王都の熟練娼婦や、名器ゆえに夫を早逝させてしまった未亡人魔女、世界樹に宿っていた上位森精（ドライアド）、などなど。

しかし、精神的充足など、総合的に見れば、エメリンは俺の経験したどの女よりも俺を満たしてくれる。

何回しても飽きないどころか、どんどん魅了されていくのは、彼女が初めてだ。

彼女が恋人にならなければ、ティンポ師なんてふざけたクラスにこんなにも感謝することはなかっただろう。

エメリンは朦朧（もうろう）とした様子で俺を見上げて微笑んでいる。

涙や鼻水、涎でぐしょぐしょになった顔が、たまらなく可愛い。

思わず俺のチンポが彼女の中で主張を始める。

……だが、ちょっと待て。

俺は理性を総動員し、身を起こした。

「ふう、そろそろクリスの縄を一旦解いてやらないとな」

縛り続けて血流が止まったりするとまずい。

薬や魔法で治せるとは言え、大事な飼い犬に無用な苦痛を与えたくはないからな。

エメリンの膣にいつまでもチンポを突っ込んでいたいが、しばし休憩ということにするか。

「寂しいと思うけど、少し待っててくれ」

「あ………、あ……ぁ……、た、たすかっ……た……」

ステータスのログをよく見ると『通算性交百回目経験値ボーナス：エメリン』が現れていた。

胸が詰まった。

思わず涙がこみ上げてくる。あの小さくて病気がちだったエメリンが、俺と百回もセックスできるほど大人になったなんて。

抜きかけたチンポをエメリンの中に押し戻す。

せっかくの愛する姪との百回目のセックスだ。もう少し余韻に浸りたかった。

「くひぃぃ……おじしゃま……らめぇ……」

「ごめんな。どうやらこれが俺とお前の百回目のセックスらしいんだ。離れるのはもっとお前を味わってからにしていいよな」

「ああ……ぅ……」


「好きだよ、エメリン。愛してる」

「おじしゃま……わたしも、あいしてましゅ……」

俺が抱きしめると、ほとんど力の入らない手でエメリンは抱き返してきた。

それだけで愛しくてたまらなくなる。彼女に与えられた愛の何倍もの愛を捧げたい。

だが、同時に不安になる。

一生のうちに、大事な妻をあと何回愛してやれるだろう。何回抱いたとしても、エメリンが俺にくれた愛に釣り合うほどの愛を返せる気がしない。

「最低百万回はやりたいな……」

「ひっ⁉」

びくりと怯えたようにエメリンが震える。

おっと、百万回くらいじゃ足りなかったか。

そうだな。エメリンはずっと俺のことを想って、俺が気づくまで待っててくれていたんだ。その時間の分、ちゃんと愛してやらなきゃいけない。

俺はできるだけ安心させるように優しく微笑み、彼女の頭を撫でた。

「大丈夫だよ。エメリンがして欲しければ、百万回なんて言わずに、命ある限りずっと頑張るからな」

「あ……う……？　え……？」

「ああ、やっぱり我慢できない。余韻を邪魔してすまないが、犯すぞ」

「ふぇ……？　いっ⁉　あっ、あぁぁ――……っ‼」

彼女の無垢な瞳を見ていたら、たまらなくなってきた。怒張の疼きに逆らうことなく、灼熱の坩堝のような幼妻の淫壷をかき回す。

「あ――……っ、あぁ――……っ‼　らめぇ、これ以上、おチンチン、ズボズボされたら、ふあぁぁ――……ばかになっちゃう――……っ‼」

律動に合わせて、エメリンの淫襞が俺を扱き、追いつめていく。

幼い姪の肉穴を、こんなにもいやらしく作り替えてしまったという背徳感に、背筋がぞくぞくする。

俺はたまらず、獣のような情欲に任せて彼女を貪った。

「いぐぅぅ――……っ、もぅ、らめにゃのに、いぐぅぅっ、しぬ、しんじゃう……あぁ――……っ‼」

エメリンの可愛い喘ぎが駄目押しになり、輸精管を灼熱の濁流が駆け上ってくる。

幼い少女の身体を圧し潰すように腰を押し付け、生殖欲求のままに子種を流し込む。

中出しとともに充血したクリトリスを刺激してやると、エメリンはわずかに潮を噴いて絶頂した。

心地よい締め付けを感じながら、亀頭を子宮口に密着させ、しゃぶりつかせて残りの精液を搾り出してもらう。

「はぁー……っ、はぁ……ぁ……、あ……、あぁ……」

「ふぅ……」

キンタマが空になるほど注ぎ込んで、俺はエメリンから自身を引きずり出した。

可愛いピンク色の花弁がぱっくりと開いて、ぱくぱくと誘うように蠢いている。

こぽり。

大事な姪の、本来穢れてはならないの神聖な秘部から、叔父である俺の精液が垂れ落ちてくる。

大事な愛弟子は、俺の子種を膣から溢れるほど受け止め、師である俺に深い愛情の籠もった笑みを向けている。

あまりにも淫らな光景にクラクラする。

もう一回したくなってきた。

ああ、全然キンタマ空になってないわ。

クリスの縄はもう二〜三回、いや十回くらいエメリンとしてから解けばいいだろう。

愛しい姪の両脚を持ち上げ、白濁液を垂らす淫裂の間にチンポの狙いを付ける。

「ふぁぁぁん……おじちゃん、おチンチンしないでぇ……エミィのおマ○コ、ばかになっちゃう……」

「いいんだよ。お馬鹿になっても。一生、俺がエメリンのおマ○コの面倒見てあげるからね」

背徳感をくすぐる、あまりにも可愛いおねだりに、俺の理性は一瞬で決壊した。

エメリンに種付けするというただ一つの目的のために、がむしゃらにピストンした。

ぶちゅぶちゅと卑猥な音を立てて、彼女の膣口から白濁液が飛び散る。

「あああぁぁ——……おチンチンがぁ……、おじちゃんの、おっきいおチンチンがぁ……、らめ、らめぇ、こわれるぅ、しんじゃうぅ……!!」

びゅるびゅるびゅるびゅるっ、びゅるるるびゅるるるっ、びゅるるるるるるっ。

暴れるエメリンをチンポで圧し潰すような姿勢で、子宮に直接精液を流し込む。

俺の脈動に合わせて弱々しく締め付ける彼女が愛おしくてたまらない。

「ごめんなさい。もう、エミィは、クリスさんにいじわるしません。おじちゃん、おねがい、ゆるして」

「ん？　クリスは喜んでくれてるよ。あの子は少しひどいことした方が喜ぶんだよ」

「ふぇ……？」

「ほら、見てご覧。ご主人様のチンポが別の女のマ○コに入っているだけで、あんなに嬉しそうにマ○汁垂らして、ぐしょぐしょになっているんだよ」

クリスは羨望と嫉妬の籠もった視線をこちらに向けている。

しかし、同時にどこか満足そうにもしていた。

俺は彼女がずっと腰を振り、縄目に敏感な箇所を擦り付けてオナっていたのを知っている。

俺たちの視線を受け、クリスは悦楽に身体を震わせた。

「どんなに嫉妬してもエメリンのものは取らないし、お世話しなくても自分で勝手に気持ちよくなる。とっても賢い犬だろう？」

「え……でも……、え……？」

戸惑うエメリンを、優しく撫でる。

「エメリンはいい子だね。ちゃんと俺の犬のことを考えてくれてたんだ。ご褒美にまた膣内射精してあげるよ」

「あ……あ……」

「エメリンは俺の精液が大好きだもんな。俺の赤ちゃんを産んでくれるんだろ？」

俺はエメリンに優しくキスし、再び腰を動かし始める。

完全に俺のチンポの形と味を覚えた彼女の淫肉が、俺の律動に合わせてわななき、涙を流した。

可愛い俺の姪は喜悦の涙を流しながら、俺の胸を押す。

「ふぇぇ、ママぁ、たすけてぇ……おじちゃんがエミィのおマ〇コいじめるぅ……!!」

幼子のような啜り泣きに、俺の脳裏にまだ小さかった頃の彼女の思い出が蘇る。

彼女の人生そのものを抱きしめているかのような感覚に、チンポがより熱く硬くなるのを感じた。

エメリンは幼児のような仕草を見せながらも、しっかり俺の精を搾り取ろうと蠢動する。

無垢さと淫蕩さを併せ持つ新妻の痴態に、俺はあっけなく昇り詰めさせられた。

「ううっ！」

「ひぁぁ……ママぁ、ママぁ……!!」

誰よりも愛しい姪を抱きしめ、その最奥にありったけの愛を流し込む。

ずっと見守ってきた、世界で一番大事な女の子への本気の種付け交尾。

その幸せを噛み締めながら、俺はもう一度勃起した。

◇　◇　◇

「おじさま。浮気してください」

「えっ」

「一生のお願いです。どうか浮気してください。何人愛人を作ってもいいですから」

「えっ」

百四十八回目のセックスを開始しようとした俺に、愛しの新妻は切実に嘆願した。

だいたい作戦通りではある。

だけど、その、言い方とか、もう少し、どうにかならなかったものだろうか。

一際強くクリスの尻に腰を打ち付けて、彼女の一番奥で精液を迸らせた。

「ん、んん――……っ!!　ん、んんっ、ひぐぅぅ、んっ、ひぐ、ひぅぅぅ――――……っ!!」

猿ぐつわを噛んだままの口から、心地よさそうな呻きが漏れ出てくる。

彼女の身体が、横たわったまま海老のように反る。

びくんびくんと彼女が震え悶えるたび、網目のように肌に張り巡らせた縄が軋んだ。

クリスは靴下とガーターベルトを残して全て剥いた後、

両手両脚を揃える形で縛り直しておいた。

むっちりとした白い肌を強調するように、黒い麻縄が食い込んでいる。

吊り責めでついた赤い縄跡との対比が美しい。日焼け跡の上から別のデザインの水着を着ているのに似た艶かしさがある。

淫裂からチンポを抜くと、彼女の肉付きのいい尻に精液がとろりと垂れた。

「ふぅ、ふぅー……っ、ん、ふぅ――……っ」

「よしよし、気持ちよかったみたいだな」

「ん、くぅ～～ん……、くぅ～～……」

クリスは頬を紅潮させ、膣内射精の余韻を味わいながら荒くなった呼吸を整えていた。

しっとりと汗ばんだ金髪に手櫛(てぐし)を通すように撫でてやると、彼女は目を細めて甘えるような声を上げる。

自由に声が出せないせいか、本当に犬がじゃれついているような鳴き声だ。

何度か射精したことだし、そろそろ緊縛を解いてやる。

先ほどはエメリンに時間をかけすぎて、擦り傷や痺れを与えてしまったので、少々慎重になっていた。

今度はほとんど跡になっておらず、動くのにも支障はないようだ。

ずっと涎を吸い続けていた猿ぐつわも、ようやく外して口を解放してやる。

自由になったクリスは、ベッドに腰掛けたエメリンの足元へと這い寄る。

彼女はエメリンの足先にキスし、平伏して言った。

「奥方様」

「えっ……」

「奥方様、ご主人様のおチンポを哀れな雌犬奴隷にお恵みくださり、ありがとうございます」

賢い犬だ。

誰に媚びればいいのか、状況をよく分かっている。

エメリンは浮気を許したとは言え、不承不承であることは想像に難くない。何も考えず、チンポにむしゃぶりつくだけだったら禍根を残しただろう。

長期的に見て、正妻であるエメリンの心証を良くしておくことは重要だ。

とは言え、分かっていても躊躇なく歳下の恋敵に謙(へりくだ)ってプライドより実利を取れる女はそうそういないだろう。

エメリンはちらりと俺の方を窺う。

俺は頷いた。

「い、いいでしょう。その忠誠心に免じて、これからも、おじさまの大事なおチンチンを特別に貸してあげます」

「はい、感謝致します、奥方様」

クリスはエメリンの足をぺろぺろと舐めた。

顔を伏せているのでエメリンからは見えないが、完全に策士の表情をしている。

エメリンは舌の感触こそくすぐったそうだが、かしずかれるのは満更でもないようだ。

奥方様という呼び方も気に入っているみたいだな。

二人とも楽しんでくれて、ふれあいの場をセッティングした甲斐があったというものだ。

「よかったな、クリス。これからも俺のチンポをマ◯コで銜え込めるぞ」

「はぉぉぉっ!? ご主人様の、おチンポぉ……!!」

俺はクリスの腰を上げさせ、一気に貫いた。

彼女の常時発情雌犬マ◯コは、乱暴な挿入でも柔らかく受け止め、ちゅうちゅうと亀頭を吸って歓迎を示す。

交代してから何十回も中出しされた膣は二人分の体液でぐじゅぐじゅだ。

クリスはエメリンの脚の間に顔を突っ込んだまま、一瞬であられもないトロ顔になって喘ぐ。

「あおおぉぉっ!? おっ、おっ、おんっ、はおぉぉっ! あんっ、あ、おほ、おんっ! あおぉぉんっ!」

強めに突くと、クリスの柔らかな尻がクッションになって気持ちいい。

パンパンという音に合わせるように、まさに雌犬そのもののような下品な嬌声が重なる。

心の底から気持ち良さそうに喚きながら、彼女は淫らに腰を振る。

エメリンは唇を噛んで、至近距離から俺とクリスの交尾を見つめていた。

いや、悔しがっているだけじゃなく、興奮もしているようだ。休憩のおかげか、それとも対抗意識のおかげか、彼女の膣口からは真新しい愛液が滴り落ちている。

それなのにクリスが脚の間にいるせいで、脚を閉じてこっそり刺激することもできずに困っているようだ。

俺はクリスの頭をエメリンの股間に押し付ける。

賢い忠犬はすぐに俺の意図を察したらしく、卑猥な音を立てて妻の秘処にしゃぶりついた。

エメリンの身体がぴくりと震える。

「んっ、ふっ、はふ、ちゅぱ、れろれろ……、ちゅぱっ」

「や、やめなさい! この駄犬! ふぁっ!?」

「じゅるるるる、ぢゅ、じゅる、んふっ、ちゅぱちゅぱ、ぴちゃぴちゅ、んんっ」

クリスはエメリンの淫唇を舐め、クリトリスを捏ねくる。

嫌がりながらも、エメリンは逃げることなく小刻みに腰を揺すってクリスに押し付けていた。

さすが、女だけあって女性器の扱いをよく知っている。

クリスの的確な責めで、エメリンはすぐに余裕がなさそうな声を上げた。

「あ、あっ……だめぇ、あぅ、こんな、こんな女に……、犬なんかに……」

「んっ、んっんっ……ちゅぷ、はふ……んふっ、んっ!!」

エメリンはだんだん大胆になり、クリスの頭を太腿の間に挟み込んで腰を振り始める。

クリスは頭を押さえ込まれ、くぐもった声を上げた。

俺とエメリンに挟まれて、クリスは潰されかねないほど圧迫されている。それでも奉仕をやめない辺りは、優秀な雌犬奴隷だ。

俺もクリスのマ○コを道具のように使い、だんだん昇り詰めていく。クリスの子宮を乱暴に突きながら、エメリンを優しく抱き寄せて深く口付けた。

エメリンが絶頂したのを見て、俺もクリスの中に己の欲望を解き放つ。

「んふぅ、んん――……っ!!」

「おご、おぉ、んおぉぉ――……っ!!」

顔にエメリンの潮を浴び、胎内に俺の子種汁の熱を感じながら、クリスもイったようだ。

彼女は小刻みに尻肉を波打たせ、脚を生まれたての子鹿のように震わせている。

どくどくと脈打つ俺の肉棒を、収縮したクリスの媚肉が包み込み、搾り上げる。

心地よく出し切って、チンポを引き抜いた。

ベッドの上に仰向けに横たわったエメリンの上に、解放されたクリスがくずおれる。

そろそろ外が明るくなってきた。

次くらいでお開きにしなければならない。

それなら、最後くらいは贅沢な抜き方をさせてもらうとしようか。

折り重なって倒れているエメリンとクリスの両腕両脚を縄で束ね、動けなくした。

蕩けた二つの淫華を密着させた状態で腰を固定し、その間に俺のチンポを潜り込ませる。

「ふぁ……おじさま……?」

「ご主人様ぁ……」

エメリンは不安そうに、クリスは恍惚とした様子で俺を見つめる。

姪っ子教え子幼妻マ○コと雌犬奴隷受付嬢マ○コによる特製オナホールだ。

二種類の肉の、それぞれ微細に違う感触で、突っ込んでいるだけでも気持ちいい。

二つのマ○コで挟んで乱暴に扱くと、二人は甘い嬌声を上げた。

カリがクリトリスに引っかかるたび、二人の腰が動く。深さはないが、思ったより柔らかくぬめっていて、圧迫感が強い。身勝手にチンポを扱いて射精するには、ちょどいい刺激だ。

「出すぞ、受け止めろ」

エメリンとクリスの柔らかな腹の間から亀頭を覗かせ、存分に射精した。

白濁の飛沫が二人を彩る。

「ふぁぁ……おじさまの、せーし……」

「ごしゅじんさまの、ザーメン……はぁ、はぁ……」

エメリンとクリスは恍惚とした様子で、俺の精液を肌に受けてぞくぞくと震える。

俺は心地よい疲労感とともにチンポを引き抜いた。

拘束を解くと、二人は互いに奪い合うように飛び散った精液を舐めとっていく。

仲がよいとは言えないが、だいぶ打ち解けてきた様子だ。

さて、朝飯には少し時間がある。

少しイチャつきながら休むとするか。

俺はベッドに倒れ込み、愛しい妻と飼い犬を抱きしめた。

◇　◇　◇

朝までたっぷりと愛を育んだ後、俺たちは身支度をして、宿屋の一階に降りてきた。

この宿は一階で食堂も営んでいる。

三人分の軽い朝食を注文し、テーブルを囲んだ。

飯を食いながら、俺たちはエメリンに「ティンポ師」について説明した。

朝食の場でチンポマ○コの飛び交う会話だが、エメリンが音声遮蔽結界を張っているので安心だ。

「初めから言ってくれれば、私だってあんなに意固地にはなりませんでしたよ」

「言ったら俺に遠慮して、納得してもいないのに浮気を許すだろ」

「当たり前です。おじさまの負担になりたくないですから」

「俺の事情よりエメリンの気持ちが大事なんだよ」

「も、もう……おじさまったら……」

彼女はふにゃっとした表情になって俺にしなだれかかる。

チョロ可愛い。不安だ。俺の見ていないところで誰かに騙されないといいが。

「この後、エメリンは予定空いてるか？」

「申し訳ありません、おじさま。昼頃には魔族領域へ再出発の予定です」

「やれやれ、遠征と遠征の間は充分に休むようアドバイスしたはずだがな」

「ええ、私もそう言ったのですけど、皆さんどうも意固地になっている様子で……」

困った顔でエメリンはため息をつく。

現在、あのパーティ内の戦闘能力だけ見ればエメリンが最強なはずだ。

しかし、彼女はパーティ内で一番歳下で、経験も豊富とは言えない。押しもあまり強くないので、意見が採用されにくいのも無理はないか。

「クリスは？」

「出勤日ですので、ギルド支部へ」

「それじゃあ、エメリンの準備に付き合ってからギルドにも顔を出すよ」

「ええ、いいんですか、おじさま？」

エメリンは目を丸くする。

「まあな。俺のせいで昨日一日潰しちまったわけだから、罪滅ぼしに手伝わせて欲しい」

「ありがとうございます。とっても助かります」

飯を食い終えて、俺は立ち上がった。


エメリンは自分の腕を俺の腕に絡ませてくる。平たい胸からお腹までが腕に密着して、実に気持ちいい。

「えへへ、デートですね、おじさま」

「そうだな」

嬉しそうにはしゃぐエメリンを見ていると幸せな気持ちになる。

それを見て、クリスもまた反対側の腕をとり、柔らかな胸の谷間にぎゅっと抱き込む。

「ご主人様、私もお散歩に連れて行ってください」

「おう」

「だめです！　今日は私と二人っきりがいいんです。駄犬は邪魔しないでください」

「分かりました。ではいずれ時間があるときに」

クリスはさっと引き下がる。

まだちょっとライバル意識があるような気がするが、このくらいはいいスパイスだろう。

どうにか二人が打ち解けてくれて、一安心だ。

俺とエメリンはクリスの出勤を見送り、遠征用の買い出しに向かう。

と言っても、だいたいの装備品は通常の店売りより良質なものを揃えてあるので、消耗品の補充のみだ。

お勧めの店はあらかじめクリスに聞いてあるので、効率的に移動できる。

順調に巻物店、短杖(ワンド)店などを回り、魔法薬店に入った。

ツンと鼻をつく薬品の臭い。

魔法薬物に慣れている俺はともかく、エメリンは少し目眩がしたようだ。

俺はふらつくエメリンを抱きとめて支える。

店の奥には、手首から先だけが妙に若々しい老婆が座っていた。おそらくあれが店主だろうな。

「無理せず入り口で待っているといい」

「はい。お願いします、師匠」

回復薬や聖水などはイリナが管理しており、エメリンの担当する魔法薬はさほど多くない。

今回購入するのは常備薬の補充分と、前回の行軍の反省を踏まえた追加分を合わせて十種ほどだ。

店の中には完成品のポーションだけでなく、素材も置いてある。

棚を見て回って感心したのは、劣化した魔法薬や素材が全くと言っていいほど置かれていないことだ。

これだけしっかり管理の行き届いた店は珍しい。

クリスがお勧めする店だけはある。

必要なものを購入してエメリンのところに戻ると、彼女は入り口近くの棚に置かれた薬を眺めていた。

媚薬だ。

水薬に軟膏、練香など、さまざまな種類がある。

「欲しいのか？」

「えっ⁉　えーっと、何のことでしょうか、師匠」

「こんなもの使わなくても、すぐにトロトロになるだろ？」

「ち、違いますよー‼　その……惚れ薬などを、師匠に使うのはどうかなー……と」

頬を染め、目を逸らしながら彼女はそんなことを言った。

「薬を使うまでもなく、俺はエメリンに惚れているんだが」

「うっ……し、師匠、そんな恥ずかしいこと、お外で言わないでください」

エメリンはぐいぐいと俺を店から押し出す。

耳まで真っ赤になって照れているのが可愛い。

まあ、変わった刺激が欲しいのであれば、そのうち何か使ってみるのもいいかもしれない。

そう言えば、自前でそういうことができそうなスキルもあったな。

ポイントが余ったらそのうち取得してみるとするか。

予定より早めに、目的のものを買い終えた。

時間はまだまだあるので、少しデート的なことをやるのも一つの手だろうか。

「昼には少し早いが……何か食いたいものはあるか？」

「じゃあ、甘いのがいいです」

「それなら、暑くなってきたし、冷たいのにするか」

ナローカントの隣の都市、ブーティニードでは多くの氷の屑魔石が採れる。

そのため、ブーティニードと交易のある近隣都市では多様な冷菓が売られている。少々値が張るので、財布に余裕がある富裕層用のちょっとした贅沢だ。

俺たちは貴族街に近い大通りに建てられた、冷菓の有名店に足を運ぶ。

そう言えば、エメリンはこの店に行きたいと言ってたな。

「わあ！　師匠、覚えててくれたんですか⁉」

「んー、まあな」

無邪気に喜ぶエメリンから思わず目を逸らす。

ギリギリ思い出したから、セーフだよな。

イートインの席はいっぱいだったので、持ち帰りにしてもらうことにした。

透明なガラスで仕切られたケースの中に、色とりどりの冷菓が並んでいる。

エメリンは目を輝かせながら、それらを見回した。

「あまり食うと腹を冷やすから、二つまでにしておくか」

「ど、どうしましょう……ええと、ええと……、桃……？　じゃなくて、ショコラ？　あぁ、木苺も捨てがたい」

かなり悩んだ末、エメリンは桃と南国産の珍しい果実を使ったものを選んだ。

俺はエメリンが最後まで悩みながらも選ばなかった、ショコラと木苺を注文する。

「俺のを分けてやろう。その代わり、そっちも味見させろ」

「わあ……ありがとうございます、師匠！」

雪だるまのように二段になった冷菓を手に、噴水のある広場に移動する。

彼女は待ち切れず、歩きながら食べ始めていた。

適当な木陰に俺の上着を敷いて、腰を下ろさせる。

「あー、師匠、垂れてますよ。勿体ない」

エメリンは俺の手に口を付け、溶けかけた冷菓の汁を舐めとる。冷菓で冷えていたせいで、彼女の唇の熱が余計に敏感に伝わる。

「ショコラと木苺もいいですね。我ながらセンスのいい組み合わせでした」

「エメリン、お前な……絶対に、俺以外にそんなことするなよ。菓子じゃなくてお前が食われるぞ」

「ふぇ？　どういう意味ですか？」

分からなかったようなので、実践することにした。

エメリンの口の周りについた冷菓を舐めとり、そのまま舌を中に侵入させて唾液と混じり合った果実を味わう。

ひんやりとした口内が、だんだんと熱を帯びていく。

口を離すと、彼女は耳まで赤くなっていた。

「し、師匠ぉ……こんな、人前で……いきなり、そんな」

「早く食わないと溶けるぞ」

「ひゃあ⁉　落ちちゃう⁉」

エメリンがその気になりかけていたのは分かっていたが、あえて溶けかけの冷菓を指摘して意識を逸らす。

その後は二人で冷菓の味を批評したり、身体が冷えた彼女を抱きしめて温めたりしてのんびりと過ごした。

こんなに喜んでくれるなら、また連れて行ってやるか。

満足そうなエメリンの微笑を見下ろしながら、俺はそんなことを考えた。

聖堂の鐘が正午を打つまで、俺たちは寄り添っていた。

◇　◇　◇

「一ヶ所寄るところがあった」

「はい？」

「俺の用事だが、差し支えなければ一緒に来てくれるか？」

「ええ、いいですよ」

近くを通りかかったついでに、魔法道具を発注していた付与魔術工房に立ち寄る。

魔法大学に在籍していた頃の俺の後輩が営む、個人経営の小さな工房だ。

ドアを開けると、取り付けられた鈴の音が涼やかに鳴る。

「あら、先輩、約束の時間より早めですねー」

細工仕事をしていた女は鈴の音に顔を上げ、眼鏡の位置を直す。

薄茶色の髪を肩の辺りで不揃いに切った、研究者肌で飾り気のない女だ。

歳は俺の二つ下だが、ドワーフ族なのでエメリンと同じくらいの年齢に見える。

「ああ、近くを通りかかったついでにな」

「そちらは噂のー、とーっても優秀なお弟子さん？」

「ゆ、優秀だなんて……」

「優秀なだけじゃなく、とても可愛いだろう」

「し、師匠ったら！」

俺たちのやり取りに、ドワーフ女はくすくすと笑う。

「エメリン、付与術師のケーテだ。何かオーダーメイドの装備が欲しいときは頼るといい」

「よろしくお願いします」

「よろしくー、お願いねー。未来の大賢者さん」

ケーテはニコニコしながらエメリンに握手を求める。

エメリンはなんとなく居心地悪そうに彼女の手を握った。

「職業柄、あまりお世話になることはないかもしれませんけどね」

「そうねー。賢者ですものねー。ディック先輩はよく来てくれたけど、先輩は変わってるからー」

「俺のどこが変わっているというんだ」

「先輩って無自覚ですよねー。お弟子さんも苦労してるでしょう？」

「いえ、その……」

ケーテは気づいていないようだが、どうやらエメリンの機嫌が悪そうだ。

俺は一旦会話を打ち切り、注文品を取りに行ってもらうことにした。

ケーテが部屋を離れている間に、エメリンに事情を聞く。

「だって、職人のかたが女性だなんて思わなくて……」

「いや、あいつとは別にそういう関係じゃないぞ」

「師匠にその気がなくても、ケーテさんもそうだとは限らないですよ」

ケーテが？　いや、それはないだろう。

俺も鈍感な方だと最近自覚が芽生えてきたが、それでもケーテはない。

彼女は研究開発一辺倒の変人だ。

仕事が恋人というより、仕事が人生ってタイプだ。一生色恋と無縁な方に、全財産賭けてもいい。

と言っても、初対面じゃ分からんよな。

どうエメリンに説明しようか迷っているうちに、ケーテが戻ってきた。

「とりあえずー、付与が終わった分がこれだけですー」

「おう、助かる」

さっと品物を確認する。実際の使用感の確認は後回しにするとして。見た感じ問題はなさそうだ。

「もう一つ頼みたいことがあるんだが」

「はいー？」

俺はエメリンを手招く。

ケーテから距離を取っていたエメリンは、不承不承に近づいてくる。

「その……この子の、指輪のサイズを測ってくれないか」

エメリンの手を取り、俺は言った。

ケーテは唇を笑みの形にし、眼鏡をくいっと持ち上げる。

「先輩、婚約指輪ですかー？」

「そのうち結婚指輪も頼むつもりだ」

「わー、それはそれはー、お幸せにー」

「し、師匠……?」

「無用な争いや心配事が降り掛からないように、と思っただけだ。牽制は大事だと常々言っているだろう。そういうことだから、別に他意はないぞ」

言い訳のつもりが、口に出したら何の弁明にもなっていなかった。

なんだか妙に照れくさい。

エメリンは真っ赤になってうつむいた。彼女の早鐘のような鼓動が、繋いだ手を通じて伝わってくる。

「……幸せになってもらうぞ」

はい、とエメリンは俺だけに聞こえるような小さな声で答えた。

◇　◇　◇

「師匠……、んっ……」

待ち合わせ場所の近くまで来ると、俺は道を外れ、狭い路地にエメリンを引っ張り込んだ。

積まれた木箱や樽などの陰で、エメリンの唇を奪う。

「んっ、ん……」

一度だけでは満足できずに、俺は何度もエメリンの唇を味わう。

唇と舌で愛撫していると、だんだん彼女の方からも求めるようになってきた。

小さな舌を俺の口の中に伸ばし、一生懸命に動かす様子が可愛らしい。

「師匠……だめ、だめです……みんなと待ち合わせが……」

「まだ少しくらい時間はある」

「でも、早めに来てる人がいるかも……あ、あ、んっ……んん……」

口を塞ぎ、舌を彼女の唇の間からねじ込む。

彼女は俺の舌に赤子のように吸い付き、唾液を啜った。

俺はキスしながらローブの内側に手を差し入れ、彼女の細い腰を撫でた。

嫌がっているような口ぶりだったくせに、エメリンは積極的に俺の背に手を回し、俺の愛撫に甘えたような喘ぎを返す。

「本音は?」

「……師匠と離れたくないです」

「いつまでも甘えん坊な弟子だな」

「師匠は?」

「離したくない」

エメリンを壁に押し付け、膝で彼女の脚の間を割り開いて腰同士を押し付ける。

彼女は俺の脚に跨がるような姿勢になる。

俺の腰に持ち上げた方の脚を絡め、彼女は甘えるように動き始めた。

「んっ……、師匠も、甘えんぼうさんですね」

「まあな」

キスしながら、エメリンの身体を撫で回す。

スカートが短いせいで、簡単に捲り上げられ胸まで触れてしまう。

若い娘が着るには無防備すぎるんじゃないか。

「もう少し丈の長いものを着るようにと、いつも言っているだろう」

「みんなはもっとスカート短くしてるじゃないですか」

「お前は真似しなくていい」

「ふうん……」

答えながら、エメリンも俺の上着のボタンを外す。

胸や肩を撫でるその手が、だんだんと下に降りていき、下腹部で熱く滾る塊に触れた。

「師匠だって、こんなに興奮してるくせに……」

「俺はいいんだよ」

エメリンは俺のズボンからチンポを取り出し、スカートで包むようにして扱く。

裏筋には柔らかなロリぷにマ○コが押し付けられ、そのまま腰を揺すって刺激してくる。

耳朶に彼女の熱い吐息がかかった。

「カチカチおチンポ……、そんなに、私のお腹の中で、ズボズボしたいんですか？」

少女の甘く囁く声に、どくりとチンポが跳ねる。

したい。ズボズボしたい。

「教え子おマ○コ、師匠のぶっといおチンチンでコンコンして……、えっちなお汁で、トロトロの、ぐしょぐしょに、したいんですか？」

「したい」

「頭がおかしくなるまで、ズボズボ、パコパコして……、大好きな師匠のおチンチンのことしか考えられない、師匠専用お馬鹿マ○コ賢者に教育しちゃいますか？」

「したい」

「大事に大事に育ててきた愛弟子の、あかちゃんのお部屋に、師匠の元気なせーし、いっぱい注ぎ込んで、受精させて、妊娠させて、幸せにしてくれますか？」

「したい！」

エメリンは俺の耳元から唇を離し、潤んだ目で見つめた。

彼女は俺の先走りがべっとりついたスカートを持ち上げ、下着を見せつける。

「シましょう」

俺はエメリンの片脚を持ち上げ、彼女の恥丘にチンポを擦り付けた。

脱がせるのももどかしい。ぐしょ濡れの下着をずらし、痛いくらいに勃起したチンポを割り込ませる。

天国の感触。

大事な弟子の柔肉が俺を包み込んでいく。

何物にも代えがたい、至福の瞬間だ。

「ふぁ……師匠のおチンチンが……私の、おなか、拡げていきますぅ……」

エメリンは突き上げられ、俺にしがみついた。

自ら腰を揺すって俺のチンポを奥へと招く様子が、たまらなく愛しい。

俺のチンポが根元まで入ると、彼女は舌なめずりした。

「教え子おマ○コに、全部入っちゃいましたね」

「ずいぶんと貪欲なマ○コに育ったもんだ」

「師匠の教えのおかげです。これからも、いっぱいえっちなこと教えてくださいね」

可愛いことを言ってくれた弟子に、キスをした。

エメリンは俺の唇を貪りながら、期待に満ちた目を向け、腰を小刻みに揺する。

彼女の中がうねり、俺のチンポを誘惑してくる。

たまらず腰を押し出し、彼女の中をかき回す。

ぐっしょりと濡れた淫裂からは、更にたくさんの愛液がかき出され、靴下に垂れて染みを作っていく。

「ふぁぁ、師匠……師匠ぉ……」

エメリンはたまらず抱きついてきた。

俺はじゅぶじゅぶと音を立てて突きながら、エメリンの頭を撫でた。

完全装備の旅装なせいもあり、いやが上にも大事な愛弟子にチンポを嵌(は)めていることを意識させられる。

背徳感が刺激され、ぞくぞくする。

「師匠ぉ……、んんっ、それ、すごく気持ちいいですぅ、ふぁぁ、好きぃ……」

「頭撫でられるのが好きなのか?」

「ひゃい……師匠に、いい子いい子されるとぉ、ふぁぁ、感じちゃって、いつも、大変でしたぁ……」

非常に問題のある弟子だな。

俺は褒めて伸ばすタイプの教え方だったから、さぞ大変だっただろう。

まあ、今は恋人でもあるから問題ない。たっぷり撫でて可愛がってやろう。

「エメリンの髪は柔らかくて手触りがいいから、褒める方も気持ちいいぞ」

「ふあぁぁ……師匠ぉ……」

「トロトロに感じてるのに、ちゃんと腰も動かしてるな。頑張り屋のいい子だ」

「ん、あ、あぁ……」

「優秀な弟子はマ○コまで優秀だな。百点満点だ」

「ふぁ、あっ、らめ……、あ……」

褒めてやるたびに、エメリンはきゅっきゅっと膣を収縮させて俺を歓ばせる。

抜き挿しするだけで、たっぷりと蜜を蓄えた肉壷がしゃぶり付いてくる。

彼女が腰を回すようにチンポを迎えるので、予想しない角度で襞が絡み付いて気持ちいい。

種付け欲求がぐんぐんと増してきた。

「百点マ○コにご褒美をあげよう」

「ひゃいぃ……教え子おマ○コに……師匠専用のあかちゃん袋に、ご褒美いっぱい、いっぱいくらしゃいぃ！」

子宮を重点的にいじめるように、ずんずんと奥を突く。

彼女の蕩けた子宮口は、ディープキスでもするかのように俺の亀頭に吸い付く。

エメリンの腰から頭に向かって、ゆっくりと震えが伝わっていくのが分かった。

同時に彼女の幼い膣襞が、暴力的なまでに俺のチンポを吸り、搾るかのように蠕動（ぜんどう）する。

絶頂の最中にある愛弟子の種請いマ○コの感触を、余すところなく味わいながら、自分の欲望を解き放った。

輸精管から無理矢理に精液を吸い出されるような感覚。

射精の満足感が、師と教え子の禁断の種付けセックスによる背徳感で増幅される。

「あ、あぁあっ！　イク、イッちゃ……ふぁぁ、師匠の、せーしで、イ、イッ、ひぁぁ、んんー……っ！　イクッ、いっ、熱っ、ん、ふぁ、あぁぁぁ――……ッ!!」

イッたばかりの子宮口にぴったりと押し付けると、ちゅうちゅうと吸い付いてくる。

絶頂に蕩けたエメリンの膣襞は、密着したままでも絶妙に蠕動して搾精しようとする。

中出しの幸せに酔ったような彼女の表情が、たまらなく淫らで、美しい。

可愛い教え子の艶姿を見ながら、俺は彼女の中に収まり切れないほどの精液を流し込んでいた。

膣口から入り切らなかった精液がゴポゴポと溢れてくる。

バキバキに勃起したままのチンポを引き抜くと、精液が跳ねて彼女のスカートや下腹部に飛び散った。

「ふふ、服に精液ついちゃいましたね。それに、すっごく濃い、せーえきの匂い」

仲間にバレるのはまずいかな。

俺はそう考えたが、エメリンの意図は違ったようだ。

彼女は服についた精液を口に運ぶと、挑発的にぺろりと舐める。

「私、おじさまに精液かけてもらうのも、大好きですよ。中も外も、全部おじさまのものになった気がして」

「何もしなくても、お前は俺のものだよ」

「えへへへ、嬉しい……」

幸せそうに笑って、エメリンは後ろを向いてスカートをめくった。

彼女は壁に手を突いて、柔らかな尻で、まだガチガチなチンポを挟んでぬるぬる刺激してくる。

「そろそろ時間じゃないのか？」

「もっと、おじさまとセックスしたいです」

「お前を捜しに来るかもしれないぞ。仲間に見られたら、まずいだろ？」

「見せちゃえばいいんですよ。私とおじさまが、愛し合ってるところ」

そう言って、彼女は淫裂に指をかけてくぱあっと開いた。

俺の子種を溜め込んだピンク色の可愛い媚肉を見せつけながら、少女は尻を振って誘惑する。

「ねえ、おじさま……私のおマ○コに、おじさまのおチンチン、いっぱいハメハメしてください」

こんなこと言われたらハメるしかないじゃないか。

理性を吹き飛ばされ、俺はたまらず最愛の姪の幼い膣にチンポをねじ込んでいく。

「おじさまのおチンチン、すごい……気持ちいいところに、全部当たってますぅ……」

「おぉ……エメリンのマ○コもいいぞ。すっかり俺の形になってきたな」

「嬉しいです、おじさま……」

褒められて、姪の蜜壷が歓喜にうねった。

実際、まるで俺のために作られたかのような、俺好みの雌穴だ。

まだ成長過程だが、いずれ俺を泣かせるほどの凶悪な肉壷になりそうな予感がある。

期待にチンポを膨らませながら、彼女の中を蹂躙する。

「あんっ、あん、ふぁぁ、こんな……、こんなおチンチン、んっ、反則ですぅ……、あぅぅ、ばかになるぅ……、ふぁ、こんなの、ズボズボされたら……おチンチンのことしか、考えられなくなっちゃうよぉ……」

エメリンの喘ぎがエロすぎて我慢できず、思わず乱暴に突き上げた。

爪先立ちで俺の腰の高さに合わせようとしているのが健

気で、更にチンポが熱くなる。

俺は激しくピストンしながら彼女の服の中に手を入れ、いつの間にか硬くなっていた乳首を繊細に刺激する。

「ふぁ……おじさまのゆびぃ……やさしくて、好きぃ……」

「俺もエメリンの乳首が好きだよ」

「おじしゃまぁ、あっ、あ、あぁっ……、おじさまのぉ、おチンチンも……っ、すき、しゅきぃ！」

「俺もエメリンのマ〇コが好きだよ」

「あはぁ……嬉しい、おじさまぁ！　もっと、もっとズボズボしてぇ……、エミィのおマ〇コに、大好きな大好きなおじさまの、せーえき、いっぱい飲ませてぇ！」

可愛らしいおねだりに、俺の理性は灼き切れた。

出鱈目に腰を振ってエメリンの淫肉を貪り、搾精準備完了子袋に狙いを定める。

溶岩のような灼熱の粘液が輪精管を駆け上る。

解放感と強烈(きょうれつ)な多幸感に満たされ、一分の隙もなく俺のチンポに吸い付いた激狭姪マ〇コの中で射精した。

びゅぐっ、びゅるるるるる、びゅるるるるる、びゅぐ、びゅぐぎゅぶ、びゅるる、ごぽごぷ、びゅるるるっ。

「あぁぁ――ッ!!　せーえき、せーえきキてるぅぅっ！　ふぁぁ――……、エミィ、おじちゃんのせーしで、イッちゃ、イクぅ、ふぁぁ、イク……ッ!!　ふぁ、イクぅぅ……ん、あぁぁぁぁぁ～～～……ッ!!」

びゅるるる、びゅる、ぐぷっ、びゅぶびゅぶ、どぅるる、びゅるるっ、びゅるるるるっ、びゅ、びゅ、ぴゅっ――

姪の淫壷にぎゅんぎゅんと搾り取られながら、俺は長い長い射精を終える。

血が下半身に集まりすぎて頭がぼうっとする。

これ以上ないほど出し切った感覚に、魂まで抜けたような錯覚に陥る。

もう何も出ないチンポをきゅうきゅうと抱きしめ続ける最愛の姪の雌肉に、愛しさが溢れてくる。

「はぁ……、しゅき……、しゅきなのぉ……おじちゃん、エミィを、はなさないで……」

俺はエメリンを後ろから抱きしめ、首や耳にキスした。

抱きしめる手に、小さな手が重なる。

愛しさで胸がいっぱいになる。彼女の呼吸が整うまで、そうして繋がったまま抱きしめていた。

「あれ……なんだか、力がみなぎってくる……？」

そのまま何度か身体を重ね続けた後、エメリンはぽつりと呟いた。

彼女は目を閉じ、魔力の流れを読む。

「お腹に、見慣れない術式が組み込まれてます……これは、もしかして、おじさま？」

「ああ」

エメリンの下腹部に手を当てる。

スキルがない今の俺には完全には読み取れないが、確かにそこに俺が仕込んだ魔力の流れがあった。

魔力感知スキルを使えばピンク色に視覚化される波長の温かなオーラ。

魔力は左右の卵巣辺りを中心に二つの螺旋を描き、緩やかなカーブを作って陰核の上で合流する、ハートマークに似た形で流れている。

ティンポ師のスキル、強化儀式レベル1によるものだ。

魔力や体力などの全能力を引き上げ、幸運を呼び込み、子宮を保護し、微量な継続回復効果を与える。

性交している相手限定で、効果も弱い。微妙スキルだが、ないよりはマシなはずだ。

「今の俺には、こんなことぐらいしかできない」

「いいえ、卑下しないでください」

エメリンは俺をまっすぐに見つめる。

尊敬と信頼の籠もった視線だ。

「本当に大事なのは些細な積み重ねなんですよね。師匠の教えです。全部覚えてます。何一つ忘れません」

「そうか」

胸が詰まる思いがした。

やはり、エメリンは俺には勿体ないくらいのいい弟子だ。

思わず彼女を抱きしめ、柔らかな髪に顔を埋めた。

「絶対に俺のところに帰ってこいよ」

「はい、約束です」

長い長いキスをして、俺はエメリンを見送った。


「すいませーん、遅れちゃいましたー」

エメリンが勇者パーティの中で一番遅く現れた。

彼女の様子を見て、仲間たちは目を見開く。

一昨日解散した時の彼女からは考えられないような、幸せそうな様子だったからだ。

ふわふわと蕩けたような笑みを浮かべ、足取りは今にもスキップしそうなほどに軽い。

いったい、たった二日の間に何があったのか。

仲間たちは顔を見合わせる。

衣服の精液染みや、仄かに漂う精臭に気づいた数人が、わずかに頬を引きつらせた。

「エメリンさん。何かあったのですか？」

エルフのキアラが空気を読まずに質問して、仲間たちがざわめく。

　エメリンはしばし照れたような表情を見せた後、不意に女神か聖母を思わせる穏やかな微笑を浮かべ、自分の腹を撫でた。

「別に、なんでもないですよ」

　嘘だ、と全員が思った。

「うふふー、さあ、冒険に行っちゃいましょうかー」

「ええ……大丈夫か？」

「怖いんですか？　安心してください。今の私なら、何が出てきても一撃ですから」

　勇者アラメアの質問に、エメリンは自信満々に答えた。

　これもまた、一昨日の彼女とは別人のような態度だった。

　勇者一行はエメリンの奇妙な変化に首を捻りながらも、二度目の遠征に出発することにしたのだった。

第三章　潜伏者

ナローカントには二つの大神殿がある。

一つは北方の主神を祀る大聖堂。もう一つが、俺もよく利用する多宗派共同神殿だ。

エメリンを見送った後、俺は共同神殿にやってきた。

礼拝堂入り口に置いてある盤に銀貨を投げる。見習い神官の少女がにっこりと俺に微笑んだ。

主要宗派の礼拝時間から大幅にずれているので、礼拝堂の中は人がまばらだ。

それでも何人か熱心に祈りを捧げている人々がいるので、俺は努めて静かに動いた。

入り口や側面、説教壇側など、いくつかのアングルから眺めてイメージを固めていく。広さ、費用、収容人数などを考えると、少々オーバースペックだが、雰囲気は絶好だ。

大聖堂ではなく、こっちで決定だな。俺もエメリンも主神信仰ではなく遷移利益型多神信仰なことだし。

下見を終えて帰ろうかと振り返ったところで、石像に肩がぶつかる。

慌てて振り返ると、性愛神のどエロい神像だった。

俺は速やかに性愛神の作法に則って指印を切り、像の胸を揉んで懺悔した。

「これこれ、何をしておるのじゃ」

肩を叩かれて振り向くと、そこには見知った顔の聖職者が苦笑を浮かべて立っていた。

彼女はツェツィーリアという名の星暦神の司教だ。

南方の血が混じっており、浅黒い肌をしている。

肩で切りそろえた艶やかな黒髪と、エメラルドを思わせる翠色の瞳を持つ。

彼女は元は人間だが、聖者（アギオス）として昇華しており、三百年以上の時を経てなお十代の少女の姿のままだ。

成長はしないので背の高さはエメリンほどだが、胸だけは圧倒的に大きい。おそらく、入信者の大半は妄想の中で彼女のロリ巨乳のお世話になっていることだろう。

「いや、ぶつかったので、お詫びに……」

「性愛神の作法を知らん者から見たら、ただの石像偏愛の変態じゃぞ。そもそもエア揉みでよいはずじゃ」

「立派なおっぱいだったのでつい……ああ、いや、お前のおっぱいも負けないくらい立派だぞ」

「気を使う場所がおかしいのじゃ。ふふ、相変わらずじゃのう、賢者殿は……」

ツェツィーリアは袖で口元を押さえて笑う。

俺と彼女は、この街に来る前からの知り合いだ。

彼女がいるからという理由で、俺は大聖堂よりももっぱら共同神殿の方を利用している。

「ご無沙汰じゃったのう。どうじゃ、旅の方は？」

「ああ、いや、もう賢者じゃないんだ。弟子に跡目を譲ったよ」

「おお、それは勿体な……いや、ううん、お疲れさまなのじゃ。これからはのんびりと生きるがよい」

「おう、そのつもりだ」

ツェツィーリアには軽くパーティ追放の経緯を説明する。彼女はずいぶんと深刻そうに残念がってくれた。

どこかくすぐったい気もするが、心配してくれる友を持つのはありがたいものだ。

「まあ、それはそれとして、結婚することになったんで、会場の下見に来たんだ。空きスケジュールとかって、神殿の事務方に訊けば分かるかな？」

「ふぇぇ!?　結婚!?　えぇぇ、誰と!?」

「俺の弟子」

「弟子ぃ!?　ええ、彼女は姪ではなかったかのう？」

まあ、そりゃあ驚くわな。ツェツィーリアはエメリンのことも知っているので、尚更だ。

「こほん、その、取り乱してすまぬ。おめでとうなのじゃ、ディック殿」

「ありがとう。当日もどうか司教として、そして友として祝福して欲しいんだ」

「喜んでその栄誉に与らせてもらおう」

そのとき、ちょうど他の団体の礼拝が終わったようで、彼らは俺たちに軽く会釈して礼拝堂を出て行く。

偶然だが、礼拝堂には俺たち二人だけが残った。

「そう言えば、式にも関係あるんだが」

「うむ、なんじゃ？」

「今、何色の下着つけてる？」

「ぐふっ、な、何をいきなり言っておるんじゃ！　神の御前でそんな、ふしだらなことを！」

ツェツィーリアは目を逸らしながら俺を詰る。

卑猥な質問を諌めているようにも聞こえるが、質問に答えられないとも考えられる。

俺は速やかに彼女の胸をローブの上から揉んだ。

「あ……だめなのじゃ……」

「やっぱり、また下着をつけてなかったな」

「あ……、あっ……、違うのじゃ……」

布一枚隔てた向こうに、乳首の感触を覚えた。どうりで色を答えられないはずだ。

「これは問題だな。列席者たちをこんな格好で誘惑して、結婚式が乱交式になったらどうするんだ？」

「うぅ……、これは、その、今日だけたまたま……」

「この前も下着をつけてなかったぞ」

「は、はい……ごめんなさいなのじゃ……」

実を言うと、俺が彼女の露出癖を咎めるのは一度や二度じゃない。

全く、困った変態司教様だ。

「次にやったらブチ犯すって言ったよな？　もしかして、覚えてて誘ってる？」

ローブを捲り上げると、淫蜜を滴らせる無毛の割れ目が白日の下に晒された。

「ずいぶんと濡れてるじゃないか。誰でもいいからブチ犯されたくて、濡らして待ってるのかな、司教殿？」

「ち、違うのじゃ……妾は、その……そなたのことが……、そなたが、来てくれたから……」

歯切れが悪いな。

勃起したチンポを取り出す。

ツェツィーリアは俺のチンポを凝視し、ごくりと生唾を呑んだ。

「お前みたいな美人がそんな格好したら、男はみんなこんな風になるって、何度も言ったよな？」

「あ、あぅ……」

「これから花婿になる男を、そんな卑猥な格好で誘惑するなんて、悪い司教様だなぁ」

チンポを聖女の穢れなき花弁に擦り付ける。

俺の動きに合わせて彼女の腰が動き、ぬるりとした蜜が亀頭に塗り付けられる。

「ふあぁぁ……」

「困るなあ。こんなチンポ大好き淫乱司教様じゃ、どんな結婚式になることやら」

「い、言わないで……」

彼女は切なげに喘ぎながら、トロトロと新しい愛液を漏らし、俺のチンポを濡らしていく。

これは重症だ、少し荒療治してやらないと、とても結婚式を取り仕切れそうにない。

「ずいぶんと嬉しそうだな。お前が変態だって見破ってくれる男がいて」

「わ、妾はそのような……」

「しかも、いつ誰が入ってくるか分からない礼拝堂で処女をブチ破ってくれるんだ」

彼女の小柄な身体を持ち上げ、入り口に向けて股を開かせる。どろどろに濡れた処女マ○コを見せつける形になり、彼女はぞくりと身を震わせた。

準備万端な彼女の淫裂に、限界まで勃起したチンポを押し付ける。

「ほ、本気なのか……？」

「本気だぞ。このまま露出癖を放っといて、誰かに奪われるのも悔しいしな」

「あぁ……ディック殿……」

「それとも俺以外の誰かの方がいいか？　はっきり言ってくれよ、露出狂の変態司教殿？」

　ツェツィーリアの細い指先が、俺の亀頭を這う。彼女はごくりと生唾を呑んだ。

　しばし逡巡した後、決意した様子で彼女は宣言する。

「あぁ……妾は……露出狂の変態司教ツェツィーリアは、そなたが欲しいのじゃ……神の御照覧のもと、ディック殿の逞しい勃起おチンポで、発情した三百年ものの処女おマ○コを、奥の奥までズボズボされて種付けされたいのじゃ……ああ、言ってしまった……」

「いい子だ。望み通りにしてやるよ」

　俺は彼女に自ら陰唇を拡げるように命じ、チンポを押し込んでいく。

　もし誰かが入ってきて、この姿を見たら一切の言い訳は利かないだろう。そんな背徳感で、彼女は一層興奮しているようだった。

　キツい幼膣を、俺の剛直がこじ開けていく。

　儚い抵抗を軽々しく突き破ると、ツェツィーリアの背が仰け反った。

「あっはぁ……、痛ぅぅ、あぁ……、やってしまったのじゃ……神に仕える聖者なのに、これから結婚を祝福するはずのお友達チンポで女にしてもらっちゃったのじゃ……あぁぁ、すごい……太すぎて、お腹やぶれちゃうのじゃ」

　彼女は痛みに呻きながらも、急くように腰を小刻みに揺すり、自らの乳首をつまむ。

　痛がっている割に嬉しそうなので、遠慮なく突いてやることにした。強めに子宮を突き上げていると、だんだんと彼女の声が甘くなってくる。

　さすがに順応が早すぎだろう。

「だって、だって……ずっとそなたに犯して欲しくて……ふあぁ……、誘ってもなかなか、してくれなかったから！」

　嬉しいことを言ってくれる。

　だが、誰に犯されてもおかしくないような露出癖の司教殿の言うことなので、話半分に頷いておく。

　これでも独占欲は強い方なので、本気にしたら束縛してしまう自信があるからな。

　まあ、でも、この瞬間だけは完全に俺のものにしていいはずだ。

　俺は穢れのない子宮の入り口に自身を押し付け、欲望を解き放った。

初めての熱い精液の迸りを胎内に感じ、ツェツィーリアは幸福そうに身悶えした。

「あぁぉぉぉ……、中にぃ、入ってきてるのじゃ……神聖な礼拝堂で、神様の前で、種付け、されちゃってるのじゃ、あぁぁぁ……すごい、精液、気持ちいい……!!」

恍惚とした様子の彼女を抱きしめ、唇を奪う。

上下の口を塞いで、彼女の無垢な子宮に最後まで精液を流し込んだ。

「これに懲りたら、もう露出なんてするんじゃないぞ？」

「ふあぁ……、分かったのじゃ……分かったから、どうかディック殿、もっと妾におチンポを……」

本当に分かっているのか分からない答えが返ってきた。

まあいいか。

俺は気にしないことにし、淫乱司教殿に露出のリスクを教え込む作業を続けることにした。

「エメリンが行ってしまった……寂しい……」

「ご主人様ったら、意外に可愛らしいのですね。よしよし」

クリスは胸に挟んだチンポの先端を、指先でくりくりと撫でる。

可愛らしいという言い方には思うところがある。

しかし、跪いてパイズリされながらチンポをよしよしされて悪い気がするはずもない。

ツェツィーリアに露出行為の危険を教え込んだ後、俺はクリスを連れて冒険者ギルドの訓練場にやってきた。

いくつか試したいことがあったので、射撃訓練ができる部屋を選んだ。

まあ、結局は先に別のものを射ってから、ということになったわけだが。

「奥方様の代わりにはなりませんが、私が多少なりともお慰めします」

クリスは俺に優しく微笑み、たゆたゆと乳房を震わせてチンポを刺激する。

目を閉じると下半身がおっぱいの海の中に浮かんでいるような気分になる。

こうなると、枕用のおっぱいも欲しいな。そのうち巨乳を口説いてみるとするか。

彼女はチンポに唾液を垂らし、乳圧を強めにして扱いた。

ふわふわマシュマロのような感触から一転して、彼女の谷間はチンポから精液を搾り取るための肉穴に変わる。

彼女は鼻先をチンポに押し付け、匂いを嗅ぐ。

「おや、奥方様以外の女の匂いが……？」

「んんっ、それは、その」

「他の女を抱いていらっしゃったくせに、その女のマ○汁付きおチンポを別の女に処理させるなんて、悪いご主人様ですね……あむっ」

駄目押しとばかりに、クリスは両乳の間から突き出した亀頭をぱくりと銜え込む。思わず腰が浮いた。

「れろ、ちゅ、じゅるるる……ちゅぽ、じゅる、くぷっ、ちゅるる……」

クリスは胸から口までを一つのオナホのように連動させ、チンポを扱き上げる。

彼女は奉仕しながら発情しているようだった。

頬を上気させ、乳首を勃起させ、切なそうに脚を擦り合わせて腰を揺らしている。

ご褒美代わりに、クリスの乳首をきつめにつねったり扱いたりしてやる。ぷしゅっと彼女の股間から汁が霧のように噴き出す。

「そろそろ出すぞ」

「んふぅ、んんっ、んっ、じゅる、ぢゅぶぢゅぶぢゅぶっ！んんんっ、じゅるるるるるっ！」

俺は乳房と口唇の極上の二種類の肉に包まれ、心地よく射精した。

クリスの吸い出しによっていつもより射精の勢いが強く、噴出時間も長く感じる。口の中をたっぷりと精で満たし、チンポを彼女の唇から引き抜いた。

残った精液を、乳房同士をぴったりと密着させた中で噴出させる。

乳内の完全密封状態で行う射精には、膣内とも口内とも違う快感がある。行き場を失った精液が谷間から噴火のように溢れ、下からも服の中に垂れていく。

ふう。パイズリはいい。心が癒される。

クリスはお掃除フェラの後、胸や腹や唇を濡れタオルで拭いた。

着衣を直すと、もと通りの清楚な受付嬢が戻ってくる。精液の匂いと雌の匂いは隠せていないけどな。

「まあ寂しさはともかく、エメリンが心配だ。早く陰ながらついていける強さにならないと」

「奥方様はご主人様の魔力を継承していて、現在の全賢者の中で最強なのですよね。少々過保護なのでは？」

「俺はあの子の親同然だからな。心配するのは当然だろ」

「普通は我が子同然の娘を抱いたりはしないと思いますが」

一理ある。

だけど、あれは仕方なかった。

エメリンが他の女に危害を加える可能性もあった。

それ以上に、意識したら妙にエロく感じてきて止まらなくなったし、いざハメてみたら教え子姪っ子幼妻マ○コがめちゃくちゃ気持ちよかったたし。

まあ、過ぎたことは仕方ない。未来のことを考えよう。

「討伐依頼をいくつかこなそうと思う」

「それは名案かと。しかし、この時間ではもうほとんどの依頼は他の冒険者に取られているのでは？」

「不人気のカトブレパス、沼ワーム、エルダーケルピー辺りなら、この時間でも残ってるだろう」

「ええっ、ご主人様、戦闘職でもないのに、そのレベルの討伐依頼は危険なのでは？」

「勝算はあるぞ」

エメリンだけじゃなく、俺は女を養わなきゃならない。

相手がクリスだけならヒモでもいいが、いずれ増える他の女の面倒まで見させるわけにはいかない。

自分の稼ぎで食わせてる方が、気持ちよくセックスできそうだしな。

「最近、体調不良で動けない冒険者が多いようなので、ご主人様が討伐依頼を消化してくださるのは助かりますが」

「流行り病か？」

「いいえ、ギルドもその線で調査しましたが、伝染病ではないようです。たまたま偶然が重なっただけかと」

「ふーん、そりゃギルドの方もやりくりが大変だろう」

雑談しつつ、保存の鞄からいくつかの革袋を取り出す。

革袋には直径一センチほどの鉛玉と、同じ大きさの人工宝珠が入っている。

人工宝珠には付与魔術の術式が刻んである。

クリスを調教する合間に発注しておいた、俺の後輩である付与魔術師ケーテ作のオーダーメイド品だ。

「魔法道具の一種ですか？　おや、よく見たら付与されてないのもありますね」

「これは弾だからな。全部が魔法付与弾だとコストが馬鹿にならん」

「弾ですか？　ずいぶん小さくて軽いようですが、どんな射出機を使うんですか？」

まあ、見た方が早いだろう。

俺は標的を狙い、人差し指を曲げて保持した弾に親指を添えて構えた。

体内の精力の流れを捩（ね）じ曲げ、特殊な流れを作る。

血液の循環経路と、今は使っていない魔力経路、そして格闘家などの使う闘気の経路。それらを組み合わせ、自分用に微調整。

精力を加圧して作り出した擬似闘気を、足首から螺旋を描いて腰、腕、指先と流す。

擬似闘気に合わせて筋肉に力を込め、弾丸を弾いた。

みしり。

木製の的に、小さな鉛の弾丸がめり込んで止まる。

「え……⁉　い、今のって……魔法、じゃないですよね？」

「戦士や格闘家が使う闘気の応用だ」

闘気というものは、力の引き出し方に違いはあるものの、一種の強化魔法に近いとも言える。

「この辺の国では近接攻撃にしか乗せないが、東国では投剣や矢に付与するような使い方もするそうだ」

「でもご主人様はティンポ師じゃないですか。闘気なんて使えないですよね？」

「精力を無理矢理変換して擬似的な闘気を作った。まあ、元々魔法が封じられた時の奥の手として似たようなことをやってたからな。その応用だ」

「応用……、応用ってレベルなんですか……」

賢者だった頃、闘気や仙気などいくつかの力の仕組みを学び、魔力などの他の力を使って再現する方法を研究した経験が活きた。

とは言え、普通はスキルで制御するものだ。

知識さえあれば無理矢理やれなくもないが、相当訓練を積まないと力の変換効率が悪くなる。

「魔力よりも変換効率が悪いな。このままじゃ、ゴブリンの皮膚も貫けん」

そう言いながら、俺は精力変換をレベル１にしてみた。これで、もう少し実用的になるといいんだが。

再び気を練って弾丸を撃ち出してみる。

空気が破裂したような音。

次の瞬間、標的が爆発したかのように砕け散っていた。標的を支えていた棒も半ばからへし折れている。

このくらいなら及第点かな。

「えええええぇぇぇぇぇえっ⁉」

「ふむ、スキルなしで変換効率千分の一くらいだったのが、スキルありだと二百五十分の一程度には向上したかな」

「ご主人様……すごいです……」

「擬似闘気の消耗も大きいな。絶倫用にもポイントを残しておいてよかった」

実際は戦闘中に使用することになるので、脚力や防御用にも闘気を割り振る必要がある。

多少は経験があるとは言え、賢者の無尽蔵の魔力ほど潤沢なリソースは見込めない。色々試して、上手いバランスを見極める必要があるだろう。

これでステータスはこんな感じになった。

《ディック・スティッフロッド》

ティンポ師：レベル11　（残りスキルポイント：0）
【所持スキル】
［男の魅力：レベル5］［精力増大：レベル10］
［経験値変換／性：レベル10］［性技習熟：レベル5］
［男根強化：レベル1］［隷属化：レベル1］
［強化儀式／性：レベル1］［精力変換：レベル1］
［絶倫：レベル1］
【取得可能スキル】
［経験値吸収／性］［精液媚薬化］［強制発情］
［生殖能力強化］
【所持奴隷】
クリス・トリスクリオス／書記官：レベル24
【隷属可能】
エメリン・メリデケイオ／賢者：レベル31

精力から闘気への変換が上手くいきそうなら、このまま精力変換と絶倫を上げていこう。

都合良く専属で組める女だけのパーティがあれば、強化儀式も悪くないか。

いつの間にか口数の減っていたクリスの方を振り返ると、息を荒らげながら潤んだ目で俺を見つめていた。

発情している。


男の魅力スキルの影響下で、強い雄を意識してしまったのだから無理もないか。

俺も彼女の発する淫気にムラっときた。

まあ、この後の作業を考えれば、ちょうどいいとも言えるかもしれない。

「これでも貫けない堅い敵のために、魔法付与弾を用意してある。将来的にも、いくつか特殊弾を考えている」

「用意周到ですね」

「ただ、オーダーメイドだから、今のところあんまり弾数がないんだよな」

「なるほど。それは問題ですね」

「可能な限り弾を回収するとして、あとはできるだけ安く増産したい。というわけで、協力して欲しい」

「はい？　業者の手配ですか？」

俺は首を振り、ベルトを解いて再びチンポを露出させた。

「テーブルに手をついて、尻を突き出せ」

「え……？」

「アナルを使わせろ。命令通り、綺麗にしてるんだろ？」

俺が命令すると、クリスは歓喜に震えながら従った。

彼女はテーブルに手をつき、ギルド職員制服のスカートを捲り上げる。

トロトロに発情した淫裂の上で、外気に晒された肛門が恥ずかしそうにきゅっとすぼまるのが見えた。

回復、浄化、催淫の効果があるポーションを混ぜて調合した軟膏を肛門に塗り付けていく。

そこを何度か使っていたおかげで、クリスは既に甘い声を上げ、物欲しげに尻穴をひくつかせている。

チンポにもたっぷりと軟膏を塗り、ゆっくりと挿入する。

入り口のきつさと、腸のふわとろ感がたまらない。

「ご主人様の、おチンポぉ……お、おほぉ……お……」

「ケツの中で射精したいだけだから、オナホ扱いさせてもらうぞ」

「お、おっ……ひゃい、ご主人様専用の、ケツ穴オナホで、おふっ、存分に、性欲処理、してくらしゃいぃ……」

了解も取れたので、柔らかな彼女の尻を揉みながら腰を動かす。

パンパンと音を立て、宣言通りの本気ピストンだ。

こなれてきたばかりのキツキツの肛門が、気持ちよく俺の肉棒を扱いてくれる。奥まで突き込むと亀頭をきゅっと締めてしゃぶりついてくるのが愛らしい。

「んおっ!? お、ほっ、おんっ!! お……、おぉ、ほ、んおぉ……、あおっ!?」

道具のように扱われているのに、クリスの尻穴は嬉しそうにチンポを銜えていた。

前の穴からは泉のように淫蜜が湧き出し、足元に小さな水たまりを作っている。

彼女はチンポをより気持ちのいいところに迎えようと、腰を使って貪欲に快楽を貪る。

射精感がこみ上げてきて、俺は我慢することなく最も深いところで精液を迸らせた。

びゅるるる、びゅるるる、ごぷ、どぷ、びゅぐっ。

「あおおおぉぉぉ――……っ!! イ、イグ――っ、おっ、んおぉぉっ! ケツ穴、アクメで、っほ、お、んイグぅぅんおぉぁぉぉ――……っ!!」

ぷしゅっと潮を噴きながら、クリスは絶頂した。

肛門が異物を押し出そうと断続的にすぼまり、本来なら排泄するための場所が俺のチンポ汁を嚥下する。

粘膜越しに、雌の器官が蕩けてひくついているのがよく分かった。

射精の済んだチンポが、彼女の肛門から排出される。

ぱくぱくと開閉する排泄器の中にべっとりと俺の子種が入っている様は、なかなか興奮する眺めだ。

「ん、ひぃぃ、おぉ……、ご主人しゃまのぉ……貴重な、子種を……、卑しい、雌犬の、ケツマ○コオナホにぃ、ん、あぁ……恵んでいただき、ありがとうございますぅ」

クリスは腸内射精でイキながら、忘れずに奴隷としての礼を尽くす。こんなに歓んでもらえると、もっと可愛がってやりたくなる。

でも今回はアナルセックスそのものが目的ではない。

俺はI字形の数珠に似た道具を取り出した。

直径一センチほどの人工宝珠の表面に付与術式を刻み、ワイヤーで繋いである。

その一つ一つは、先ほどの指弾用に魔術付与してあった弾丸と同じものだ。唯一、まだ魔力が充填されていない点だけが異なっている。

「とりあえず、八個くらいから試してみるか」

「ふぁ……ご主人様……？　ひぁぁっ⁉　おっ、お、おぉ、おっほぉ……⁉」

クリスの尻にビーズ状の弾丸を一つ一つ挿入していく。

異物が肛門を通過するたびに、彼女は獣じみた声を上げて歓ぶ。

付与用の魔力を捻出するために、弾丸には東国の儀式仙術などに使われる仙気の概念を応用している。

男に多く含まれる陽仙気と、女に多い陰仙気をバランスよく流すことで仙気が練られ、それが魔力へと変換される。陽仙気を添加するため、あらかじめアナルで射精しておいたというわけだ。

「よしよし、全部飲み込めたな。いい子だ」

「んぉ、ぉ……はい、ご主人様……ありがとうございます」

「それじゃあ、次だ」

「んぃっ⁉　あおぉぉっ⁉」

俺はクリスの腰と背中に手を当て、体内の魔力や気の流れを整流していく。

気が効率よくビーズの周囲を流れるように書き換える。

クリスは体内魔力をかき乱される初めての感覚に、びくびくと悶える。

「あ……あ……お腹の中が、ぁ……熱い、何かが……中で暴れて……っ⁉」

流れの変化が定着するまで、たっぷりと三十分ほど時間をかけた。その間、クリスは何度も小さく絶頂し、最後には潮まで噴いていた。

エメリンがずっと我慢してたせいで最近知ったことだが、どうもこの施術をやると性的快楽を与えてしまうようだ。

それはそれで俺は楽しいんだが、使える相手が制限されるのは不便だ。

本来は全身の魔力を整流しても多少身体が温かくなる程度らしいので、俺の習熟が足りないんだろうな。

「はへぇ……あぁ……、らめ……こんにゃの、おぼえたら、もどれにゃい……」

クリスはぐったりとテーブルに身を投げ出す。

施術のついでに、肩こりも多少は緩和されるようにしておいた。巨乳は大変だなぁ。

彼女の呼吸が落ち着くまで、仙気の説明をしながら待つ。

彼女は困惑したように言った。

「あの……理屈は分かりましたが、なぜ後ろの穴だけなんですか？　もう一方にも使える穴がありますが……」

「道具に嫉妬したくはないからな」

少し乱暴にクリスのマ○コに指を突っ込んで、かき回す。彼女は嬉しそうに鳴き、俺の指を締め付けてきた。

決して間違いを起こさないように、俺はクリスに強めの口調で言い含める。

「こっちは俺専用だ。いいな」

「ふぁ……承知しましたぁ……、ご主人様専用にしてもらえて、幸せですぅ……」

うん。いい返答だ。

仕上げにちょっとしたお遊びで、スカートで隠れる長さの尻尾をアナルビーズにくっつけた。

クリスはスカートを捲り上げたまま、どこか嬉しそうに尻尾を眺める。

「喜んでくれたようだな」

「はい。ご主人様の飼い犬だと実感できて、とても嬉しいです」

可愛いことを言ってくれる。

彼女を抱き寄せ、ふっくらとした尻を鷲掴みにする。

「俺が帰ってくるまで、しっかりケツに銜え込んでおけよ」

「は、はい、お待ちしております」

クリスは嬉しそうに上下の口から涎を垂らした。でき上がったクリスをいただくのが楽しみだ。

他の装備もいくつか試した後、俺は討伐に出発した。

◇

俺は北側の城門からナローカントの外に出た。

ナローカントの北側には魔族領域と呼ばれる危険地帯が広がっている。

数十キロ先まで続く、高濃度の瘴気を吹き出す沼地。

その先には鬱蒼と茂る黒い森があり、北風が森から有毒の花粉を運んでくる。

生息する動植物の危険度も格段に跳ね上がる。

熟練冒険者ですら、気を抜けば一瞬で命を落とすほどだ。

ぱっと見渡した感じ、他に冒険者の姿は見えない。

元々冒険者に不人気な場所だからな。まともな神経の冒険者なら、できる限り街の南側で仕事を行う。

俺はまず、耐毒薬と瘴気中和薬を飲んだ。

魔法か薬で耐性をつけないと行動できないというのも、冒険者たちに不人気な理由だ。

内部空間を拡張した魔法の鞄から自分の背丈ほどの長さの杖を取り出す。

一見すると、まっすぐでシンプルな棒だ。ミスリルやアダマントなどの複合金属製で、見た目よりは軽い。

この杖にはいくつかの接近戦用の魔法が付与されている。前職では後衛用の杖しか持ってなかったので、付与魔術師ケーテに近接戦闘用としてオーダーしたものだ。

この金属杖と指弾が主な武器となる。

とりあえず、精力を変換して気を練る。

薄く、鋭敏な感覚を持った膜を拡げるようなつもりで、闘気を張り巡らせていく。

精力から変換した闘気は、それだけではすぐに霧散してしまう。なので、膜の外周を通って体内に戻る、細い気の経路を作って維持する。

元々、気の扱いは賢者時代にスキルなしで訓練していたものだ。ここまでの操作に不安はない。

「うーん、しかし、やはり気の総量が足りないな……」

賢者の潤沢な魔力から変換した闘気との大きな違いだ。

ティンポ師の精力そのものは莫大だが、変換効率は圧倒的に悪い。

絶倫や精力変換スキルのレベルを上げないとな。

闘気の感知範囲をもっと小さくしないと、戦闘に回す闘気が足りない。

範囲を半径十メートルまで縮める。

残りの半分を脚力に、もう半分をいざという時のために丹田に溜めることにした。

沼地に踏み出す。

足取りは羽根のように軽く、気を抜かなければ足が泥に沈むこともない。

格闘家が闘気を使って行う基本の歩法だ。

時折、足を止め、気になる方向に感知範囲を帯状に伸ばして警戒する。

これも斥候系のクラスがよく使う、能動感知の技だ。

能動感知を繰り返しているうちに、魔物を見つけた。

討伐対象の一つ、カトブレパスだ。

カトブレパスは沼地などに生息する四足獣だ。

水牛とカバのあいの子のような見た目で、異様に首が長い。縮れてすだれのように垂れた鬣（たてがみ）の間から、不気味な赤い瞳が覗く。

カトブレパスは凝視による石化能力を持ち、鈍重そうな体の割に水上では機敏に動く。

そのカトブレパスが泥や水草に隠れるようにして、水辺で寝そべっていた。

気づけなければ水中に引きずり込まれて、溺死か咬殺か石化という末路が待っていたことだろう。まあ、受動感知でも十メートルあるから余裕だったけどな。

俺はカトブレパスの胸部を狙って、貫通効果を付与した弾丸を弾いた。

パスッという小さな音がして、沼の水に赤い色が広がっていく。カトブレパスは身を隠すのも忘れて苦しげにのたうったが、すぐに動かなくなった。

感知にも反応なし。死んだか。

割とあっさりティンポ師としての初陣が終わった。

俺は周囲を警戒しながら、カトブレパスの死体を予備の保存の鞄に回収する。

素材として使うのは魔石や邪眼などの一部分だけだが、解体するのが面倒なので丸ごとだ。

どうせ俺は解体があんまり上手くない。手数料を払えばギルドでやってくれるので、無理しなくて充分だ。

周囲の足跡などをチェックし、カトブレパスの縄張り範囲を割り出した。

そこから更に、植生や水源の位置、足跡などを手がかりに次の獲物を探す。

「エルダーケルピー……二匹いるな。つがいか」

二頭の馬に似た水棲生物が、一定の間隔を保って周囲を警戒している。

今はケルピーの繁殖期だ。近くに巣があるかもしれない。妙に警戒心が強く、これ以上は近づけない。さっきの血の匂いを嗅ぎ取っている可能性がある。

エルダーケルピーはカトブレパスよりタフなので、心臓を狙っても一撃では死なない。

ケルピー系は同族間テレパシーと魅了の能力を持つ。片方に気づかれれば対処されるし、不意を打っても殺す前に魅了を通されればそれで終わりだ。

厄介だな。

少し考えた後、水草に擬装された巣らしきものに鉛玉を撃ち込んだ。二頭のエルダーケルピーは、驚いて巣の方を振り返る。

俺は遠い方のエルダーケルピーに指弾を放った。

爆散を付与した弾丸が眼窩を貫いて頭蓋に入り込む。

弾丸は頭蓋の中で砕け散り、跳弾して脳をぐしゃぐしゃに破壊する。

これで残り一頭。

俺は全闘気を脚力に割り振り、エルダーケルピーに肉薄した。エルダーケルピーが精神集中する間も与えず、闘気で強化した金属杖の一撃で頭部を砕く。

さすがに、頭を砕けば魅了はできない。頭を潰せば普通は死ぬので、それ以前の問題だけど。

巣に残った仔ケルピーにもトドメを刺し、素材を回収。

軽く索敵した後、ステータスを確認する。

親ケルピーを倒した時に、レベルが12に上がっていたようだ。本来ならレベル25前後で対処する相手だな。経験値の実入りがいい。

とりあえず、順当に精力変換レベル2、絶倫レベル2と割り振り、残り1ポイントはストックしておく。

体感として、初期状態が千分の一、レベル1が二百五十分の一だとすると、今は二百分の一くらいの変換効率みたいだ。絶倫によって精力の総量も上がっているので、擬似闘気も格段に使いやすくなった。

そのままサクサクと周囲の魔物を狩っていく。

闘気の効率が上がったため、貫通弾ではなく普通の鉛玉でも充分になってきた。

アナル奴隷を増やすか、クリスにもっと頑張ってもらうかと思っていたが、魔術付与弾をほとんど消費しなくて済むなら急ぐ必要もなさそうだ。

そろそろ帰ろうかというタイミングで、不自然な一帯を見つけた。

大型生物の足跡が極端に少ない。まるで、沼の生き物がこの辺を避けているようだ。

たぶん、沼ワームだな。

俺はそう当たりを付けて、沼ワームの縄張りの中に踏み込んだ。できる限り硬い足場を確保して、じっと待つ。

数十秒ほど過ぎた頃、お待ちかねの相手がやってきた。

地面が微振動し、わずかに隆起する。

俺は脚力に全闘気を割り振って上に跳んだ。

先ほどまで立っていた地面が崩れ、巨大な顎門（あぎと）が現れる。

それは、とにかく巨大なゴカイの姿をしていた。

下手な金属鎧よりも頑丈な暗緑色の体皮。地中を自在に移動するための、びっしりと体側に生えた棘足。人間どころかカトブレパスやケルピーも一呑みにできそうな大口。

胴体の太さは半径五メートル、顎部を開いたら幅二十メートル。頭部から伸びた触腕は、そこから更に十メートルのリーチがある。地中に埋まった全長が何十メートルになるのか、想像もつかない。

脳にあたる器官は全身に分散され、心臓も四つある。

貫通弾では心臓を潰すには威力が足りないし、破砕弾では表皮を貫けない。金属杖で突いてもぶよぶよとした体組織に弾かれるだろう。

魔法的な特殊能力を持たないが、それは小手先の能力を持つ必要がないからだとも考えられる。

魔族領域南部の沼地における食物連鎖最上位種、それが沼ワームだ。

触腕が俺に向かって伸びてきた。

俺は金属杖の先端に手をかけ、引き抜いた。

この杖は仕込み杖状になっており、硫化エーテライトをコーティングしたミスリル製の片刃の直刀が隠されている。

闘気を纏った刃で触腕を斬り裂く。

付与者が優秀なせいもあるが、攻撃に全振りした闘気のおかげで全く抵抗なく刃が通る。

この柔軟性が闘気系能力の強みだ。

ブーツに付与された術式に、精力から変換した擬似魔力を流す。

これはケーテの作った実験用アイテムだ。

空中での姿勢制御、軌道変更などを目的として、風魔法が組み込まれている。

俺は起動した風魔法によって横に押され、ワームの顎から逃れる。

落下しながらもう一度ブーツを起動。

今度は全力の突進だ。風魔法によるダメージを闘気で軽減しつつ、刀身に擬似魔力を使って術式を展開していく。

精力から変換した擬似魔力は、そのままではコンマ二秒程度しか保たない。

だが、それも大した障害ではない。賢者時代に散々使い込んだ術式だ。構築から展開に四十mm／秒もかからない。

「呪刃よ、灼け――」

全精力を擬似魔力に変換し、刀身のエーテル層に展開した術式に流し込む。

即席の呪刃は膨大な魔力を喰らい、稲妻を纏う。

擬似魔術によって発生した高圧電流は長大な紫電の刃となり、沼ワームの巨体を斬り裂いた。

頭部を切断された沼ワームが、泥土の上に落下する。

ワームから吹き出たどす黒い体液が、大地を染め上げていく。切断面からは黒煙が出続けている。

さすがの沼ワームも、頭部と胴体を切断されては長くは保たなかった。しばらく痙攣していたが、すぐに動かなくなる。

体がだるい。

精力を一度に大量に使いすぎたせいか、回復が遅い。

「まずい……エロいことが思い浮かばない……、くっ……、エメリンのロリマ○コを思い出せ……」

チンポが少しピクっとした。

ふう、インポにはなっていなかったようだ。

とりあえず、休息すれば大丈夫だろう。

あんまり精力を一度に使いすぎるのはヤバいな。強めの擬似魔術は、もっとレベルが上がるまで封印だな。

チンポがフル勃起できるまで休憩した後、沼ワームの魔石だけ抉り出して回収する。

さすがに、この巨体を全身持って帰るのは保存の鞄を使っても無理だ。

その後もティンポ師のスキルと賢者の知識を組み合わせ、サクサクと周辺の魔物を狩っていく。

日が暮れる頃には、俺はレベル14になっていた。

夕方の冒険者ギルドは賑わっていた。

受付カウンターには列ができており、テーブルや長椅子も半数以上が冒険者で埋まっている。

体調不良で動ける冒険者が減っているそうなので、これでも少ない方なんだろうな。

俺は依頼完了報告のために受付の列に並ぶ。

最後尾に回ろうとすると、不意にカウンターのクリスと目が合った。相当アナルに入ったアレが効いているのか、クリスは俺を見ただけでモジモジしている。

危うい。

「あ、ごしゅ……ディック様、少々お待ちください。すぐに対応しますので」

「いや、普通に並ぶよ。俺はもう勇者の仲間じゃないんだから、特別扱いは必要ない」

他人からの追及を避けるため、特別扱いの方向性をズラしておいた。それでも指摘されたら、そのときはシラを切り通すだけだ。

クリスとのやり取りを受けて、ギルド内には微妙な空気が流れた。

チクチクと敵意の視線が俺に向いているのを感じる。

「おい、元賢者のおっさん。あんた、あんまり調子に乗んなよ」

おっと、視線だけじゃなくて直接口に出したやつがいた。装備を見た感じ、中堅どころの戦士という感じか。

「何の話だ？」

「気安くクリスさんに話しかけやがって、忙しいのが見てわかんねえのか」

「ん？　ああ、まあ、そりゃすまんな」

「チッ、ギルド慣れしてねえ実質素人が……」

戦士っぽいやつは舌打ちした。

クリスから声かけてきたんだけどな。まあ、波風立てる気はないから、どっちでもいいけど。

俺があっさり引き下がると、他の連中も俺に詰め寄ってきた。様子見してたくせに、手のひら返しが早い。

「おっさんその歳でレベル1なんだってな。雑っ魚」

「どうせ、薬草採取かドブさらいの完了報告だろ。そんなんでいちいち俺たちのクリスちゃんの時間使わすなや」

「空気読んで、空いてる列に並べよ」

「ねえねえどんな気持ち？　ハーレムパーティから一瞬で底辺に落ちてどんな気持ち？」

妙に敵意剥き出しだと思ったら、嫉妬か。それは分からんでもない。

クリスはハラハラしながら、時折こちらを窺っている。

主人と奴隷の関係ではあるが、プライベートの役割を公的な場にまで持ち込む気はない。

あまり迷惑をかけるのも申し訳ないので、忠告通り空いている受付嬢のところに並ぶことにした。

幸い、一人しか並んでいなかったカウンターがちょうど良く空きそうだ。

「お待たせしました、本日はどのようなご用件でしょう？」

その受付嬢は新人用の色のスカーフを巻いていた。

顔は受付嬢としては普通。

太い黒縁のメガネくらいしか印象に残る特徴がない。

絹糸かと見まごうほどのプラチナブロンドは、素材こそ美しいのに、雑な一本縛りにして長所を殺している。

それだけなら凡庸だが、唯一無二の美点があった。

制服の胸元が、内側から押し上げられてパンパンに張りつめていた。着衣のままでも、明らかにクリスより大きいことが分かる。

名札にはスーリと書いてあった。

うっかり、おっぱいちゃんと呼ばないように、気をつけないとな。

「討伐依頼の完了報告と、素材納品だ。少々かさばるので、倉庫の使用許可が欲しい。それと解体スキル持ちがいれば委託したい」

「はい。かしこまりました」

スーリがお辞儀をすると、カウンターの上でおっぱいが形を変える。

おいこれ、実は隠れた穴場なんじゃないか。場末の劇場なら特別料金払わされるような席だぞ。

「討伐依頼だってよ。レベル1が何の討伐だよ、ウケる」

「倉庫使用許可とか、盛りすぎ」

「倉庫で新人ちゃんとナニするつもりだよ。それって立派なセクハラだぜ」

「おいおっさん、カウンターに乗る分はここで査定してもらってもいいんだぜ。薬草とかな」

俺と新人ちゃんのやり取りにどっと笑いが巻き起こり、

ヤジが飛んできた。

ここで査定していけっていうのも一理ある。沼ワームの魔石くらいはカウンターに乗るし、お願いしておくか。

「どうも先輩連中がああ言っているので、一つだけ素材の査定を頼む」

「はい。どうぞこちらへお載せください」

新人ちゃんはそう言って、幅四十センチくらいのトレイをカウンターに置く。

残念ながら、サイズが違う。

トレイを退かし、カウンターが汚れないように適当な布を敷いた上に沼ワームの魔石を取り出した。

「え……!?」

新人ちゃんはぽかんとした顔で、カウンターに鎮座する禍々しい暗緑色の魔石を見つめる。

取り出した沼ワームの魔石は直径八十センチ、重さ四百キロの特大サイズだ。

「え、え……、こんな、おっきいの……、無理です……」

小さく震えながら、新人ちゃんは掠れた声で呟いた。

まさか、新人がこんな大きさの魔石の査定を担当させられるとは思っていなかったのだろう。

新人ちゃんは他の職員へと助けを求める視線を送るが、職員たちは慌てて目を逸らす。

まあ、鑑定ミスとかあると大問題に発展するサイズだから無理もない。

いつの間にかギルド内がしんと静まり返っていた。

先ほどまで囃し立てていた連中は、口をあんぐり開けたり、目を点にしたり、鼻水を垂らしたりして魔石を見つめている。

「無理じゃない」

「でも、重量計にも載せられませんし」

「この規模の魔石を査定する場合、魔力測定器だけで充分だ。魔物の種類が分かれば、魔力の総量と密度から重さを逆算できる」

「は、はい!」

俺の指示に従って、凍り付いていたスーリが動き出す。いざ動き始めると、素早い仕事ぶりだ。

「あの、ちなみに他の素材は、どんな魔物が何頭くらいですか?」

「カトブレパスが二十、エルダーケルピーが三十くらい。他は雑魚が少し」

「五十以上ですか……すいません、冒険者の皆さんの中で解体スキルをお持ちの方、防腐処理が可能な方、臨時依頼を出しますので、お手伝いをお願いします! 特別時間手当がつきますよ!」

「解体ならできるぞ！」

「俺も！」

「冷凍でよければ、防腐やれます！」

スーリの呼びかけに、次々に人が集まってくる。

仲間の体調不良で面子が揃わず、足止めを喰らっていた冒険者たちが活気づいていた。

「ありがとうございます、賢者さん。おかげでいい収入になりました」

「レベル一桁で、どうやって沼ワームなんて倒したんだい？」

「俺は賢者じゃないし、ディックでいいよ。あと、レベルなら14になった」

「えええぇ⁉　さすがにレベル1じゃないとは思っていたけど……」

「あたしなんてレベル10になるまで、何年もかかったよ。それを十日もしないうちに……」

「さっきはすまねえ、ディックの旦那！　あんた、本当にすげえ人なんだな！」

また冒険者たちに囲まれたが、さっきとは違って好意的な空気だ。

中には先ほど絡んできたやつもいて、非礼を謝っていた。

元々気にはしていなかったし、他人に喜ばれて悪い気はしない。

クリスと目が合うと、彼女は嬉しそうに笑った。

さすが私のご主人様です、とか考えていそうだな。

「先輩、今回の討伐で発生した大規模安全地帯の調査について、上に申請お願いします」

「分かった。地図の写しも作っとくよ」

「スーリ。沼ワームの特大魔石、オークションに出す前にギルド所有になってるけど……」

「本日中に報酬を出すために、特別接収扱いで伝票を切りました。オークション後、差額をギルド内のディック様の口座に入金しますので、各種必要書類と紐付けておいてください」

スーリは職員仲間などにもテキパキと書類仕事を割り振っていく。新人のくせに、どことなく他人を使うのが上手い。

場数を踏めば有能な受付嬢になれることだろう。

気づけば、だいぶ夜も更けていた。

俺の素材の査定や依頼完了の処理のために、直接・間接含めてたくさんの冒険者や職員がギルド内に残っていた。

礼と詫びを兼ねて、残ってる連中に飯と酒を奢ってやることにするか。

◇◇◇

「ええっ、何もお手伝いしてないのに、お食事にお邪魔してもいいんですか？」

「もちろんだぜ。なあ、ディックの旦那」

「ああ、もちろんだ。本当は手伝いたかったという、その気持ちだけで充分さ」

　俺と中堅戦士は、女神官の黒タイツに包まれたムッチムチピッチピチ太ももに生唾を呑みながら頷いた。

　うっすらと肌色が透ける濃さのタイツに、腰ギリギリの際どいスリットという出で立ちは、戦女神の神殿が公式に推奨しているものだ。

　完全にドスケベ衣装なのに、本人たちはストイックだと思い込んでいるところが最高だ。

「わあ、嬉しいです。ソロだとなかなか受けられる依頼がなくて、お財布が厳しかったんですよねー」

「分かる分かる。なあ、ディックの旦那」

「うん、分かるぞ。だからこそ、俺はみんなの役に立ちたいんだ」

　俺と中堅僧侶は、ローアングルから猫獣人の女戦士の尻を見上げながら頷いた。

　尻尾がミニスカートを押し上げてゆらゆらと揺れ、健康的なハリのある尻肉がチラチラしている。

　獣人は尻尾の快適さのため尻側の布地を少なくしていることが多いので、人間の感覚では見えちゃいけないところまで見えていることがある。

「なんてお優しい方でしょう。今日会ったばっかりなのに誘っていただけるなんて」

「当たり前だよ。なあ、ディックの旦那」

「ああ、実にけしからんおっぱいだ。拝んでおこう」

　俺と中堅盗賊は、胸元のボタンが弾けそうなエルフの女魔法使いのロケットおっぱいに手を合わせて祈った。

　谷間のそばに目立つホクロがあるせいで、視線がめっちゃ吸われる。

　眼前で揺れる様を見ていると、是非とも弾力と柔らかさを自分の手で確かめてみたくなる魔性の魅力がある。

「ヨアです」

「レアです」

「ミアです」

「「「今夜はよろしくお願いしまーす」」」

　三者三様の雌肉詰め合わせを前にして、俺含む男性陣はテーブルの下で一斉に勃ち上がった。

◇

不意に体調に違和感を覚えた。

疲労が普段よりも濃く、微熱があるような気がするという程度の、ほんの些細な変化だ。

クリスから聞いた、冒険者に蔓延する体調不良のことを思い出す。

病の可能性も考えていた。しかし、実際に自分が同じ状態になってみて、違うのがよく分かる。

これは病のように肉体に由来するものではなく、人体の浅エーテル層の一点から発生する力の歪みだ。

つまり、体調不良の正体は、遅効性の呪詛だ。

感知スキルがあるわけじゃないから、正確に判別できているわけではない。

呪詛による力の歪み自体は気のせいだと考えても仕方ないくらい些細なものだし、擬装も噛まされている。

単に、俺が呪詛攻撃を喰らい慣れているから分かっただけだ。姉のおかげではあるが、これについてはあんまり感謝したくないな。

それはさておき。

俺は、いつから呪詛にかかっていた？

普段であれば、呪詛攻撃が感知範囲に接触した瞬間には気づいたはずだ。

仮に、何らかの手段で攻撃の命中を誤魔化したとしても、効果を発揮し始めた後すぐに判別できなければおかしい。

いつから呪詛の影響下にあるか分からないのは異常だ。

俺はこと呪詛に関しては、感知スキル・感知魔法がなくても気づけるよう訓練している。そうじゃないと姉弟喧嘩で百回は死んでいるからな。

ギルド庁舎に入った時点では、呪詛の影響はなかった。新人職員に沼ワームの魔石を渡した段階でも、まだ大丈夫だった。

解体に行っていた連中が倉庫から戻ってきて、改めてお礼を言われ、そのまま中堅から若手の冒険者に囲まれ質問攻めされた時は、自分のコンディションが記憶にない。

何者かによる呪詛を受けたのはおそらく、その辺りだ。

術を毒見した感覚では、これは仕込まれて二〜三時間後に起動するものだ。

仕込まれた時刻から今までの間、ギルドから出たやつは一人だけ。

ちょうどその時、ギルドにいる連中を食事に誘い、他の冒険者に店の予約をさせておいた。飯を奢ってもらうのを期待して、それ以降は誰もギルドから出ていない。

使い走りのその一人も、ちゃんと帰ってきた。

幸運にも、術者はまだギルド内に残っている冒険者や職員の中に潜伏していると見ていい。

逃げようと思えば逃げ出せただろうが、不自然な挙動で目を付けられるのを嫌ったのだろう。

食事会を利用して、特定するための時間が稼げそうだ。そのためにも、俺が受けたこの呪詛は、すぐには解呪しない方がいいかもしれない。

気をつけるべきは、相手が使ってくるのは呪詛だけではないことだ。

気づかれず呪詛を通すために、何らかの意識誘導や精神操作、幻術なども使えると考えた方がいい。

犯人は呪詛と意識誘導の両方が可能なのか、それとも呪詛担当と隠蔽担当の二人組なのか。あるいはもっと多人数のグループなのか。

いずれのパターンにも警戒が必要だ。

しかし、犯人の動機はなんなんだろう。こんな中途半端な呪詛を冒険者にだけバラまいて、何の意味があるのやら。

ちょうど手が空いたらしいクリスが、周囲の視線を窺いながら俺のところにやってきた。

発情した雌の匂いがする。

本当なら今すぐ物陰に連れ込んで滅茶苦茶にしてやりたいところだ。しかし、俺の直観はすぐに犯人を捕まえるべきだと言っている。

罪悪感を隠しながら、すり寄ろうとするクリスを押しとどめた。

「クリス、頼みたいことがある」

「はい？」

「職員が食事会を断れない空気を作ってくれ。俺は冒険者に働きかける」

「分かりました」

クリスは理由も聞かず、俺の言う通りにしてくれた。

実にいい子だ。これが終わったら、たっぷりとご褒美をあげないとな。

クリスが職員たちに根回ししている間に、俺も冒険者に声をかける。

「すまん。あそこの女の子たちともお近づきになりたいんだが、どうにか食事会に誘えないか？」

「俺、あの女神官とならパーティ組んだことありますよ。誘いましょうか？」

「あの猫獣人は万年金欠ですからな。ホイホイついて来るはずですぞ」

「おっぱいエルフは男だけで誘うと警戒しますが、今回は女の参加者も多いので大丈夫でしょう」

「意外に頼もしいな、お前ら」

それだけ考えて口説き落とせる連中が、なぜクリスファンクラブで燻っているのか。

群れるの自体が楽しいとか？

まあ、考えても分からんし、他人の趣味をとやかく言うのはやめよう。

仲良くなった冒険者連中に動いてもらい、あぶれている冒険者も食事会に誘った。

どうしても帰りたいやつは後日マークしようかと考えていたが、結局全員参加を承諾した。

スムーズすぎる。向こうがこちらの思惑に気づいている可能性もある。

気をつけて犯人を絞り込んでいかなければ。

◇　◇　◇

「は、はやくぅ……ご主人様ぁ……」

狭く汚いトイレには不似合いな、真っ白い極上の美尻が揺れる。

肛門に銜え込んだビーズを抜けない程度に引いてやると、クリスは期待に満ちた喘ぎを漏らした。

前の穴からは小便でもしたかのように大量の淫蜜が垂れている。

もはや下着は役に立たないほど濡れていたので、もらっておいてやることにする。

「やれやれ。本当に分かったのか？　状況判断ができない馬鹿犬には、チンポをやらないぞ？」

「大丈夫です。冒険者たちに体調不良を起こさせている呪詛使いを特定するために、冒険者と職員の足止めが必要なんですよね。お任せください」

「そうだ。そして不審な動きがあれば、すぐに俺に知らせるんだ」

「はい！　分かりました！　だから、はやくおチンポぉ」

分かってるならいい。

チンポハメられた後も覚えているといいけどな。

若干の不安を感じながらも、俺はクリスの完熟マ○コにチンポを押し付けた。

「そら、ご褒美だぞ。たんと喰え」

「お、おほぉぉおっ!!　ご主人様の、おチンポが……おっ、んぉおっ!!」

たっぷりと蜜を溜め込んだ淫裂は俺のチンポを根元までつるりと飲み込んだ。チンポの体積分の愛液が押し出され、ぼたぼたと便器に垂れ落ちる。

彼女の膣肉は待ちに待った雄の侵入で歓喜に震え、愛しくてたまらないかのようにチンポを抱きしめてくる。

「おっ、あおっ、お、らめ、おかひく……なりゅぅぅ……

おチンポぉ、おチンポ大しゅきすぎて、おぉっ、んおっ」

「俺のチンポも、クリスのマ○コが大好きだぞ」

「んほぉ、おっ、嬉ひいれすぅ、あ、は、んあっ、おんっ、おっ、あおおっ!!」

グズグズに蕩けた愛犬の媚肉を、執拗にいじめてやる。

彼女は普段の清楚な姿からは想像できない下品な姿勢で腰を振り、俺のチンポにしゃぶりつく。

ピストンしながらビーズを抜き差ししてやると、彼女は白目を剥いて喘いだ。

肛門の収縮によって、チンポを包む膣肉にも複雑な痙攣が加わる。

「おひり、おひり、イイれしゅ、お、んぉお、あ、おっ!!こわれりゅ、わたひ、こわれっ、んおほぉぉっ!!」

「壊れてもいいぞ。何があっても、俺が一生面倒見てやるからな」

「んあおおぉぉぉっ！　ご主人しゃま、しゅきぃ！　んお、おんっ、おんっ、お、おほ、あおぉ――――ぉぉんっ!!」

クリスが限界を迎えるタイミングに合わせて、ビーズを一気に引き抜いた。

彼女は折れそうなほどに背を仰け反らせ、痙攣する。

イキまくり状態だった前の穴に、更に肛門での絶頂が加わり、今までにないほど雌穴が収縮する。

完全に精液を搾るために特化した淫襞が、俺のチンポをぐいぐいと扱く。俺はたまらず、クリスの子宮に亀頭を押し付けながら射精した。

子宮口でフェラチオするかのように、彼女は俺の精液を嚥下していく。

女性器全体が連動して、俺から大量の精液を吸り上げる。

膣内射精によって、クリスは更にもう一度絶頂し、熱い精液が子宮にかかるたびに、小さく潮を噴く。

「おぉぉ……ご主人さまの、ざーめん、美味しいれすぅ」

「クリスもいいマ○コだったぞ。おかげで、気持ちよく射精できた」

「あ、あはぁ……」

俺の子種をたっぷり飲み込んだ子袋を腹の外側から撫でてやると、彼女は幸せそうな笑みを浮かべた。

引き抜いたビーズを確認すると、しっかり付与魔術用の仙気が溜まっているようだ。

「よく頑張ったな。お前は俺の自慢の雌奴隷だ」

「ありがとうございます、ご主人さまぁ」

「後でケツ穴もたっぷりほじくってやるから、今のところはこれで我慢しておけよ」

「はい」

とろんとした表情で、クリスは頷く。

彼女が落ち着くまで、頭やお腹を撫でてやった。

不審に思われないように時間差をつけて、みんなのいる酒場へ戻る。

待っていた面々に手を挙げて挨拶しながら、ポケットの中の特殊弾を確認した。

相手が呪詛や隠匿の術を使うなら、これが切り札になるはずだ。

「いやあ、なんか、野犬うるさかったっすね」

「そうかな」

「季節外れの発情期ですかなあ」

「そうかもな」

「犬もハメまくってるって言うのに、俺たちときたら」

「まあ、頑張れ」

肩を落とした男の背をぽんと叩く。

同時に、微量の気を通して呪詛の有無を探る。この男も呪詛攻撃を受けているようだ。

これで全員の呪詛の有無が判別できた。

呪詛を受けているのは、この場にいる男冒険者全員と、女冒険者五人だ。

職員の中に呪詛を受けているやつはいない。

男の方がかかりやすい呪詛なのか？

だとすると、呪詛を受けている女五人にはどういう違いがあるのか。

俺は店の隅で他とかかわることなくまったり飲んでいる四人の女を指して他の冒険者に訊ねる。

「あそこの女四人パーティって、どんな連中？」

「あいつらはレズ夫婦ってやつっすね」

「上手いこと挟まりたいものですな」

「とは言え、レベル40台ともなると、なかなか割り込む隙もないよな」

「いや、そこは穏便な方法でチンポのよさをだな」

「元賢者として忠告するが、それはやめとけ。人妻を狙う方がまだ安全だ」

レズは人妻より堕としにくい上に、相方の嫉妬が夫より恐ろしい。

二人目を攻略中に、堕としたはずの一人目から刺されることすらありうる。ハイリスク、ローリターンだ。

とりあえずあの四人のことは置いておこう。

最後の一人、おっぱいエルフの方をちらりと見る。

うん、いいおっぱいだ。

レズパーティの胸の大きさは貧から巨までバラバラだっ

たので、呪詛攻撃の条件に胸の大きさは関係ない。

　レベルも18らしく、共通項にはならない。

「ディックの旦那。おっぱいさんのおっぱいばっかり見てちゃマズいですよ」

「おう。そうだな……ってお前らもガン見してるだろうが」

「そうですよー。おっぱい以外も見てくださいよー」

　眼前をキジトラの尻尾が横切る。

　次の瞬間には、俺の上に猫獣人の娘が座っていた。

　彼女はパッツンパッツンな尻肉でズボン越しにグリグリしてくる。何をとは言わんが。

「ねー？　おっぱい以外もいいでしょー？」

「そうだな」

「ちなみにぃ、ミアさんほどじゃないですけど、わたしのおっぱいもなかなかですよー。胸は追加料金ですけど」

「普通の酒場で勝手にそういう商売をしない方がいいぞ」

　猫獣人は自分の胸を寄せ上げて、たゆんたゆんと揉み始める。

　悪くはないが、さきほどクリスの中にたっぷり出したせいか飢えるかのような性欲は感じない。

　俺は猫獣人の胸の谷間に金貨を挟む。

「じゃあ俺の奢りで、男全員の上に座ってこい」

「ええー!?」

「マジっすか旦那!?」

「一生ついていきますよディックの旦那！」

　男衆がにわかに沸き立つ。

　女性陣がその様子を白い目で見てることに気づくべきだと思うんだがな。

「ディックさん、ひどいですー」

「これに懲りたら、迂闊(うかつ)に自分を安売りしないことだな」

「仕方ないですねー。たっぷりと高額追加オプションを売りつけてきますよー」

　猫獣人の女に忠告すると、意外にもたくましい言葉が返ってきた。

　彼女は時計回りに男たちに擬似着衣尻コキを行っていく。

　まあ、本人がいいならそれでいいや。

「もおぉ、レアさん、ふしだらですよ。結婚前の若い娘が」

「まあまあ、ヨアさん。落ち着いて」

「神は過剰な姦淫まではお許しになりませんよ。んああぁ、それにしてもあっつい」

「だ、だめですよ、こんなところで脱いじゃ」

　すっかりへべれけに酔った女神官は、神殿の紋章が入ったタバードを脱ぎ捨てた。

　タイツ地に包まれた豊満な乳房が現れる。戦女神の神官装束は全身タイツだったようだ。勉強になる。

完全に痴女と化した女神官は、片膝を立てた際どい大股開きのポーズで説法を始める。

「ああ、気持ちは分かる」

「ディックの旦那、俺、教祖目指そうかと思うんですよ」

ぽつりと呟いた中堅僧侶の言葉に、俺は頷いた。

信者にいくらでもエロ衣装を着せられるからな。それ以外にも、エロ儀式とか色々と。

露骨にエロ教団だと信者が増えなさそうだが、中堅僧侶くんにはみんなの幸せのために頑張って欲しいものだ。

「しかし、意外にあのヨアって女神官も胸のサイズあるな」

「旦那、分かってて誘ったんじゃないんですか。このおっぱいフェチ」

「大きい順に並ばせるとミアちゃん、ヨアちゃん、レアちゃんって感じですかねえ」

失礼な意見が聞こえてきた。

誤解しては困る。俺はおっぱい以外も全部好きだ。

でも、確かに、おっぱいフェチと思われてもおかしくはないような気もする。

クリス狙いだと思われていたようだし、その後に並んだ新人ちゃんもおっぱい大きかったような気がするし。

ちなみにクリスの大きさはヨアより、やや小さい程度だ。

しかし、張りや弾力も考慮すると、ヨアよりも突き出して見える。

新人ちゃんは……あれ、どのくらいだったかな。

「なあ、俺の依頼の完了処理してくれた新人ちゃんって、おっぱいどのくらいのサイズだっけ？」

「新人ちゃんですか？」

「どの新人？」

「ほら、なんかメガネかけてる子いたろ？」

「そういやいましたね、メガネの子」

「小生、メガネっ子は守備範囲外にござるので」

「あのなんとかって子、おっぱい大きかったっすか？」

なぜか、誰も新人ちゃんについて正確に覚えていない。

俺も記憶に違和感がある。

確かに胸が大きかったはずなのに、記憶に靄がかかったように、その姿をイメージできない。

俺は職員が座っているテーブルに視線を走らせる。

新人ちゃんはまだそこに座っていた。

控えめに、所在なさそうに、ちびちびとアルコールの入っていない飲み物を舐めるように飲んでいる。

「ほら、あの子」

「おおお、確かにワガママおっぱいですね」

「さすが旦那、おっぱいに関しては目敏いっすね」

「あの子って、なんて名前だったっけ？」

「いや、いくら俺たちでも、新人職員の名前なんて、いちいち覚えてないっすよ」

「確かにおっぱいは大きいですけど、あんまり好みじゃないですし」

懐（ふところ）から依頼完了書類の写しを取り出し、こっそりと目を走らせた。担当職員の欄にはスーリと書かれている。

そうそう、スーリって名前だった。

なぜ俺がおっぱいの大きな、将来有望そうな受付嬢の名前を忘れていたのか。

いきなり、見つけたかもしれないな。

俺は念のため、袖をまくって自分の腕に「要注意：受付嬢スーリ」と書いておく。

記憶操作を行われても、これで少しは進展した状態から再開できるだろう。

さて、どうやって追いつめるか。食事会で足止めするのもそろそろ限界だ。

迫るタイムリミットに焦燥感を覚えながら、俺は思考を巡らせた。

「え、ええと……呪詛使い……ですか？」

「そうだ」

既に半数くらいが酔いつぶれた酒場。

俺はおっぱいエルフを物陰に引っ張り込んで、内緒話をしていた。

ミアは困惑した様子で、自分の腕で自分の胸を抱くような仕草をする。

今にもおっぱいが服から飛び出しそうで、一瞬たりとも目が離せない。彼女は暑いからと言ってボタンを一つ外しているので、余計に気が抜けない。

「俺やミアも既に呪詛の影響下にある」

「私も……ですか、全然気づきませんでした」

「擬装専門の協力者がいる。発動条件は不明だが、何らかの方法で気を逸らして、攻撃を悟られないようにしているようだ」

「なるほど」

ミアは真剣な顔で頷く。

「あの……それで、私は何をすれば……？」

「犯人を追いつめるのに協力して欲しい。俺一人では手に余る相手なんでな」

「あまり戦闘は得意じゃないのですが……」

「戦闘は俺一人で何とかする。君はいざという時のための保険だと思ってくれればいい。相手は記憶に干渉してくる。

覚えていてくれるだけでもありがたい」

ミアはしばらく考えた後、不可解そうに言った。

「どうして私を選んだんですか？　他にも優秀な方はいっぱいいるでしょうに」

「ミアが呪詛攻撃を受けてたからかな。つまり共犯者ではないってことだ。他にも色々理由はあるが、信頼できるってのが一番の理由だ」

俺はもう一つの重大な理由である、おっぱいを凝視しながら答えた。実に目を引くおっぱいだ。

「犯人って誰なんです？」

俺は袖をまくって名前を読み上げる。

「えーと、受付嬢のスーリという女だ。知ってるか？」

「ええ、聞いたことはあるような……」

最終的にミアは俺の説得に応じ、協力を約束してくれた。

◇　◇　◇

深夜にさしかかり、食事会はお開きになった。

酔いつぶれた連中は酒場に金を渡して任せることにした。潰れてるのが男だけっていうのが、悲しいと思うべきか、優しい世界と思うべきか。

職員や女冒険者は、防犯のために何人かで固まって帰ることにした。

「スーリ、お前は俺が送るよ。素材オークションの件で、少し話したいことがあるしな」

「はい。分かりました」

他の集団から離れ、スーリ一人をエスコートする。

背後を振り返り、ちゃんとミアがついて来ていることを確認した。

夜警の警備ルートは頭に入っているので、街の路地を縫うように人気のない方へと向かう。

「こっちは職員の宿舎とは反対方向ですが」

「そうだ。でも分かっててついて来たんだろ？」

ギリギリ二人がすれ違える程度の広さの裏路地で、俺はぴたりと足を止める。

路地の出口には、ミアの姿がちらりと見えた。

俺は両掌の内側に一発ずつ特殊弾を隠し持っておく。

「人を呼びますよ」

「そしたら、お前さんも俺の口封じができなくて困るんじゃないのか？」

「やれやれ、何の話やら」

スーリは肩をすくめた。

一見、何も変化がないように見えるが、身のこなしが既に新人受付嬢のものから完全に別物になっていた。

ただまっすぐ立っているだけなのに威圧感がある。

「複数の冒険者に対する無差別呪詛攻撃の容疑で、拘束させてもらう」

「できるものならね」

スーリはニヤリと笑い、両袖から細い短剣を抜いた。

刀身は煙ったような光沢を放っている。暗殺用の塗装ではない。おそらくエーテライト系のコーティングだ。

呪刃使いか。

スーリが短剣を抜くと同時に、ミアが物陰から飛び出してきた。

彼女は胸元のボタンを外し、ほとんどモロ出しのおっぱいを、そしてその中心のホクロを俺に見せつける。

意識がミアの胸に引っ張られ、スーリの位置を喪失する。

意識誘導の幻術……しかし、これは想定内だ。

俺はミアに向かって弾丸を放ち、もう片方の弾丸を自分に押し付けた。

弾に込められた呪文は解呪だ。効果範囲をギリギリまで削った代償に、威力を限界まで上げてある。

ミアのホクロに擬装されていた精神操作幻術の核が破壊され、彼女は胸を押さえてうずくまる。

解呪が目的なので手加減しているが、骨にヒビくらいは入っていてもおかしくない。

俺の中に蓄積されていた呪詛をまとめて解呪し、同時に脚に全闘気を割り振って距離を取った。

頬がヒリヒリする。

不可視状態のスーリから斬りつけられていたようだが、何とか皮一枚で済んだみたいだ。

「分かっていてサエルミアに協力を持ちかけたか。食えない男だ」

「どうせ邪魔されるんなら、見えるところにいてくれた方が好都合だからな」

ミア――サエルミアが起き上がる。

幻術が解けたことで、魔法使い風に見えた彼女の衣服は漆黒の軍服へと変わっていた。金糸で刺繍されているのは、魔王軍の記章だ。

彼女の胸元のホクロは跡形もなく消え去り、肌も褐色に変わっている。

ダークエルフか。

何十年も前に、エルフとの戦争に負けて棲家の森を追いやられた種族だ。

生き残った少数は魔族領域の向こう側に去ったと言われていた。だとすると、現在のダークエルフは魔王の尖兵と考えるべきか。

「くっ……いつから気づいていたのですか？」

「呪詛を受けていた他の連中の傾向で、一種の色仕掛けが意識誘導に使われていることが推測できた。しかし、そう考えると、ミアだけが異質だったからな」

「念には念をと思っていましたが……その気遣いが仇になるとはね」

サエルミアは胸を押さえ、苦痛に顔を歪めながら、自嘲的に吐き捨てる。

「ここまで推測すると、ミアのホクロはいかにも怪しく思えてくる。おそらくあれは邪眼返しの応用だろう。それを凝視した相手に、呪いを返すって術だ」

「こんな古い術を、知っている人間がいたとは……」

「腐っても元賢者なんでね」

スーリはメガネを外し、胸ポケットに仕舞う。

彼女の方はメガネが変装用の魔法道具だったらしい。

メガネを外した瞬間から、彼女の褐色の肌や尖った耳、サエルミアと同様の軍服が認識できるようになった。

「いいのか。そんな簡単に正体をバラして」

「どうせ仕切り直しだ。次は別の身分で潜伏するとしよう。いずれにしろ、貴様はここで始末せねばならんがな」

スーリは低い姿勢で俺に向かって駆け出す。

サエルミアは弓を引くような真似をした。

俺は壁を蹴って跳躍し、建物の屋根に抜ける。

「くっ⁉」

太腿に見えない何かが突き刺さっていた。

ちらりと影を見ると、俺の太腿から矢が生えているように見える。

影の矢はしばらくすると掻き消え、抑えを失った傷口から血が噴き出した。

操影弓。

物質層に隣接する影層では、幻術は限りなく実体に近い挙動を見せる。それを利用し、幻影の矢で影層から射貫く、一種の魔力弓だ。

軌道が読みづらく、こちらも影層を経由しなければ迎撃できない厄介な武器だ。

俺は服を破いて太腿を止血し、距離を取る。その間にも、幻影の矢が体を掠めた。

全く、損な役回りを引き受けてしまった。

まさか体調不良事件を追っていて魔王の尖兵に出くわすとは。犯人を捕縛するどころか、命を狙われるハメになってしまった。

「巨乳の美女二人に追いかけられること自体は、悪くないシチュエーションなんだがな」

俺は不埒なことを呟きながら、夜の市街地を駆けた。

初撃でこれを喰らったせいで、解呪弾を更に一発、回復ポーションを二本使うことになった。

解呪弾は残り五発。ポーションは四本。リソース消費がきつい。

戦闘しながら、絶倫・精力変換をそれぞれレベル３に上げておく。

消費を考えると、まだ心もとない。

しかし、同格以上の相手との命の獲り合いで、スキルの使用感が変わりすぎるのは命取りだ。スキルポイントには余裕があるが、この程度でやめておこう。

影矢の合間に、撹乱系の幻術が飛んでくる。

視界が煌めく粉塵に覆われ、術の発動に合わせるようにスーリが飛び込んできた。

あえて目を閉じ、呪刃の間合いを擬似闘気による感知で見切って受け流す。

「一週間前にレベル１からやり直した男とは思えんな」

「そうかい」

「貴様を手放した勇者に、心から同情するよ。貴様ほどの部下、私なら何をしても引き留めるのだがな」

「お褒めに与り光栄だよ」

粉塵の効果が切れたタイミングで目を開ける。

スーリが何かを投げるのが見えた。

◇　◇　◇

スーリに追われながら、屋根から屋根へ飛び移る。

影層からの狙撃も続いているので、どこかにサエルミアも潜んでいるのだろう。

俺をちゃんと脅威として認識し、しっかり追跡してくれているのはありがたい。

下手に潜伏されるよりも、その方が面倒がない。

影層からの矢は、こちらも影層側に受動感知を張ることで対応した。

影層には闘気で干渉できないので、魔力による感知を張らされているのが痛いところだ。

どうしても回避できないものだけ、呪刃に光魔法を展開して相殺する。最悪の場合は、サエルミアの攻撃だけなら、あえて喰らっても問題はない。

問題は、スーリの呪刃だ。

実体の刀身の先端から十センチまでの間合いに、呪詛の刃が展開されている。

発動から二十分以上も刃が維持されているのは、さすが本職と言うべきか。

彼女の呪詛の刃には、傷口を拡げ、治癒効果を阻害する呪いが乗っている。

火薬の匂い。火花。

閃光弾か。

鉛玉を撃ち込み、スーリの閃光弾を叩き落とす。

足元の路地で強烈な光の爆発が巻き起こる。目が少しチカチカするが、間に合った。

「ハハハ！　やるな、元賢者！　つまらぬ潜入工作に飽き飽きしていたが、よもや貴様のような強者に会えるとは、私も運がいい！」

「ああ、俺も、あんたらみたいな巨乳美女たちと知り合えて幸せだよ」

呪詛の刃が肌から数ミリの空間を掠めた。

俺は足場のない後方に向かって屋根を蹴り、ブーツに仕込んだ風魔法で更に自分を吹き飛ばして大通りの反対側に着地する。

サエルミアの射撃の角度が微細に変化している。

射手がだんだん高所に移っているようだ。

一方的に高所から撃たれ続けるのは望ましくない。できれば、先にサエルミアの方を潰しておきたい。

「逃げるな、元賢者よ！　もっと楽しもうではないか！」

「せっかくの両手に花なんだ。もう一人のおっぱいちゃんとも遊ばせてくれよ」

スーリが身体強化だけで大通りを飛び越し、追ってくる。

滞空中に鉛玉を数発撃ち込むが、全て斬り払われた。

威力低め・射程長めの稲妻の呪刃を仕込み杖のエーテライト上に形成。着地を狙って薙ぎ払う。

スーリはしっかり魔法障壁を張ってダメージを軽減する。

一瞬だけ動きを止めるのには成功した。

脚力に全闘気を割り振り、スーリとの距離を一気に開く。

射撃の方向から、サエルミアの位置を読む。

あの方角にある高層の建物は、主神の大聖堂か。

大聖堂には二本の塔がある。サエルミアがいるのは西塔か東塔か。素直に矢の角度を考えれば東だが、魔力で軌道を曲げて射撃している可能性もある。

「どこを見ている！」

スーリの斬撃を受けようとして、すんでのところで剣を金属杖に納めた。

さっきまでの呪詛の刃じゃない。

スキル外の武器強化呪文と擬似闘気を乗せた、物理特化の攻撃だ。金属杖が十全な防御効果を発生させ、魔力同士が干渉して蒼い火花を散らす。

スーリの右の短剣が、負荷に耐え切れずへし折れる。

彼女はすぐさま予備の短剣をブーツから抜いて構えた。

危ない。

細身の剣なんかで受けていたら、折られていたのはこっちだった。

「そんなにも私の副官が気になるか？」

「妬くなよ。スーリだって俺の好みだぜ」

「それは光栄だな。私も貴様のことは、人間にしては悪くないと思っていたところだ」

　スーリの攻撃をいなしながら、東塔の方へ回り込む。

　ほんのわずかだが、追撃の手が緩い。

　屋根を葺いたレンガを金属杖で破壊し、礫石としてスーリに飛ばす。

　彼女が怯んだ隙に、闘気とブーツの風魔法を駆使して頭上を飛び越えた。

　西塔に向かった俺に、スーリは強化魔法で急加速をかけて追いすがってくる。

　やはり、こっちが正解か。

　空中での軌道変更を駆使し、屋根から屋根へと飛び移って命綱なしに外壁を登っていく。

　狙撃が激しくなってきた。

　もはやサエルミアは狙撃位置を誤魔化す気もないらしく、今まで曲射に使っていた魔力を連射に割り振っている。

　俺に少し遅れて、蜘蛛歩きの術を発動したスーリが壁を駆け上ってくる。

　仕込み杖を抜き、呪刃を展開する。

　スーリは俺の攻撃に身構えた。彼女の視線は、俺の剣に向いている。

　鞘の鐺（こじり）をスーリに向け、中に仕込んだ短杖を起動する。

　短杖から発動した油脂の呪文が、彼女の両脚を包んだ。

　同時に俺は呪刃を解除し、ブーツの風魔法を最大出力でスーリに向けて撃つ。

「おのれ、ディック‼」

　スーリは滑落しながらも呪詛の刃を纏った短剣を投げつけてきた。俺は短剣を解呪弾で迎撃する。

　彼女が数段下の屋根まで落ちたのを見届けて、俺は塔を駆け上がった。

◇　◇　◇

　姿を現した俺に、サエルミアは眉間、喉、心臓めがけて立て続けに影矢を放った。

　素直な攻撃だ。

　光魔法の呪刃を形成し、まとめて斬り払う。

「よう、可愛（かわい）い子ちゃん。待ったかい？」

「くっ……戯（ざ）れ言（ごと）を。私一人なら容易（ようい）に殺せると思ったら大間違いです」

　サエルミアは見えざる弓を俺に向けて構える。

彼女のおっぱいを楽しみにしてたのに、軍服のボタンはしっかりと留められていた。

どうしても乳首が見たければ、捕えるしかないということか。いいだろう。本気を出してやる。

「殺しはしないさ。知りたいことがあるんでな」

「ならば尚更、捕まるわけには参りません」

副官の方は戦いを楽しめるほどの余裕はないようだ。

まあ、相手がバトルジャンキーばかりだと、俺の方が戸惑うけどな。

「怖い上司が来る前に、楽しませてもらうぜ」

「スーリンディア隊長の手を煩わせるまでもありません。あなたは私が倒します」

サエルミアの魔力が高まるのを感じる。

彼女が弓を引き絞るのと同時に、俺は突撃を仕掛けた。

影矢が射出された直後、彼女の姿が掻き消えた。

幻術か。

俺は急制動をかけ、回避に専念する。

二本目、三本目の矢の位置と角度から、サエルミアの移動ルートを予測。彼女がいる場所より少し前の床に向かって、短杖の油脂の呪文を連射する。

「くっ⁉」

声が聞こえた位置に当たりをつけ、俺は武器を捨てて彼女につかみ掛かった。

幻術が解け、サエルミアが俺の下に現れる。

俺は最優先で両手を拘束する。

操影弓は影層に実体がある。相手に意識がある間は奪うことができないので、射撃を止めるには組み付くのが手っ取り早い。

このままじゃ、俺も攻撃できないけどな。

「離しなさい！　この、人間め！」

闘気を使ってサエルミアをしっかりと組み敷き、スキルポイントを割り振る。

取得するスキルは強制発情レベル1だ。

「くふっ⁉　な、何を……ぐっ⁉」

精力の限りに、彼女に強制発情を叩き込む。

どうせ一発や二発じゃまともに通じるはずもない。
二十、三十とひたすら撃ち続ける。
「あっ、や、やめなさい……っ！　ん、んん……っ⁉」

効いてきたな。

サエルミアの声に甘いものが混じり、頬が紅潮し、脚を擦り合わせている。

闘気に回す精力を少し削って、強制発情に上乗せする。

そうしているうちに、彼女の腰がびくりと跳ねた。

「い、いや……やめて、何、これ……、く、ぅ……、い、いやぁ――……っ‼」

イッたな。

俺はサエルミアの力が抜けた隙に、彼女の両腕を両膝で押さえる姿勢になる。

ちょうど俺の股の間に彼女の巨乳がくる形だ。あまりにもいい眺めすぎて、図らずも俺の愚息が完全体になる。

「な、何を、するつもり……？　まさか……」

「すまんな。穏便に無力化する手段がこれしかないんだ」

ズボンの前を開くと、解放を待ちかねていたチンポが、ヘソまで勢い良く反り返る。

ひっ、と小さな悲鳴のような音が、サエルミアの喉から聞こえてきた。

恐怖に引きつった顔で、彼女は俺のチンポを凝視する。

俺はきっちりと閉じられたボタンを一つずつ丁寧に外していく。すべての拘束を解くと、禁欲的な軍服に封じられていたおっぱいが、真の姿を現した。

ロケットおっぱいだ。

柔らかそうなのに、仰向けになっても全く形が崩れない、パッツンパッツンのロケットおっぱいだ。

クリスのものよりも一回り以上大きい。

「や、やめなさい……やめて！」

「まさか。こんな美味そうなおっぱいを前にやめられるわけないだろ。邪魔が入る前に済ませちまうぞ」

「いやぁっ‼」

強制発情の連発を続けながら、サエルミアの乳房の間にチンポを挟んだ。

発情によって汗ばんでいたおかげで、おっぱいはチンポにしっとりと張り付くように包み込む。

俺は思わず声を出してしまった。

乳圧がすごい。弾力は更にすごい。

クリスがマシュマロだとすると、サエルミアのおっぱいはプリンだ。

たまらず、サエルミアの乳房を乱暴に動かしてチンポを扱く。扱かずにはいられない。

完全に他人のおっぱいを使ったオナニーだ。

本当はゆっくり味わいたかったが、時間がないので手早く自分の快楽だけ引き出して射精準備を整えていく。

射精する瞬間、スキルポイントを精液媚薬化レベル1に割り振る。

微弱な媚薬効果の乗った白濁液が、サエルミアの美しい顔に飛び散った。

「くっ……⁉　こんな、穢らわしいものを……‼　んっ、く、ぅ――～～……ッ⁉」

媚薬効果と強制発情の複合効果で、彼女はもう一度絶頂させられる。

白い精液に穢される褐色の肌、屈辱と快楽に悶える表情、実にそそる。

俺は即座にもう一度勃起した。

精液を浴びて少し滑りのよくなったおっぱいで、チンポを刺激する。

ぷっくりと勃起してきたサエルミアの乳首も、忘れないように精液を塗り込みながら弄ってやる。

「いや……、あっ、ん、もう、やめて……」

「あんなにおっぱい見せつけて誘ってたんだ。覚悟はできてるんだろ？」

「ぐ、うぅ……ん、んン……、スーリンディア隊長、ふぁ、あ……、助けて、ください……」

彼女の目から涙がこぼれる。

興奮した。

俺はサエルミアの顔を更に白く染めていく。

◇　◇　◇

ぐったりして動かないサエルミアを見下ろし、俺は立ち上がった。

下ろしていたズボンを穿き直し、武器を拾う。

十発もの精液を浴び、サエルミアの全身は白い斑に彩られていた。股間の辺りには、愛液と小便の作り出した水たまりができている。

気絶したその表情は、快楽に蕩けたものではなく、悔恨と苦渋に満ちたものだった。

彼女は何度も絶頂を強制され、媚薬で穢されながらも、最後まで戦士としての矜持を保っていた。

だからこそよい。実によい。

機会があれば、彼女が完全に屈服するまで時間をかけて再戦したいものだ。

ぞくり。

突き刺さるような殺気に、俺は振り返った。

「私の副官に……何をした？」

スーリンディアの金色の瞳が、月光を受けて冷たく煌めいていた。

「怒るなよ。ちょっと遊んでもらっただけだ。まだ先っぽも入れてないぜ」

「貴様……この、下衆め……」

禍々しい詠唱が聞こえた。

スーリンディアの短剣がぬるりとした黒いオーラを纏う。

壊死の呪い、腐敗の呪い、悪疫の呪い。

殺意に溢れる呪詛が、どす黒い刃を練り上げる。

続けて彼女は自分に呪いを代償にした強化魔法をかけた。苦痛の契約刻印と出血の契約刻印が、左右の手の甲に現れる。

一方が多大な苦痛を絶え間なく与える代わりに魔力を増幅する呪い。もう一方が出血を強い、負傷の治癒を妨げる代わりに身体能力を大幅に強化する呪いだ。

さっきまでは、まだ俺を捕らえる心算があったようだ。しかし、ここからは本気で殺しに来るらしい。

あんな無理な強化魔法が長続きするはずがない。刺し違えるつもりでもなければ、数十秒以内に勝負を決するつもりだろう。

空気がねっとりと重く沈む。

過度な集中で、時間が引き延ばされたように感じる。

滑らかな動きでスーリンディアが体を沈ませ、踏み出すのが見えた。

彼女の短剣の軌道に合わせて解呪弾を撃つ。

呪詛の基点に命中し、呪刃が掻き消える。

地を這うような斬撃が俺の向こう脛を抉る。もう一発の腹を狙った斬り上げは避けた。

闘気で防御していたのに貫通された。身体強化だけでも充分な殺傷能力があるようだ。

スーリンディアの脚を刈るように金属杖を薙ぐ。

彼女は回避すると同時に、蹴りを放つ。

鼻に掠った。

飛び退る俺に、身体強化で無理矢理追いすがっての追撃。蛇を思わせる動きでの、無事な方の脚狙いの斬撃。

しかし、金属杖の防御が間に合った。

動きを読んでいた俺は、既にスーリンディアの鼻先に置くように爆裂弾を撃ってある。

彼女は急制動をかけ、即座に魔力の盾を発動する。

炸裂。

散弾は全て弾かれたが、真の狙いはそこではない。

「ケホッ、コホ……、薬か……貴様、姑息な真似を……」

サエルミアのパイズリで出した媚薬精液に、弾を浸しておいた。

飛沫を吸い込んだスーリンディアの視線がわずかに揺れ、一呼吸だけ熱を持った息を吐く。

彼女は何とか気合いで持ち直す。

効果は不十分のようだが、取っ掛かりは作った。

スーリンディアは片手で俺を牽制しながら、もう片方の短剣に再び呪刃を構築し始める。

俺は呪詛が完成する直前に懐に飛び込んだ。

通常の短剣が腕に突き刺さる。

激痛。

腕の筋肉に力を入れ、擬似闘気で強化。刺さった短剣を無理矢理もぎ取る。

サエルミアで実験しておいた、強制発情スキルを起動。仙蓮華（チャクラ）に似た動きをするのは分かっているので、応用して気の流れを腰から右手へと導く。

精力を全投入し、最大増幅された強制発情を、右の掌底からスーリンディアの腹に叩き込む。

外せば俺だけが行動不能に陥る、大博打だ。

「ぐ……はっ……⁉」

完成寸前の呪刃が霧散する。

スーリンディアは身体をくの字に折り、膝をつく。

辛くも、俺は博打に勝っ――

――殺気。

咄嗟（とっさ）に防御したが、金属杖ごと弾かれた。

闘気が使えないのが仇になった。

スーリンディアの掌底が胸に叩き込まれ、俺は弾き飛ばされる。

壁に叩き付けられ、床に転がった。

読みを誤った。

サエルミアなら三度や四度くらいは絶頂させることができたのに。さすが隊長格、お堅い女だ。

ゆっくりとスーリンディアが近づいてくる。

強化用の契約刻印は既に解除しているようだ。

今の俺を殺すのに、過剰な強化はいらない。

むしろ、出血と苦痛で行動不能に陥るリスクがなくなった分、俺に不利だ。

金属杖は遠くに転がっている。手が届かない。

手持ちの解呪弾は二発。

爆裂弾三発、貫通弾なし。通常弾は多数。しかし、闘気なしではまともな威力の指弾は撃てない。

左手、右足負傷。

肋骨が何本か折れて、呼吸するだけで辛い。

スーリンディアは立ち止まり、俺を見下ろした。

気の流れを魔力で確認している。俺が本当に瀕死なのか、それとも奥の手があるのかを読んでいる。

「まだ諦めていないか……惜しいな。お前が同族だったらどんなによかっただろう……」

「ぐ……、あ……」

憎まれ口すら上手く喋れない。

彼女は膝をつき、俺の心臓の上に短剣を構えた。

「貴様の闘志に、そして底知れぬ技と術に、敬意を表する」

くそ、まだだ。

精力。精力が練れれば。

思い出せ。

さっき味わった、サエルミアの恥辱にまみれた強制パイズリを。

エメリンの甘やかすようなロリマ○コを。

クリスの貪欲に精を請う淫乱雌犬マ○コを。

月光に煌めく短剣が、振り下ろされる。

その瞬間、俺の脳裏に一つの記憶が電撃のように閃いた。

死力を尽くして転がり、短剣を避ける。

「くっ、往生際の悪い！　足掻けば足掻くほど無様な死に様になるだけだぞ！」

スーリンディアはブーツからもう一本短剣を抜き、向かってくる。

まだ俺に立ち上がるほどの力はない。

次の一撃は避けられないだろう。

俺はポケットから一枚の布を取り出し、口に含んだ。

冷えきっていたが、まだクリスの味がする。

精力ではなく、仙気を練る。

染み込んだ愛液から陰仙気を取り込み、体内の陽仙気と結合させていく。

全身に気が満ちた。

倒れたまま、爆裂弾を短剣に直撃させる。

根元から折れた短剣を、彼女は即座に手放した。

立ち上がる俺に、スーリンディアは油断なく身構える。

警戒すべきは各種身体強化と、直接撃ち込んでくる呪詛攻撃。それと、まだ隠している可能性のある暗器か。

仙気が巡ったおかげか、勃起準備も完了した。

生死の境を経たせいで、生存本能が痛いほどに下腹部で主張している。とにかく目の前の美味そうな雌を孕ませて、血を遺したい。

極上の身体を持つ雌が、俺に迫ってきた。

俺は雌を力任せに押し倒した。雌のわずかな発情の匂いが、鼻腔をくすぐる。

か弱い針が俺に突き刺さる。怒りと興奮が脳の半分を支配し、生意気な雌を犯せと叫ぶ。

しかし、同時にもう半分に理性が戻ってきた。

彼女の手の中で、呪詛が組み上がる寸前だった。

俺は理性を総動員し、スーリンディアを組み敷いたまま、強制発情を連打した。

「くっ、あ、あ、あぁぁ……‼　おのれ、おのれぇぇ‼」

怨嗟（えんさ）の声とともに、彼女は最初の絶頂を迎えた。

発動しかけていた呪詛が、精神集中を乱されて霧散する。

俺はちょうど胸の上に馬乗りになる形で、彼女を押さえ込んでいた。

彼女は歯を食いしばり、俺を睨んだ。彼女がもがくたび、眼下で軍服に包まれた豊満な乳房が揺れる。

張りつめた剛直が、服越しのおっぱいに敏感に反応して血液を漲らせる。

思わず喉が鳴った。サエルミアの乳を犯したばかりだと言うのに、もうスーリンディアの乳を前に歯止めが利かなくなっていた。

彼女の軍服の胸元を引き毟るように開かせる。

俺の太腿の間で、ロケットおっぱいがふるりと揺れた。

かなりの質量だが、奇跡的な張りで自立している。

サイズ、形、柔らかさいずれもサエルミアのものに勝るとも劣らない極上の乳だった。

「殺して、やる……、殺してやるぞ……、よくも、ぉ……私に、このような、屈辱を……ぐ、うぅ……!!」

スーリンディアが俺の下で身悶えた。強い女を征服する喜びで、ぞくぞくした感覚が背筋を上ってくる。

彼女の肌は戦闘によって上気し、ほのかに汗ばんでいた。エルフ特有の花のような甘い体臭が鼻腔をくすぐる。

股間の血の滾りが抑え切れない。俺は窮屈なズボンからチンポを解放した。

「お前の副官の乳は最高だったぞ」

「貴様、よくも、私のミアに穢らわしいものを！」

「妬くなよ。お前のおっぱいマ○コもたっぷりと味わってやるから、楽しみにしてろ」

「くっ……!!」

彼女は乳の間で屹立したチンポを、殺意を込めて睨む。

死闘によって鋭敏になった俺の知覚力が、彼女の魔力や闘気の流れを感じ取った。

先んじて彼女の腹に触れ、魔力整流の技を応用して集中しかけていた気を乱す。

俺を跳ね上げようとブリッジした彼女の背が崩れ、咳き込む。

どうやら彼女はこの反撃に賭けていたようだ。こちらもかなりの精力を消費したが、莫大な魔力を浪費させることができた。

抵抗が弱まっているうちに、スーリンディアのおっぱいでチンポを挟む。

汗ばんだ乳肉が、吸い付くように俺を包み込んだ。

「おおぉ……」

圧し潰すように両側から圧迫し、腰を振る。

いつまでも極上の乳肉の中で快楽を味わいたかったが、そこまでの余裕は無い。俺は彼女の両胸に強制発情の気を流し込みながら、自分を追いつめていく。

俺は我慢することなく、彼女の胸で果てた。

既に何十回と射精した後なのに、スーリンディアの顔や胸を覆い尽くすほどの大量の濃厚精液が迸る。

「ん、んッ、くそ……‼　この、下衆、っ、ふ、穢らわしい！　離せ、っ、んっ……‼」

大量の媚薬精液を浴び、むせ返るような精臭を吸い込まされて、スーリンディアは悶えた。

彼女は歯を食いしばり、嬌声を堪えている。

恥辱と怒りに身を震わせ、俺を喜ばせまいと快楽に抗う様が、却って俺の情欲を刺激する。

しかし、いくら気を強く持っていても、発情する身体は抑えられないようだ。

俺は勃起た彼女の乳首をつねり、次の射精に向けて腰を振る。彼女の目に涙が滲む。

「痛……っ、くぅぅ……ちぎれる……⁉　やめろ、この、卑怯者ぉ……‼」

「戦場で卑怯も何もあるかよ。勝ちは勝ち、負けは負けだ。お前は俺に負けたんだから、俺のモノだ」

「ぐ、うぅ……うっ……」

精液を潤滑液代わりに扱くと、スーリンディアの乳肉は全く違う感触に変化した。

まさに乳マ〇コと言うべき、吸い付き絡み付く肉穴だ。

彼女の胸を孕ませるつもりで、密閉されたおっぱいの中で射精する。爆発するように谷間から噴き出した精液が、彼女の美しい顔を穢した。

密着した肌から、彼女のやや早めの鼓動が伝わってくる。

「あぁ……いや、熱い……」

「お前を倒すほど強い男の種だ。欲しいだろう？」

「な……何を馬鹿なことを！　人間の種など、穢らわしいだけだ！」

俺の下で、彼女の腰がびくりと震えた。

スカートを捲り、下着をずらすと、淫蜜にぐっしょりと濡れた肉が俺の指を歓迎していた。

「本当か？　ここは随分とチンポを待ちわびているが？」

「う、うっ、違う！　私は、純血の、ダークエルフだぞ！　失われし、王族の……うっ、くぅ、血統を、守る義務が、はぁ、あ、やめろ……、嫌だ、そこを、触るな！」

上の口と違って素直な下の口は、俺の指に愛しそうに吸い付いて奥へと運ぼうとする。

直接内側に強制発情を注ぎ込みながら、乳首で吊るようにしたおっぱいマ〇コでチンポを扱く。

「同族なら、とか何とか言っていたな。同族なら俺の子を孕みたかったのか？」

「う、あぁ……、うるさい！　うるさい！　貴様など、っ、く……死んでしまえ！　うっ、う、くっ……あぁ、んっ、あぁぁぁあぁ‼」

乳を嬲られ、淫壷を抉られ、強制発情させられ、媚薬を盛られ、とっくの昔に限界なはずなのにスーリンディアはずっと俺に敵意を向け続けている。

このプライドの高い雌を屈服させ、自ら種を請わせたい。そんな欲望が湧き上がってくる。

「っく、うっ、んん、んっ、殺して、っ、やる、っ……!!絶対、ん、ふぅ、っ……い、んン……っ!!」

恥辱と快楽に圧し潰されそうになりながら、彼女は俺に宣言する。その間にも彼女は連続絶頂を続けていて、何度も俺の掌に潮が噴き出すのを感じた。

「こ、後悔っ……、させて、や、ぁ、やる……っ、ん、く、ぐぅぅ、ん、はっ、私を、っ、殺さなかった、ことをっ、ん、ん、ふぁ、ぁ、貴様は、私が、殺すっ、あぁぁ……、殺……あっ、んぁぁ――……っ!!」

俺は魔力整流の技で彼女の胎の中の気を掻き乱した。

彼女に一際大きな絶頂が訪れる。

二度、三度と俺を跳ね退けそうなほどに腰をしならせ、無意識に種を請うかのように、俺の指を締め付ける。

屈辱と殺意に彩られたままの表情で、スーリンディアは忘我した。

快楽の波が去り、弛緩した口からは涎が、目からは涙が垂れ落ちる。半開きの目は焦点を結んでおらず、手足からは力が抜けている。

気の流れも睡眠時に近い安定したものだ。

気絶したと判断し、俺はようやく彼女の拘束を解いた。

安心して乳に包まれたチンポを顔に寄せ、至近距離からたっぷりと顔射する。至福の瞬間だ。

俺は立ち上がり、落ちていたクリスの下着を拾った。

危ういところでクリスに救われた。あとで、たっぷりと可愛がってやらないと。

俺は大事に下着を畳み、ポケットに仕舞った。

改めて、気絶した二人のダークエルフを見下ろす。

いずれも極上の、美しい雌だ。

何度も射精した後なのに、チンポにビンビンに響くものを感じる。

「お前たちの敗因は、お前たちが美人で巨乳で、ブチ犯したくなるほどエロかったことだ……なんてな」

さて、余裕をかますのもこれくらいにしよう。

本当は俺も満身創痍だからな。

持っていた麻縄で二人を縛り上げ、猿ぐつわを噛ませる。

身体強化が強力なスーリンディアは特に念入りに。

自分の怪我の応急処置を終えると、俺は二人を担ぎ上げ、大聖堂を後にした。

第四章　二人のダークエルフ

二人のダークエルフを担いだまま、俺は冒険者ギルドの裏口を潜った。

普段は施錠されている扉を開き、地下へと降りていく。

そこには表向き存在しないことになっている、関係者しか知らない地下牢がある。

ギルドの地下では、四人の女が待っていた。

「話は伺いました。賢者……いえ、元賢者ディック。そのダークエルフが間者だったのですね。だとすると、想定していた以上に迅速な調査と対応が必要になりそうですね」

ナローカント領主夫人、タニス・ロリエン。

何とかという名の領主が戦争以外では使いものにならないせいで、実質的なナローカントの政治的決定権を握っている女だ。

都市一つを背負うにはまだ若い、清楚で凛々しい黒髪の美女。肉付きはそこそこ、引き締まった弛みのない体の未産婦。三十を前にして香りだした色気と、雌として開き切っていない未成熟さのアンバランスな同居を感じる。

ブチ犯したい。

「まさか、本当にアンタが解決するとはね。レベルも能力も失ったばかりなのに……相変わらず、破天荒な男だよ」

冒険者ギルド副支部長、チルダ・シェイドダウン。

女だてらに冒険者からの叩き上げでギルド役員になった実力者だ。

ソロ時代に一度だけ組んだことがあるが、戦士としての強さに加えて、頭が切れる。

鍛え上げられた肉体は四十近いというのに衰えが感じられない。冒険者当時は短かった燃えるような赤毛を伸ばし、身なりにも気を遣っており、より女らしくなった。

ブチ犯したい。

「先輩ー、ご注文通り、魔力封印用の手枷、足枷、首輪のセットを用意しましたよー。特急料金もちゃんといただきますからねー」

付与魔術師、ケーテ・グランツシュタイン。

魔法大学時代の後輩で、ドワーフなので俺の半分くらいの年齢に見える。

薄茶色の飾らないボサボサ髪、野暮ったい眼鏡、汚れや皺の目立つ衣服。自分が雌として見られているなんて、一瞬たりとも考えたことはないだろう。

小柄で柔らかそうな身体は抱き心地がよさそうだし、締まりにも期待できる。

ブチ犯したい。

「ディック様、よくぞご無事でお帰りになりました。すぐにお怪我の手当を……」

冒険者ギルド受付嬢、クリス。

可愛い俺の奴隷。俺の犬。

いい匂いがする。雌の匂いだ。

「クリス」

「は、はい！」

「ブチ犯す。今すぐだ」

「あの……ご主人様、タニス様やチルダ副支部長がお待ちなのですが……」

「知らん」

俺はダークエルフたちを雑に床に転がし、クリスを抱き上げた。

制止を無視し、そのまま隣の部屋に引きずり込む。

徐々に発情していくクリスの匂いを嗅ぎながら、辛うじて残っていた理性が崩れ去っていくのを感じる。

スーリンディアとの戦いで、俺の方は不完全燃焼だったので、既に破裂しそうなくらい溜まっていた。

溜まった分を誰かにぶちまけないと、まともに考えることも難しそうだ。

「ご主人様、いけません、こんなの……、せめてドアを」

「ちゃんと準備ができているな。いい子だ」

「あ……あ、あぁ……お褒めいただき、ふぁ、あ……は、入って……あ、ん、あっ、あぁ……!!」

俺はクリスを存分に泣かせ、そして喜ばせた。

◇　◇　◇

たっぷり一時間ほどクリスと楽しんだ後、俺は元の部屋に戻った。

途中から正気に戻っていたが、まあ、少しスッキリした方が頭も働くから仕方ないな。

「悪い、待たせた」

「あ……、いえ……」

「相手が呪詛使いだったせいで、ちょっと治療に手間取ってしまった」

「治療……か、そうだね。そういうことにしておこう」

タニスとチルダは俺から目を逸らす。

ケーテは両目を手で覆い、しかし、指の間からしっかり俺やクリスの方を見ていた。

クリスはすっかり蕩け切った様子で、俺にしがみついている。脚がガクガクでまともに歩けないクリスを支えて、椅子まで運んでやった。

クリスを座らせた後、俺はタニスの前に跪いた。

タニスの手を取り、手の甲にキスする。

「長らくお待たせした非礼をお詫びします、レディ」

「い、いいえ、いいのですよ、ディック」

「寛大なお心に感謝します」

手を離すと、タニスは慌ててその手を抱くようにして、俺から一歩半離れた。

タニスは頬を上気させ、困惑したような表情で床を見つめている。

悪いことをした。

彼女は夫から冷遇されており、女としての自分を捨てて貴族夫人としての役割に身を捧げている。正気であれば、彼女のいる部屋の隣で性交なんてしなかっただろう。

敵の多い彼女のために可能な限り味方でいたかったが、これで嫌われてしまったかもしれない。ほとぼりが冷めるまで、少し干渉を控えておくか。

「チルダ。説明は聞いてるか？」

「ああ、アンタを待っている間にクリスから大概のことは聞いた。それと、ダークエルフの身体検査はアンタたちを待ってる間にアタシがやっておいた」

「支部長には話を通さなくていいのか？」

「あの坊やは事務屋だからね。下手打たれたら困るだろ？」

「それもそうか」

坊や、か。街を訪れたときに会った記憶はあるが、顔が思い出せんな。

またそのうち会うこともあるかな。何かあっても事後承諾・事後報告でいいだろう。

しかし、実質的な政治的トップも冒険者のトップも女、現勇者パーティも全員女。この都市は女によって維持されているな。ちゃんと敬っておこう。

「先輩。ダークエルフは魔力封印を施した上で拘束してー、部屋に眠り薬を焚いておきましたー。持ち物はこちらに」

「悪いな、ケーテ。助かる。所持品の呪いや魔術的な罠の有無は？」

「はい。大丈夫ですー。簡単な鑑定ならー、先に済ませておきましたー」

テーブルの上には、ダークエルフたちの所持品が並べられている。武器、財布、ポーション、巻物、黒縁のメガネ、替えの軍服、そして魔法の付与された鞄。

操影弓はケーテには外せなかったようで、ここにはない。ざっと見た感じ、軍服とスーリンディアの短剣とメガネ以外はどこでも買えるようなものばかりだ。

「鞄は？」

「ロックされてますー」

確認してみると、魔力波形認証型だった。

セキュリティが甘い。ちょっと手練で魔法が使える盗賊なら、時間をかければ開けられるぞ。俺はスーリンディアの魔力の流れを模倣し、鞄を開けた。

「ええ……⁉　先輩……ホントに本職殺しですね」

「付与術師は鍵を破る側じゃなく、作る側だろ。それに俺の今の本職は……いや、まあ、それはともかくまだ最新型のは開けられんから安心しろ」

危うく「今の本職はお堅い女の下の扉を開く仕事だ」とか言いそうになった。貴婦人の前で言うには卑猥な冗談だ。気を引き締めないと。

鞄からは何通かの書簡、数種類の魔法道具が出てきた。魔法道具の解析は、それこそ本職に任せるとしよう。

次に書簡を開いていく。

やはりと言うか、暗号になっている。しかし、その中に看過すべきでないものが入っていた。

「勇者たちの情報をやり取りしていたようだな」

「読めるのかい、ディック？」

「解読できたわけじゃないが、地図に描かれたルートには見覚えがある」

俺は書簡に入っていた出鱈目に見える図を半分に折り、ランプの明かりに透かした。

ナローカント周辺の地図と、勇者一行が到着するまでのルートが浮かび上がる。おそらく前の街に潜入していた連中から受け取ったものだろう。

「魔族領域に遠征した経路の地図がないな……」

「魔王軍の誰かに情報が渡った後ってことかい？」

「そうだな。最初の行軍から三日経っているわけだから、送付後と見ていいだろう」

問題は誰に、どんな内容を、何の目的で送ったかだ。

チリチリと腹の中で焦燥が燻る。エメリンに何も起こらなければいいが。それに、アラメアたちだって俺は今でも大事な仲間だと思っているんだ。

少しでも助けになるのなら、すぐにでも駆けつけてやりたいが――

「暗号の解析については、こちらも信頼できる人員を選出しておきましょう」

「ああ、助かりますよ、夫人。アタシの方でも、こういうのに詳しい冒険者や職員に当たってみる」

「二人とも……すまない。この恩は必ず返す」

俺が頭を下げると、チルダは吹き出した。

「ディック、アンタ、まだ賢者のつもりでいるのかい？」

「うん？」

「勇者への助力は貴族の務めです。それに、魔族に都市への侵入を許したのは領主代行である私の落ち度ですし」

「ダークエルフは純粋な魔族とは言いがたいけどね。それを言うなら、ギルドに潜伏されたのはアタシの落ち度だ」

「いや、そんなことは……」

「気にする必要はないと言っているのです。素直に受け入れなさい、ディック」

タニスは俺の言葉を遮り、言い切った。

彼女は困惑する俺にそっと近寄り、耳打ちする。

「でも、ロリエン伯爵夫人ではなく私に個人的にお礼がしたければ、受け取るのも吝か（やぶさ）ではありません。あなたの今一番得意なことで、お返ししていただきますよ？」

「承知しました。その時は我が一命に換えましても」

俺は跪き、タニスの手の甲にキスをした。

俺の得意なことなんて、賢者の頃から荒事以外にない。有事の際は、必ず馳せ参じよう。

まあ、愛妻や愛犬を悲しませるわけにはいかないので、できるだけ死なないように頑張りたいけどな。

タニスは何か言いかけてしばし逡巡した後、無言で俺の首に口付けた。貴婦人の方から俺にキスなんて、勿体ないにも程があるんだが。

「こほん。あー、それで？　ダークエルフの尋問はどうしますかね？」

「ええ、そうでした」

チルダの言葉で、タニスと俺は我に返る。

気づけばまたケーテが目を覆っているが、放っておこう。

「私からは、間者本人に接触させられるほど信頼のおける者を出すことができません」

「アタシも同じだね。強いて言えばクリスだけど……通常業務の方が滞らない範囲に限るね」

「とすると、俺が適任か」

「まあ、アンタなら万が一連中が逃げ出しても、また捕まえられるだろうし」

「もう一度あいつらと一対二で戦うのは、さすがに御免被るけどな」

考えてみれば、選択肢はあってないようなものだ。

できる限りダークエルフたちに接触する者は少ない方がいい。その上で、早急に正確な情報を引き出せるクラスかスキルを持っている方が望ましい。

どう考えても、俺を遊ばせておくのは無駄だ。

「あんまり期待しないでくれ。全力は尽くすけどな」

「頼んだよ。必要なものはクリスにでも届けさせるからね。場所はここを使いな」

「分かった。そちらも暗号について何か分かったら教えてくれ」

話がまとまったところで、そろそろ夜が明ける時間が近づいてきた。タニスはお忍びで来たらしく、誰かに気づかれる前に屋敷に戻る必要があるらしい。

次の定期報告の日取りを決めて、俺たちは解散した。

クリスと二人きりになった。

「聞いていたな」

「はい」

「領主夫人やチルダに不審な様子はなかったか？」

「はい。ひとまずは信用しても問題ないかと」

先ほどまでの惚け顔が嘘のように、クリスは凛とした表情で俺に跪く。

クリスが前後不覚になるギリギリまで俺に弄ばれていたのは本当だが、この部屋に戻ってからは演技だった。

領主夫人やギルド副支部長とは言え、完全に信用はできない。九割九分九厘までは味方で間違いないが、精神操作や入れ替わりがないとも言いがたいからな。

「サポートを頼むぞ」

「はい。何なりとお申し付けください」

少しだけ、彼女の素直さが不安になった。

「妬いてはいないのか？」

「私は何があってもご主人様の第一の奴隷です。奴隷がこの先何人増えようと、私がご主人様を一番愛し、同じくらいご主人様に愛されていたという事実は変わりません」

「いや、奴隷にはしないぞ。言うことを聞くように躾けるだけだ」

「例えばの話ですよ」

あんまり納得はいかなかった。

だが、とりあえずクリスの頭を撫でた。実に愛いやつだ。

「ふぁ……ごしゅじんさまぁ……しゅきれすぅ……」

「おっと、あんまり溶けるな。まずはギルドの仕事を片付けてこい」

スイッチが入りすぎて俺の股間に頬ずりを始めた彼女を立たせ、地上へと送り出す。

やれやれ、もう少し手加減して犯すべきだったか。後でチルダに文句を言われなきゃいいが。

さて、まずは美しき虜囚たちに挨拶でもするか。

いくつかの道具を鞄に詰め込み、ダークエルフたちの待つ牢獄へと向かった。

俺は二人が眠っている間に、準備することにした。

まず、操影弓やチルダが見落とした暗器を奪っておく。

精液染みのついた軍服を脱がせて、汗やその他の体液を拭い、替えの軍服を着せた。

やはり軍服は良い。

ゴツいベルトや煌びやかな飾緒や肩章、敵対勢力である魔王軍の記章がついているのがエロさを底上げする。

一度くらい魔王軍の女をレイプしてみたいなと思っていたが、まさか、その夢を合法的に叶えられるとはな。

仕上げに文献で読んだことのあるエルフの貴人用の結い方で二人の髪を結い、梳(くしけず)った。

「まずいな。俺は才能があるかもしれん……」

ダークエルフには禁欲的かつ威圧的な装いがよく似合う。魔王軍がダークエルフを受容してくれてよかった。

昨晩のお預けを思い出し、痛いくらいに勃起してくる。これから、この完璧な美を壊していくのだ。

自白の記録のために、映像記録用魔道具を借りておいてよかった。不可逆な変化を与える前に、彼女たちの高潔な軍人としての最後の姿を記録できる。

しばらく自分の仕事ぶりを堪能し、磔台(はりつけだい)を組み立てた。

X字の磔台を基礎にし、足元に平台をしっかり固定する。それぞれを向かい合わせるように立て、二人を縛り付けていく。

平台にM字開脚して立たせ、両手をバンザイの形で固定した姿勢だ。立ったまま腰を振りやすい高さに微調整し、革ベルトで固定していく。

白い肌には黒縄、褐色の肌には黒革と金具がよく似合う。尋問については一任されているので、この辺りは完全に俺の趣味だ。

「ふぅ……」

屈辱的なポーズで磔台に拘束された、美しい二人のダークエルフ。禁欲的な軍服に包まれているのは、はち切れんばかりの肉感的な肢体だ。

スーリンディアの黒檀を思わせる艶やかな肌に、絹糸のようなプラチナブロンドの髪がかかる。髪と同じ色の眉は、激情と矜持を内に秘めて形よく弧を描いている。

サエルミアの髪は雪のように白く、穏やかに眠る表情は人形のようだ。スーリンディアを金色の月光に喩えると、サエルミアは青ざめた月影をイメージさせる。

動と静。陽と陰。相反しながらも、どこか調和を感じる好対照な二人の美貌。

一仕事した満足感がある。

二人の周りをゆっくりと回りながら、完成した作品を魔道具に納める。名残惜しいが、趣味はここまでだ。

頭を切り替えて、仕事を始めるとしよう。

乾燥したクラーケン筋繊維を詰めた小壜に消石灰と水を加える。刺激臭がしてきたら、小壜をスーリンディアの鼻先で振って、速やかに蓋をした。

彼女は顔を顰め、長い睫毛を数度震わせた後、ゆっくり瞼を開く。

「やあ、お目覚めかね。お姫さま」

「貴様は……、おのれ、よくも私たちに辱めを……！」

「心外だな。まだ大したことはやってないぜ。まだ、な」

含みに気づいたスーリンディアは、奥歯を噛み締めて俺を睨む。

表面上は大人しくなったスーリンディアを注視しつつ、俺はサエルミアの髪を攫む。

「私の副官に気安く触らないでもらおうか」

「今更な台詞だな。身を清められているのに気づかなかったのか？　お前たちの身体は隅々まで触ったし、隅々まで見せてもらった」

「くっ……、なぜ、わざわざそんなことを」

「せっかく敵国の女軍人を捕らえたんだ。ただの女ではなく軍人として犯したい。その方が興奮するからな」

俺は気絶したサエルミアの頬を撫でた。

形のいい眉が歪み、魘されているような呻きが漏れる。

「屑人間らしい下衆な趣味だな」

「口を慎めよ。どんな方法で情報を引き出すかは、俺の裁量次第だ。優しくして欲しければ、相応の態度をとってもらわないとな」

サエルミアの耳たぶの後ろから、尖った先端までゆっくり見せつけるように指を這わせる。彼女は小さく息をつき、びくりと震えた。

エルフと習俗が似通っているとすれば、ダークエルフたちも親しい者以外には耳を触らせないはずだ。

たったひと撫でだが、スーリンディアを激昂させるには充分だったらしい。

スーリンディアは歯を食いしばり、枷を外そうと無駄な努力を続ける。

ギシギシと革枷が鳴る。

身体強化さえあれば引きちぎれる、ただの革ベルトが、彼女の怒りを苦渋と屈辱の中に繋ぎ止める。エーテル層に干渉する魔力封印の枷は、身体強化のための魔力集束を撹乱し、霧散させていた。

「それ以上、私の副官を辱めることは許さん！」

「ふむ。怖いな。どう許さないんだ？」

「ここから抜け出したなら、真っ先に貴様を寸刻みにして殺してやる！」

「抜け出したなら、か……」

俺はサエルミアの喉頸に優しく手を回し、首輪の上から軽く押さえた。

規則的に続いていた彼女の呼吸が止まる。

「それなら逃げられないように、しっかりと弱みを握っておかないとな」

「貴様、やめろ！」

俺はあっさりと手を離した。

サエルミアは咳き込み、新鮮な酸素を求めて苦しげに呼吸する。ようやく目を覚ました彼女は、状況が分からずに辺りを見回した。

「かはっ、こほ……、ぅ……？　た、隊長……⁉」

「ミア……すまない。私が仕損じたせいで、君まで……」

スーリンディアは忸怩たる様子で項垂れる。

「いえ、隊長のせいじゃありません。私のせいです。私が、もっと強ければ」

「美しい上司と部下の絆だな。感動した」

ズボンの前を開き、サエルミアの股間に突きつけた。

彼女は目の前のグロテスクな肉塊から逃れようと身をよじる。俺は彼女の腰を押さえつけ、下着の上から擦る。

「う……、嫌！　もう嫌！」

「ほら、怖くないぞ。いっぱいお前を気持ちよくしてくれたチンポだ。これからも長い付き合いになるんだ。仲良くしてくれよ」

「やめろ、貴様、捕虜をなんだと思っている⁉」

「捕虜？　魔王軍と人間の間に、何か捕虜に関する協定があったか？」

「っ……」

「まあ、それ以前に、お前たちが本当に魔王軍に所属しているかどうかも分からないがな」

俺はサエルミアの軍服のボタンを外し、大きく開いた胸元から乳房を出させた。

ツンと突き出した張りのある大きな乳房が、羞恥と屈辱に震える。揉んでみると、張りと弾力が桁違いだ。

スーリンディアも同様のおっぱいだったので、ダークエルフ全体がこういう肉質なのかもしれない。

このままじゃ、なかなか感じそうにないな。

俺は白い液体の入った壜を取り出す。

「さて、これを覚えているかな？」

「ひっ……⁉」

独特の匂いで、サエルミアはすぐにその正体に気づき、嫌悪感を露にした。

会議前にクリスとの性交で採取した俺の精液だ。当然、媚薬効果も添加している。

「い、嫌……あんなの、もう……」

「嫌ならスーリンディアからにするか。王族の血が何とか言ってたよな。俺の子種を仕込んで大事な血筋を穢してやれば、少しは喋りたくなるかな」

雌穴に亀頭を押し付けながら、ちらりとスーリンディアを見る。

サエルミアはしばらく躊躇した後、かぶりを振った。

「やめて！　私が……私が相手をしますから……どうか、隊長には手を出さないでください」

「殊勝な心がけだな」

「ぐ……サエルミア……すまない……」

スーリンディアは力なく項垂れた。苦渋と悔恨の表情が、欲情をそそる。

俺は精液を指に取り、乳首に塗り付ける。

乳房をマッサージしながら左右交互に塗っていくと、だんだん乳首が堅く膨らんできた。分かりにくいが褐色の肌にも赤みが増してきている。

ツンと上を向いた両乳首を摘みながら訊ねる。

「気持ちよくなってきたか？」

「っく……、そ、そんなわけ……ありません！」

サエルミアは気丈にも歯を食いしばって嬌声をこらえ、俺を睨んだ。

まだまだいけるな。

チンポでサエルミアの淫裂を刺激しながら、耳に媚薬精液を塗っていく。ねっとりと耳全体を揉むように塗り込み、その後指先で襞の一つ一つに塗り付けていく。

「っ、ふ……く、ぁ……ま、負けません……、くぅ、ぅ、こんなの、ぜんぜん……はぁぁぁ、ぁ、大したこと、ない、ですから……、ぁ、ぁ……」

彩りとして乳房やタイツに包まれた太腿に粘液を散らすと、なかなかいい眺めになった。

主張し始めたクリトリスをチンポでグリグリ押しながら、強制発情を使う。仙蓮華を応用して、増幅した発情効果をサエルミアの胎に集中させる。

「いっ⁉　ん、ンン、っ、あ、あっ、いや……あ、あ、は、なんで、ん、あぁ……」

「ずいぶん俺のチンポを気に入ってくれてるみたいだな。待ち切れないのか？」

「そ、そんなわけ……ひぅ、うぅぅ、っく、は、ぁ、いや、嫌、い、ンッ、いやぁぁぁぁぁぁぁ――……‼」

ギッ、ギッと革枷を軋ませ、サエルミアは絶頂した。

秘裂からはトロトロと愛液が溢れ出し、下着とチンポを湿らせる。

俺はチンポを離し、下着に精液を垂らしてぐちゅぐちゅと揉んで馴染ませていく。彼女の敏感な場所に当たったらしく、ぶるりと小さくもう一度絶頂した。

しっかりと媚薬が馴染むまで、熟成しないとな。

「さて、副官ちゃんはしばらくこのままにして、隊長殿を孕ますとしようかな」

「こ……この嘘つき！　私が相手をするはずでしょう⁉」

「俺はそんな約束した覚えがないな。適当に相槌くらいは打ったが」

「ぐ、ぅ……卑怯者……」

「心配しなくても、後でお前もちゃんと食ってやるよ」

ポケットから金属の輪に革ベルトのついた口枷を取り出した。

俺は無理矢理サエルミアの口を開かせ、輪を噛ませる。閉じられない口をやや上に向けさせ、俺は壜の中の残りの精液を全部流し込んだ。

「う、おご……ぅ、う……ぇ、う、ぉ……」

サエルミアは飲み込むまいとして、舌で堰き止める。だんだん口の中には涎が溜まっていく。いつまで保つか、楽しみだ。俺は吐き出せないように口枷と磔台をベルトで結び、首の角度を固定した。

スーリンディアの股間を下着越しに撫でる。

まだ全然濡れていない、堅く閉じた秘部がそこにある。

「さて、ぬか喜びさせてすまないな」

「貴様のような下衆男に囚われた時点で、純潔を失う覚悟はできている。それに、部下を見捨てて自分だけ助かるよりはいい」

「ふうん。そうか。じゃあ、遠慮なく楽しませてもらわないとな」

俺は笑いながら、スーリンディアの耳に口を近づける。

スーリンディアは俺に唾を吐いた。

「私はこの屈辱を絶対に忘れない。貴様は絶対に許さない。この代償は数倍にして返させてもらうぞ」

「そうか。いいぞ。一生覚えておけ。お前の大事な初夜の思い出になるんだからな」

できる限りねっとりスーリンディアの耳を舐めしゃぶる。悲鳴を噛み殺す奥歯の軋みを聞きながら、俺はチンポが滾るのを抑え切れなかった。

意図的に下品な水音が響くように、スーリンディアの耳を舐める。

同時に、逆の耳もじっくりとマッサージしていく。

スーリンディアは不愉快そうに俺を睨んだ。

捕縛した時と違い、媚薬の影響も強制発情の効果もないので、今のところはこんなものだろう。

耳に口が触れるほど近づいていると、どうしても乳房が当たる。

俺はスーリンディアの乳房がサエルミアのものに劣らないロケットおっぱいだと着替えの時に確認している。

こちらの方も、時間をかけて目覚めさせてやらないとな。耳の裏側や襞の間も丹念に唾液を塗り付け、口腔の中で熱していく。

ふやけそうなほど咥えた後、ようやく解放した。

マッサージで血行がよくなった反対側の耳に口を近づけ、囁く。

「一応聞くが、お前たちの作戦目的について、洗いざらい話すつもりはないか？」

「地獄に落ちろ」

「いい返答だ。そうじゃないと俺が楽しめない」

俺は逆の耳を音を立ててしゃぶった。

ちょうどフェラチオをするように、耳の先を唇で扱き、舌を絡める。

しっとりとふやけた方の耳は、濡らした小指で穴を犯していく。

スーリンディアは歯を食いしばり、耐えていた。

必死で耐えなければならない程度には、ちゃんと効いてきたようだ。

「淫乱な種族だな。まだ耳を犯しているだけなのに、ずいぶんと艶かしい呼吸じゃないか」

「くぅ……気持ち悪い勘違いをするな。こんなもの、っ、おぞましいだけだ」

「そうか。そいつは悪かったな」

たっぷりと唾液を溜め、より卑猥な音を立てて耳全体を唇で扱く。スーリンディアの歯の擦れる音や、革ベルトの軋みがより強くなる。

数分間そうやって我慢比べを続けたが、彼女は最後まで声を上げなかった。

恥辱と怒りに身を震わせ、俺を喜ばせまいと快楽に抗う様が、かえって俺の情欲を刺激する。

「強情な女だな」

「っ、ふ……なんだ、もう終わりか。大したことはないな、んんっ――!?」

俺はスーリンディアの唇を奪った。

閉じた唇を吸い、甘噛みし、力の緩んだ隙間に舌をねじ込む。噛み締めた歯の上を、歯列をなぞるように舌を這わせていく。

両耳を愛撫しながら口腔を責めると、スーリンディアの力が弛み、瞼もゆっくり下がってきた。

「……っ!?」

次の瞬間、スーリンディアは目を見開き、俺の舌を噛みちぎろうとしてくる。

離した唇の数ミリ先で、彼女の顎門がガチリと閉まる。

顎の動きは手に伝わる感触で分かっていたので、余裕をもって避けることができた。

「もっと自然にやらなきゃダメだぞ」

俺はスーリンディアにもう一度キスをする。

顎を力ずくで開かせ、舌を吸って俺の口の中に導く。

唇を使って舌を扱くと、彼女はくぐもった声を上げた。

「う、んンっ……ん、んー……ぅ、ふ……」

じっと見つめる俺の視線に気づいたのか、彼女は気まずそうに目を逸らし、ぎゅっと瞼を閉じる。

俺は彼女の舌を吸いながら、ゆっくりと彼女の舌に歯を当てた。

舌を唇で、顎を手でしっかりと固定して、万力のように少しずつ噛む力を増していく。

スーリンディアは小さく身を震わせ、目を見開いた。

驚愕と、小さな怯えが瞳の中で揺れる。

俺は彼女がわずかに痛みを感じたところで、舌を解放し、唇を離した。

「ふぁ……は……、はぁ……」

「相手が安心し切った瞬間を狙って、静かに罠に追い込み、すり潰す。勉強になっただろう？」

「く……、いずれ、貴様の舌を噛みちぎってやる」

「そうか。それは楽しみだ。上手くいくように、たっぷり口唇奉仕を仕込んでやらないとな」

俺はチンポで下着越しにスーリンディアのクリトリスをピタピタと叩く。

直接ぶち込みたい。美しい顔を屈辱と喜悦で歪めてやりたい。胎の奥まで、俺の種で屈服させてやりたい。そんな想いが湧き上がってくる。

彼女は身震いし、おぞましいモノを見るような目で俺のチンポを睨んだ。

昨晩の経験が、まだその身に染み付いていることだろう。

しっかり思い出させるために、チンポを押し付けたまま軽めに強制発情をかけていく。

「っ……、なんだ、貴様、案外、ワンパターンだな」

「おっと。マンネリで悪かったな。じゃあ新たな性感帯を探してやろう」

昨晩はお預けになっていた乳房に、服の上から持ち上げるように手をかけた。

手に柔らかな重みを感じる。いい重量感だ。

強制発情の擬似仙蓮華に気を巡らせ、魔力整流の応用で手から乳房へと流していく。

気をおっぱいに循環させせながら、治療やマッサージのつもりで、ゆっくりと持ち上げるように揉む。

「ん……」

鼻にかかったような甘い声が聞こえた。

出した本人は慌てて歯を食いしばり、俺を睨む。

「大きさの割に敏感だな」

「な、何のことだか分からんな」

「大丈夫だ。そのうち嫌でも分かるようになる」

胸を揉み、腰を押し付け、そして首や耳の周りに唇をつける。

それらの接触面から、スーリンディアの体内の気の流れを書き換えていく。

もとの流れを保ったまま、乳房や首、脇腹、内股を流れる気を増やす。

性感帯を通った気が、子宮の辺りで吹き溜まって淀むようにしておいた。

そのまましばらく、ゆったりと恋人にするような優しい愛撫を続ける。

だんだんとスーリンディアの吐息に熱く重くなり、下着越しに湿り気を感じるようになってきた。

体温が上がり、肌がしっとりと汗ばんでいる。

相変わらず表情は硬いが、だんだん頬が緩んできている。

「スーリンディア、お前は美しいな」

「な、何をいきなり……」

「仕事で抱くにしても、いい女の方が嬉しいからな。まあ、サエルミアもいい女だが」

「屑め。その程度で私が絆されると思うな」

「お世辞じゃなく、お前は本当に美しい。自覚くらいあるだろう?」

「ぐ……」

片手でスーリンディアの子宮の辺りに触れ、強制発情のスキル効果を流し込む。

鍛えられた腹筋の撫で心地もなかなかいい。

「ここに、俺の子種を注ぎ込んでやる」

「くっ……」

「お前は俺が同族ならとか何とか言っていたが、俺はお前がダークエルフでも孕ませたいぞ」

「私は、御免だがな……、っ、んんっ！」

硬くなってきたスーリンディアの乳首を見つけ出して、指の中で転がす。

チンポを股間に擦り付けると、ぐっしょりと愛液で濡れた布の向こう側に、充血した雌肉の弾力を感じた。

彼女のタイツを破り、濡れそぼった下着をずらした。

指で開くと、奥に純潔の証が見える。

着替えの際に確認した時には、何者をも拒むように閉じていた場所。

今はそこから愛液が滴り、待ちわびるかのように充血して開いていた。

直接チンポを擦り付ければ、淫蜜が絡み付き、焦らされ切った入り口が吸い付いてくる。

「憎い敵のチンポなのに、お前の身体は喜んでいるな」

「貴様の、気のせいだ」

「これからお前の純潔をいただくわけだが、嫌なら情報と交換でやめてやってもいいぞ」

「断る」

「そうか、そんなに俺のチンポで処女を奪って欲しいのか。可愛いやつだ」

「そういう意味じゃな……ひ、っ、ん、ぐ、ぅ……、っ、く……、っ、ううっ！」

蕩けた処女膣を、チンポでこじ開けていく。

スーリンディアの中は蜜で満ちていたが、穴がないのかと錯覚するくらいに狭かった。

処女肉を押しのけ、一際狭い場所の、か弱い抵抗を突き破った。痛みをこらえるように、彼女が呻く。

一瞬だけ彼女が泣きそうな顔になったのを、俺は見逃さなかった。

力任せに突き込み、一番奥まで自身を埋める。

「ふぅ……、おめでとう。穢らわしい人間のチンポで女にしてもらった気分はどうだ？」

「……っ、ぐ……、死ね……っ」

痛みのせいか、悲しみのためか、スーリンディアの目には涙が滲んでいた。

サエルミアも言葉なく嗚咽し、肩を震わせている。

垂れ落ちてくる処女血を袋に感じながら、俺は征服感に酔いしれた。

次第に痛みが引いてきたのか、彼女の呼吸が落ち着いてくる。

じっとしていたためか、俺を拒んでいた彼女の膣肉も、どこか優しく包むような感触になっていた。

スーリンディアは喪失感に落ち込み、しかしどこか嵐が去ったような安心感に気が緩んでいるように見えた。

俺は気を練り、最大出力の強制発情とともに、力一杯に彼女の最奥を突いた。

「ひ、っ、くぅぅぅ～～――……っ⁉　お、ぁ……、は、貴様……っ⁉」

「何か勘違いしているんじゃないか。俺はお前の恋人でも伴侶でもないんだぞ。何をチンポ銜え込んだまま幸せそうにしてるんだ」

「だ、誰が！　貴様のモノなんかで！」

「幸せになるのは、俺がお前のマ○コを、おチンポ大好き淫乱精液搾りオナホに教育してからじゃないと困る」

「な……、え……?」

「そら、まずは処女喪失初アクメしておこうか」

今度はゆっくり、傷ついた淫肉を労るように擦り上げる。

スーリンディアは慌てて歯を食いしばったが、一息だけ甘い声が漏れた。

長い愛撫で蕩け切り、逞しい雄の一突きによって目覚めてしまった雌肉は、彼女本人の意思とは無関係に喜びにさざめいた。

「っ、ん、ンっ、ん、んん、ぅ、んっ! やめ、ん、ぁ、んぁっ! んんんっ!」

腰の擬似仙蓮華から直接強制発情を最奥に叩き込むと、そのたびに膣が甘イキして俺を抱きしめる。

リズムよく短いストロークで突き込みながら、だんだんペースを上げていく。

同時にクリトリスを弄りながら、舌で耳から頭の中を犯し蕩かすように愛撫してやる。

スーリンディアは声を抑えることができず、既に甘く切なげな嬌声を上げていた。

「あ、あっ、いや……これ、嫌、やめっ、ん、殺してやる、こんな、私に、こんな、っ、こんなの、っ、っ、あ、あっ、あ、あぁ、ん、んぁ、ぁふあぁぁっ!!」

昂(たかぶ)ってきたタイミングを察して、もう一度強めに子宮を突く。本気イキした処女膣が、歓喜に震えて俺のチンポに吸い付いてきた。

彼女の媚肉はぎゅうぎゅうと俺を歓迎し、嬉しそうに食い締めながら、たっぷりと涎を滴らせた。

「あ……そんな……、嘘だ、こんなの……」

「まだ一回目だぞ」

「ひ、いや、やめろ、っ! まだ、中が、あ、ぁ、あっ! ん、あんっ、く、くそ……卑怯な、あっ、あ、ああっ、あ、ふぁ、は、ふぁぁ、あ、いや、っ、ん、また、あ、あぁ、あああぁ、んあぁぁ——っ!!」

ガクガクと腰を震わせ、さっきより深くスーリンディアは絶頂した。

完全に主人の意思を無視して俺のチンポに惚れてしまった淫肉が、媚を売るように蠕動して扱いてくる。

鍛えているせいか、締め付けが強くて心地いい。

彼女は自分の身体の変化に呆然(ぼうぜん)として、怯えたように俺を見つめた。

「いや、ぁ、もう……、ふぁ、こんなの、っ、どうして」

「そろそろ射精しそうだ。もう一度聞くが、情報を出す気はあるか? あるなら膣内射精は勘弁してやる」

「くっ……それは……」

「冗談だ。ここまで来て、中に出さないわけないだろ」

「ふぁぁぁっ！　この、ゲス！　屑！　貴様なんか、っ、貴様なんか、死んでしまえ！」

俺はラストスパートのつもりで腰を振る。

おそらく無意識に、スーリンディアの腰は俺の動きに合わせて迎え入れるように揺れていた。

処女とは思えないほどに濡れた淫肉が、チンポの出入りとともに卑猥な水音を立てる。

彼女のイキっぱなしの淫裂が、俺に射精を催促するように絡み付いてくる。

絶頂に合わせて、俺はダークエルフの姫君の最奥へ精液を迸らせた。

びゅるるるるる、びゅぶ、びゅるるるるるるるるるるるるるるるっ、びゅぐるるるるるるるるるっ。

「ふあぁ、あ、いや、人間の、子種なんて……ふあ、ぁ、嘘、んっ、いや、ああ、出てる……、私の、中に、うっ、いや、いやぁ……あぁ、ひぁ、ふあぁ、あああぁぁぁぁぁぁあぁぁあああぁっ!!」

嫌悪と絶望と悦楽に押し流され、スーリンディアは忘我した。

熱い精液を感じた高貴なダークエルフ王族の子宮口が、憎い人間のチンポに屈服して吸い付いてくる。


苦労して打ち倒した雌に対する種付けは格別な気持ちよさがある。

俺はスーリンディアの唇を吸った。

彼女は呆然としたまま、俺に噛み付くことも忘れて受け入れる。

「どうだった？」

「ふぁ……、ぁ……」

「同族の子種しか受け入れちゃいけない、高貴な子宮に、敵対する異種族の雄から、たっぷりと子種を注がれるのは、気持ちよかっただろう？」

「……死ね」

スーリンディアは搾り出すように言った。

どこか捨て鉢になったような雰囲気はあるが、その目から敵意は失われていない。

気力を奮い立たせ、彼女は涙に濡れた目で俺を睨んだ。

そうでないとつまらない。まだまだ楽しませてもらわなければ。

「まだ喋る気はないな？」

「当たり前だ。たとえこの身体が屈したとしても、私の心は絶対に屈しない。何度穢されようと、たとえ……貴様の子を孕もうと、貴様のような屑に服従するものか」

「そうかそうか、そんなに俺のチンポを気に入ったのか。

喋りたくなるように、たっぷり満足させてやるよ」

「いつか、貴様は私の手で縊(くび)り殺してやる」

いつの間にか俺のチンポは再び全力勃起していた。

睨みつけるスーリンディアを見つめながら、腰の動きを再開した。

彼女の蕩けた肉が、チンポに絡み付く。

ダークエルフの姫君の媚肉は、刷り込みをされた雛鳥のように、初めて雌の悦びを刻み付けた雄の肉に愛しそうに甘えてくる。

憎い敵だとか異種族だとかいう事情は、彼女の生殖器にとっては関係ないようだ。

「気持ちよさそうな顔してるな。また恋人チンポと間違えてるのか？」

「ん、んっ……ぅ、は、ぁ……あっ」

「だ、誰が、ふぁ、ぁ……貴様の、モノなど、っ」

「ふうん。それならいいが、ちょっと試してみようか？」

俺はスーリンディアの子宮口に亀頭を密着させ、動きを止めた。

彼女の狭い膣が、きゅうきゅうと俺を抱きしめてくる。

俺は心地よさを我慢せず、歓喜の吐息を彼女の耳元でゆっくりと吐いた。

びくりと震えた彼女の耳に口づけ、流暢(りゅうちょう)な低地古エルフ語で囁く。

「美しき新緑の娘、我が月の乙女、愛しき妻よ」

「く……っ⁉　いきなり、何を⁉」

「その名が如く玲瓏なる声を、もっと俺に聞かせておくれ風鳴り(スーリンディア)の娘よ」

「や、やめろ……そんな、そんなの、貴様に言われても、気持ち悪いだけだぞ」

言葉と裏腹に、スーリンディアの淫肉は悦びに震えて俺を締め付け、たっぷりと新しい蜜を零していた。

そっと胸に触れると、早鐘のような鼓動が伝わってくる。

「怒った顔すらも綺麗だ」

「う、うるさい……」

「雪解けに咲く花の如く微笑んだ顔も見せておくれ。俺を厭(いと)うていない証拠に。我が永遠の恋人よ」

「ふぁ……、い、いや……」

適当にエルフ文化の恋愛物語の言い回しをアレンジし、エルフの夫婦の作法で耳に口付ける。

彼女は目をきつく閉じ、首を振った。

褐色の肌が色づいているのが分かるほど、彼女は赤面していた。

「ずいぶんと可愛らしいな。こんな風に花婿から愛を囁かれるのを夢見ていたのか？」

「だ、黙れ……貴様は、最低の屑だ……」

「その最低の屑と恋人ごっこしただけで、ずいぶんと感じてくれたみたいだな」

「くっ、う、ぅ……、よくも、あ、あぁ……私に、こんな、ぐっ、辱めを……っく、ぅ……」

お預けにしていた子宮を、存分に優しく突き回してやる。

スーリンディアは堪えているつもりのようだが、だいぶ声に甘いものが混じっていた。

彼女の淫裂は完全に俺を恋人だと誤認し、待ちわびたように嬉しそうにしゃぶりついてくる。

「辱めも何も、お前のマ○コが勝手に俺に恋して、発情して、惚れてるだけだろう」

「っ、ん、おのれ、っ、そんなわけ……っ、ないだろう、ふっ、く、あ、あぁ……」

「そうか？　好きでたまらないって言ってるみたいだぞ？」

俺は意図的にゆっくりとピストンしてやる。

カリが抜けそうなギリギリまで引くと、彼女の膣口は離ればなれになるのを嫌がるように吸い付いてくる。

のろのろと突く間、彼女は無意識に俺のチンポを早く迎えようと腰を揺すった。

「は、ぁ……やめろ、んっ、犯すなら、もっと……、っ、ふぁぁ……、乱暴に、すればいいだろう？」

「なんだ。ズボズボされたくて待ち切れないのか」

「そんなわけ、ふぁぁ……あるか、ぁ……ただ、貴様が、ふぁ、あん……この程度じゃ、あ、ぁ、満足しないと……んっ、早く、っ、こんな茶番、終わらせたいから、ふぁぁ、あ、んぁぁ……」

「俺はお前に挿れてるだけで気持ちいいが……まあいい。次はもっと上手くおねだりするんだぞ」

「だ、誰がおねだりなど、ひんっ⁉　あ、あぁ……奥、っ、おくぅ……、きた……あぁぁ、下衆男の、チンポが、ぁ、ふぁぁあぁ！」

そろそろ俺も射精したくなってきたので、本気で子宮を突き上げる。

彼女はゾクゾクと全身を震わせ、快楽に悶える。

だいぶでき上がっているが、まだ憎まれ口を叩く理性が微かに残っているようだ。

俺はスーリンディアの胸元を開け、乳房を直接揉む。

サエルミアよりもやや硬めで小さめだが、それでも充分なサイズとサエルミア以上の張りがある。

谷間に顔が完全に埋まるほどの巨乳だ。

顔を両胸に挟みながら腰を振っていると、幸福感で溶けそうになってくる。

「あ、あっ！　だめぇ、んっ、中で、っ、チンポが、ぁ、太く……あ、あああぁっ、いや！　中、いやっ、屑人間の、子種っ……、最低男に、ふあぁ、精液、っ、出される……あぁ、あ、孕まされて、っ、しまうぅっ!!」

嫌がっているフリをして、完全に種付けを求めるように腰を押し付けてくる。

俺は腰を突き出し、子宮めがけて白濁液を迸らせた。

「いや、らめ、んっ！　人間の、っ、せーえき、ふあぁぁ、中でぇっ！　熱、っい、のが……ひうぅぅ、穢らわしい、せーえきぃ、あぁぁぁ、いっぱい……、いやぁ、孕みたく、ふぁ、孕みたくないぃ……はらみたく、ないのにぃ……ん、んんン――……っ!!」

スーリンディアの鼓動よりゆっくりしたリズムで、彼女の子宮口は俺のチンポを吸う。

精液の味を覚えた彼女の淫肉は、彼女自身の意思を無視して、よりたくさんの精液を搾ろうと蠢く。

俺はスーリンディアのガチイキマ○コの中で気持ちよく射精し切る。

まだ二回目なのに、強制発情も媚薬もなしで、こんなにガッツリ中イキするとは、物覚えのいい雌穴だ。

「あぁ……また、いっぱい……人間の、子種が……」

「嬉しいだろう。お前の胎は喜んでるぞ。どんどん飲ませてやるよ。遠慮するな」

「う……嘘だろう？　どうして、まだ、こんなに、硬く？」

呆然としているスーリンディアの乳首をしゃぶりながら、俺は三度目の膣内射精に向けて腰を振り始めた。

ぐったりとしたスーリンディアを磔台から下ろした。

逃げる元気もなさそうだが、念のために両手足を畳んだ状態でベルトで縛っておく。

体位の自由度は高いが、彼女の意思ではほとんど動けないはずだ。

膣に入り切らない精液が、床にこぽこぽと溢れてくる。

いつもながら、たっぷり出したものだ。

注ぎ込まれた精液で彼女の腹は少し膨らんでいた。

俺はサエルミアの口枷を外す。

彼女は目が真っ赤になるほど泣き濡れていた。

ちゃんと媚薬も効いているはずだが、それ以上に悲しみや悔恨の方が深い様子だ。

「スーリンディア様……、どうして、あなたが、このような目に……」

サエルミアは未だ忘我の際にあるスーリンディアを見下

ろし、また涙を零した。

「人間め……あなただけは、刺し違えてでも殺します」

「やれやれ、怖いな。副官ちゃんの方なら優しそうだから、ちょっとは交渉ができるかと思ったんだが」

「あなたと話すことなどありません」

サエルミアは俺を睨みつける。

邪眼を持っていればとっくの昔に殺しているとでもいうような勢いだ。

「例えば、情報の対価として、スーリンディアの避妊を認めると言っても？」

「……っ!?」

サエルミアははっとした表情になる。

食いついたな。まあ、食いつかないはずはないと思っていたよ。

「……詳しく聞きましょう」

「着床前であれば間に合うような呪文がある。今の俺には使えんが、巻物屋に行けば在庫があるだろう。あるいは、排卵前なら経口ポーションでも、ある程度防げる」

「なるほど。それなら……」

「だが、それだけじゃつまらない。お前がスーリンディアのマ○コから精液を吸い出して飲むのが、第二の条件ってことでどうだ。お前が上手くお口で綺麗にできれば、まあほとんど無駄だろうが、少しは妊娠の確率も減るだろう」

「ふ……ふざけないでください！」

「ふざけてなどいない」

俺はぱっくり開いたスーリンディアのマ○コに亀頭を擦り付け、肉厚のカリが埋まるまで押し入る。

サエルミアが息を呑んだ。

「大事なお姫さまがハーフエルフを妊娠する方がいいのか？　俺は膣内射精が一番好きだからな。このましつこく種付けを続けてもいいんだぞ？」

「お願いです。待って……待ってください」

「待たない。即答で頼む。お前たちの目的はなんだ？　答えたなら、スーリンディアの腹ん中の精液を飲ませてやる。上手にできたら、明日の定時報告の時にでも、巻物やポーションの手配をしてやろう」

サエルミアは一瞬だけ躊躇した後、口を開いた。

「私たちの目的は、勇者の殺害です。これで、よろしいでしょうか？」

「そうか。それじゃあ、約束通りにしてやろう」

俺は内心の動揺を隠して答えた。

勇者の殺害？

話がいきなり大きくなりすぎだ。

ショボい低級呪詛バラまき事件から、どうやったらそこまで飛躍するんだ。

思考を巡らせながら、サエルミアを磔台から解放した。

ベルトにしておいて正解だった。

縄だったら、動揺して上手く解けなかった可能性がある。

「さあ、よく味わって召し上がれ」

「くっ……、悪趣味にも程がありますよ……申し訳ありません、スーリンディア様。これが私の精一杯です」

サエルミアはスーリンディアの脚の間に這いつくばり、精液で汚れた股に口を付けた。

じゅる、ずぞぞ、ぢゅるるる。

粘つく液体を啜る音がする。

しかし音はすぐに途切れ、サエルミアは口を押さえて身を起こした。

「うっ……」

「吐いたら巻物や薬はなしだ。もう飲んだことはあるから、平気なはずだろう？」

「んっ、んくっ……、人間め……覚えていなさい……」

サエルミアは飲精を再開する。

水音に混じって、スーリンディアの喘ぎが聞こえる。

まだ夢の中にいるスーリンディアは、まさかクンニしているのが自分の副官だとは思うまい。

さて、勇者殺害計画にはどう対処する？


情報が足りない。

いつ、どこで、誰が、何人、どうやって。

仲間にも、エメリンにも危険は及ぶのか？

分からない。もっとこの二人から情報を引き出さねば。

これまでは、のんびりと楽しみながら適当に尋問すればいいと思っていた。

ここからは本気で情報を引き出さなければならない。

とは言え、俺が本気でその情報を欲していることを知られるのもまずい。

俺にとってエメリンやアラメアが大事なことがバレてしまうと、足を掬われうる。

「スーリンディア様、失礼します……ん、っ……」

「ふぁぁ……なかぁ……かきまわしゃないでぇ……」

サエルミアはスーリンディアの膣内に指を入れ、執拗に精液をかき出して舐めとっている。

スーリンディアはまだ気がついておらず、腰を揺すってサエルミアの愛撫を求める。

その姿を見ながら、俺は二人を追いつめる方法を頭の中で組み立てる。

よし、とりあえず糸口は見えた。

ちょうど、サエルミアが精液を可能な限り飲み終えたところだった。

彼女はほっとした様子で、スーリンディアを見下ろしている。

「終わったか？」

「はい」

「そうか、それはよかったな」

俺はビンビンに反り返った勃起チンポをスーリンディアに突き立てた。

「あ、あ……おっきいのが……も、もう、だめなのに……ふぁぁ……」

「えっ？　どうして……や、やめて！　やめてください。スーリンディア様をこれ以上穢さないで！」

どこか蕩けたようなスーリンディアの声。

サエルミアはしばし呆然としていたが、すぐに俺たちを引き離そうとする。

しかし、魔力が封じられた女の細腕では、大した力も出せない。

その上、スーリンディアは俺のチンポを感じて無意識に腰をすり寄せてきた。

サエルミアは絶望的な表情でスーリンディアを見つめる。

まあ、無理もない。

散々サエルミアが弄って昂らせたところに、内心では欲しているチンポをブチ込んだのだ。

ほとんど意識のないスーリンディアが雄を求めても責められはしないだろう。

「悪いな。お前たちのエロい絡みを見てたら、また勃起してしまった」

「この……嘘つき……」

「嘘はついてないだろう。避妊はしてやるよ。その代わり、また中出しするから、たっぷり飲んでくれ。分かっていると思うが、残すなよ」

「卑怯者、外道……そんなに女を犯したければ、スーリンディア様じゃなく、私を犯せばいいでしょう？」

「慌てなくても、そのうちお前も犯してやるよ」

俺は見せつけるように深々とスーリンディアを貫き、唇を奪う。眠り姫の唇が、俺を求めて吸い付いてくる。

「そうだな……副官ちゃんが俺をその気にさせることができたら、すぐに犯してやろう」

サエルミアを挑発しながら、俺は精液媚薬化と隷属化をレベル2に上げた。

媚薬でどちらかを完全に堕とせれば、それで良し。

それが無理なら、もう一手でどうにかする。

サエルミアは俺の思惑も知らずに、決意に満ちた表情でスカートを持ち上げた。

「お願いします、どうか……私を犯して、処女を奪ってください」

サエルミアは脚を大きく開いて座り、自らの指で淫唇をぱっくりと開く。

そこは彼女の指で何度も刺激されたことで、しっとりと濡れていた。

彼女はちゅぱちゅぱとしゃぶって唾液を塗り付けた指で、まだ未開発のクリトリスを丹念にいじめる。

「お願いします。純血ダークエルフの大事に守られてきた処女マ○コを、人間さんのたくましい絶倫チンポで、何度も何度もズボズボ犯して、異種交配用の淫乱マ○コに教育してください」

ぎこちないおねだりだが、なかなかよくなってきた。

台詞もポーズも、俺の反応を見てよく考えている。

スーリンディアの膣内に挿入していたチンポが反応し、ビクビクと喜んだ。

しかし、強いて言うなら、声や表情がまだ硬い。

愛液の量も準備万端とは言いがたい。

乳首も勃起していればもっとよかったし、巨乳を使ったアピールも欲しかった。

「まだまだだな。このままスーリンディアの中に出すぞ」

「ええ……そんな……、これ以上なんて、どうすれば……」

俺はスーリンディアの乳を揉みしだきながら、腰の動きを速めた。

彼女は気絶していながらも、蕩けた雌穴を犯されて甘い声を漏らす。

キツめの美人が俺のチンポで感じている姿に、射精感が高まってくる。

「ぁ……、あぁ……ふぁ、あん……ぁ……」

「だ、だめです。お願いします、出すなら私のマ○コに、人間さん専用の孕み袋に排泄してください」

「遅い。もう出る」

スーリンディアの脚を押し拡げ、最奥にチンポを納めて気持ちよく吐精した。

既に十回以上俺の欲望を受け止めた彼女の子宮は、すっかり馴らされた精液の熱に喜びさざめく。

ぶるりとスーリンディアが身体を震わせ、心地よさそうに顔を綻ばせる。

「ふぁぁぁ……、熱……、ぁ……ん……」

彼女は艶めかしい嬌声を漏らしながら、精液を味わう。

その表情は覚えたての快楽に蕩けていた。

チンポの脈動に合わせるかのように、小刻みに腰が動いている。

俺はしっかりと出し切った後でチンポを抜いた。

大事な王家の末裔とセックスしたてほやほやのチンポを、サエルミアの鼻先に突きつける。

「じゃあ、スーリンディアのマ○コを掃除する前にこっちを頼むぞ」

「はい……」

サエルミアは片手を俺の竿に添え、しばし躊躇した後で思い切って咥える。

何度も掃除させているのに、まだチンポに慣れない様子が初々しくて可愛い。彼女は俺の尿道に残った精液を扱いて吸い出し、満遍なく舐め回して綺麗にしていく。

その間、逆の手はクリトリスや乳首を弄り、自慰をする。

元々器用な子なのか、奉仕そのものはだいぶ上手になっている。

要領のいいお掃除フェラのおかげで、すぐに俺のチンポはバキバキになった。

「大事な姫さんのマ○汁と、その姫さんの処女を奪った男のチンポ汁のミックスだから、さぞかし美味いだろう」

サエルミアの動きが一瞬固まったが、すぐに無言で奉仕を再開する。

相当無理をしているだろうに、大した忠誠心だ。

俺のチンポを綺麗にした後は、スーリンディアのマ○コの掃除だ。

サエルミアはスーリンディアの脚の間に顔を突っ込み、中出しされた精液を舐めとっていく。

懸命に主に奉仕するサエルミアの、むっちりとした尻が眼前で揺れる。

いい尻だ。ブチ込むのが楽しみになってくる。

「ふあぁぁ……やめ……奥、ばっかり……あぁ……」

スーリンディアの口から細く掠れた嬌声が漏れる。

サエルミアは容赦なくスーリンディアの奥まで指を突っ込み、精液をかき出していた。

彼女は知っている。

俺が催してくると、中に精液が残っていても無視して追加の膣内射精を行うことを。

そして、俺の精液に付与されている媚薬の特性を。

媚薬精液をレベル2にしたことで、媚薬の強度が上昇し、二つの追加特性を付与できるようになった。

俺は『遅延』と『残留』を選んだ。

前者は媚薬が一定時間経過後にようやく効き始める特性、後者が投与した量に応じて体内に媚薬が長期間残り続ける特性だ。

今はその両方を付与しているので、膣内射精直後は無害だが、放置すれば長期間にわたってスーリンディアを苦しめることになる。

それをサエルミアには包み隠さず説明してある。

だからこそサエルミアは焦って精液を取り除こうとするのだが、結果的に主を指で犯し続ける結果になっていた。

スーリンディアの喘ぎ声がだんだんと大きくなっていく。

彼女は拘束された身体を弓なりに仰け反らせる。

忘我の声に合わせて、ギシギシと革ベルトが鳴った。

「ふあぁぁ……、にんげん、の……チンポ、などで……、え……ミア!? どうして……!?」

「ようやくお目覚めかい、お姫さま」

俺は身を起こそうとするサエルミアの頭を押さえつけた。

本気で振りほどこうとすれば、簡単に逃れられる程度の強さだ。

この場で逃れようとすれば、またスーリンディアが犯されるだけだと察したのか、サエルミアは従順に口唇愛撫を続ける。

「やめるんだ、ミア……、あぁぁ、どうして、君が！」

スーリンディアは困惑しながらも、感じまいと耐える。

しかし、サエルミアは主の意思を無視するかのように、執拗に膣内をかき回して精液を吸う。

スーリンディアは媚薬精液の性質や、避妊薬の譲渡条件の情報を知らない。

彼女の心の中では疑心暗鬼が渦巻いているだろう。

情報を与えないために、俺はサエルミアの口をマ○肉で封じているわけだ。

「さて、そろそろチンポを入れるぞ」

「どうか、今度こそ私の処女膜を破って、人間さんの子種で私の……純血ダークエルフの卵子を犯してください」

サエルミアを解放してやると、即座に自分の膣口を広げておねだりした。

台詞の練りや色気は不十分だが、反応は今までで一番早かった。

すぐに動かなければ交渉の余地はないことを、これまでのやり取りから学んだようだ。

スーリンディアは信じられないといった顔でサエルミアを見つめた。

「ミア、どうしてそんなことを」

「軽蔑してくれて構いません……それでも、私はゲス人間のチンポで処女マ○コをズボズボ犯していただかなければならないのです。精液が一滴も出なくなるまで、私の異種交配用の淫乱孕み袋で搾らなければ……」

スーリンディアは尚も何か言いたそうだったが、彼女は一旦口を噤(つぐ)んだ。

決意の表情や一連の状況から、サエルミアが何をしようとしているのか推測しているのだろう。

この二人、ただの主従関係以上にお互いを信頼している。気を失っている間に相方を完全調教されていると誤解してもおかしくない状況だというのに。

「お願いだ。犯すなら私を犯してくれ」

「そんな……スーリ様、私はスーリ様のために……」

「もういい、ミア。君がそこまで己を捨てて私を守ろうとしてくれたのだ。もう、私は穢れた血の子を孕もうと悔いはない。私のことは気にするな。たかが一人、混血の子を産まされるだけのこと。耐えてみせるさ」

「いけません……いけません、スーリ様、それだけは」

悲愴な表情でサエルミアは首を振った。

スーリンディアはきっぱりとした口調で続ける。

「君のような友がいてくれてよかった。どうか私の分まで、一族の復興のために、純血の子を産んでくれ……君の方が王家の血は薄いが、未来を託せるのは君しかいないんだ」

「スーリさま……」

涙を流しながら、お互いを想い合う主従に胸が熱くなってきた。

ついでに、チンポも熱くなってきた。

「ああ、素晴らしい友情だな。分かった、ちゃんと二人とも一緒に孕ませてやるからな」

「この下衆！　屑！　我らの血だけでは飽き足らず、私やミアの決意までも穢そうというのか！」

サエルミアをスーリンディアと同じように縛り、二人を並べて床に転がす。

いい眺めだ。

美しいダークエルフの肉体の、豊かな起伏が一望できる。

特におっぱいが素晴らしい。

一人分でも極上のロケットおっぱいが二人分。崩れもせずに乳首を天に向けて並んで揺れている。

今すぐにでもむしゃぶりついて、滅茶苦茶にしてしまいたい。

とは言え、この辺が潮時だ。

本来の目的はダークエルフへの種付けではなく、情報の入手なのだから。

「嫌なら分かっているだろう。お前たちの知る全てを話してもらおうか」

「分かった……降参する。全部正直に話すから、どうか、ミアだけは……」

「いけません、スーリ様！　まだ、話してはなりません！」

サエルミアが主を制止する。

彼女は自ら脚を開き、俺を誘うように濡れそぼった秘部を見せつけた。

「ぐ……、しかし、それでは……」

「いいんです、ようやく私、スーリ様を守れます……」

サエルミアとスーリンディアは堅く手を繋ぎ、互いを見つめる。

あまり良くない流れだ。

俺は二人のおっぱいを揉みつつ考えた。

サエルミアの処女、そしてスーリンディアの避妊。

これは情報を引き出す上で重要なカードだった。

しかし、サエルミアが自ら貞操をなげうってスーリンディアを踏みとどまらせたことで、それの持つ価値や意味が変化してしまった。

彼女たちが自身の価値を放棄した代わりに、場のイニシアチブはサエルミアへと移った。

俺としては、本当はどこかでブレーキをかけたい。

しかし、それを彼女たちに知られると、一層不利になる。

仕方ない。

勝ち目は薄くなったが、このまま行く。

「目を逸らさずに、部下が自分のために好きでもない男に処女を奪われるところを見ていろ」

サエルミアの太腿をつかんで押し開き、はち切れんばかりに勃起したチンポを押し付けた。

彼女の処女肉をこじ開け、亀頭をめり込ませていく。

ぐっしょりと滴る蜜が挿入を助けてはいるが、それでも彼女の膣穴は酷く狭かった。

肉厚の入り口にどうにか亀頭を潜らせ、力任せに押し込んでいく。

「う……っ、く……、スーリ、さま……」

「ミア……」

サエルミアは貫かれ、引き裂かれる痛みを歯を食いしばって耐える。

媚薬で蕩かされていても、サエルミアの中はきつい。

みっちりと詰まった柔らかな肉が、少し動くだけで吸盤のように吸い付いてくる。

「い、ッ……！　痛、ぅ、ぅ、ンッ、くぅ……!!」

俺は一息に突き破り、子宮口を叩いた。

肉襞全体にさざ波のようなうねりが走っていく。

ああ、気持ちいい。

サエルミアの涙を滲ませながら痛みに耐える姿が、俺にえも言われぬ征服感を与える。

「う、うぅ……、中に、本当に、私の中に……」

「ミア……すまない……」

「く……、大丈夫です……絶対、私がお助けしますから、スーリ様……」

二人は互いを勇気づけながら、しっかりと手を繋ぐ。

俺は内心まずい流れを感じていた。

秘密の保持のために投じたコストが大きすぎる。

彼女たちはこのまま、破滅するまで止まらないかもしれない。たとえ、どこかの時点で選択が誤りだったと感じることがあっても。

そう考えながらも、俺はサエルミアの膣内の感触をじっくりと味わう。

かなり窮屈なほど淫肉が詰まっているが、それだけではない。ゼリーのような柔らかさと、一突きするたびに溢れてくるたっぷりとした愛液。

痛いどころか、すぐにでも射精してしまいそうな気持ちよさがある。

「ふぁ、あ……、っく、いや、嫌、なのにぃ……っ、ん、んっ、スーリさま……スーリ、さまぁ……」

サエルミアには既に充分に媚薬が効いている。

十数回分は飲んでいるのだから、当然だ。

彼女の膣は悦びにうねり、俺にしゃぶりついてくる。

全く動かなくても、彼女の淫襞の蠕動だけでいけそうだ。

「そろそろ出そうだ」

「やめろ、ミアは貴様ごときが子種を注いでいいような女ではないんだぞ！」

「俺を止めたければ、お前にできることは一つだ」

「くっ……」

サエルミアは首を振り、スーリンディアを諭す。

「心配しないでください。覚悟はできていますから……あっ、あ……、ぅ、くぅぅ……」

「くっ、出すぞ！」

「はい……ッ、全部、私のおなかに注いでください」

びゅるびゅるびゅるびゅるびゅるびゅるるるるどぷびゅるびゅるびゅびゅるどびゅるるる。

「う、いや、いやあぁぁぁ！　あっ、あ、ンッ、……ッ、い、くぅぅぅ、ッ、んっ、んんん――――……ッ‼」

初めての膣内射精を受け止めながら、サエルミアは絶頂した。

膣肉がじんじんと熱を持って疼き、愛しそうにチンポを包み込んで締め付ける。

サエルミアは精液の塊が子宮を叩くたびに、小さく身震いして細かにイキ続ける。

「ふあぁ……、んっ、い、いや……本当に、私の中に……、人間さんの、精液が……」

覚悟していたとはいえ、やはり全く後悔していないわけではないようだ。

サエルミアは呆然と己の下腹部を見つめ、目に涙を滲ませた。

「このまま俺の子を孕むまで犯してやろう」

「もう……もう、やめてくれ……これ以上、ミアを穢さないでくれ……」

「いいんですよ、スーリ様。あなたのためなら、だいっきらいな人間のあかちゃんでも、孕みますから」

かなり辛いだろうに、サエルミアは気丈に微笑んだ。

「だから、まだ……まだ耐えてください。スーリ様。時間は私たちの味方です」

サエルミアはその言葉とともに、強い意志の籠もった視線をスーリンディアに向ける。

スーリンディアは、はっと息を呑んだ。

二人だけに分かる、何かの共通見解があるのか。

時間を稼げば、助けが来る？

いや、そんな単純なことなら、スーリンディアが見落としたりはしないだろう。

彼女たちが気づいたのは、もっと複雑な何かだ。

「あ、あぁ……ッ、だめ……いや、そんな……んっ、奥、ばっかり……あ、くぅぅ……」

考えながら、ピストンを再開する。

中出ししたばかりの精液が、愛液や処女血と混じり合って心地よい粘り気だ。

膣内射精の味を覚えた雌肉は、異物であるはずの俺のチンポを愛しそうに迎え入れ、絡み付いてくる。

この場を今制御しているのはサエルミアだ。

サエルミアが俺に身体を差し出す以外にやったことと言えば、俺との交渉だ。

スーリンディアの避妊のことは、さほど時間稼ぎが有利に働くとは思えない。

そもそも、本気で避妊させたいなら、もっと焦るはずだ。

いや、それ以前に、条件を出したのは俺だ。

それはサエルミアの制御できる範囲の外側の事象だ。

ああ、まあ、それは後でもいい。

今はサエルミアの淫襞だ。

細かな柔毛のついた襞の感触がよく分かる。相変わらずきついが、その中にわずかな緩急をつけて襞の波がチンポに押し寄せてくる。

俺はたまらなくなって腰の動きを速めた。

「あ、だめ、ッ、……うぅ、いや、いや、また……あっ、来る、あ、ああっ！　あ、あんンッ！　ん、いきたく、な、んんっ、ん、んん――ッ！　んんンん――……ッ‼」

子宮口にぴったりと鈴口をくっつけて、直接射精。

密着した淫肉が、チンポから残らず精液を搾り取ろうと貪欲に蠢く。

俺を見つめるサエルミアの目つきに、蕩けたような色が混じっている。

中出しのおかげか、少し思考がすっきりする。

サエルミアに選択肢があったのは、あれだ。

彼女たちの目的が勇者の殺害にあることを、俺に話したことだ。

彼女は俺が勇者パーティの元メンバーだと知っている。

俺がその情報に食いつくのは読めていた。

だから、餌としてその情報を明かしておいた。

あれは無理矢理引き出された情報ではなくて、出すべきタイミングを窺っていた情報だということか。

勇者たちを助けるためには、彼女たちから情報を引き出す必要がある。

情報を引き出すまで、彼女たちを殺すわけにはいかない。

少なくともスーリンディアは。

これだけでも、ひとまずサエルミアの目標は達成できたと言える。

俺は再び腰を振りながら、サエルミアの乳肉の間に顔を埋めた。

柔らかい。

スーリンディアのものもよかったが、独特の柔らかさと吸い付くような手触りは理想郷のようだ。

発情したダークエルフ族特有の花のような体臭も、俺を楽しませる。

「あぁぁぁ……やめて、もう、本当に、だめなの……だめ、あ、らめ……あぁ――ッ！　いやぁぁ……止まら、いッ！　い、あぁぁ――――ッ！　ん、あぁぁ――――――……ッ!!」

「これ以上はやめろ！　本当にミアが孕んでしまう！」

なぜ時間が経つと有利になるのか。

例えば、彼女たちの持つ、他の情報の価値が上がる？

そうなれば、俺は彼女たちの待遇を向上させる必要がでてくる。

今みたいに犯して言うことを聞かせるなんて、できなくなるだろう。

「あぁぁぁ、イク、イクぅぅぅ――……イク、イっちゃ、あぁぁ――……イク、おかしく、なるぅ……も、もだめぇ、チンポだめぇ……、チンポで種付け、ふぁ……オマ○コに、精液どぴゅどぴゅしちゃ、あぁぁ――……だめ、だめぇ、イクぅぅぅぅぅぅぅッ!!」

一際強く腰を打ち付けて、再奥で射精する。

脚のベルトを解いてやると、サエルミアは俺の腰に脚を絡め、より深くチンポを受け入れた。

精液を一滴も逃すまいと、一分の隙もなく密着する。

根こそぎ吸い取られそうな吸引を感じる。

いつまでもチンポを押し付けていたくなるような、素晴らしい欲しがりマ○コだ。

サエルミアはだいぶ握力が弱まっているようだった。

既にほとんどスーリンディアがサエルミアの手に縋り付いているだけのようだ。

部下の乱れる姿を見つめ、スーリンディアは歯を食いしばって耐える。

サエルミアには経口摂取した精液に加えて、何度も膣内射精した分の媚薬精液が浸透している。彼女は全身を汗でぐっしょりと濡らし、熱病にうかされたかのように朦朧としていた。

「だ、だいじょうぶ……もっと、おチンポ、いっぱいしてもらって……スーリさまを、守りますから……」

それでもまだ、サエルミアは耐えていた。

何度も何度も何度も精液を子宮で受け止め、その数倍の絶頂を経て、とうとうサエルミアは意識を手放した。

最後はうわ言のような喘ぎ声しか発さないようになり、スーリンディアの手も離してしまった。

チンポに狂い、精液を請い、俺に愛しそうに吸い付いていた。

しかし——

ちらりとステータスを確認する。

これだけやってもサエルミアは隷属可能になっていない。

身体は屈しても、心が堕ちていないということだ。

完敗だ。サエルミアの執念に負けた。

だが、一人に負けてもまだ終わりじゃない。

俺はスーリンディアに見せつけるように、気絶したサエルミアとのセックスを再開した。

「スーリンディア、そろそろ全て話す気はないか？」

「……愚問だ。ミアの忠誠を裏切るようなことが、できるはずがない」

「このままだとサエルミアを失うことになるとしても？」

「な、何……？　何の話だ？」

気絶したサエルミアの膣肉でチンポを扱きながら、スーリンディアにも媚薬精液の特性を説明する。

問題となるのは『残留』の特性だ。

二回や三回の膣内射精なら、問題なかっただろう。

しかし、サエルミアには経口で十発以上、膣内に二十発以上の媚薬が注入されている。

「サエルミアが理性を失っていたのは、お前にも分かっただろう」

「くっ……、しかし、それでも、いつかは効果が抜けるはずだ」

「そうだな。いつかは……俺も一人の女を延々犯しているわけにはいかないから、そのうち、いつかは効果が抜けるだろうな……おお、そろそろ出る」

サエルミアのマ○コに根元まで押し込んで、気持ちよく射精する。

気絶していても、膣のきつさと吸い付きは健在だ。

精液の熱を感じ、サエルミアは腰を無意識に押し付けてチンポを求めてくる。

唇を吸うと舌が応えるし、胸を揉めば艶かしく喘ぐ。

「ああー、お前の部下は最高のダークエルフ型オナホールだな。このまま持って帰りたい」

「や、やめろ！　これ以上ミアを穢すな！」

「悪いが、まだ犯し足りない。とても具合のいいマ○コなんでな。大丈夫だ。終わったら次は、お前にもたっぷりと中出ししてやるから」

「次は……？　貴様、何回射精するつもりだ？」

「何回？　特に予定はないが……まあ、飽きたらやめるさ」

スーリンディアの顔が、さっと青ざめる。

ようやく、自分の立場を理解してくれたようだ。

「サエルミアを、壊すつもりか？」

「まあ、どうやら口を割るつもりはないようだしな。だが安心しろよ。すぐにお前も媚薬漬けにしてやる。その方が寂しくないだろう」

「ぐっ……」

サエルミアの言う通り、時間は彼女たちの味方だ。

しかし、それには三つの条件がある。

俺が彼女たちの持つ情報がどうしても欲しいと認識していること。

彼女たちが、俺を妨害するために自分たちが犠牲になることを受け入れていること。

そして、そのうち俺が疲れ果てて陵辱をやめざるを得ないこと。

元々俺は無制限に射精し続けることができる。

あとは、完全な勝利を諦めて、勇者パーティへの多少の被害を受け入れてしまえば、尋問の時間制限はあってなきがごときものになる。

この時点で、もはや完全に俺個人の趣味でダークエルフの極上の身体を貪っている状態だ。

スーリンディアはまだ覚悟が甘い。

サエルミアの命まで背負わなければいけないのだから、軽々に早まった決断ができないというのもあるだろう。

まだ明確にはサエルミアの見出したゴールが見えていな

い、というのも足を引っ張っている。

スーリンディアが悩んでいる間に、また射精感が高まってきた。

子宮にぐりぐり押し付けると、入り口がチンポの先に吸い付いてくる。

サエルミアと上下の口でディープキスをしながら、ラブラブ膣内射精を行う。

吐精するたびに、サエルミアが甘く鼻にかかったように喘ぐ様が可愛い。

レイプもいいが、和姦もいい。

遠慮なく種付けして欲しいかのような反応が返ってくるのは最高だ。

「頼む、やめてくれ。お願いだ。犯すなら、私を犯してくれていいから」

「そうか。それでもいいぞ。お前のマ○コも気持ちいいからな」

俺の精液とサエルミアの愛液でドロドロになったチンポを、遠慮なくスーリンディアに挿入する。

しっかり濡らして待っていたらしく、彼女の蕩けた淫肉は容易（たやす）く俺を根元まで飲み込んだ。

「あぁぁ……いきなり、んっ……奥まで……」

「大嫌いな男の、大好きなチンポ入れてもらえて嬉しいか？」

「くっ……、誰が……」

「じゃあやめるか。俺はサエルミアを薬漬けにする作業に戻るよ」

軽く数回突いてかき回し、スーリンディアの身体が快楽を思い出したところでチンポを引き抜く。

名残惜しそうに淫肉が吸い付いてきたので、引き抜いた瞬間にチンポがぶるんと跳ねた。

彼女の鍛えられた腹筋の上に淫液が垂れる。

自分の愛液に濡れてテラテラと光る勃起チンポを見つめ、スーリンディアはごくりと生唾を呑んだ。

「や、やめるな……やめないで、私を犯してくれ」

「どうするかな。もっといやらしくおねだりしてくれたら考えてやってもいいが」

「くっ……、あ、あなた様の逞しい剣で、あなたを想って燃える私の身体を割り開いてください。月が沈むまで、どうか私を抱きしめて離さないで、美しき我が夫よ」

エルフ用の睦言じゃねえか。

いや、それはそれで悪くないが。

無理に見よう見真似で不慣れな卑語を使うよりも、自分の得意分野で勝負ってのは理に適っている。

純血ダークエルフの姫君が流暢な古エルフ語で囁いてく

れるってのもポイント高い。

何よりチンポが反応したから仕方ない。

チンポが一番正しい。

「ふあぁぁ……、おっきいのが……」

もはやスーリンディアの肉体は、挿入するだけで容易く感じてしまうようになっていた。

焦らされた淫襞が、愛しくてたまらないとでも言うかのように俺のチンポを締め付けてくる。

「やっぱり、俺のチンポが好きみたいだな？」

「く、ぅ……そんなの、言えるわけがないだろう……」

ほとんど答えているようなものだが、スーリンディアは気づいていないようだ。

嫌いなら嫌いと言えばいいだけだから、言えないのなら好きってことだ。

スーリンディアの大好きなチンポを、容赦なく根元までハメてやる。

「あ、あっ、奥……奥だめ、ああァ――……、壊れ、ッ、変に、あぁ……なんか、っ、くる……、おなか、壊れるぅ、あぁんっ！　ふあぁぁァぁ――……ッ！」

「このまま中で出して孕ませてやる」

「あぁぁ……、そんな、今、出されたら……ふぁ、いや、いやぁぁ――、せーえき、っ、中、出しちゃ、らめぇっ！　おかしく、なるぅ……、人間チンポ、好きになっちゃ……あぁぁ、ひぁ、イク、イクっ、んンぅ――……ッ!!」

スーリンディアの締め付けが一際強くなる。

請われるままに大量の精液を純血ダークエルフの子宮に直接流し込んでやった。

スーリンディアは甘い声を上げて忘我した。

ビクビク震える腰を押さえつけて密着し、精液を残らず搾ろうとする淫肉の動きを味わう。

ちなみに、この後説得しなければならないので、こっそり媚薬はオフにしてある。

余韻を味わいながら、スーリンディアの呼吸が落ち着くのを待つ。

彼女の意識がはっきりしたのを確認し、耳元で囁く。

「あんなに考えたのに、お粗末な策だな。分からないのか？　ただ薬漬けになる順番が変わっただけだぞ」

「くっ……、でも、これ以上……、私にできることなんて、何も……」

「まだお前にはやれることがあるはずだぞ」

会話しながら、ねっとりと体液の粘りを味わうように腰を動かす。

快楽が目的ではないので、スーリンディアの思考をわずかにかき乱す程度に加減しておく。

「全てを話せ。そうすれば、サエルミアに治療を受けさせてやる。遅延特性が働いてる今なら、まだ頭や身体に後遺症は残らないはずだ」

「で、でも、今更、話してしまったら、ミアの努力が」

「確かにサエルミアの忠誠は素晴らしかった。お前がその気持ちを無駄にしたくないと思うのも無理はない……だが、お前はどうだ？」

スーリンディアの弱いところをコツコツと小刻みに突き、彼女が心地いいくらいの加減で胸を揉む。

焦れたようにスーリンディアは腰を揺すり始めた。

俺は彼女の動きに合わせて、深く突き入れる。

「あぁぁ……」

「大事な部下……いや、友を永久に失ってまで貫かなければならないほど、絶対的な忠誠が必要な任務なのか？」

「ふあぁ、そ、それは……んんっ!!」

じっくりと高められた快楽の末に、スーリンディアは身を悶えさせて果てた。

蕩けた淫肉が、愛しそうに俺のチンポを締め付ける。

彼女を抱きしめ、痙攣する蜜壷の奥で精を解き放つ。

射精を感じながら、スーリンディアはもう一度小さく絶頂する。

「俺も本当はお前たちを助けたいんだ。美しいお前たちを壊したくはない。分かるだろう？」

「ふぁ……、でも……」

「サエルミアもお前が助かることを望んでいたじゃないか。ただ、ほんの少し方法が変わるだけだ」

「ん……、それは、そう……だろうか……」

スーリンディアはしばらく悩んだ後、しおらしい表情で口を開いた。

「私たちの負けだ。知っていることを全て話そう。だから、どうか、ミアを治してくれ。お願いだ……彼女は、私の、大事な友なんだ」

「ああ、俺に任せろ。俺が責任を持って治療を手配する。それに、投降したお前たちの身柄は俺が絶対に守る」

「ありがとう……」

拘束を外してやると、スーリンディアは涙ぐみ、俺の背に手を回して抱きついてきた。

力強く抱きしめ返すと、彼女はどこか肩の荷が下りたような様子で微笑む。

計算通り、スーリンディアは俺の用意した逃げ道に飛びついた。

サエルミアに反撃されたときは危うかったが、スーリンディアが与しやすくて助かった。

俺は彼女に見えないように、密かにほくそ笑んだ。

第五章　決戦への備え

　その後、スーリンディアとサエルミアを入浴させ、膣内外の精液を洗浄させた。ついでに、サエルミアの方は胃の中にあるものを残らず嘔吐（おうと）させた。

　まだ完全に信用したわけではないので、魔力封じだけはしっかり施錠して身につけさせている。

　着替えを終えてさっぱりとしたダークエルフたちと俺とクリスの四人でテーブルを囲む。

　見た感じ、二人とも発情は収まっている。

　だが、体内にはまだ媚薬が残留しているはずだ。

「胃が空のうちに薬を飲んでおけ。少しは症状が緩和するはずだ」

　中和薬を飲ませつつ、クリスから受け取った解毒の巻物を広げ詠唱する。

　精力から変換することで擬似魔力を発動に充て、呪文を完成させる。解毒の魔法は、媚薬の顕在的な効果から一日程度保護してくれる。

　媚薬精液の残留効果が高いので、依存性や副作用を防ぐため、一週間ほどは定期的に解毒魔法をかけ続ける必要があるだろう。

　既に外は夕方になっていた。

　二人とも、昨晩の深夜から何も食べていない。

　特に胃の中のものを全て吐き出したサエルミアは空腹だろう。

　そう思って、簡単なスープを作っておいた。

「美味しい……素朴で優しい味が。空きっ腹に染み渡りますね……」

「普通に美味いな。さすがナンバーワン受付嬢だ。料理もそつなくこなせるとは」

「え？　私は料理できませんよ？」

　クリスの返答に、スーリンディアとサエルミアは意外そうな顔でスープと俺を交互に見つめる。

「なんだ。俺が作っちゃ悪いか？」

「いえ……その……、あはは、なんでもないです。もう一杯ください」

「本当に、貴様が同族でないのが残念でならん……」

　サエルミアにお代わりを渡し、二人が落ち着いたところで本題に入ることにした。

　クリスは俺の目配せを受け、メモとペンを手にして頷く。

「さて、改めて話を聞こうか」

　スーリンディアは頷き、スプーンを置いて話し始めた。

「まず、現在の魔王国について、いくつかの前提を話しておく。もしかするとディックは知っているかもしれないが、念のためだ」

前置きして、スーリンディアは一拍間を置いた。

「魔王国は現在、三つの勢力に分かれている。表向き協力しているように見せかけてはいるが、もはや修復不可能なレベルで反目している」

「いきなり初耳だぞ」

彼女たちの説明によると、その三勢力はそれぞれ魔王派、魔教皇派、魔宰相派と呼ばれている。

魔王派は、先王の死後、急速に規模が縮小した弱小の勢力で、現魔王とわずかな忠臣が所属する。

魔教皇派は、元老・貴族・枢機卿など、既得権益を持つ魔族が賛同している血統主義の保守派だ。

魔宰相派は、平民や下級貴族を支持基盤とする、魔王・貴族制度の撤廃と種族間の平等を目指す過激な改革派だ。

実際、数年前から魔王軍の陣容が変化しているのは感じていた。

高レベル単一種族による力押しの部隊と、個々人の力は弱くとも連携と能力の組み合わせで戦う混成部隊。

おそらく前者が魔教皇派、後者が魔宰相派の部隊だったのだろう。

「私たちダークエルフは魔教皇派に属しています。他の勇者殺害計画の実行者たちも同様です」

ということは、魔教皇派独断の作戦ってことか。

「勇者を倒した者は英雄になれる。魔教皇派はその功績を得ることで現魔王の退位を迫ろうと考えている」

「そして、自陣営から新王を擁立するってわけか」

「はい。具体的にどの種族から魔王を選出するかは議論が紛糾していて未決定ですけどね。ちなみに、今回の作戦のリーダーは次期魔王ではなく、魔王妃の立場が狙いのようです」

まあ、激戦となる王位争奪戦を回避して安定を取るのは正しい判断か。

王の外戚として権力を揮うというのも一種の定石だ。

しかし、そうか、リーダーは女か。

少し楽しみな……いや、気を引き締めてかからなければならないな。

「今回のチームは近年の魔教皇派としては珍しく、他種族混合編制だ。我々ダークエルフの他にも、吸血鬼、人狼、インキュバスのグループが参加しているらしい」

「リーダーは吸血鬼の公爵の娘で、テレーゼという名です。他にも上位種の吸血鬼が補佐についているようですね」

「らしいとか、ようだとか、ずいぶんと曖昧だな」

「私たちは吸血鬼の使い魔を介した手紙のやり取りでしか、

全体像を把握していない」

「具体的な参加人数も知らないほどですからね」

二人の話をまとめると、概ね(おおむ)こんな作戦らしい。

勇者パーティが遠征中を狙い、街に罠を張る。

吸血鬼が『魅了』能力を利用して群衆を操り、肉の壁にする。

群衆の中には、一般人に紛れて高レベル冒険者を混ぜ、勇者パーティへの攻撃に参加させる。

それら足止めを有効活用しつつ、勇者を仲間から分断し、公女テレーゼがトドメを刺す。

あえて『吸血』による完全支配ではなく魅了を選んだのは、勇者たちが非戦闘員には手を出しづらいだろうと判断したためだ。

悪くない考えだ。

おそらく、何の躊躇もなく民間人を犠牲にできるのは、オリビアとキアラくらいだろう。

いや、もし群衆にエルフが混じっていれば、キアラも手を控えるか。

そこに冒険者や上位吸血鬼によるアシストが入るのだから、かなり厄介だ。

「私たちの役目は、呪詛を撒くことで吸血鬼による高レベル冒険者魅了の成功率を上げることと、戦闘への直接参加、それと潜伏する各グループのサポートだ」

「決戦当日はエルフに変装して、精霊術師キルアラエルリンディアを抑える予定でした」

「他のグループは？」

「人狼が大聖堂他、各神殿への攻撃。インキュバスが領主軍への潜入と撹乱だ」

これも悪くない戦力配分だ。

聖職者は吸血鬼やインキュバスには有利だが、人狼に対してはあまりアドバンテージが得られない。

男の比率が多い領主軍にはサキュバスの方が有利だが、妻や娘など、家族から切り崩せば大半は無力化できる。

潜伏能力に優れたダークエルフがサポートというのも、納得の役割分担だ。

たまたま俺が気づかなかったら、今も呪詛の拡散が続いていただろう。

「ん？　そうすると、もしかして吸血鬼が何か行動を起こす可能性があるのか？」

「何の話だ？」

「サエルミアが時間稼ぎを狙っていただろう？　お前たちの動きを把握しているのが吸血鬼だけだとすると……」

「ああ、そのことですか。あれはブラフです」

ブラフかよ。

俺だけじゃなく、スーリンディアも目を丸くしてサエルミアを見つめる。

「自信満々でいれば、そう簡単には手を出されなくなると思いまして」

「それはそうだが、すごい度胸だな……」

「いやあ、褒められると照れます」

「褒めてないぞ、ミア。仮に褒められることがあったとしても、少し反省した方がいい」

実際、何日か耐えていれば他のグループの行動を俺たちが捕捉していた可能性がある。

そこまで来れば、のらりくらりと情報を小出しにして凌げばいい。

最終的に、ギリギリ間に合うタイミングで作戦の全貌を教えられていたら、きっと内実を知らずにサエルミアたちに感謝していたことだろう。

しかし結果的に、俺が半ば自暴自棄になって、事前に想定した以上に陵辱してしまったのだから、逆効果だったと言えなくもない。

まあ、そこは言わぬが花か。

「私は完全に騙されていたぞ……てっきり本当に交渉材料を持っているとばかり……」

「ちゃんとスーリ様には合図しておいたじゃないですか。こうやってウィンクしたり。気づいてくださいよ」

「ミア、それは瞬きだ」

スーリンディアは呆れたように首を振る。

「インキュバスがロリエン伯爵家に潜り込んだと連絡が来ていたから、てっきりインキュバスの動きに期待しているかと思っていたよ」

「スーリ様、私はまだその連絡聞いてません」

「そう言えば、ミアには伝えていなかったな。手紙を受け取った直後にディックに捕まったから……」

「先に聞いていたら、インキュバスを犠牲にして交渉する算段を立てていましたね」

サエルミアはそう言って苦笑いする。

待てよ。

今、気になる情報が混じっていた。

「インキュバスが伯爵家に？」

「ああ、スムーズに使用人と入れ替われるよう、何人分かの家族構成を送っておいたんだ。その返答に作戦の顛末が書かれていた。誰に成り代わったかまでは伏せられていたがな」

領主軍そのものじゃなく、伯爵家に潜入した。

だとすると、狙いはタニスだ。

領主軍の平時の実務を握っているのは領主ペドロ・ロリ

エンではなく、夫人のタニスだ。

タニス一点狙いで、サキュバスではなくインキュバスを投入したと考えれば、理に適っている。

「すまない、クリス。伯爵邸に向かう。ここは任せた」

「は、はい！　ご武運を！」

「ちょっと待て！　私たちはどうすればいいんだ⁉」

「そこで大人しく待ってろ。もし間に合わなかったらブチ犯すから覚悟しておけ」

自分の得物を回収する間も惜しみ、地上への階段を数段飛ばしで駆け上がった。

目指すはギルドから見て街の反対側にある領主の館。

普通に走れば、三十分以上かかる。

「無事でいてくれ……」

タニスの安否を祈りながら、俺は夕闇に包まれていく街を駆け抜けた。

◇　◇　◇

ロリエン伯爵邸の執務室。

実質タニスの執務室となっているその部屋には、二人の人影があった。

部屋の主人であるタニスと、伯爵家に仕える執事だ。

見る間に、老齢の執事は壮年の男の姿へと変化していく。

彼こそが伯爵家に潜入したインキュバスなのだ。

インキュバスの変化と同時に、気丈に耐えていたタニスが膝をつく。

「ククク、どんなに美しい男の姿で誘惑しても耐えた女が、こんな冴えない男の顔を見ただけで心を揺らすとは」

インキュバスは俺の姿に化けていた。

偽物の俺が一歩近づくと、タニスは半歩後退する。

彼女の肌は泥酔したかのように赤くなり、目は潤んで焦点を失っていた。

彼女は尿意をこらえるのに似た仕草で前屈みになり、何度も脚の間に手を伸ばしそうになっては歯を食いしばって耐えている。

魅了・誘惑能力の影響に抵抗し続けているようだ。

「確か、この男は元賢者でしたかな。夫がありながら別の男に懸想するとは、淫乱な女だ」

「違う……私は……」

「やれやれ、まだ抗いますか。ワタシに屈すれば、愛する男に抱かれる夢が見られるというのに……」

「ふふ……私が、その夢を何年抱き続けてきたと思っているのです。淫魔ごときに、あの人への想いを穢させるものですか！」

タニスの思わぬ抵抗に、インキュバスは舌打ちする。

次の瞬間、インキュバスの体から強烈な魔力が放出され、瞳が禍々しいピンク色に輝いた。

タニスは頭を抱え、圧し潰されそうになりながら必死で理性に縋り付く。

「助けて……ディック、助けて……お願い……」

「ククク、誰が助けに来ようと、もう遅い。もうほんの数秒で、アナタの心は砕け散り、ワタシに屈することが決まっているのですから」

インキュバスは哄笑する。

ほんの数秒。

あと数秒しかないのか。

それなら、間に合う。

次の瞬間、俺は執務室の窓を突き破り、そのままの勢いでインキュバスの頸部を蹴り飛ばした。

脚の骨が折れかねない衝撃を、擬似闘気による瞬間的な肉体強化で耐える。

衝突の反動を靴に仕込んだ風魔法で制御し、タニスを庇える位置に着地する。

不意打ちを全く予測していなかったらしいインキュバスは、車輪のように回転しながら吹っ飛ばされ、本棚に突き刺さった。

「申し訳ありませんでした、レディ。俺が遅れたせいで、辛い思いをさせてしまいました」

「ああ、ディック……私の騎士様……、必ず助けてくれると信じておりました」

ぐしゃぐしゃになった本棚の残骸から、インキュバスが起き上がる。

インキュバスは芝居がかった仕草で服の埃を払い、俺に向き直ってニタリと笑った。

「フフフ、アナタが賢者……いや、元賢者ディックですか。ワタシに接近を気づかせないとは、なかなかの腕前だ」

「俺のことを知っているのか」

「知っていますとも。勇者パーティを追い出され、格闘家に転職したとか。おかげ様で、勇者達の戦力は激減だそうですね」

何がおかしいのか、インキュバスは言葉を切って大笑いした。

俺は格闘家じゃないんだが、口を挟むのも野暮か。

「全く、何をやったのか知りませんが、ワタシたちのためによくぞやってくれました」

「俺は何もやってないんだけどな」

まあ、アラメアたちからすると「ヤリすぎ」が原因だという話だが。

あくまでも俺は普通の生活を営んでいただけなのに。

「ククク、仮にも元賢者とあろうものが、なかなか笑える冗談です。格闘家ではなく愚者に転職しては？」

「機会があれば考えておく」

インキュバスは顔から笑みを消し、すうっと目を細める。

その体内で魔力が凝縮する気配を感じた。

「なるほど、本当に格闘家に成り下がったようだ。この状況で詠唱したり魔力を巡らせるどころか、ただ気を練るだけとはね」

「練気術も使ってみると悪くないぞ」

「やれやれ……練気術ぅ？　確かに、先ほどはいい蹴りでしたが……まさか、ただの物理攻撃で、高位インキュバスであるワタシを倒せるとでも？」

どうだろう。

倒せないような、頑張ればどうにかなるような。

まあ、やってみなければ分からんな。

「フハハハハハハァ、身の程知らずめ。アナタごとき、ワタシが直接手を下すまでもない。やりなさい、タニス。愛する男をその手で殺すのです」

インキュバスから高濃度の魔力が放射された。

擬似闘気の感知範囲に接触した感覚から、異性への魅了能力であることを察する。

俺は練っておいた精力を男の魅力スキルに投入し、気の流れで擬似仙蓮華を形成して増幅した。

「んッ……」

至近距離で俺のスキルを浴びたタニスが、抑えた甘い喘ぎ声を上げる。

彼女はやや熱っぽい視線で俺を見ており、インキュバスに操られている様子はない。

魅了能力の相殺に成功したようだ。

「な……何をしたのです……!?」

「俺の大事な貴婦人を守っただけだが、それが何か？」

「くっ……、アナタ、ただの格闘家ではありませんね」

いやまあ、そもそも格闘家ではないんだが。

こうして能力の一端を見せても誤解され続けているというのは、ある意味好都合だ。

クリスの情報操作が活きたな。

「いいでしょう。ただの虫けら相手に本気を出すのも忍びありませんが、ワタシ自ら手を下して差し上げましょう。さあ、絶望するがいいィィィ！」

インキュバスの内側から、ピンク色の禍々しい魔力光が膨れ上がった。

光が消えたとき、そこに現れたのは俺より頭二つ分ほど背の高い、有角有翼で筋骨隆々の悪魔の姿だった。

上半身の筋肉が特に肥大化し、服が内側から破れて弾け飛んだ。

肌に感じる波動だけで、魔力が数倍に跳ね上がっているのが分かる。

「先に謝っておくゾ。この姿では手加減ができヌ。命乞いをする暇も与えなくてすまなかったナ」

インキュバスが俺に向けて人差し指を突き出した。

膨大な量の魔力が、複雑な魔力回路を経由して変換され、指先に集中する。

沼ワーム程度なら掠っただけで即死しかねない、おぞましい純粋悪のエネルギーの高まりを感じる。

破壊の概念を凝縮させた光線が、俺の額を正確に狙って発射された。

俺はとりあえず光線を片手で弾いた。

狙いが正確だったので、こちらも擬似闘気を効率よく集中できて助かった。

光線の命中した壁が吹き飛ぶ。

「な、何ッ!?」

インキュバスは口をあんぐり開けて俺を凝視する。

しかし、既に視線の先に俺はいない。

「反応が遅い。大口を叩いたんだから、ちゃんと本気を出せよ」

背後からわざわざ声をかけ、相手が振り向いた瞬間に、また正面に戻って拳を叩き込んだ。

応接用のテーブルやソファを巻き込んで、インキュバスの巨体が吹っ飛ぶ。

「ふむ、微妙に効果が薄いな」

クラス能力か種族能力かは不明だが、高位の純悪魔並みの防御力だ。

位相ずらしは対策してあるので、特定属性限定の再生能力か何かだな。

厄介な特性だ。

やはり高位魔族には気をつけるように、エメリンには後でよく言い聞かせておこう。

倒れたままのインキュバスが魔法を使う気配を感じた。

とりあえず魔力回路の集束点を狙って解呪弾を撃ち込み、霧散させる。

解呪弾はあと一発。

「ゲハァ!? バカな……どうしテ、ワタシに触れる!?」

「見えなかったのか。じゃあ、今度はゆっくりやってやる」

精力変換で擬似闘気を練り、身体強化。

そのままでは余剰分が霧散するので、男の魅力スキルや強制発情スキルの基点に、仙蓮華を模した循環路を作ってプールする。

この後の消費量を考えて、擬似闘気は溜め込めるだけ溜め込んでおく。

「な……⁉ なんダ、その、バカみたいな量の闘気は⁉」

いや、普通だろう。

蓄積量も身体強化の増幅率も、理論上は本職の格闘家や剣士には絶対敵わない。

変換効率も悪いので、賢者だった頃より圧倒的に柔軟性が低い。

というわけで、ティンポ師となった俺は創意工夫を凝らしてレパートリーを増やしてある。

エーテライト鉱石で回路を刻んだ腕輪に擬似魔力を流し、拳に攻撃強化の魔法を付与。

ブローチのピンで指を刺し、滲んだ血をブローチに組み込んだ呪物触媒の宝石に吸わせる。

宝石から発生した苦痛刻印の呪詛を代償に、攻撃力上昇と霊体への接触能力を得る。

「負い荷に足掛け、正木を引き割りて、星暦神は奇しき叡智を偶さかに零したもう。我はここに彼の神の加護を請う」

右手を掲げ、擬似魔力を南方で信仰されている星暦神に奉じながら聖句を唱えた。

星暦神は農業や計算に加えて空間や時間を司る。

俺自身はあんまり信仰していないが、加護が便利なのでよく利用している。

その星暦神の入信者レベルの加護は、隣接空間への物理干渉能力。つまり、位相をずらして逃げようとしても無理矢理殴り倒せる能力だ。

「な？ 簡単だろ？」

多様な能力が練り込まれた拳を見て、インキュバスは怯えたように後退った。

身体強化と風魔法を併用し、滑るように距離を詰める。

残りの擬似闘気を全て投入し、インキュバスの腹に拳を打ち込む。

「グォアァ⁉」

インキュバスは咳き込み、腹を押さえて転げ回る。

突き破るつもりで殴ったはずだが、想定していた以上に硬い。

「やっぱり物理攻撃だけじゃ殺せる気がしないな。その点は俺の負けでいい」

星暦神への棄教の誓言を行い、数柱の神を信仰して加護を得ては棄教するという作業を繰り返す。

いくつかの神は信仰の放棄に対して寛容だと分かっているからこそできる芸当だ。

戒律に厳しい神に対して同じことをやると、重篤な呪いを受けたり、ほぼ即死級の神罰を受けたりするので要注意である。

老王神から肉体の即席銀化、竈火神女から聖炎付与、黒天王神から素手による魔法障壁破壊の加護を得る。

代償としてダメージや苦痛を受けてはいるが、まあ些細なことだ。

便利な技ではあるけど、野生の魔物に対して有効なノーリスクの加護がないのが難点なんだよな。

「ど、どうしてこんナ能力ヲ!? キサマハもう賢者ではないはずなノニ!?」

「賢者のスキルを失っても、知識や技術がなくなるわけではないからな」

インキュバスは怯えた様子で後退し、俺の隙をついて壁に空いた大穴から逃げようとする。

筋肉の動きから既に行動は読めているので、翼へ魔力を供給する経路に解呪弾をブチ込んで撃ち落とした。

大したフェイントもできないのに、なんで脱いだんだ。ナルシストか。

「こ、降参だ! たのム、殺さないデくれ! 一切逆らわナイし、知っていることは話ス!」

インキュバスは一転して下手に出て、命乞いをした。

そうは言っても、情報はスーリンディアたちから聞けばいいからなあ。

男しかいない集団でもない限り、インキュバスは捕虜に向いていない。

下手に生かしておいて、裏で造反者を作られたら厄介だ。

だいたい、身近にインキュバスなんかがいたら、心配で自分の女から目を離せなくなる。

百害あって一利なし。

というわけで、まだ何か言っているインキュバスの首をサクッと手刀で落とした。

一仕事終えた俺はハンカチで手を拭い、タニスの前に跪く。

「申し訳ありません、レディ。俺がいながら、あなたを恐ろしい目に遭わせてしまいました」

タニスは無言で俺に抱きつき、胸に顔を埋めた。

おっと、困ったな。

もうそろそろ伯爵家の使用人や領主軍の兵士がやってきそうなのに、領主夫人と密着しているのはまずい。

「レディ?」

「申し訳ありません。私としたことが、恐怖に耐えられなくて……どうか、ほんの少しだけ、このままでいさせてくれませんか?」

そう言われると、嫌とは言えない。

だが、恐怖しているのが嘘だというのはすぐに分かった。

発情した雌の濃厚な匂いがする。

こんなことばかり察してしまうティンポ師というクラスが若干恨めしいな。

俺はとりあえず、タニスを抱き返し、背中を撫でた。

効果があったかどうかは分からないが、どことなく強張りが減ったような気がする。

さすがに、少々鈍感な俺にも分かっている。

俺の男の魅力スキルが有効だったこと、インキュバスがあえて俺の姿で誘惑を試みていたこと、その前後の会話の内容。

更に思い返してみれば、タニスは前々からそれらしいことを言っていたような気がする。

そう言って立ち上がったタニスは、いつもの凛とした隙のない伯爵夫人の仮面を被っていた。

「取り乱しました。先ほどのことは忘れてください」

まあ、俺もタニスも、お互いに責任ある立場だ。

貴族の婚姻は当人たちだけの問題ではないし、それにこの国の貴族女性に相手を選ぶ自由はない。

俺もこれから妻を持とうという立場だ、危険な恋に身を焦がす余裕はないだろう。

忘れろ、と言われれば忘れるしかない。

そこにあるものを見ない振りをしてきた今までの関係に戻るだけだ。

「いいのか？」

「ええ、もう大丈夫です。あなたが思っているより、私は強いのですよ」

本当に大丈夫か。

タニスの表層は確かにいつもの彼女だ。

しかし、俺の鼻は、彼女の内側にはまだ熱されて蕩けた雌の衝動が蠢いていることを感じ取っていた。

「本当に……大丈夫です」

タニスはどこか儚げな笑みを浮かべ、そう言った。

とりあえず、俺はタニスとの関係については先送りすることにした。

今は目前に迫った危機を片付けるのが優先だ。

死体の隠蔽、執事宅での証拠品回収、伯爵家の使用人への箝口令、情報を擬装した上での修理の手配など。

俺やインキュバスが建物を破壊しまくったおかげで、後処理が長引いた。

ギルドに戻ってこれたときには、既に夜が更けていた。

休憩する間もなく、インキュバスとの戦闘で中断していたダークエルフの尋問を再開する。

「すまない。私がもう少し早く気づいていれば……」

「いや、間に合ったんだからよいさ」

全体として見ると、執事やその妻など、数人の被害者は出てしまった。

その辺りはどう頑張っても間に合わなかったので、仕方がない。魅了されてしまうと被害が大きいタニスだけでも守れたのだから、上々だ。

「お前たちは、これからどうするつもりだ？」

「少なくとも勇者殺害計画への対処が完了するまで、私たちはお前に協力するつもりだ。その後のことまでは、まだ考えていないが……」

「裏切りがバレてしまったら、魔教皇派に私たちの居場所はありませんからね」

現段階でも、捕虜にされた程度は伝わっているだろう。

俺がインキュバスに対応できたことから、拷問に屈したことが分かっていてもおかしくはない。

二人が協力的であることまでは読まれないといいが。

「俺個人としては、できればお前たちとは今後も敵対したくはないな」

「私たちが魔王派につくといいでしょうか。魔王派だけは人間たちに対して和平を目指していますし」

これもまた初耳だ。

これが本当なら、勇者の最終目標とか、各国の取るべき動きが変わる可能性がある。

アラメアたちが帰ってきたら、魔王打倒の旅を一旦中断させて、目標を変更させる必要がある。

おそらくダークエルフたちにとって当たり前すぎる常識なので、言いそびれていたのだろう。

彼女たちが重要情報だと気づいていないことが、他にもありそうだな。

極力、気になることはこちらからも訊ねるようにしよう。

俺が密かに思案している間、スーリンディアもまた何か悩んでいる様子だった。

「うーむ。いや……ミアの案はどうかな。我々は魔王家に不義理を犯しているからな」

「何かあったのか？」

「私たちダークエルフは、もとは先々代魔王によって保護されたのだ。しかし、その恩に報いることもなく、先王の代からは魔教皇派に与していたのだ」

「でもスーリ様、もとはと言えば、先代魔王様が私たちに異種族との混血政策を無理に押し進めようとしたのが原因です。むしろ魔王派が頭を下げてこちらに協力を請ってもいいくらいです」

ダークエルフの混血政策か。

先代魔王の意図は分からないが、それ自体はいい方針だと思うがな。

「もし魔王様が受け入れてくれなかったらの話だが、人間側でダークエルフを受け入れてくれないだろうか」

うーん、それは難題だな。

まず、人間側にあまり余裕のある国家は少ない。

ダークエルフは人間に対してだけでなく、他の種族……例えばエルフとの関係改善も必要だ。

その辺をクリアして、できればダークエルフを受け入れることで利益を生みそうな国を脳内でピックアップする。

思い当たるいくつかの勢力には、急いで打診のための書簡を出しておこう。

「時間をもらえれば、俺も話を受け入れてもらえそうなところに協力を要請してみよう」

「元賢者ディック、この恩は必ず返す」

「まだ何もやっていないうちから気が早い。そういうのは、お前の一族が安全に暮らせるようになってからだ」

そのためには、今回の件が大きな鍵になる。

他の全ての勇者殺害部隊の殲滅ないし捕獲ができれば、ダークエルフが寝返るための時間稼ぎになる。

殺害部隊から本国への情報伝達が遅れれば遅れるほど、スーリンディアたちが取れる手は増える。

「さしあたって、人狼の対処だな」

「吸血鬼は勇者が戻るまで動かないでしょうからね」

「人狼を潰した場合、果たして作戦を続行するか、失敗と見て帰還するか、それとも作戦変更して暴発するか」

個人的には続行か暴発になる予感がする。

吸血鬼たちに各個撃破を悟られないのが望ましい。

使い魔の捕獲や、報告書の擬装が可能ならば、やっておくべきか。

「クリス。とりあえず、現段階でまとまった話をチルダに報告しておいてくれ」

「はい」

クリスは手を止め、メモ用紙をまとめて立ち上がる。

「それと最近ナローカントで何か妙なことが起こっていないか、些細なことでもいいから情報を集めてくれ」

「些細なことというと、どの程度ですか？」

「どこそこの犬がうるさいとか、特定商品の価格の乱高下で商売が苦しいとか、子供がオバケを見たとか」

「つまり、ギルドへの冷やかし的な案件を集めるんですね。承知しました」

冒険者ギルドには、冒険者を何でも屋と誤解した連中によって、依頼未満の案件が毎日持ち込まれる。

普段は迷惑でしかないが、こういう時は意外に利用できるものだ。

クリスを送り出し、俺は念のためダークエルフたちの監視役としてギルドの地下に残ることにした。


昨日までの拷問部屋ではなく、寝台付きの二人部屋を、スーリンディアとサエルミアに宛てがう。

実のところ、裏切りについてはさほど警戒していない。

むしろ、魔族側が二人を狙う可能性があるので、俺の目の届くところで保護する必要がある。

俺は護衛のために、部屋の前の廊下で寝る予定だ。

「おっと、忘れるところだった」

俺は一本のポーション瓶を取り出す。

帰りがけに買ってきた避妊薬だ。

「サエルミアと約束していた、避妊用の経口ポーションだ。どちらが使う？」

「それは当然、スーリ様に……」

「ミアの方が注がれた量が多い。ミアが使ってくれ」

「いえ、これは私がスーリ様のために勝ち取ったものですので」

美しい譲り合いが発生してしまった。

俺は肩をすくめる。


「冗談だ。ちゃんと二人分用意してるよ。全く、お前たちには負けるよ」

「貴様、もしかして意外にいい奴なのか」

「敵軍とは言え、お前たちを散々陵辱した男だぞ、いい奴なんてことはあり得んから安心しろ」

俺は二本目の避妊薬を取り出して、しかし渡すのを躊躇する。

「避妊はまあ、いいんだが……できれば二人とも、人間かオークか、それが嫌なら最低でも沼エルフと混血して欲しいんだ」

「なんだそれは。私たちに喧嘩を売っているのか」

「まるで、先代魔王様みたいなことを言うんですね」

なんとなく、先代魔王も同じことに気づいていたような気がする。

死んでしまっているらしいから確認しようがないが。

「出生率が世代を追うごとに低下しているだろう。ダークエルフが無理に純血を守ろうとするとそうなる」

伝承によれば、数千年前の魔王が、囚えたエルフを邪悪な力で変質させたのがダークエルフの起源とされている。

しかし、近年の研究の結果、それは誤りだと分かった。

ダークエルフとは、エルフ数種の他に人間やオークなどの血が微量に混じった交雑種が、魔族領域の瘴気に適応して進化した亜種なのだそうだ。

囚われたエルフや人間と魔王配下のオークが長年にわたって混血していった結果生まれたのだろう。

ちなみに、強いてダークエルフに一番近い天然の種族を挙げるとすると、それは沼エルフだ。

沼エルフは、灰色エルフが沼地の環境や魔力に適応して進化した亜種だが、結果的にダークエルフに近い種族特性を持っている。

沼エルフの血を入れれば、完全ではないにしても少しは出生率もマシになるはずだ。

「ダークエルフのみで交配を続けた場合、ダークエルフをダークエルフたらしめている人間やオークの遺伝子が欠落していき、結果として出生率が下がるのだそうだ」

「まさか、そんな理由が……」

「おかしくないか。なぜそんな研究が存在する？　エルフとの戦争に敗れて以来、私たちは魔族領域に隠れ住んでいたんだぞ」

「エルフとの戦争以前には分かっていたことだ。かつてのダークエルフは定期的に他種族と婚姻していたらしいぞ」

それなのに肝心のダークエルフ側がその風習を忘れているというのは興味深い。

当時のダークエルフの指導者に、何かの意図があったのだろうか。

「綺麗な血のまま滅びるよりも、穢れてもいいから生き延びてくれ。お前たちは美しい。今まで会ったどんなエルフよりもな。二人の血統が……ダークエルフという美しい種族が大地から消え失せるのは悲しい」

「貴様、なぜそれを早く言わなかった！」

「知ってたら陵辱されてもどこかで妥協するだろ。そしたら情報を得る取っ掛かりがなくなる」

実際、ひどい情報隠蔽をしていたとは思う。

恨まれても仕方ない。

しかし、ダークエルフに滅びて欲しくないのは、本当の気持ちだ。

「異種交配しろなんて……こんなタイミングで言われてしまうとな……」

「純血であれと教育されてきただろうから、おぞましいと感じるだろう。下衆だと思うなら、罵ってくれていい」

「いいや……その逆だよ」

スーリンディアは背伸びし、俺に口付けた。

「他種族と血を混ぜろと言うのならば、相手はあなた以外に考えられない。あなたが人間だからと理由を付けて諦める必要がなくなったのだからな」

「ええ？　なんで俺なんだ」

「拷問の一環とは言え、私に求婚しただろう?」

スーリンディアは俺にしなだれかかり、しなやかな指で俺の頬を撫でる。

求婚って、何の話だ。全く記憶にないぞ。

「エルフへの求婚は戯れで済ませられるものではない。だからエルフは軽々しく綺麗だの美しいだの言うことはない。まさか元賢者のくせに知らなかったのか?」

知ってるも知らないも、そもそもそれだけで求婚になるとか初耳だ。

世界樹を守っていたハイエルフたちに散々そういう皮肉を言われたせいで、嫌みの一種かとすら思っていた。

そもそも、エルフ全体じゃなくて、ダークエルフだけのローカルルールなんじゃないのか?

戸惑っているうちに、スーリンディアの手は少しずつ下がっていく。

首、胸、腹……そして、とうとうズボンの上から俺の分身を撫で回し始める。

「サエルミア。お前の主人、明らかに乱心してるぞ。何とか言ってやってくれ」

「何とかですか。それでは僭越(せんえつ)ながら……」

サエルミアはスーリンディアの逆側から俺に抱きついた。

驚いている俺を見て、彼女はニコリと笑う。

「サエルミア、お前までもか……」

「はい、私もです。乱心しているというのなら、ディックさんのせいですよ」

サエルミアはそう言って俺に口付けた。

スーリンディアとは別の手が、袋の方からやわやわと撫で上げる動きをする。

「どうか私も孕ませてください、美しいあなた。私はスーリ様の乳姉妹でした。私はスーリ様の子供の乳母になるのが夢なのです」

「乳母になるだけなら、相手は俺じゃなくていいだろう」

「元々スーリ様の夫になる人が現れたら愛人になるつもりでしたし。あなたのこと、割と好きですので」

サエルミアは飄々とした顔でそんなことを言う。

大丈夫かよ、この主従。

二人のダークエルフは、胸を押し付け、太腿の間に俺の脚を挟む。

柔らかな身体の全てを擦り付けながら、彼女たちは俺の耳元で艶かしく囁く。

「ほら、あなたのチンポの方は、私たちを孕ませたいって言っているぞ?」

「子種の方もずっしり準備できてるじゃないですか」

二人が協力してズボンを脱がすと、ギンギンに反り返ったチンポが天を衝いた。

我ながら、正直な体だ。

まあ、正直に言うと、一度抱いた女に他の男との子作りを勧めるのは嫉妬で腸が煮えくり返る思いだった。

喜んで、ダークエルフの繁殖に協力することにしよう。

「好き、好き、あなたのことが好き、大好き……」

「おチンポ、おチンポ……太くて熱ぅいおチンポ……」

スーリンディアの指がカリに絡み付き、時折亀頭に触れては先走りを塗り広げていく。

袋から竿までを、サエルミアが優しく撫で上げる。

それとともに、二人の舌が昨日の仕返しとばかりに俺の耳を両側から舐めしゃぶり、熱っぽく囁く。

「好き。好き。好き……大好き……ねえ、あなたの子供をちょうだい。お願い。ねえ、私を孕ませて……好き。好き。好き。好き……」

「おチンポ、おチンポ、おチンポ、いやらしいトロトロの私のオマ○コに、あかちゃんのお部屋に届いちゃうくらい、おっきくて、かたぁいおチンポ、ズボズボ、ズボズボ、ズボズボして、濃くて熱い精液、せーえき、いっぱいドピュドピュして……」

二人の身体が、特に俺の太腿に押し付けている部分が熱くなっていた。

柔らかい雌肉が擦れるたび、ぬちゅぬちゅという水音がする。

「ああ、好き、好きぃ、愛してる。いっぱい私を貫いて、犯して、穢して、愛して……好き。好き。好き。好き」

「せーえき、オマ○コからあふれるくらい、いっぱいの、せーえき……おチンポで、女の子の一番大事なところを、ぐりぐりしながら、いっぱい、いっぱい注ぎ込んで」

次第に射精感が高まってきた。

二人は俺の様子から兆候を察したのか、愛撫がだんだん激しくなっていく。

「好き、好き、好き、大好き。大好きすぎて、もう、我慢できない……ちゅっ」

「おチンポ、おチンポ、おチンポぉ……ああ、おチンポ欲しくて、もう我慢できない………あむっ」

感極まった様子で、スーリンディアが俺の唇に口付けた。

それと同時に、サエルミアは亀頭を口に含む。

不意打ちでチンポに与えられた口腔刺激で、俺は限界に達する。

サエルミアの温かい粘膜に包まれながら、俺は大量の精液を迸らせた。

「お……、お……溢れぅ……」

「ああ……ミア、ずるい」

射精が終わると、サエルミアは跪いたまま俺の方に口を開けて見せた。

中にたっぷり精液が溜まっている。

スーリンディアは空いたチンポを吸い、尿道に残ったわずかな精液を啜る。

サエルミアは落胆気味のスーリンディアに上を向かせた。

彼女は口の中でくちゅくちゅと精液を咀嚼（そしゃく）、攪拌した後、スーリンディアの口に向かって垂らす。

スーリンディアは口を開けて精液と唾液の混合物を受け止める。

「スーリしゃまぁ……えぉ……」

「ああ、せーえきが……んあ……」

二人は何度か口から口へと精液を交換し、最終的に半分ずつにして飲み込んだ。

扇情的な光景を見ているうちに、俺のチンポは再び臨戦態勢になっていた。

サエルミアはガチガチになった俺のチンポに頬ずりし、にっこりと笑う。

「ねえ旦那様。ミアはおねだり上手になったでしょう?」

「そうだな。興奮したぞ」

俺はサエルミアの頭を撫でる。

スーリンディアは少しへそを曲げた様子で抗議する。

「もう、私がその気にさせようと思っていたのに……こうやって……」

スーリンディアは俺をベッドに座らせ、その前に跪く。

彼女は軍服の胸元を開き、チンポを胸で包んだ。

パッツンパッツンに詰まった乳柔肉の感触に、チンポが喜びに躍る。

スーリンディアの肌は発情のために汗ばんでいて、しっとりと俺を包み込んだ。

サエルミアも主人に倣って、跪いて胸を露出させ、俺の膝の間に入ってくる。

「くっ、おおおぉ……」

四つの極上のロケット褐色巨乳が、チンポを包み込み、柔らかに刺激する。一人でパイズリするより格段に複雑な肉の動きがチンポを襲う。

ダークエルフのおっぱいは、やはり弾力が凄まじい。

スーリンディアは柔らかさの中にも張りがある。

サエルミアはどこまでも吸い込まれそうに柔らかい。

感触の違う二種二対のおっぱいが、甘く柔らかな快楽の波となって押し寄せてくる。

「ああぁ……好き、好き、好きだ、んっ、愛しいあなたのチンポ……ん、ちゅ……」

「んっ、おチンポ、おチンポぉ……ガチガチに勃起した、れろ……いやらしいおチンポ」

二人はおっぱいの谷間から覗く亀頭に、交互にキスをし、そのたびに俺のチンポは二つの谷間を越えて旅をする。

揺すり、押し付け、扱き、さまざまな刺激が四方から押し寄せる。

天にも昇りそうなほどの、えも言われぬ極上の快楽が、俺のチンポを包み込む。

「本当に胸が好きなんだな。あなたのチンポ、熱した鉄の棒みたいになっているぞ」

「逞しくて素敵な旦那様のおチンポ、私たちのおっぱいで、もっともっと喜ばせてあげますからね」

スーリンディアとサエルミアは、チンポの上に舌を突き出した。二筋の唾液がとろりと垂れ落ちて、おっぱいの間で混じり合う。

ぬりゅ、ぬりゅ、ずにゅ、ずにゅ。

卑猥な水音とともに、乳房の感触が変化した。

それは、まるでぐっしょりと淫蜜で濡れた膣肉のように俺に吸い付き、絡み付いてくる。

まさにおっぱいマ○コだ。

下半身から脳まで一筋の電流が走ったかのような感覚。

俺の頭は、本能的な衝動に支配されていた。

このおっぱいを、孕ませたい。

「おチンポがパンパンに膨らんできてますよ？　出そうなんですか？」

「いつでも、あなたの好きなときに、私たちの胸の中で果てていいのだからな？」

二人は俺の射精が近いことを悟り、乳に更に大きな圧力を加えた。

チンポ全体がおっぱいマ○コに包まれて、俺の口からは思わずうめき声が漏れる。

擦り上げる乳の動きにも、複雑な捻りや振動が加わり、異次元の肉穴のようだった。

「あ……イク、イクぅ、おっぱいセックスでいきますぅ、お願いですから……」

「私も、ふぁ……胸を、チンポに犯されて……もう……、だから……」

「「孕ませて……」」

びゅるるるるっるるるるびゅぶぶりゅびゅるびゅる、どびゅるるびゅるるる、どぶどぶどぷっ。

限界まで硬くなったチンポが、二人のおねだりに応えるように乳肉の中で爆ぜた。

ぎゅうぎゅうに密着したおっぱいマ○コを、精液が満たしていく。

スーリンディアとサエルミアも、それが最後の一押しになり、胸だけで絶頂に至った。

灼熱の精液が奔流となって谷間を駆け抜けて噴き出し、美しいダークエルフたちの顔を白く染める。

ダークエルフの美姫たちの四つの乳房に包まれ、絶頂の脈動がいつもより長く続いた。

俺がパイズリの余韻に浸る中、四つのおっぱいでできた揺り籠が俺のチンポを優しくあやす。

心地よい疲労感だ。

このままおっぱいに包まれて眠ってしまいそうだ。

そう思っていると、不意に強い刺激がチンポを襲った。

スーリンディアとサエルミアの口が、交互に俺のチンポをお掃除している。

尿道の中から玉の裏まで、丁寧に、執拗に、二つの舌が這い回る。

二人の唇によって、俺のチンポは再び鋼のような硬さまで復活する。

チンポが綺麗になると、二人のダークエルフはお互いの胸を舐め合った。

彼女たちのおっぱいは絶頂を経て仄かな赤みを帯びて、乳首を硬く勃起させていた。

褐色の肌を淫猥に彩る白濁の汁を、二つのピンク色の唇が残らず啜っていく。


「二人とも、おいで」

俺が手招きすると、二人はするりと腕の中にやってきた。

ダークエルフの美姫たちは、甘えたがりの仔猫のように俺にすり寄る。

「今宵は、私たちの胎に溢れるほど精液を注ぎ込んでもらうからな。愛しいあなた」

「まだまだできますよね？　だって、私たちが二人ともおかしくなるまでずっと犯してくださったんですから」

スーリンディアとサエルミアは、二人で示し合わせたかのように、同時にぱっくりと下の唇を開く。

どちらもトロットロに蕩けた、実に美味そうな雌穴だ。

そこまで言うなら遠慮は必要ない。嫌と言うほど愛してやろう。

前日のように二人を並べてベッドに寝かせた。

スーリンディアとサエルミアは昨晩のように指を絡めて手を繋ぐ。

彼女たちは逆の手で自分の秘裂を開き、俺に見せつける。

俺が指を入れると、二人は息の合った嬌声を上げた。

外側も濡れそぼっていたが、中はそれ以上だった。

灼熱の蜜の沼をかき回しながら、サエルミアのクリトリスを舌で転がす。

「んンっ、あぁぁ……そこぉ、クリトリス苛められるの、すごい……んぁぁ……!!」

まずは、たっぷりとサエルミアの弱いところを内外から重点的に責めてやる。

サエルミアの尻の下に大きな愛液の染みが広がっていた。

すっかりでき上がったダークエルフの従者を前に、いい仕事をした感慨を覚える。

指で弄っているうちに、スーリンディアのクリトリスも勃起してきた。

従者の悶えっぷりを見て、期待しているのかもしれない。

俺はスーリンディアのクリトリスに吸い付いた。

「ああ、あなたの唇、いい……、んっ、くぅぅ、好きぃ、あぁ……う、くっ、くふぅぅ——ん……!!」

スーリンディアは愛液をとめどなく溢れさせ、悩ましげに悶えた。

そのまま軽く数度絶頂するまで中を満遍なく虐めてやると、彼女の媚肉は切なそうに俺の指にしゃぶりついて、チンポを請い始めた。

すっかり淫乱に仕上がった姫君の雌穴にチンポを添える。

「先にスーリンディアに入れるけど、いいか?」

「はい、旦那様、スーリ様を立派なお母さんにしてあげてください」

「あなた、私のことは、どうかスーリと呼んで欲しい」

それだけスーリンディアが親密になったということか。

いや、でも、偽名もスーリって名乗ってたしな。

エルフ語のネイティブではないので、その辺の感覚はよく分からない。

「分かった。俺の美しいスーリ、蜜滴るお前の花を味わわせてもらうぞ」

「ああ、来て……あなた……」

俺はスーリンディアの中にゆっくりと突き込む。

肉襞の一つ一つを感じ取りながら、彼女の淫壷を隅々まで味わう。

三分の一ほど進んだ段階で、スーリンディアは気が狂いそうなほど乱れていた。

「ん、んンぁ、あなたの、堅くて熱いチンポが、くぅっ、あぁぁ……私の、おなか、こじ開けて、っ、ふぁぁ……!!い、いい……気持ちいいの、ぐ、ひぁぁぁ——、もっと、はやくぅ……奥まで来てぇ、っはぁぁぁ——……!!」

スーリンディアの淫肉が、俺を催促するようにきつく締めてくる。

彼女は泣きそうになりながら腰を揺すろうとするが、俺の腕がそれを許さない。

必死でチンポに媚びる高貴な姫君の淫襞の動きが愛しい。

サエルミアは悶え乱れるスーリンディアを優しげに見つめ、手を握りしめていた。

長い一突きだったが、とうとう俺は奥まで辿り着いた。

子宮が潰れそうなくらいに押し込んでやると、スーリンディアの背筋を震えが上っていった。

「んん――――〜〜〜〜……ッッ‼」

「わあ……ふふ、すごく気持ちよさそう……羨ましいです、スーリ様」

「あぁ……私の、オマ○コ、どうなってるの？　気持ちよすぎて、っ、変になってる……」

「俺も気持ちいいから安心しろ」

「あ、ふあぁ……嬉しい、んっ、ん……もっと、滅茶苦茶にして、いいから……」

スーリンディアの中をほぐすように、何往復かゆっくりとピストンする。

彼女の中は、熟れた果実のようにぐしょぐしょになって、すっかり蕩け切った雌肉が隙間なく絡み付いていた。

チンポを引き抜き、すぐさまサエルミアの蕩けた淫裂に潜り込む。

「えっ、いきなり、あ、あああぁぁ⁉　おチンポ来てる！　おチンポ来てるぅぅ――⁉　ん、んふぅぅぅ……旦那様の太くて長いので、私の中ぁ、おチンポの形にされちゃってますぅぅ――――っ‼」

肉厚で密着力の高い隘路を、スーリンディアの時と同じくらいゆっくり進む。

サエルミアは何度もイキながら、俺を迎え入れた。

連続絶頂し続けている彼女の膣からは、まるでチンポを握りしめているような刺激を感じる。

「ミア、すっごくいやらしい顔をしているぞ」

「ふぁ……見ないでくださいぃ……」

スーリンディアは蕩けた目でサエルミアを見つめ、繋いだ手の甲にキスをする。

子宮を押し上げてやると、入り口が歓迎するように俺に吸い付いてきた。

「奥まで届いたが……サエルミアは本当にこのままましてしまってもいいのか？」

「あぅぅ……私もミアって呼んでください、旦那様ぁ……」

「ミア、割と好き程度で子作りなんかして大丈夫か？」

「えぅぅぅぅ、こんな凶悪なおチンポ奥まで入れられて、お預けされたら、おかしくなっちゃいますよぉ……」

サエルミアは俺に上目遣いで媚びるように囁く。

「もし、私にも、エルフの新妻が初夜に囁かれるような、ドキドキする口説き文句を言ってくれたら、割と好きじゃなくて、すごく好きになっちゃうかもしれませんよ」

なんかよく分からんが、ダークエルフって種族はそういうの好きなんだな。

エルフは耳が弱いとよく言われるが、美麗な口説き文句に弱いのもその一環なのかもしれない。

少し考えて、耳元で囁いてやることにした。

「俺の愛しい宝石、麗しき闇夜の色の瞳の娘よ。絡み合った樹が一つに結ばれて離れなくなるように、永遠に俺と共にいてくれ。俺の命ある限り、お前の美しいかんばせで俺の目を喜ばせてくれ」

「あぁ、旦那様ぁ……好きですぅ、大好き、好き、好き、好き……愛してますぅ……！」

急に、さっきまではほんのお遊びだったと言わんばかりのキツさで膣が絞めてきた。

サエルミアは蕩け切った表情で、完全に発情していた。

「スーリ様ぁ……、旦那様のこと好きになっちゃったので、独り占めしちゃダメですか？」

「そ、それはダメだぞ、ミア！　私だってディックのことが好きなんだからな！」

スーリンディアはちょっと必死になって抗議する。

サエルミアは分かっていてからかっているのと、本気が半々って感じの雰囲気だ。

しかし、かなりチョロめの反応だな。

もしかすると、スーリを媚薬責めしてミアを口説くのが正解だったのでは。

まあいいや。過ぎたことだしな。

「ふあぁ、愛する旦那様の、おチンポぉ……!!　おチンポ、すごくいいですぅ！　おチンポぉ、ズボズボいい……ズボズボいいよぉ……ミアのオマ○コが、旦那様のおチンポで融かされてますうぅぅ――っ!!」

サエルミアの中をぐちゃぐちゃにかき回した後、即座にスーリンディアに挿入。

ぽっかり空いたサエルミアの穴を、俺の指で埋める。

「んンあぁぁあぁ――ッ!!　奥に、っ、子宮に、ズンズンされてるぅ、っ、ン、ん、あはぁ、壊れる、私、チンポに壊されちゃうぅ、あぁぁ――……っ!!」

「ふあぁ、スーリ様ぁ……オマ○コぐぽぐぽされて、すっごく可愛い顔になってますよぉ……」

「み、見ないでぇ、く、あぁぁ、ンッ、チンポで感じてるとこ、見ないで、あっ、くぅぅ――……ッ!!」

普段は凛々しいスーリンディアが、とても可愛い表情になっていた。

フェラはサエルミアに出してやったから、膣内射精ではスーリンディアから注いでやるか。

杭打ちするように、俺はスーリンディアの子宮めがけて激しくチンポを叩き込み続ける。

「あ、あ、んンっ、ぁ、くっ、イクっ、イク、イっちゃう、あ、あぁっ！　あ、あぁぁ――……ふあぁぁ、ん、イク、イクぅぅぅ――っ!!」

スーリンディアが俺のチンポに喰らいつきながら、深く絶頂した。

彼女の従者が見つめている前で、俺はスーリンディアに愛情たっぷりの種付け射精を行う。

同時にサエルミアの弱いところも重点的に責めていく。

「あぁぁっ！　あぁぁぁっ！　イッてるのに、もうイッてるのに、まだ来るぅぅ――ッ!!　ん、んン――――ッ！　んはぁぁぁ――――……!!」

どっぷりと精液を子宮に溜め、しばしスーリンディアのガチイキマ〇コを堪能して、チンポを抜く。

「ふあぁぁ、私もイきますぅぅ、あぁぁぁ……っ!!」

離れる瞬間、スーリンディアは切なそうな声を上げて俺を見つめた。

「ああ――……あなたの精液、私のお腹に、いっぱい入ってる……こんなに出してもらえて、嬉しい……」

スーリンディアは幸せそうにお腹を撫でる。

「ちょっと嫉妬してしまいました。旦那様、私にも同じくらい注いでください」

「ミアは昨日いっぱい出してもらったじゃないか」

「でも、無理矢理されるのと、望んで愛していただくのでは大違いですし」

俺の精液とスーリンディアの愛液にまみれたチンポを、サエルミアにゆっくりと挿入する。

サエルミアは心の底から幸せそうな甘い声で鳴く。

二人は繋いだ手にぎゅっと力を込める。

サエルミアは反対の手を俺と繋いだ。

彼女は幸せでたまらないといった様子で、俺とスーリンディアを交互に見つめる。

「ひあぁぁぁ……愛するスーリ様と、愛する旦那様に囲まれて、ん、あぁぁ、私、とっても幸せですぅ」

「さっきは独り占めしようとか言ってたくせに……そんな悪い従者はこうしてやる」

スーリンディアは、サエルミアの耳を一度甘噛みした後、耳に唇をつけて囁く。

「美しき我が従者よ、我が掌中の賢き宝石。可愛い君を男などに渡してしまうのは惜しい。私のものとなって、私だけを見つめて悠久の時を共に生きておくれ」

「ふあぁぁ――――!?」

サエルミアのマ〇コがきゅんきゅんと反応している。

面白いことをしてるなぁ。

腰を一番深いところで止め、俺もまた反対側の耳に口を近づけた。

「美しき俺の恋人、俺の心を狂わせる甘き囀りの小鳥よ。今宵だけは俺のために鳴いておくれ」

「んんんん——っ!! だ、旦那様、おチンポされながら、そんなこと言われたら……」

「私の可愛い宝石、君の心が離れたならば、私の心は枯れ果ててしまう。たった一雫で構わない。君の愛を私という花に注いでおくれ」

「スーリ様も、あ、あぁぁ——……やだぁ……だめぇ……耳が、頭の中が溶けちゃうぅ——……」

ギチギチとサエルミアの肉襞が俺を締め付ける。

一往復もしてないのに、サエルミアは一気に限界寸前まで昂らされていた。

俺はそのままサエルミアの耳を犯しながら、壊しそうな勢いで腰を振る。

スーリンディアは責めながら自分も興が乗ってきたのか、股間をサエルミアの太腿に擦り付けて自慰している。

俺は本能のままにガンガン突き、一気にフィニッシュまで持っていく。

「出すぞ」

「はい、ミアの旦那様専用異種交配マ○コに、人間さんの優秀な子種をドピュドピュ出してぇ、ふぁぁ……考えられない、んはぁぁ、おチンポいいですぅ! おチンポよすぎて、頭バカになっちゃいますぅぅ、せーえきぃ、せーえきくださいぃぃぃ! おチンポずぼずぼして、ミアの子宮にせーえきくださいぃぃぃ——!!」

請われるままに、サエルミアの子宮口にしっかりと狙いを定めて射精した。

迸り出た精液が胎内を埋め尽くす。

サエルミアの子宮は精液を飲み干そうと頑張るが、到底間に合わず、とうとう膣口から溢れてくる。

「あぁぁぁ——……、あぁぁ——……、チンポぉ……、せーし、いいよぉぉ——……、ふぁぁ——……」

サエルミアは舌を突き出し、涎を垂らし、目は焦点を失って虚ろだった。

あられもない顔だが、俺のチンポでそうなったと思えば可愛いものだ。

同時にスーリンディアも軽い絶頂を迎えたようだった。身体を震わせ、呼吸を整えながら、サエルミアの子宮の辺りを蕩けた様子で撫で回す。

「ミア、君の淫乱子袋が、人間の精液をゴクゴク飲んで膨らんでいるぞ。種付けされて喜んでいる」

「は、はいぃ……スーリ様と一緒に孕ませてもらえるの、とっても嬉しいでしゅ……」

美しいダークエルフの主従は仲良さそうに頬ずりする。

可愛らしい仕草に、俺は即勃起した。

すぐに彼女たちは俺のチンポの臨戦態勢に気づき、精液まみれの膣口を拡げて誘う。

「愛しのあなた、どうぞ、もっと私と従者を可愛がってください……」

俺は空いた方の手をスーリンディアと繋いで、挿入する。

一度射精されて雄の味を覚えた膣内は、マグマのように熱くなっていた。

「ふあぁぁ……、あなたのチンポで、またぐちゃぐちゃにされてるぅ……はぁ、気持ちいい……気持ちいいぃ……」

「旦那様ぁ、ミアのスケベマ○コにも、もっと、おチンポください……」

おねだりされるままに、サエルミアにブチ込む。

おっぱいもそうだが、二人は膣内の感触も大きく違うので交互に犯すのが楽しい。

「ふあぁぁぁ、旦那様のおチンポで犯されて、オマ○コの中で精液かき混ぜられるの、最高ぉ……」

「あなたぁ……オマ○コ切ないの、早くぅ……」

スーリンディアが泣きそうな声でねだるので、ずっぷりと一気にぶち込む。彼女は一突きで軽く絶頂を迎えた。

そして次はサエルミアに。

スーリンディアに。

数往復ごとに交互に挿入しながら、感触の違いを楽しむ。

二人の喘ぎが、甘く蕩けて混じり合う。

だんだん俺も限界が近づいてきた。

「出すぞ！　スーリ！」

「はい、来て！　来てぇ、あなたぁ！　私の中でいっぱい射精して、あかちゃんちょうだい！　あぁぁ、ふあぁぁぁぁあぁぁあぁぁぁぁ――――ッ!!　イク、イクッ！　大好きな、あなたのチンポでぇ、あぁぁぁ……、幸せ子作りしながらイクぅぅぅ――――……ッ!!」

フィニッシュは順番通り、スーリンディアを選ぶ。

最奥までしっかりと突き込み、子宮を狙ってたっぷりと注いで胎を満たしてやる。

スーリンディアは、普段の凛とした様子からは想像できないような、蕩け切った幸せそうな顔で忘我していた。

「あぁ、すごい……、世界で一番好きな人のせーえき……、お腹から溢れるくらい、いっぱい、どぴゅどぴゅ、注がれちゃったぁ……」

「ああ……精液、とっても美味しそうです……」

「すぐにまた味わわせてやる」

欲しがってるサエルミアに挿入する。

ダークエルフの姫君たちが可愛すぎて、全然チンポが萎える様子がない。

俺はそのまま、二人に交互に中出しを続けた。

三十発ずつくらい中出しした後、ほっと一息をつく。

見下ろすと、スーリンディアとサエルミアは美しい褐色の肌を精液まみれにして恍惚としていた。

俺は主従の間に身を横たえた。

二人は心底幸せそうに、左右から俺に抱きついてくる。

「私はずっと、あなたの味方であり続けたい」

「私も、ダークエルフと人間の、友好の架け橋になりたいです」

「ひとまず我々は魔王派に身を寄せて、人と魔の友好に向けて動くこととしよう。いずれ、あなたと幸せに生きていくために」

可愛いことを言ってくれる。

二人の頭を覆うように抱き込み、撫でてやる。

髪の感触が絹糸のようで気持ちいい。

「この件が終われば、私たちは一族の生存のために動かねばならん。滅多にあなたとは会えなくなるだろう」

「それは、寂しくなるな」

「会えなくなる前に、たっぷり子種を仕込んでくださいね」

「もしかすると、次に会う時は子供の顔を見せてやれるかもしれないぞ」

気が早いな。

まだ受精させてもいないし、無事に吸血鬼戦が終わるかどうかも分からない。

しかし、俺の子を孕んでくれるんだから命くらいは賭けて守ってやるか。

「しかし、魔教皇め……ダークエルフも純血な方が栄えるなどと、よくも長年にわたって我が一族を誑ってくれたな。絶対に許さん」

「魔王様には、先代様や先々代様の恩返しをしなきゃいけませんね」

気づけば話題が移っていた。

まあ、ちょっと勇み足気味だが、前向きに未来を見据えていること自体はよい。

「ところで、まだお前たちもセックスする余裕がありそうだよな」

「「え？」」

ゆっくりと休息した俺のチンポは、再び天を睨む黒竜のように鎌首を持ち上げていた。

スーリンディアとサエルミアは、その様子を見て生唾を呑んだ。

表情を見る限り、まだ性欲は尽きていないみたいだな。

限界だったら仮眠室にいるはずのクリスを呼び出そうかと思ってたところだった。

せっかくだから、行けるところまで付き合ってもらおう。

「さあ、股を開け。どちらから犯されたい？」

二人は従順に卑猥な姿勢で股を開き、チンポを挟んで貝合わせをするかのように腰を押し付けた。

「あなたの思うまま、どちらでも好きなだけ犯してくれ」

「私たちで、いっぱいいっぱいいっぱい気持ちよくなってくださいね、旦那様」

その夜は日が昇るまで、ダークエルフたちの嬌声が絶えることはなかった。

◇　◇　◇

部屋の鍵が開き、ドアノブが回る。

宿に戻ってきた四人の商人たちは、部屋の中を見て目を丸くした。

俺は寝台に腰掛けたまま、手を挙げて挨拶する。

「おう。邪魔してるよ」

商人たちは顔を見合わせた。

まあ、見たこともない男が鍵のかかった自分の部屋に座ってたら、そりゃあ驚くのも無理はない。

「あんた、何の用だね」

「ここは俺たちの借りてる部屋なんだが」

「鍵もかかってたのに、どうやって入ったんだ」

「まさか、盗人じゃああるまいな？」

俺は質問に答えず、部屋に置いてあった袋を蹴る。

中からはトリカブトが転がり出てきた。

それを見て、商人の一人が不快そうに首元を掻いた。

「あんたたちが、ここ数日トリカブトを買い占めてた商人だな？」

「まあな。儂らは薬草商人だ」

「薬草師ギルドの認可証なら、ちゃんと持ってるぞ。それより、勝手に商品に触るな」

商人が取り出した認可証を一瞥(いちべつ)して、俺は首を振る。

俺が言いたいのは、残念ながらそういうことじゃない。

「トリカブト、あるいはウルフスベイン。こいつは獣憑病(ライカンスロピィ)の特効薬だ」

俺の言葉に、商人たちが体を掻く手を止める。

獣憑病。

人狼など一部の獣人がまれに発症する一種の伝染病。

獣人たちにとっては少々発疹ができるだけで大きな害はなく、むしろメリットがあるくらいだ。

他の人型生物が発症すれば、精神に異常をきたし、肉体は次第に獣人に近い姿へと変異していく。

病原菌は強い魔力に反応して影層に潜り込む習性があり、発見が困難。また、重症者に浄化魔法を使用しても消滅の際に自己複製用の呪詛を残すので、呪詛解体と同時使用しなければ根絶できない。

しかし、トリカブトのとある成分を注入することで、呪詛を発生させずに病原菌を殺すことができる。

「お前たち、獣憑病持ちだな？　ウルフスベイン買い占めの目的は、伝染病の蔓延によって神殿の機能を麻痺させることだろう？」

商人たちは笑って顔を見合わせる。

次の瞬間、彼らの服が弾け飛び、中から剛毛に覆われた筋肉の塊が飛び出した。

牙を剥き出しにした獣の笑みで、人狼たちが殺到する。

先ほどまで俺の座っていた寝台が、人狼の腕の一振りで粉砕される。

振りかぶられた爪を避け続けながら、俺は人狼たちに指弾を撃ち込んだ。

銀鍍金(メッキ)された弾丸は、分厚い人狼の皮膚を容易く貫く。

天敵とも言うべき銀の武器を目にしても、たかが小粒玉と侮ったのか人狼たちが怯む様子はない。

しかし、すぐに変身が解除され、人間の姿に戻ったことで、彼らは驚愕した。

「ばかな！　どうして……!!」

「なんだこれは、ただの銀弾ではないのか!?」

「待っている間に、獣憑き封じの薬を調合をさせてもらったよ。ウルフスベインならいくらでもあったからな」

人狼たちは、改めて獣化する。

さっきより体格が一回り小さく、スピードも遅い。

獣憑病から得ていた凶獣化の力が、病ごと消失してしまったからだ。

人狼たちの動きは相変わらず人間より素早いし、連携もとれている。

しかし、対処できないほどではない。

連携パターンを読み切り、一体に集中してダメージを与え、動きが鈍ったところで貫手(ぬきて)で心臓を抉る。

老王神の加護、肉体の即席銀化はこんな時に便利だ。

「バカな！　どうやって俺たちの区別を!?」

「人間のくせに！」

いや、驚くほどのことか？

背格好こそ同じだけど、体毛の模様や筋肉のつき方を見れば、すぐに別個体だと分かる。

一体が脱落したことで、完璧だった人狼たちの連携にも大きな隙ができた。

弱った奴から順に、次々に倒していく。

ほんの数分で、人狼たちは全滅した。

既にギルドには手を回しているので、すぐに職員が来て死体の処理をしてくれる手筈になっている。

「さて、各神殿に回収したトリカブトを届けないとな」

既に何人か感染者が担ぎ込まれているはずだ。

俺はトリカブトの詰まった袋を担ぎ、神殿へと急いだ。

◇　◇　◇

俺は多宗派共同神殿の回廊を歩いていた。

主神の大聖堂には先に立ち寄っており、トリカブトの半分を置いてきてある。

回廊から治療所を覗くと、忙しなく動き回る治療師や薬草師たちの姿が見えた。

特効薬のおかげで、感染者たちの容態は落ち着いている。

これなら任せておけば大丈夫だろう。

立ち去ろうとしたところで、司教冠を被った女性が俺のそばにやってきた。

俺の友人、ツェツィーリアだ。

「此度のことは感謝しておるぞ、ディック殿」

「いや、たまたま助けることになったが、あんたたちのためじゃない。気にするな」

一度言葉を切り、俺は声を低めて続ける。

「その代わり、協力して欲しい案件がある。実を言うと、裏では吸血鬼も動いている」

「我々に断る理由がないのじゃ。当然、全力をあげて協力させていただこう」

「いや、こちらが吸血鬼を打倒しようとしていることを、向こうに悟られたくない。お前一人だけが協力してくれればいい」

他の聖職者には、獣憑病の対処をしてもらいたいと考えていた。

潜伏期間を考えれば、まだ感染者は見つかるだろう。

彼女は俺の提案に喜んで合意した。

「承知した。では、何をすれば？」

「具体的には、そうだな……」

聖水などの供出、武器への祝福・聖別。

呪文や儀式などによる協力。

そして、吸血鬼との決戦時のサポートなどをお願いすることにした。

特に、決戦への参加は重要だ。

ツェツィーリアに断られてしまうと、俺は他に戦闘向きの聖職者の当てがないのだ。

「承知した。どうぞ、妾をそなたの思う通りにこき使って欲しい」

「そうか、よかった」

彼女が快く承諾してくれてよかった。

清らかな微笑を浮かべる聖女に、俺も笑顔で返す。

「じゃあ、さっそくだが、ローブを捲れ」

ツェツィーリアは笑顔を凍らせ、びくんと小さく震えた。顔を真っ赤にし、何事か言おうとしては躊躇う。

彼女はついに震える手でローブの裾を持ち上げた。

その表情を見れば、羞恥だけでなく、どこか嬉しそうな様子が窺える。

彼女はローブの下には何も着ていなかった。

肩幅に広げた脚が震えている。

無毛の秘部を外気に晒し、ツェツィーリアは俺を見つめてごくりと生唾を呑んだ。

「あれほど、俺のいないところでは露出を控えろと言ったのになあ」

俺のからかうような言葉に、彼女は搾り出すような震えた声で応える。

「そ、それは……そなたが来ると聞いていたから……」

「ほう？　本当に？」

「ほ、本当じゃ……神に誓って……！」

まあ、信じてやるとしよう。

俺はぐるりと周りを回って、いろんな角度から聖少女の裸を観察する。

とろりと白濁した淫蜜が、太腿を垂れ落ちていく。

「も、もう、いいであろう？　こんなところでは、みんなに見られて……」

「みんなに見られそうだから、興奮してぐちょぐちょにしているんだろう？」

ツェツィーリアの秘裂に無遠慮に指を突っ込み、鉤型に曲げて引っ張り上げた。

処女を奪ってから一週間も経っていないので、指一本でもだいぶきつい。

彼女は爪先立ちになって、涙目で俺を見上げる。

聖女の幼いままの膣肉は、愛しそうにきゅうきゅうと俺の指を締め付けてくる。

「あぁぁ……だめぇぇ、だめなのじゃ……神殿で、そんな場所を……」

「さっきからずっとスケベ汁が垂れて、発情した雌の匂いがプンプンしてるぞ。これじゃあ、犯してくれって周りに喧伝しているようなもんだ」

「で、でも……気づいてくれたのは、ディック殿が初めてなのじゃ」

まるで犯されたのが嬉しいと言うような口ぶりだ。

俺は指を抜き、彼女の胸をきつめに揉んでやる。

身体つきは幼いくせに、胸だけはかなりの大きさと柔らかさだ。

軽く愛撫されただけで、ツェツィーリアの口からは蕩けた甘い声が漏れた。

「まさか、処女膜をブチ破ってやっても反省しないとは、困った司教様だ」

「そんなの、妾にとってはただのご褒美なのじゃ」

「じゃあ、今度は後悔するくらいのお仕置きをしてやらないとな」

俺は無理矢理ローブを脱がせ、奪い取った。

彼女は全裸に司教冠、手袋、靴下のみを身につけた服装になる。

なかなかいい眺めだ。

「あああ……真っ昼間の神殿で、他の宗派の者もいるのに、素っ裸なんて……」

淫乱司教は、荒い息を上げて興奮していた。

とろとろと無毛の陰唇から幾筋もの愛液が垂れている。

ずいぶんと喜んでいるようなので、ちょうどいい。

俺は首輪を取り出した。

ツェツィーリアはびくんと腰を震わせる。

平然としたフリをしているが、彼女の手は無意識のうちに首と下腹部に伸びていた。彼女なら喜んでくれるだろうと思って買っておいたが、予想以上だ。

「ディ、ディック殿……それは……？」

「俺は一頭犬を飼ってるんだがな……そろそろ、そいつも友達が欲しかろうと思って」

俺は鎖のついた首輪をゆらゆら揺らす。

ツェツィーリアの視線は首輪に釘付けになっていた。

「どうだ？　お前も俺に飼われてみるか？」

「犬……あぁぁ……ディック殿の、犬に……なる。なるのじゃ……ならせてください、わん」

ほぼ葛藤することなく即答すると、彼女はちんちんの姿勢を取った。

大事なところを全て晒した卑猥な姿勢で、少女は俺に媚びるような視線を向ける。

可愛い。雌犬扱いが実に似合う。

首輪をつける間、彼女はじっと愛情の籠もった目で俺を見つめる。

「ああ……ご主人様、ツェツィーリアは……淫乱聖者ツェツィーリアは、一生そなたの犬なのじゃ。オマ○コでも、お尻でも、お口でも、好きな時に、いつでも、可愛がって欲しいのじゃ……」

「よしよし、いい子だな、ツェツィーリアは」

軽々しく雌犬として生きることを決めた聖者を、俺は優しく撫でてやる。

彼女の股間から、ぷしゅっと潮が吹き出した。

敏感すぎる。

まあ、そういうのも嫌いじゃないけど。

「ちょっと散歩するか？」

「こ、この格好のままでか？」

「そうだな、さすがに全裸に首輪だけじゃ恥ずかしいか」

ツェツィーリアを立たせ、俺は筆とインクを取り出す。

それを見ただけで、彼女はぞくりと腰を震わせた。

手始めに、腹部に大きく『処女』と書いて、その上からバツ印を書く。

くすぐったさと背徳感から、彼女はそれだけで再び軽い絶頂を迎えた。

飼い犬が喜んでくれたようなので、どんどん全身に書き足していく。

『淫乱司教』『露出調教中』『ディック様に女にしてもらいました』『雌犬奴隷』『チンポ大好き』『ディック様専用オマ○コ』『おっぱい見て！』『神様ごめんね、聖者なのに精液便器になっちゃいました』

ハートや卑猥なマークを散らし、最後に太腿に今までのセックス回数分、線を書いていく。

「これで、どこからどう見ても恥ずかしくない、変態雌犬奴隷だな」

「あぁぁ……気が狂いそうなのじゃ……」

「さあ、行こうか。四つん這いは疲れるだろう。二足歩行でいいぞ。その代わり隠すなよ」

「は、はい、ご主人様ぁ……」

ツェツィーリアは嬉しそうに、脚をもじもじと擦り合わせる。

尻尾があったらぶんぶん振ってそうだな。

今度、アナルディルド付きのやつを持ってきてやろう。

というわけで、俺は新しい愛犬と一緒に、ぐるっと共同神殿を回ってみることにした。

ツェツィーリアの首輪につけた鎖を片手に、聖堂内をお散歩する。

とは言え、俺は自分の女の裸を見せびらかす趣味はない。

人の気配を読み、細かくルートを変えながら歩く。

やむを得ず誰かとすれ違うときは、柱の陰とかローブの中にツェツィーリアを隠す。

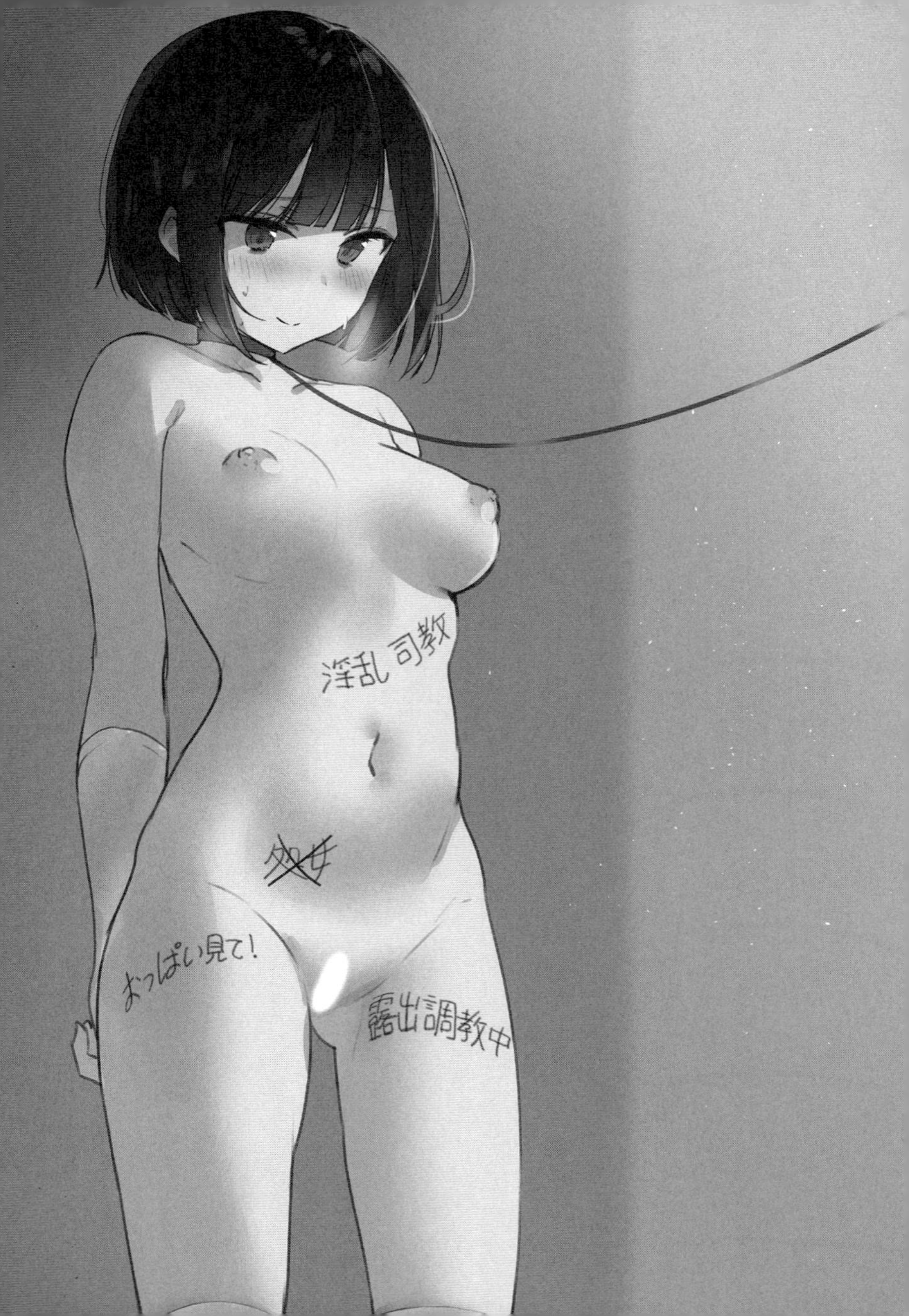
淫乱司教
~~処女~~
おっぱい見て!
露出調教中

相手が通り過ぎるのを待ちながら、ツェツィーリアは俺のローブを握りしめて震えている。

怯えているくせに、興奮を抑え切れないところが可愛い。

「あぁぁ……ご主人様、またイキます！」

人が充分に離れた後で、可愛い俺の淫乱聖女は宣言して絶頂した。

涼しい季節に全裸だというのに、彼女は汗びっしょりだ。

散歩しながら既に何度もイッているし、ずっと発情状態だからな。

「お、向こうに星暦教の聖職者たちがいるな」

「ひぃっ⁉」

ツェツィーリアが隠れようとするのを止め、腰を押さえて動けなくする。

最初は窓越しに小さく見えていただけの聖職者たちが、廊下を回ってだんだん近づいてくる。

自分の部下たちが近づいてくるうちに、ツェツィーリアは声を抑えて絶頂した。

彼女は今にも泣きそうな上目遣いで俺を見つめる。

俺はにっこりと笑って首を振る。

洪水のようになったツェツィーリアのトロトロの膣に、チンポを挿入した。

「んおっ、おほぉぉ――――っ‼」

彼女の口からは、聖者の口から出たとは思えないような下品な雌声が漏れた。

不意打ちの挿入に、喜んでいいのか絶望していいのか分からなくなっている様子だ。

俺は彼女の葛藤を尻目に、使い込まれていない合法ロリマ○コの感触を楽しむ。

「おや、司教様と元賢者様がいたように見えましたけど」

「気のせいだったんでしょうか」

「でも、声も聞こえたような……」

聖職者たちは、目の前で司教のロリマ○コにガッツリと大人チンポを突っ込んでるのに気づかない。

どうやら見られる直前で、ツェツィーリアが空間の連結をずらす結界を張ったようだ。

ずっと声を抑えていたし、時間もなかった。

高速化や無詠唱など、高度なスキルを無駄遣いしてでも隠れたかったようだ。

「は、はやく……っ、はやく行くのじゃ……んぉ、おぉぉ、せっかくのご主人様のデカチンポがぁぁ……」

聖職者たちは不思議そうな様子で去って行く。

ツェツィーリアは口元を押さえ、感じまくりたいのを必死に我慢している。

俺は優しいので、チンポでロリマ○コをゴリゴリ抉って声を出させてやることにした。

彼女の細い腰がびくんびくんと跳ねる。

「あっはぁぁぁ！　極太おチンポ最っ高なのじゃぁ!!」

「まだ早いぞ、淫乱雌犬司教殿」

「あぉっ、お、んっ、ごめんなさいぃ……でも、おチンポよすぎてガマンできないいいぃぃぃ！」

ツェツィーリアの精神集中が乱れ、結界が解ける。

ほとんど見えないとこまで離れてたし、まあいいか。

すぐには人が来そうにないので、遠慮なく聖女の蜜壷を虐めてやることにした。

変態司教のエロマ○コは幸せそうに俺のチンポを食む。

俺は我慢することなく、露出の快感で連続絶頂し続けている聖女マ○コに中出しする。

びゅるびゅる、びゅるごぷっ、びゅるびゅる、びゅぐ、びゅるっ。

「あっはぁぁ、おぁぉぉぉ……せーえきぃ、ご主人様の特濃ザーメンきたぁぁ……んぉ、幸せ……幸せすぎて死んじゃうのじゃ……」

普段の清楚な顔とはかけ離れた、下品なイキ顔だ。

しかし、俺の精液で幸せを感じてくれるのは嬉しい。

狭く幼い膣が、身の丈に合わない極太大人チンポをぎゅうぎゅうと抱きしめているのも可愛くてよい。


すっきりしたので、散歩を再開する。

ツェツィーリアのロリババアマ○コが気に入ったので、俺はチンポを入れたまま歩くことにした。

彼女はほとんど爪先とチンポだけで身体を支えているような姿勢になっている。

「ふおっ、ほ、おぁぁ、振動が、子宮にぃぃ……、イッたばっかりなのにぃ!?」

「ほらほら、頑張れ。あんよがじょうず」

俺は手助けするために、おっぱいだけでも持ち上げてあげることにした。

芯に硬さは残っているが、ムチムチぱっつんぱっつんのロリ巨乳だ。聖女のくせに、こんなエロ乳をぶら下げているとは、けしからんなあ。

「あっ、あっ、おっぱい、おっぱいだめぇ……あ、おっ、おっ、チンポもゴンゴンくるぅ……」

チンポをぎゅうぎゅうと締め、彼女は何度も絶頂する。

さすがに脚がガクガクして倒れそうだったので、ちゃんと身体を持ち上げてやることにした。

M字開脚で結合部を丸出しにし、歩行の振動に合わせて突き上げながら歩く。

「おっ！　おっ、お、おほぉっ！　お、ぉ、くひぃ、だめ、なのじゃ、おっ、んぉ、奥ばっかり、っひぃ、ぃ、おんっ、おぉおっ！」

俺たちは景色を楽しみながら中庭をぐるりと回った。

この季節の庭園は鮮やかな色の花が多くて綺麗だ。

やがて、儀式でも使う神聖な泉にやってきた。

ツェツィーリアを抱え上げて、泉に映った雌犬の姿を見せてやる。

「あ、あ、ふあぁぁ……すごい、妾、こんなにいやらしい姿で、ぶっといチンポくわえこんじゃってる……」

「可愛いぞ」

「お、おんっ、あっ、おぉおっ、嬉しい、んぎっ、ひ、い、い、っひいぃぃ……‼」

自分の淫らな姿を見ながらチンポで奥まで虐められて、淫乱司教は潮を吹いて喜んだ。

その直後、彼女はぶるりと腰を震わせる。

「へぁぁ……あ、あの……ご主人様、どうか、下ろしてくれまいか……」

「どうして？」

「あ、その、ここは聖なる泉なのじゃ……、妾の、その、あぁ……アレで、穢すわけには……」

「なんで？」

「あ……う……」

ツェツィーリアがもじもじと逃げようとするのを、腕とチンポでしっかり押さえ込んだ。

太腿を抱え込むようにホールドして、更に泉へ近づく。

「だ、だめぇ！　本当にダメなのじゃ！　出ちゃうぅ！　お小水が……お小水が出ちゃうのじゃ！」

「そうか」

「あ、あ、あ、ここだけは……、ここ、だめなのに、っく、ふぅぅ……‼」

「だめなことはないさ」

ツェツィーリアはのらりくらりとした俺の返答に、説得不能だと気づいたようだ。

彼女は両手で顔を覆い、絶叫する。

「ああぁぁ、だめえぇぇぇぇ‼　お願いしますお願いしますお願いしますお願いします本当にここはだめなの！　本当に大事な聖なる泉で、お願いしますご主人様なんでもしますからお願いお願いお願い、ああ、だめだめだめいやあああぁぁぁはあぁぁぁぁおおおお――――……、あ、ふはぁぁぁ――――……、あぁ――……、あぁ……らめぇ……」

じょぼじょぼと、可愛いおしっこが弧を描いて泉に注がれていく。

彼女は解放感と背徳感と放尿の快感で絶頂していた。

「あぁぁ――――……、だめにゃのにぃぃ……、おしっこ気持ちよくて止まらないのぉぉ――――……」

放心したまま、ツェツィーリアはぶるりと腰を震わせて最後まで出し切る。

俺は変態司教にそのまま中出ししてやった後、下ろしてやった。

「上手におしっこできたな。えらいぞ」

「ふぁい、ありがとうごじゃいます、ごしゅじんさま」

ツェツィーリアは目の前に突き出された精液まみれのチンポに吸い付いてお掃除する。

何も言ってないのに、よく気づくいい子だ。

「さて、すっきりしたし、そろそろお前の部屋に行くか」

「はい、ご主人様ぁ……」

ツェツィーリアは発情した目でこちらを見上げる。

可愛いわんこだ。

わしゃわしゃと撫でてやると、彼女は悦びに悶えた。

その後も何人かとすれ違ったが、特に危なげなく自室へと辿り着く。

安心したツェツィーリアは、絨毯の上にへたりこんだ。

「はあ、やっといっぱいチンポしてもらって、周りを気にせず声が出せるのじゃ……」

しかし次の瞬間にドアがノックされる。

彼女の部下の声だ。

「すみません、司教」

「は、はいなのじゃ！」

ツェツィーリアは咄嗟にローブを着て、ドアを数センチだけ開けて応対した。

共同神殿の治療所に常駐させる治療師を増やすらしく、各宗派がどんなローテーションで担当するかという趣旨の相談らしい。

隙間は狭いし、この角度なら部下からは見えないかな。

「それは……おっほぉぉ‼」

奥まで一気に貫いた。

あー、あったかい。

ツェツィーリア自身は偽ロリだけど、成長自体が止まっているので肉体年齢相応の高めの体温だ。

頑丈にできているおかげで、凶悪なサイズ差の剛直を乱暴にブチ込んでも大丈夫なのも、聖者のいいところだ。

「司教？」

「なんでもないのじゃ。んんっ、それで、他には？」

ツェツィーリアの下半身は完全にチンポに敗北してヘコヘコと腰を振っているのに、顔だけは真面目な司教面で部下に応える。

面白いので、そのまま本気で交尾することにした。

俺は本能の赴くままに雌肉を貪る。

子宮を突き上げるたびに、少しずつ聖女の仮面が剥がれて嬌声が漏れた。

「っ、く……っ、ふぅぅ……、ぉ……、は……」

「司教？」

「ん、ん、ちょっと、んふぅ……体調が……、おっ、んぉ、少し休んでいれば……」

「そうですか、承知しました。司教様、季節の変わり目ですのでお大事――」

　ツェツィーリアは部下の挨拶が終わるのすら待てずに、慌ててドアを閉めた。

　俺は彼女の脚を持ち上げ、腰を叩き付けた。

　ドアノブにしがみつきながら、彼女は歯を食いしばって声を堪える。

「ん、ん、んくっ……、ん、ん、んん――……」

「もういい。行ったぞ」

「あああああぁぁ、チンポ！　チンポぉ！　ひどいのじゃ、あんなの絶対バレたのじゃ！　ああぁ――……でもチンポすごくいいのじゃぁ……、こんな素敵なチンポにパンパンされたら全部許しちゃうのじゃぁぁ……!!」

「バレてもいいじゃないか。みんなに俺の雌犬奴隷だって知ってもらえよ」

「でも、でもそんなことしたら……んぉぉ、妾は、聖者なことしか取り柄がないのじゃ！」

　ずどんと腰が浮くほど突き上げる。

　ロリ聖女は舌を突き出し、ぶるぶると震えた。

「そんなことはないぞ。お前は美人だし、可愛いし、巨乳だし、マ○コも気持ちいい」

「ふぁぁ……お、お……、おっほぉぉ……」

　一転して優しくツェツィーリアの身体を捏ねくり回す。

　すっぽり抱きしめられた小柄な身体が、俺の腕の中で幸せそうに悶えた。

「司教じゃなくなったら、俺のとこに来いよ」

「ん、んっ、ほ、本気にしてしまうぞ？」

「俺は本気だ」

　俺は貪るように彼女にキスした。

　口を塞いだまま、獣じみた腰振りを再開する。

　ツェツィーリアはとうとう身体を支え切れなくなって、絨毯に崩れ落ちた。

　蛙のような姿勢で這いつくばった彼女を、絨毯に縫い付けるようにチンポで抉る。

　彼女は絶頂し、腰が跳ねた。

「おぁあぁぁぁ、壊れるぅ！　壊れるのじゃ！　凶悪極太チンポで、妾のオマ○コぶっ壊されるぅぅぅ!!」

　抱え込んで乳を揉み、子宮を圧し潰すようにチンポをグリグリする。

彼女はチンポから逃げるように這って前進する。

俺は彼女を追いかけ、容赦なく突く。

彼女は逃げながら何度も絶頂していて、絨毯には巨大なナメクジが這ったような愛液の跡がついていた。

「も、もうだめ……あ、あ、ぁ、イク、イクぅぅぅ……」

「イけよ、雌犬。種付けされてイけ！」

彼女は最後の力を振り絞って、窓を開けた。

窓枠にへたりこむように縋り付きながら、声の限りに叫ぶ。

「妾、星暦神に選ばれた聖女、変態司教のツェツィーリアはぁ！　ご主人様に大人おチンポの味を教えていただいて、ご主人様のおチンポ専用のぉ、ロリ肉精液便所として一生使ってもらうことになりましたぁぁぁ!!　信者の皆さん、ごめんなさいぃぃ、妾は、立派な変態雌犬聖女奴隷になるために、神様じゃなくご主人様に、これから一生オマ○コ奉仕するのじゃあぁぁぁ――――!!」

「ご褒美だ、受け取れ」

「あっはぁぁ!!　あかちゃん袋にチンポきたぁぁ！　最高、大好き！　ご主人様大好きなのじゃ！　んおっほぉぉぉぉ、ふぉぉ――……ご主人様のおチンポ様で種付けされながらイグゥぅぅ!!　イックぅぅぅ――っ!!　んおぉぉほぉぉぉぉおぉ――――ッ!!」

叫びながら、ツェツィーリアは一際大きく絶頂した。

まあ、次元を弄っているので声は外に届かないんだが、本人が盛り上がっているので野暮は言うまい。

マ○コがぎゅんぎゅんとチンポを搾ってくる。

子宮口に押し付け、本気の孕ませ射精を行う。未発達の子宮は大量の精液で溺れ、飲み干し切れなかった白濁液がごぽごぽと結合部から溢れた。

俺の腕にすっぽり包まれて、少女は幸せを噛み締めるように震えた。

「こんなにいっぱい、妾で射精してくれて嬉しいのじゃ」

「喜んでもらえて、俺も嬉しいよ」

彼女は汗びっしょりのまま微笑み、俺にしなだれかかって甘えてくる。

俺はツェツィーリアに優しくキスした。

「うふふ……ずっと好きだった人のモノになっちゃったのじゃ……夢のようじゃ……」

淫乱雌犬奴隷のくせに、可愛い顔で、可愛いことを言ってくれる。

◇  

勃起したので、俺はとりあえず連戦することにした。

これでもかと言うほど交尾した後で、ツェツィーリアとまったりとベッドで戯れる。

俺の上に乗った少女は、俺の胸に頬ずりしながら微笑んで言った。

「ふふ、しかし、艶事以外でもディック殿とご一緒できるというのは、本当に嬉しいのじゃ」

「そうか？　なんで？」

「知っておるか？　初めて会ったのは、そなたが五歳の頃じゃった」

五歳と言えば、まだ親元にいた頃だ。

俺の親は高名な魔術師と魔女だったので、いろんな客が訪れていた。

その中に彼女がいたかどうかは、ちょっと覚えてないな。

「可愛かったの。いきなり妾に俺の女になれとか言って」

「そんなこと言ったのか、俺……あー、確かに美人に会うたびに言ってた気がする」

「風呂に入れてやったときなどは、ずっと妾のおっぱいを揉んでおったなあ」

くっ、なぜ俺は覚えていないんだ。

しまった、魔法が使えれば、自分に記憶鮮明化の呪文をかけられるのに。

あとで巻物で買っとくか。

「そして次に会ったときは、最強の術師、大賢者ディックになっておった」

「あー、そっちは覚えてるぞ。お前は一言も喋らなくて、まんまるに目を開いてほとんど瞬きもしなくて、まるでお人形みたいに綺麗だった」

当時はまさか中身がこんなだとは思わなかったけどな。

ツェツィーリアは、残念だというニュアンスに気づくことなく、照れた様子ではにかむ。

「ふふふ、覚えておったか。そうじゃったのう。だから、二目惚れと言うべきかのう」

「んん？」

「妾はそなたから目が離せなくなって、胸がいっぱいで何も喋れなくなって……幼いそなたを振ったのが、急に惜しくなってしまった」

それもまた初耳だ。

エメリンとの結婚を報告した日、ついでに無理矢理処女を奪ってやったせいで懐いたとばかり思っていた。

さすがにそこまで変態ではなかったらしい。

「言ってくれればよかったのに」

「一介の司教にすぎん妾が、世界最強の大賢者に話しかけろと？」

ツェツィーリアは、何かまぶしいものでも見るような目で俺を見つめる。

うーん、俺はそんな大したもんでもないんだがなあ。

「遠目に見るたびに、活躍を耳にするたびに、憧ればかりが募っていったものじゃ」

「中身がこんなのでがっかりしたか？」

「まさか！　そなたがこんな性格でもなければ、妾などがお近づきになれるわけがないからの」

彼女は謙遜しながら、くりくりと俺の乳首を指で転がす。

ツェツィーリアはかなりの実力者だし、美人だ。

俺くらいの相手なら、ちょっと口説けば堕ちそうなものだけどな。

実際、誘われたら簡単にベッドを共にした自信がある。

「よもや、憧れの英雄とまぐわうことになるとは、思いもせなんだなぁ……」

「今の俺は最強でも賢者でもないぞ」

「最強でも賢者でもなくなったとしても、妾の憧れが嘘になるわけではない」

ツェツィーリアはなんだか恥ずかしい告白をして、俺にキスをした。

そういうものかな。

まあ、俺が逆の立場なら同じことを思うかな。

「俺にとっても、お前と愛し合えるのは光栄なことだと思ってるよ」

「ふふ、あまり過大評価されても困る。妾程度の聖者ならいくらでもいるのじゃ」

「俺にとっては特別なんだがな」

少なくとも、聖者のくせに露出狂の淫乱司教なんて女は、一人しか知らない。

「ふぁぁん……嬉しいことを言ってくれるのう。妾は恋愛耐性激低のクソザコぼっち女じゃぞ、そんなこと言ったら本気にしてしまうぞ？」

俺の胸の上で、ツェツィーリアが照れたように微笑んだ。

なんだか誤解があるようだが、まあ問題ないか。

「仕事の合間に、どうぞ好きなだけ、妾をおもちゃにしてたもれ」

「構わんが、俺はしつこいからな。覚悟しろよ」

「ふふ、重畳重畳（ちょうじょう）。どうか遠慮なくこの雌犬の胎に子種を仕込んで、妾を次代の英雄の母にしておくれ」

では遠慮なく、という気持ちで勃起させる。

腹に当たる感触にどきりとした表情を見せた後、彼女は艶かしく微笑んで俺に跨がった。

◇

勇者たちの出発から、明日で六日目となる。

エメリンの言によると、前回の遠征同様、今回も一週間程度で帰還する予定らしい。

誤差を考えると、そろそろ街に到着してもおかしくない。

到着直後は遠征の疲労が残っており、物資も消耗しているはずだ。

その上、安全地帯に到着した安心感による油断もある。

俺が吸血鬼なら、そこを狙う。

次点で就寝直後を狙うのも有効だが、そちらは群衆を操っての襲撃には適していない。

俺はビン入りの水を直接ラッパ飲みし、緊張で渇いた喉を潤した。

「小細工は積み重ねてきたが……果たして通用するか」

「んっ、ん……、ご主人様なら楽勝ですよ」

テーブルの下からクリスが答える。

主人と性奴隷の間柄とは言え、ずいぶんと俺を過大評価してくれているものだ。

できれば俺も楽観したいが、心配の種は尽きない。

作戦がバレないかとか、予想外の伏兵がいないかとか。

しかし、それ以上に心配なことが——

「テレーゼという吸血鬼の実力の底が測れない。まがりなりにも、勇者を圧倒できる自信がある女だ。どれだけ用心しようと、用心しすぎることはない」

吸血鬼の公女テレーゼについて、スーリンディアたちが持っていた情報は少ない。

銀髪紅眼、美貌の姫。

性格は傲慢で苛烈、寵愛を受けた眷属ですらも、彼女の機嫌を損ねれば即座に滅ぼされる。

最低でも君主（ロード）以上。

始祖（プロウジェニター）、女王（クイーン）などの可能性あり。

公然の場で戦闘へ参加した経験はなし。

クラス、レベル、得意とする戦法など全く不明。

これで対策を取れってのが無茶だ。

「ぷは……でも、ご主人様が負けるはずはありませんよ、れろ、ちゅぱ……」

「どうしてそう思う?」

「どんな雌でも、ご主人様のおチンポには勝てませんから、んっ……んっ」

嬉しいことを言ってくれる。

俺は可愛い愛犬の頭を撫で回した。

クリスは喜んでくれたらしく、フェラにも熱が入る。

彼女は俺のチンポを深く銜え込み、唇から喉まで使って扱く。

俺の陰毛に鼻を埋め、懸命に奉仕する姿が愛しい。
まあ、最終的には彼女の言う通り、チンポ力頼りになるだろう。
しかし、そうなるまでは戦闘能力がものを言う。
都市内では最強の聖職者であるツェツィーリアの協力も取り付けた。
性交の他にも経験値を得るため、主にサエルミアを連れて狩りをやったりもしている。
レベルはだいぶ上がった。
アイテムを揃え、仲間を鍛え、技の引き出しも増やした。
俺はクリスのフェラ顔鑑賞を妨げない程度に、ステータスを確認していく。

《ディック・スティッフロッド》
ティンポ師：レベル19　（残りスキルポイント：0）
【所持スキル】
［男の魅力：レベル5］［精力増大：レベル10］
［経験値変換／性：レベル10］［性技習熟：レベル5］
［男根強化：レベル1］［隷属化：レベル2］
［強化儀式／性：レベル10］［精力変換：レベル5］
［絶倫：レベル5］［強制発情：レベル1］
［精液媚薬化：レベル2］［生殖能力強化：レベル1］
［淫紋付与：レベル2］
【取得可能スキル】
［経験値吸収／性］［耐性獲得］
【所持奴隷】
クリス・トリスクリオス／書記官：レベル24
ツェツィーリア・ナジューム／司教：レベル71
【隷属可能】
エメリン・メリデケイオ／賢者：レベル31
スーリンディア／呪法剣士：レベル47
サエルミア／操影射手：レベル48
【能力特性】
［精液媚薬化］遅延、残留
［淫紋付与］魔力容量強化、術室増設／感度上昇、絶頂禁止、快楽遅延

俺個人の能力は、今のところこんな感じだ。
まず目につくのは淫紋付与だろうか。
初期能力は感度上昇で、レベルアップで二つずつ特性が増える。
この辺のシステムは精液媚薬化に似てるな。
「ふあぁ……ご主人様、もう限界です……」
クリスは唾液でベトベトのチンポに頬ずりし、切実そう

な様子で懇願した。

単にチンポをしゃぶっていただけなのに、彼女は異常なほど発情している。

「じゃあ、『許可』する」

「あ、ありがとうござ……っ、ふあぁぁ――――っ!!」

クリスは俺の言葉を聞くと、指一本も触れていないのに盛大に絶頂する。

ちょうど、今クリスで試しているのが、感度上昇と絶頂禁止の淫紋だ。

彼女はチンポをしゃぶっているだけでイクほど、全身の感度が上昇している。しかし、俺の許可なくイクことはできない、強制寸止め状態にあったわけだ。

「ひ、ひぃ、はひぃぃ……、ふあぁぁ……はへぇぇ……、おなかがぁ……」

「まだ休んでる場合じゃないぞ」

「はいぃ……ご奉仕しますぅぅ……、ん、ふぅ……今度はこちらで……」

クリスは気力で俺の腰に這い上り、チンポに跨がった。

淫紋の浮かび上がった肉の薄い腹を誇らしげに見せつけながら、彼女は艶かしく腰を揺する。

「あぁぁ――……おチンポ、私の気持ちいいところ、全部こすっちゃってますぅ……、んくっ、うぅ――……」

淫紋は子宮の位置に可視化されて浮かび上がり、クリスの得た快楽に応じて怪しく熱を発する。

強化儀式で付与されるオーラよりも複雑で、禍々しくもエロティックな模様だ。

淫紋には感度上昇や絶頂禁止などの快楽特性一個に対し、戦闘特性が一個つけられる。

一つの制約を代償に何らかの強化を一つ付与する挙動は、呪詛系魔法の苦痛刻印に似ている。

刻印と違って快楽特性だけでも付与可能なのが、淫紋の特徴だ。

巻物で召喚したウンディーネに、試しに快楽特性を三つ全て付与して数分後解除したら、発狂して即死した。

正直、ヤバいコンボを組んでしまったと思った。

味方に付与するときは、組み合わせを間違えないようにしなければならない。

これだけ攻撃的なのに、付与には一時間以上の性行為が必要なので、戦闘中には使えないのが本当に微妙だ。

ミスったときには、快楽遅延し、石化させてから解除するのが安全だろうか。

これからは石化の呪物触媒になるカトブレパスの魔石を手放さないようにしないとな。

それにしても、俺もだんだんインキュバスっぽくなっていくなあ。

「クリス、そっちの書類取ってくれ。あと水をもう何本か」

「う、うぐっ……、は、はいぃ……、仰せのままに……、ん、ふあぁぁ――……」

クリスは腰を振りつつ、精神を集中させた。

見えない手に持ち上げられ、書類やビンが飛んでくる。

術者であるクリスが快楽でトびそうになっているせいか、不安定で何度も落としそうになっていた。

念動力で軽い物品を操作する、姿なき従者という呪文だ。

と言っても、クリスが魔法を使えるクラスに転職したわけではない。

淫紋に付与した魔力容量強化と術室増設により、非魔法職にも限定的に魔法が使えるようにしたのである。

魔法職とは、広義には術室と呼ばれる呪文実行領域を持つクラス全てのことを言う。

自由な呪文の発動は、術室がなければ不可能だと言っても過言ではない。

術室を持たないクラスは、呪文発動に厳しい制限がある。

体内において術室以外の場所で呪文を展開できる人間は、今のところ存在しない。

賢者だった頃の俺や、全盛期の俺の師匠ですらできない。

多くの場合、巻物や短杖や呪印石(ルーンストーン)に封入した構築済みの呪文に頼ることになる。

それらは一つの呪文しか発動できない消耗品だ。

ある程度柔軟な呪文発動を望む場合、エーテライトという鉱物で作った薄膜を術室の代用にすることになる。

エーテライトを使った発動では、立体的な展開を必要とする呪文や、大きな構造を持つ呪文は諦めることになる。

また、高価な上に劣化が早いという難点もある。

淫紋で付与できる術室は小さいが、それでも全くないのと比べれば圧倒的に便利だ。

本当は自分に付与したいんだが、淫紋自体が自分につけられないんだよな。

ちなみに、クリスには膣内の精液を利用して仙気を練り、それを擬似魔力に変換する技を教えてある。

できた擬似魔力を蓄積することで、魔法発動が可能になっているというわけだ。

彼女は今のところ、肩こり対策の下級賦活と、擬似的に手を増やす姿なき従者の二つの呪文しか覚えていないが、かなり仕事が捗っているらしい。

「ん、んっ、ご主人さま、おチンポ気持ちいいですかぁ？」

「ああ、クリスはチンポ扱きが上手だな」

「あんっ、んっ、うれしいですぅ……んっ、んくっ……」

俺が褒めると、クリスは腰の動きをだんだん激しくしていった。

ぐぽぐぽと卑猥な水音が部屋に響く。

俺も興が乗ってきたので、書類を片付け、本腰を入れることにした。

「せんぱーい、納品ですよー」

「おほぉぉぉ――――ッ!!　おチンポぉ、おチンポしゅごいぃぃぃ――――ッ!!」

「おう、ケーテか。そこに置いといてくれ」

ケーテはドアを開けたポーズのまま、顔を引きつらせた。

ちょうどクライマックスに入るときだったんだが、なんてタイミングがいいやつだ。

「うわわ、先輩ー、なんでセックスしてるんですか！」

「そりゃあ、お前、男と女がいたら、セックスするだろう。普通は」

「そんな普通、聞いたことありませんよー!?」

クリスはケーテの存在をガン無視して、ぐちょぐちょに蕩けた雌穴でひたすら俺のチンポを貪る。

ケーテは手で目隠ししているくせに、指の間からチラチラと行為を見ている。

そんな中、ケーテのゴーレムが黙々と運び込んでいく。

短杖や特殊弾など、俺が注文しておいた魔法道具だ。

緊急時なので無茶なスケジュールで注文してしまったが、何とか間に合わせてくれたらしい。

よく見ると、ケーテは少し体調が悪そうだ。

彼女の目には隈ができている。

「大丈夫か？　あんまり寝てないように見えるが」

「そうですねー。寝る暇なんて全くないくらい仕事振ってくれたお優しい先輩がいましたのでー」

「おお、悪かった」

ケーテの皮肉に、素直に謝っておく。

彼女は欠伸混じりに愚痴を吐く。

「ふわわぁ……特にあの、沼ワーム魔石……超特大サイズの地質軟化の短杖って何に使うんですか。あのせいで何徹したことか……ふわぁ」

「よかったら、お前も強化儀式受けていくか？　少し楽になると思うぞ」

強化儀式がレベル10になったので、かなり効果が強くなっている。

回復効果が継続してかかるので、眠気はともかく疲労は緩和されるはずだ。

ちなみに、レベル5からは自分にも同時にかかる。かなり便利なスキルになった。

「絶対にいやですー!!　まだ色々と研究したいことがあるので、セックス依存症になりたくないですー!!」

「そうか。残念だな」

ケーテは小柄だし、きつくて具合がよさそうなのに。

そんなことを考えていたら、クリスが泣きそうな顔で見つめてくる。

「悪かった。せっかくのお前のオマ○コなのに、ちゃんと集中してやらなくて」

「いえ……その、お気遣いだけで充分、んっ、あっ、ぁぁ、ふあぁぁ、あぁ――……」

「どうだ？　気遣いだけじゃなくて、腰遣いもあった方が嬉しいだろう？」

「あ、あ、ご主人様ぁ、んっ、大好きですぅ……!!」

クリスは情熱的に俺の唇を吸う。

そして、それ以上の熱心さで下の口がチンポを貪る。

「あー……ではー、自分はこれでー……」

ケーテは注文品を置くが早いか、そそくさと部屋を去っていった。

忙しない奴だ。

毎回セックスが気になっているようだから、たまには最後まで見ていけばいいのに。

「ご、ごしゅじんしゃまぁ……もう、らめぇ、おかしくなるぅ……こんなに、おチンポされてるのに、ぜんぜんイケなくてぇぇ……、あぁ……、あぁぁぁぁ――……、あたま、とけるぅぅ――……、あ、あ、あぁ――……」

おっと、クリスがそろそろ限界だな。

俺も射精したくなってきたし、頃合いだろう。

「そろそろ俺も出そうだ。『許可』するから一緒にイけ」

「はいっ、イキますっ、オマ○コ、イキますぅ、お、ぉ、おっ、んおぉぉ、イクっ、おっ、お、お、イグ、ん、イグ、イグゥぅぅ――……!!」

びゅぐっ、どびゅるるるるるるるるるるるるるるるるるっ、びゅぶっ。

俺の精液がクリスの最奥を叩く。

クリスは俺を抱きしめ、小刻みに痙攣して絶頂した。

ふう、やっぱりクリスとの交尾はいい。期待を外すことはないから、安心して射精できる。

「あぁ……ご主人様ぁ、淫らなメスイヌに、いっぱい、いっぱい精液めぐんでいただき、ほんとうに、ありがとうございます……ご主人様、とっても、とっても、とーっても好きです……」

余韻をたっぷりと味わった後、クリスは身体を離した。

俺は一息ついて水のビンを開け、一気飲みする。

「ふあぁ……ご主人様のおチンポ、いただきまぁーす……んっ、んっ……」

クリスは体液で汚れたチンポに吸い付き、精液や愛液を舐めとる。

丁寧な仕事なので、最高に気持ちいい。

チンポを甘やかされながら、俺は作戦の最終確認を行っておく。

インキュバスに擬装して受け取っておいた手紙により、作戦については推測できている。

テレーゼ以外の戦力はほぼ分析済みだ。

吸血鬼側が取れる対応もだいたい予想できているので、カウンターがかけられるはずだ。

だが、正直な話、俺よりも作戦立案に向いた人材が仲間に欲しかった。

しかし、人数が増えることによる発覚のリスクや、時間制限のことを考えれば我慢するしかない。

「んぅっ、ん……おチンポおいひいれす……んん……」

クリスのお掃除フェラのおかげで、チンポが再びガチガチに勃起していた。

彼女の口マ○コが気持ちよくて、集中できそうにない。

これ以上は考えても仕方ないし、もういいか。

俺はもう一汗かくことにし、クリスの両手をテーブルにつかせ、背後から挿入した。

◇　◇　◇

俺はたっぷりと精液をクリスに注ぎ込む。

彼女は心底幸せそうにため息をついた。

「あぁ……ご主人様ぁ……」

彼女の求めるままに、深く繋がり合ったままキスをする。

彼女の脚がぎゅうっと俺の腰を締め付ける。俺は思わず勃起した。

堪え切れず、そのまま抜かずの九回目を開始する。

これから死闘が待っているからか、いつも以上に体が種付けを求めている。子種を請うような仕草に異常なくらいチンポが反応してしまう。

「くっ、まだ……続けるのか……」

「あぁ……旦那様のおチンポ汁、あんなにいっぱい……」

「ひどいのじゃ……ご主人様のいけずぅ……」

スーリンディア、サエルミア、ツェツィーリアは発情した様子で順番を待っている。

軍服姿のダークエルフの主従は上下に絡み合って膝を押し付け合い、露出狂の司教はあえてきっちりと着込んだ上から自らを弄る。

全裸ではなく着衣の方が俺の情欲を煽れるということを、全員よく分かっている。

「ご主人様、あの、他の方をこれ以上待たせては悪いです

ので……」

「俺のチンポを待たせるのは悪いとは思わないのか？」

俺はクリスを持ち上げ、他の三人に結合部を見せつけながらチンポを出し入れした。

クリスの媚肉を捲り上げる極太の肉塊に、女たちの目が釘付けになっている。

次第にクリスも優越感に酔ったような様子で、見せつけるように腰をくねらせ始める。

俺のチンポ専用に仕込んだ淫肉が、俺に心地よく射精を促す。

彼女の奥まで抉り込み、しっかりと子宮口に押し付けて欲望を解き放った。

「あはぁ……、すごいですぅ、ご主人様の精液、とっても熱いぃ、んあぁぁ……私のために、ふあぁ……、こんな、いっぱい、あぁ、あふれちゃう……んはぁぁぁ――……」

胎を満たす熱を感じながら、クリスも忘我する。

クリスの絶頂と同時に、他の三人にも絶頂許可を出す。

どこか悔しそうに、羨ましそうに、射精のために痙攣するチンポを見つめながら、三人は絶頂する。

クリスは幸せそうにお腹を撫でながら、誇らしげに他の女たちに視線を向ける。

俺は最後にクリスと深く口づけて離れた。


「さあ、全員、嫌というほど犯してやる」

俺は愛液と精液にまみれたドロドロの勃起チンポを見せつけた。

おあずけされていた三人は、競うように群がってくる。

とりあえず、たまたま最初に捕まえたツェツィーリアに挿入する。

俺は座ったまま、彼女に腰を振らせる。

豊かな胸の割に薄めの尻が俺の上で揺れる。

両手にはダークエルフの美女たちが侍る。

俺はスーリンディアとサエルミアの胸を揉みつつ、交互にキスをする。

「おっほぉ……ご主人様のおチンポ、良すぎて、もう、もうっ、お、ぉ、んおぉぉぉ――っ!!」

あっさりとツェツィーリアは気をやった。

俺は我慢することなく、絶頂の波に打ち震える聖女の幼膣に射精した。

精液を貪り啜る淫蕩な聖者の細い腰が、折れそうなほどに仰け反った。

余韻をいつまでも味わって離れないツェツィーリアを、サエルミアが押しのける。

従者に促され、スーリンディアが俺の竿を割れ目に擦り付けた。

「本当に、私が先でいいのか？　それなら、っ、あぁ……遠慮なく味わわせてもらうぞ……、ふあぁ……」

スーリンディアの鍛えられた腰が、戦闘のためではなく交尾のために振られる。

胸もいいが、種付けしたくなるいい尻だ。

うっすらと汗の浮いた褐色の尻が柔らかそうに波打つのを眺めていると、股間に血が漲ってくるのを感じる。

スーリンディアの膣襞が早くも限界を告げるように、きゅうきゅうと俺に甘える。

心地いい締め付けだ。

純血妖精の姫君の雌芯は、すっかり異種族の雄に媚びる手管を覚えたようだ。

俺はスーリンディアの蕩けるような媚肉と、サエルミアのまろやかな乳柔肉を堪能しながら射精した。

「ん、ふあぁぁ――……、大好きな、あなたの精液、子宮に注がれて、っ、ん、んくっ、あああぁぁ――ッ!!」

スーリンディアは深くイキすぎて気を失い、痙攣しながら絨毯に倒れる。

彼女が三人の中で一番早く来て、長い間自分を虐めながら待っていたのだから無理もない。

「ああ、やっと旦那様のおチンポが……」

サエルミアは待ち切れないといった様子で、俺に跨がって抱きついた。

俺は正面からサエルミアのおっぱいを揉みしだき、深く口づけしながら胎内を犯す。

唇も乳もマ○コも俺にぴったりと吸い付いてきて、いい密着感だ。

そろそろ出そうだと思ったところで、背中に柔らかい塊が押し付けられた。

クリスのおっぱいだ。

「ご主人様ぁ、申し訳ありません……我慢できないので、どうか……」

押し殺したような声で、クリスは甘えるように囁く。

彼女は俺の首から耳の後ろまでをべろりと舐め上げる。

ぞくりとした。

完全にサエルミアに包まれた状態で射精準備ができていたのに、うっかり口を離してしまった。

その隙を見逃さず、俺の唇にクリスが吸い付く。

クリスの舌に口内を犯されながら、俺はサエルミアの膣奥で果てた。

「あぁぁ、旦那様ぁ……ふあぁぁ、あぁぁ――ッ!! く、は、はあ……、はあ……、ひどいです、旦那様は私にキスしてくださっていたのに……」

サエルミアが泣きそうな声を上げながら絶頂した。

悔しさゆえか、彼女の淫壷は痛いほどに吸い付いて精液をねだる。

クリスから唇を離して、俺はサエルミアにもう一度キスしてやった。

同時に、イったばかりの媚肉を甘やかすようにゆっくりとかき回してやる。

サエルミアはぞくぞくと腰を震わせ、蕩けそうな笑顔を浮かべた。

さて、全員に一発以上出した。もう一周いくか。

俺は四人を壁に手をついて並ばせる。

スーリンディア、サエルミア、ツェツィーリア、クリスの順番だ。

異なる肉付きの尻が一列に並ぶと、壮観だ。

全員、新たな愛液を割れ目から垂らし、俺のチンポを今か今かと待ち望んでいる。

まずは、スーリンディアのキツマンをこじ開ける。

「くっ、ぅ、ふあぁ――っ！　い、いきなりっ、激しすぎ、あぁぁ――っ！」

二十突いたら、即座にサエルミアへ挿入する。

「んん――っ！　旦那様の、おチンポぉぉ……、ふあぁ、大好きですぅ……!!」

二十突いて、今度はツェツィーリアを責める。

「お、おっ、んほぉ、極太っ、おっ、おチンポが、おんっ、子宮、いぎっ、ひ、潰れっ、んっ！」

更に、二十突いてクリスへ。

「はぁぁ……やっと来たあぁ……、おぉぉ……ご主人様のおチンポぉ……」

そしてまた最初に戻り、スーリンディアを貫く。

「んっ……!!　あ、くっ!?」

スーリンディアは自らも腰を回し、蜜壷に角度をつけてチンポを扱く。

突くときは同時に腰を突き出し、引くときはきつく絞める。

どうやら、スーリはこの複数プレイのルールに気づいたようだ。

いかに短時間で俺をイカせるか、工夫を凝らしている。

しかし、今回もまた射精することなく二十回が過ぎた。

「あぁぁ……あなたの精液、欲しかったのに……」

縋るような甘い声を出すスーリンディアから、愛液でドロドロになったチンポを抜いて、サエルミアへ。

「旦那様のおチンポ汁、ミアがいーっぱい搾って差し上げますね」

サエルミアの淫壷が隙間なく吸い付いてくる。

密着した肉厚の柔肉が、実に気持ちいい。

「あっ、あ、ぶっといおチンポぉ、ふぁ……じゅぼじゅぼ、じゅぼじゅぼ、かき回されて、んンっ……ミアのオマ〇コ、旦那様専用の、異種交配マ〇コにされちゃいますぅ……」

突くたびに彼女は卑猥な言葉で射精を促してくる。

なかなかこみ上げてくる感じだったが、それでも二十では不足だった。

「おっ、お、きたぁぁぁ!! ご主人様の極太チンポぉ！　ああぁ、妾の卑しい変態ロリマ〇コに帰ってきてくださってありがとうございますぅぅぅ!!」

ツェツィーリアもサエルミアに追従するように、卑猥な言葉で盛り上げようとする。

それと同時に、乳首でのオナニーを俺に見せつける。

悪くない。ロリマ〇コなら腰の動きが多少おろそかでも、キツくて扱きやすいしな。

だが、惜しい、まだ足りない。

「あはぁ……ご主人様、どうぞお好きなようにお使いください……」

順番通り、次はクリスを突いてやる。

蕩けた雌肉は普通に気持ちいい。

気持ちいいが、いたって普通のセックスだ。

聡明なはずのクリスが、不思議なことに何も仕掛けてこない。

気づいていないはずがない、何を考えているのか。

「ふあぁぁ……お願い、あなたぁ……今度こそ私に種付けしてぇ……」

「くっ、んンー――……、はぁぁ、交尾ぃぃ……、旦那様のおチンポと、交尾……」

「おんっ、おっ、ぉ、どうか、妾の雌犬マ〇コで性欲処理してたもれ……」

結局もう一周して、再びクリスだ。

俺もそろそろ射精したい。

さっきと同じくらいの刺激なら、スーリンディアかサエルミア辺りで射精しそうな計算だ。

そう思っていたら、クリスの蜜壷には想像以上のキツさが待っていた。

「あぁぁ……ふふ、私の勝ちですね。ご主人様の精液は、私がいただきます」

腹にふわふわしたものが当たる。

視線を落とすと、クリスの尻には尻尾がついていた。

ふむ、魔力充填用のアナルパールか。考えたな。

最初は普通に性交し、二度目はギャップで勝負をかけた。

手番ずつ他の女に回すというリスクはあるが、その賭けに勝ったわけだ。

俺は賢い愛犬へのご褒美に、尻尾を抜き差ししながら突いてやる。

薄い膣肉越しに、硬いアナルパールの感触がいいアクセントになっている。

ちょうど二十回で彼女は絶頂し、俺もまた射精した。

「おっ、お、あおぉぉ……、あぁぉぁ、ご主人様ぁ……ありがとうございますぅぅ――……!!」

クリスが壁に手をつきながらへたりこむ。

この二十回のピストンに全神経を使っていたのだから、無理もないだろう。

尻を突き出し、股間から白濁を垂らすクリスを、残りの三人は羨ましそうに見つめていた。

これだけじゃ可哀相か。

まずは、まだ気が抜けているスーリンディアに挿入した。

「ふあっ⁉　あなたっ⁉」

「お前たちも頑張ったからな。みんなにご褒美だ」

今度は二十回なんてケチなことは言わない。

イクまで何度も何度も何度も、弱いところを突き回し、執拗に胸も揉みしだく。

スーリンディアは脚をガクガク震わせて絶頂した。

ガチイキ姫マ○コの最奥で、たっぷりと射精してやる。

「ふあぁぁ……いっぱい、いっぱい入ってきてるぅ……!!

ああ、孕む……あなたのあかちゃん、孕みますぅ……!!」

「ん、あぁぁ……、旦那様、ミアは幸せです。愛しておりますぅ……」

サエルミアの大好きな子宮口を存分に突き上げて虐めてやる。

彼女の柔膣は吸盤のように俺に張り付き、絶頂とともに収縮して子種を請う。

俺はサエルミアの子宮口にしっかりと鈴口を押し付け、溢れるほどの精液を注ぎ込む。

「んン――……ふぁぁ……、私の子宮、旦那様の子種で、喜んでますぅ……、すごい、いっぱい……んはぁ――……卵子ぃ……せーえきで、溺れて、受精しちゃう……」

「あぁぁ……、ご主人様ぁ、妾はそなたに一生ついていくのじゃ……、おぉぉ……」

ツェツィーリアの幼膣を激しく貫きながら、乳首をきつくつねってやる。

彼女は痛みすら悦んで受け入れ、嬌声とともに潮を吹く。

気をやってきつさを増す聖女の淫裂の中に、俺は遠慮なく大量の子種を注いだ。

「お、お、んぉ、ほぉぉ……、お腹、破れちゃう、あぁぁ、そなたの精液便所になれて、妾は幸せなのじゃ……」

「ひんッ⁉　あ、あ、だめぇ……、ご主人様ぁぁ……今、そんなにっ、あぁぁぁ……そんな、激しく、んんっ、ん、壊れるぅぅ……!?」

クリスが一番上手くチンポを悦ばせたのだから、一番気持ちよくしてやらないとな。

淫紋で絶頂禁止を付与し、子宮への突き上げとともに強制発情のスキルを叩き込む。

胸も刺激しつつ、イキたくてもイケないクリスを更に追いつめる。

たっぷりと肉体に快楽を溜めた上で、禁止解除とともに膣内射精した。

子宮口はチンポに貪欲にしゃぶりつき、膣全体で蠕動しながら精液を嚥下する。

「あ、あ、あっ、イク、イクぅ、イクぅぅ――――……、ひあぁ――――……っ!!」

クリスは子宮を灼く精液の熱を感じながら、より深く絶頂した。

俺は彼女の媚肉の心地いい蠕動を味わいながら、長い射精を終える。

「ひうぅ……、あぉぉ……、も、らめぇ……壊れたぁ……わたし、ごしゅじんさまの、おチンポでぇ、んぉぉ……、こわされちゃったぁ……」

クリスが白目を剥いて崩れ落ちる。

勃起したままの凶悪なチンポが、ずるりと抜け出てくる。

禍々しい肉剣が、次の獲物を求め、天を衝いて脈打つ。

女たちは俺を見つめて、ごくりと生唾を呑んだ。

そこからは本当の乱交状態で、捕まえた雌穴に手当たり次第に突っ込んでは扱いた。

いずれ劣らぬ美女たちが極上の肉体を差し出して懇願し、何度も俺のチンポで絶頂を味わう。

全く萎える気がしなかった。

時間の感覚が失われていく中、俺はひたすら射精した。

気づけば俺以外はみんな倒れていた。

イキ疲れて意識のない四人に、順々にパイズリして顔射していく。

全身白濁まみれで、可愛い寝姿になった。

乱交の最中、スーリンディアとサエルミアの胎内に新しい命が宿ったようだ。

仮に敗北するとしても、彼女たちだけは守らなければ。

愛しい気持ちが湧いてきて、ダークエルフの美姫たちの腹を撫でた。

「さて、これで準備はできた」

全員に儀式強化と淫紋を付与した。
子宮にもたっぷりと陽仙気の素になる新鮮な精液を仕込んである。
罠も得物(えもの)も、用意できている。
あとは、餌を放つだけだ。

第六章　吸血姫テレーゼ

真夜中。

月は高く、南天に昇った。

ナローカントの城門を潜って、フードを目深に被った人影が現れた。

人影は七つ。勇者パーティのメンバーと同じ数だ。

七つの人影を取り囲むように、路地や民家の中から大勢の人々が現れる。

群衆の数は百をゆうに超えていた。

彼らは一様に目が虚ろで、手には棒切れや包丁などを持っていた。群衆に混じって、完全武装の冒険者や衛兵の姿もあった。

フード姿の七人は群衆を見回し、得物に手をかけた。

同時に、重い音を立てて城門が閉ざされる。

それを合図に、屋根の上に隠れていた者たちも姿を現す。

弓矢や杖を手にした冒険者の姿もあるが、その半数以上は人ならざる存在だった。

吸血鬼だ。

血のように赤い双眸、青ざめた唇から覗く牙。

陰鬱な気配を纏った捕食者たちは、七つの人影を睥睨して嘲笑を浮かべた。

黒衣の吸血鬼君主の一団に護られるように、赤いドレスを纏った女がいた。

銀髪紅眼、美貌の女吸血鬼だ。

ドレスの女が手を挙げると、七人の人影に向けて一斉に矢や魔法が降り注ぐ。

閃光や爆煙で視界が覆われ、耳を塞ぎたくなるような轟音が響いた。

しばらくして土煙が晴れる。

三体のゴーレムは、砕けて土くれに戻っていた。

俺はズタズタになったフード付きマントを投げ捨てる。

擬似闘気を流し込んで盾代わりにしていたが、さすがに総攻撃は耐えられなかったようだ。

「残念だったな。勇者ならまだ来ないぜ。代わりに、俺と遊んでくれよ。可愛いお嬢さん」

俺の言葉とともに、スーリンディア、サエルミア、ツェツィーリアもマントを脱ぎ去った。

こちらを見下ろす吸血鬼たちに動揺が走る。

これまで俺はインキュバスに擬装して、勇者たちの帰還タイミングについて虚偽の報告を行っておいた。

勇者が来ると思っていた時刻に、人数と風体が同じ集団が現れたのだから、騙されても無理はない。

一応、バレにくいようにサエルミアの幻術で覆っておいたのも役に立ったはずだ。

吸血鬼たちの第二波が放たれるより早く、街灯一つ一つが真昼の太陽のように輝く。

暴力的な光の放射に、吸血鬼だけでなく人間たちも目を覆った。

光源はケーテに作らせた魔法道具とすり替えてある。

ただの光ではなく、太陽光と同じ波長でツェツィーリアの祝福により聖属性を付与したものだ。

閃光によって作り出された一瞬の隙を利用して、俺の女たちは速やかに動いた。

それぞれの胎内で仙気が練り上げられ、膨大な力のうねりが浅エーテル層に波紋を生み出す。

「対象拡大、射程延長、物質貫通、射線歪曲――」

サエルミアは地面に向けて操影弓を引いた。

番（つが）えられた幻影の矢が、仙気から変換された膨大な魔力を吸って無数の鏃（やじり）に分裂する。

地中を潜行し、建物をすり抜けて迫る矢。

回避どころか視認も不可能な攻撃だ。

足元から現れた矢が、全ての敵の影を同時に貫く。

「――忍術（シノビ・ジツ）、カゲヌイ！」

細く繋がった魔力経路にサエルミアが気を通すと、影矢で貫かれた群衆はぴたりと動きを止める。

とは言え、さすがに吸血鬼や高レベル冒険者には効いていないようだ。

忍術とは東国の諜報クランが得意とする、呪術、仙術、闘気法などの複合技術である。

影縫いは暗示による精神操作幻術、類感呪術、気による影層への肉体の直接縫合の複合技だ。

サエルミアは少々習得に難航したが、ひとたび覚えてしまえば操影弓との相性は抜群だ。

「範囲拡大、威力増幅、二重発動――」

スーリンディアは二つの魔石を閉じた瞼の上にかざし、呪文を唱える。

俺が狩りで入手したカトブレパスの魔石と、ギルド経由で取り寄せた大山猫（リュンクス）の魔石だ。

彼女の詠唱とともに、片目を中心に禍々しい呪術紋様が現れた。

呪術紋様を擬似的な仙蓮華とみなし、彼女は経路を繋いで膨大な仙気を流し込む。

スーリンディアが再び目を見開いたとき、金色のはずの瞳は燃えるような赤に変化していた。

呪物触媒として力を吸い取られた二つの魔石は、ぼろぼろと崩れて風に舞い散る。

「――複合邪眼、カトブレパス・リュンクス」

カトブレパスの邪眼の呪いで、敵は次々に石化していく。

影縫いによって群衆の大半は動くことができず、避けることすらできない。

凝視型の呪いは効果の浸透に時間がかかり、素早い相手には効きにくい。

しかし、リュンクスの透視能力によって障害物を貫通できるのならば関係ない。

逃げることができた吸血鬼や冒険者も、一人一人着実に動きを封じられていく。

残るは魔法防御力の高い、高位の吸血鬼だけだ。

「広域化、高速化、詠唱省略――」

群衆が石化したのと同じタイミングで、ツェツィーリアの魔法が完成した。

使用する仙気は十分の一ほど。

彼女の仙気はこの後の戦闘でも使う予定なので、温存する必要がある。

「――開け、収納領域」

その瞬間、石化した一般人や冒険者たちが、目の前から消失した。

収納領域に取り込まれたのだ。

知らなければ想像だにしないほど、広大な効果範囲だ。

時空を司る星暦神の最高位聖職者ツェツィーリアの面目躍如である。

人間などの生物は通常であれば取り込むことができない。

しかし、石化してしまった人間はただの物体なので、収納することができるのだ。

ちなみに、周辺の建物の中にいる操られていない人々も順次石化、収納する手筈になっている。

戦闘に巻き込まれて民間人が死んだら嫌だからな。

人質の回収を完了したツェツィーリアは、即座に次の詠唱を開始する。

器用なことに、防御用の結界と攻撃用の祝福の同時二重詠唱だ。

さすが、ナローカント最強の聖職者だ。

今も下着を穿いてないようなド変態だが、戦闘では頼りになる。

さて、これで俺も存分に暴れることができる。

俺はクリアになった空間を、ドレスの女めがけて駆けながら、金属杖に仕込んだ直刀を抜く。

少し遅れて、スーリンディアが追従している。

数体の吸血鬼が俺たちの動きに反応した。

金属杖の鞘の魔術的トリガーを引き、内部に装填した短杖から光弾（フレア）を奴らの鼻面めがけて撃ち込む。

　短杖の内蔵魔力を過剰消費することで、光弾には聖属性化と高速化を上乗せしてある。

　吸血鬼が怯んだ隙に、進路を塞いでいた個体だけを斬り捨てた。

　距離八十。

　屋根上より飛来する君主格が二体。

　ブーツに仕込んだ風魔法で空気のクッションを作って、接敵寸前でブレーキ。

　同時に、鞘からまだ弾数の残った短杖を排出する。

　俺は即座に後方に跳ぶ。

　吸血鬼君主の目の前で、短杖が閃光とともに爆ぜた。

　噴出した光属性の純魔力の爆発で、一体は上半身が黒焦げになり、もう一体は片腕を失った。

　旧式の短杖や長杖などを破壊すると、内部に蓄積された魔力が暴発する。

　二百年ほど前には、この現象をあえて狙う、杖折り（スタッフブレイク）と呼ばれる戦法も存在した。

　安全装置のついた新型が考案されて以降、廃れた技術だ。

　短杖から安全装置を取り除き、強制排出すると破損する部品を取り付けることで、杖折りを再現している。

　隻腕になった方と、スーリンディアが接敵する。

　俺は黒焦げ吸血鬼の頭を踏み越え、更に前に出た。

　距離五十。

　屋根に着地した俺を狙って、護衛たちが飛びかかろうとする。

　しかし、彼らは踏み出そうとした姿勢のままピタリと止まった。その影には、矢の形の影が突き刺さっていた。

　サエルミアの影縫いだ。

　距離三十。

　屋根から屋根へと、ブーツの風魔法を二～三度噴かして跳び移る。

　吸血鬼君主やドレスの女が剣を抜くが、もう遅い。

　距離十七、俺の間合いだ。

「呪刃よ、灼け――」

「我は記す、星暦神は我が輩に邪なる者を打ち破らんがための刃を与えたり」

　俺が呪刃を起動すると同時に、ツェツィーリアの祝福によって聖なる力が俺の得物を取り巻いた。

　聖気を纏った雷光が真一文字に閃く。

　取り巻きもろとも、ドレスの女は真っ二つになった。

　次の瞬間、斬り捨てられた吸血鬼たちはまとめて塵へと還る。

　俺は屋根に着地し、周囲を見回す。

スーリンディアとサエルミアが連携して君主を倒すのが見えた。

まだ数体いるが、最も強い個体でも君主までだ。

「やりましたね！」

「さすがなのじゃ、ご主人様！」

喜ぶ仲間たちとは真逆の険しい顔で周囲を警戒しているスーリンディアと目が合った。

「ディック！　避け――」

首筋にチリチリと悪寒がした。

跳躍しても、間に合わない。

自分に向けて風魔法を撃つ。

全力で横に吹き飛び、転がった。

建物が一瞬で破砕され、足場を失う。俺は瓦礫と一緒に地面に叩き付けられた。

痛みをこらえつつ、靴の風魔法を起動して更に転がる。

一瞬前まで俺がいた場所の地面が割れた。

辛うじて二撃目も回避し、膝立ちになって見上げる。

「まあ、そう上手くはいかないよなあ」

空中に、俺の身の丈一つ半の長さがある大剣と、それを握る女の細い手首が浮かんでいた。

手首の周囲には、赤い靄が取り巻いている。

靄は次第に集束していき、一人の少女に変わった。

さっきのドレスの女と、顔立ちや着ている服は似ている。

しかし、その少女は圧倒的な殺気と威圧感、そして背筋も凍るような美貌を持っていた。

銀髪紅眼、月光を思わせる蒼白の肌の、絶世の美少女。

「公女テレーゼ、か……」

「おや……元賢者ディックは死んだと報告があったはずだけど。いやだわ、わたくしに嘘をつくなんて……あの淫魔、殺してしまおうかしら」

吸血鬼の姫君の顕現とともに、場の変質を感じる。

じわり、じわりと死と闇の気配が世界を侵食していた。

ツェツィーリアは額にびっしりと脂汗をかき、何かの重みに押されるように膝をついた。

神の加護が遠のき、聖なる力が薄れていくのが本職ではない俺にも分かる。

街灯がみしりと音を立て、次の瞬間には爆ぜて消えた。

月の光は先ほどよりも冴え冴えとして冷たく、刺すように降り注ぐ。

力を削がれた俺たちと対照的に、吸血鬼たちは活力を取り戻していた。

士気の向上だけでなく、テレーゼの纏った不浄なる気配が眷属たちに力を与えている。

既にこの場所は、吸血鬼の支配圏へと変化していた。

俺の女たちは咄嗟にフォーメーションを組み替えた。

スーリンディア、サエルミアは援護と迎撃に徹し、ツェツィーリアは防御魔法と広域結界による場の書き換えに注力する。

テレーゼは俺の目の前に降り立つ。

俺は彼女の一挙手一投足を注視しながら立ち上がった。

「あいつのことなら許してやってくれよ。俺が代わりに殺しといたからさ」

「あら、ありがとう。手間が省けてよかったわ。手駒も減ってしまったことだし、ご褒美にあなたを眷属にして差し上げようかしら」

吸血姫は無邪気に微笑み、無造作に歩を進める。

「ふふふ、あなたが勇者たちを殺すか、それとも勇者たちに滅ぼされるか……どちらにしても見物ね。見事生き残ったら、わたくしの下僕として飼ってあげる」

「そうかい、奇遇だな。俺もあんたを性奴隷にでもして飼ってやろうかと思ってたところさ」

「あら、面白くない冗談ですこと」

テレーゼは大剣の間合いをとうの昔に通り過ぎ、唇同士が触れそうな距離まで近づいていた。

生暖かい、血の匂いの混じった吐息が俺の鼻をくすぐる。

「わたくしの前に立ち塞がった愚行を、永遠に悔い続けるがいい」

「俺の前を勃たせた愚行なら、後悔するのはお前の方だ」

テレーゼが俺の視界から消えた。

俺は全力で前に踏み出して、彼女の刃を避ける。

テレーゼはゼロ距離から更に数歩踏み込み、後方の俺に向かって斬り掛かっていた。

首の後ろが皮一枚斬られ、ヒリヒリと痛む。

俺を援護しようとする三人は、君主格の吸血鬼に囲まれていた。逆にこっちも彼女たちを助ける余裕はない。

テレーゼの攻撃を紙一重で受け流し、毛筋一本の間合いで避ける。

回避に失敗したら即詰み。

受け損なえば纏った呪刃ごと剣を折られる。

正直、全部見えてすらおらず、三割くらいは勘で対応していた。

「斬り潰したら眷属にできないんじゃないか？」

「首は落とさないでいてあげるわ。手足の五、六本なら、後でくっつけてあげるから安心なさい」

いや、さっき首を狙ってただろ。

それに、人間の手足は五、六本もないぞ。

くだらないことを考える余裕はある。時々軽口が叩けるくらいには目が慣れてきた。

彼女はスピードもパワーも人間を超越しているが、動きのパターンが単純だ。
立ち回りそのものは難しくない。
身体能力を頼った、技術も何もない大振りな攻撃ばかり。
しかも、横薙ぎの際に剣の重みに引きずられてバランスを崩す癖がある。
待っていれば、勝手に隙を作ってくれる。
俺はあえて回り込む瞬間にたたらを踏む。
そら来た、横薙ぎだ。
上手く引っかかってくれた。
脚の力を使わず、ブーツの風魔法だけで宙返りして回避。
着地を待たず、空気の壁を蹴り、聖雷を乗せた平突きを放つ。
極限の集中力で引き延ばされた時間の中で、俺は違和感を覚えた。
なぜバランスを崩す？
最初は手首だけで攻撃していなかったか？
まずい、引っかかったのは俺の方だ。
既にこちらから踏み込んでいる。
引き戻し？　無理。
横転？　次が避けられない。
突き出した剣が、虚空を貫く。

手首と大剣だけを残して、テレーゼは消えていた。
生暖かい息。
痛み。
真紅の瞳が、嗤(わら)う。
「く——……っ⁉」
背後に回り込んだテレーゼが、俺の首に牙を突き立てていた。
食いつかれたまま、俺は強制発情をテレーゼに流し込む。
吸血姫は一瞬ぞくりと身を震わせた後、腹部を靄に変化させた。
気の流れが散らされている。
しまったな。
これなら攻撃よりも回避を優先するべきだったか。
首の肉を犠牲に振り切ろうとした俺を、テレーゼの左腕が捕らえる。
美少女に抱きしめられるのは好きだが、もっとムードを考えて欲しかったぜ。
なんて冗談を言っている余裕もないか。
テレーゼの冷たい舌が、傷口をなぞる。
次の瞬間、ぞっとするような悪寒と痛みを感じた。
血を吸われている。

首から血だけじゃなく生命そのものが引き抜かれているかのようだ。

「うぇ……がはっ、ごほっ……⁉ 何、これ……⁉」

一口吸った後、不意にテレーゼは唇を離した。

咳き込み、吸った血を吐き出そうとするが、上手くいかないようだ。

彼女は慌てて飛び退って手首と大剣を回収し、苦しげにうずくまった。

彼女は穢らわしいものを見るような目で俺を睨む。

「あなた、いったい何を……その血に、何を混ぜたの？」

「聖水だよ」

「馬鹿な……ただの人間が、血を薄めたりして、ただで済むはずが……」

「薄めちゃいないさ。ここ数日、聖別したものしか口にしていないだけだ。まあ、今の俺の体はお前にとっては猛毒と同じってことだな」

ツェツィーリアの協力を得て以降、俺はずっと聖水だけを飲んでいた。

食物も全て聖別してもらってから食べている。

現在、俺の体液の約三十パーセントは聖水になっている計算だ。

「そんな……そのために、わざと噛み付かせたというの⁉」

「まさか。初めてなのに無理矢理されたいわけがないだろ。そういうのは合意の上でやりたいもんだな」

テレーゼは警戒して距離を取り、大剣を構えた。

こちらとしても仕切り直しは歓迎だ。

全速力で突撃されても回避可能な距離を保って、深呼吸した。

不浄のオーラによる圧迫感が和らいでいる。

先ほどの聖水混じりの血が効いている。聖水をかけるのではなく、直接体内に取り込ませたのが大きい。

このままテレーゼが実力を出せないうちに押し切ってしまいたいところだ。

しかし、弱体化していても相手は格上だし、そう簡単には手が出せない。

彼女もこちらをただの雑魚ではなく、得体の知れない雑魚程度には警戒しているらしく、まだ様子を窺っている。

俺たちが睨み合っているうちに、周囲に清浄なオーラが満ちてきた。

「ご主人様ー、ようやく結界が張れたのじゃー」

「よくやった。あとでご褒美だ」

頭上で手を振るツェツィーリアに、手を挙げて応える。

いつの間にか、女たちの戦場は屋根の上に移っているようだ。

どちらが追ってるのか分からない状態だが、吸血鬼の一団と追いかけっこを繰り広げている。

テレーゼの弱体化とツェツィーリアの広域聖別結界で、他の吸血鬼たちも弱体化しているはずだ。

任せておいて大丈夫だろう。

よし、今なら善神の加護が通る。

場の属性が不浄から清浄へと完全に切り替わった。

「高き雲の館の主にして貴き蜘蛛の太刀の主、雷公神よ御照覧あれ。個々に見て封ずる主に、我はここに剣を奉ず」

俺は例によって、誓言と棄教によって、次々に加護を得ていく。

まずは雷公神と陽天神子の加護で動体視力の強化を得る。

微妙に加護の方向性が違うので、この二柱の組み合わせなら重複させることが可能だ。

竃火神女の聖炎付与、尚武神女の反応速度強化——

誓言の途中で、近くの建物が砕けて俺の方に飛んでくる。

テレーゼの攻撃だ。

まあ、目の前で悠長に自己強化しているヤツを放っとくわけがないよな。

瓦礫を回避しながら、仕込み刀にコーティングしたエーテライト薄膜に呪文を書き込んで起動する。

発動させた呪文は、姿なき従者。

俺は念動力の手で保存の鞄から聖水生成の短杖を取り出し、金属杖の鞘に装填する。

瓦礫に紛れながら接近するテレーゼに向けて、俺は短杖を撃つ。

魔力の過剰使用により、起点変更、射程延長を付与。

胡桃(くるみ)ほどの大きさの複数の聖水の雫が、テレーゼの眼前に生成される。

テレーゼは全力でブレーキをかけ、斜めに跳ぶ。

既に、回避予測地点には数滴の聖水の雫を作り出しておいた。

聖水がテレーゼの皮膚に接触し、薄皮一枚を灼いたが、ほとんどダメージにはならない。

狙うべきは目・鼻・口だ。

聖水生成に水滴を射出する機能はない。

しかし、その場に空中生成しただけでも、高速移動するテレーゼにとっては弾丸も同然だ。顔の高さに水滴を生成するだけで、充分な抑止効果がある。

建物の残骸を遮蔽物に、俺は射撃を続ける。

だんだんパターンを読まれ、水滴が接触する前に靄化して避けられるようになってきた。

テレーゼは靄化を駆使しながら瓦礫の隙間をすり抜け、

俺に肉薄する。

テレーゼの大剣と俺の仕込み刀がぶつかる。

しかし、そこに俺はいない。

姿なき従者で浮かせた仕込み刀に、呪印石から起動した呪文で幻影を被せたダミーだ。

俺は静かに背後に回り込んでいる。

強制発情の擬似仙蓮華を全開にして彼女の腰に触れた。

「くっ⁉︎」

テレーゼは即座に全身を靄に変化させる。

俺は靄の中に放り込むように、鞘から短杖を排出した。

短杖が壊れ、聖と水の属性を持った魔力エネルギーの爆発が巻き起こる。

靄は輪状に広がって回避しようとしたが、完全には避け切れなかったようだ。

「ぐ……、よくも……このわたくしに……」

実体化したテレーゼが、腹を抱えてうずくまる。

不意打ちのおかげで、コンマ数秒だけ強制発情の気を子宮に流し込めたようだ。

靄に叩き込んだ爆発も効いている。

吸血姫が憤怒の表情に変わっていく。

彼女が手にした大剣の柄が、みしみしと悲鳴を上げた。

「たかがこの程度で、吸血鬼の女王たるわたくしより優位に立とうなど……思い上がりを、後悔するがいい！」

テレーゼは跳躍し、屋根の上に降り立つ。

彼女はその場にいた君主二体を捕まえ、彼らの首に深く爪を立てた。

君主たちは枯れ木のように干からびていく。

まさか、仲間から……いや、下僕から血液を吸っているのか。

膨大な死と不浄のオーラがテレーゼを中心に放射される。

不浄な血液を大量に取り込んだことで、聖水による不調をかき消したようだ。

場の聖と邪の力は拮抗している。

信仰による加護の書き換えはこれ以上できなさそうだ。

既に得ている加護の効果時間が終われば、一気に不利になる。

ここからは短期決戦で行くしかない。

「ああ……ようやくスッキリしたわ。やっぱりわたくしは最強でないと」

テレーゼがぽつりと呟いた直後。

反応する間もなく、一瞬で距離を詰められる。

俺は咄嗟に彼女の大剣を鞘で受けた。

保持していた闘気の九割までを投入し、鞘を保護。更にカウンターで聖炎と雷を纏わせた呪刃を、大剣を持った腕に突き刺す。

金属杖の鞘が、飴細工のようにくにゃりと曲がる。

俺は吹っ飛ばされた。

地面を数回バウンドし、壁にしたたかに叩き付けられてようやく止まる。

「く……」

右腕と、スーリンディアに折られた治りかけのあばらが数本折れた。

胴が真っ二つになってないのが奇蹟だ。

さっきので闘気がほぼ全部吹き飛んだ。全力で防御して、当たりどころがよくてもこのざまか。

テレーゼは俺の剣が刺さった片腕を引きちぎり、即座に生やした。

千切れた腕は塵に変わる。

カランと音を立てて落ちた仕込み刀を、テレーゼは踏み砕いた。

これはもう、無理だ。

靄化して気を散らされる以上、発情を通す意味は薄い。

生半可な攻撃は再生され意味をなさない。一撃で仕留め得るような方法でなければ無駄だ。

何らかの犠牲なしに勝ちを拾えはしないだろう。

ならば仕方ない。

カトブレパスの魔石を取り出し、折れた右手に短杖と一緒に握り込ませる。

そのまま右手に石化をかければ、少なくとも短杖を落とすことはない。その代わり、魔力を魔石に足さなくても、じわじわと石化が進む。

きついタイムリミットだが、どうせ短期決戦なので諦めるとしよう。

「さて、そろそろつまらなくなってきたし、殺すわ」

「俺を下僕にするんじゃなかったのか？」

「殺す」

「やれやれ、吸血鬼の女王だかなんだか知らんが、ずいぶんと余裕がないな」

「殺す」

問答無用か。

そんなに追いつめたつもりはないんだが。これだから、苦労知らずの箱入り娘は。

再びテレーゼが突撃する。

俺は左でも短杖を抜き、二丁短杖を連射して迎え討つ。

高速発動で合計百発、全弾正面から受けたにも拘わらず、彼女は止まらない。

テレーゼが大剣を振り上げた。

圧倒的な死を目前に感じる。

俺は保存の鞄から最後の短杖を取り出した。

地質軟化の短杖。

重要なのは、これに込められた呪文ではない。込められた属性と魔力量だ。

素材は沼ワームの魔石。

狩りで入手した特大サイズの魔石を砕かず、丸ごと六個直結して作ってある。短杖と言うには無理のある大きさで、充填された魔力量も通常の短杖の二百倍近い。

これが正真正銘、最後の切り札だ。

それを、ただ取り出して、そこに置くだけ。高速で動く彼女にとっては、それだけで回避困難な弾丸に等しい。

「嘘でしょ、待っ――――」

テレーゼは大剣の勢いを止めることができずに、短杖を折った。

その瞬間、純粋な地属性魔力の爆発が空間を満たす。

至近距離で爆発を受けたテレーゼは、一瞬で塵となって消えた。

短杖が折られる瞬間、俺は全精力を擬似魔力に変換し、カトブレパスの魔石に流し込んで自分に石化をかけていた。

石化した体を、エネルギーが通り抜けていく。

実体の岩石や、振動だったら砕けていただろう。しかし、同属性の純粋エネルギーだったおかげで、全くダメージはない。

爆発が収まり、俺は瓦礫の間に転がった。

テレーゼが再生する様子はない。

ギリギリだったが、どうやら俺の勝ちのようだ。

スーリンディアたちの方も勝負がついたらしい。

三人とも無事で、爆心地へと俺を捜しに来る。

「そんな……ディック……、嘘だと言ってくれ……」

「ああ、旦那様……私たちを守るために……」

「せっかく、ご主人様になってもらったばかりなのに……、あんなに気持ちいいことを教えられて、これから妾はどうやって一人で生きていけばいいのじゃ……最後まで酷い人なのじゃ……」

彼女たちは俺の姿が見えないことで、俺が自爆して死んだと思ってしまったようだ。

三人とも、力なく項垂れ、涙を流している。

まいったな。この状態だと、話しかけることもできない。

石化して保護色状態の俺を見つけてくれるといいが。

と思っていたら、ツェツィーリアが気づかずに俺の頭に座りこんでしまった。

半身が彼女のローブに覆われたせいで、他の二人も気づかない。まずい、速やかに退いてもらわなければ。

「ん、んっ……ご主人様ぁ……」

ツェツィーリアが、俺の鼻に自分を擦り付け始めた。

あ、こいつ分かっててやってるな。

たぶん、楽しんだ後で助けてくれるつもりだろう。しかし、お仕置き確定だ。

やれやれ、それにしても、酷い犠牲だった。

せっかくの貴重な戦利品——美貌の吸血姫を塵にしてしまうとは。

まあ、まだ回収する手はあるけどな。

数分後、ツェツィーリアの様子に気づいたスーリンディアたちのおかげで、俺は無事に治療されたのだった。

吸血姫テレーゼは、白絹の褥（しとね）を敷いた黒檀の棺の中で目を覚ました。

やや寝ぼけた様子で伸びをし、ゆっくりと身を起こす。

「ああ……酷い目に遭った。賢者は異常だって話には聞いていたけど、賢者をやめてもまだ異常だなんて、聞いてないわ……あれ？　何これ、わたくしの棺じゃないわ」

テレーゼは訝しげに棺の縁をなぞる。

無理もない。そこそこ値の張る黒檀の棺だが、既製品だ。吸血鬼の貴族の寝床なら、もっと高級なオーダーメイド品を使っていることだろう。

不意に、テレーゼは俺の気配に気づいて振り返った。

目が合ったので、にっこりと笑う。

「やあ、お姫さま。お目覚めのキスは効いたかい？」

彼女は惚けたような顔で、俺を見つめた。

次第に、その表情が驚愕へと変わっていく。

「いやあああああ、どうしてあなたがここに!?」

「どうしても何も、ここは俺が拷問用でギルドに借りてる部屋だからな」

聖属性や太陽光でトドメを刺したわけではなかったので、テレーゼが滅びていないのは分かっていた。

塵にされてもすぐに復活できるように、高位の吸血鬼は本拠地に不浄なる力を満たした棺を用意しているものだ。

そのままにしておけば、テレーゼは魔王国の領地で復活するはずだった。

テレーゼの塵がツェツィーリアの結界で隔離されているうちに、俺が新たな棺を用意して不浄な力で満たした。

周囲が聖なる場だったので、待っていれば勝手に不浄な場所に塵が集まってくるという寸法だ。どことなく、蜜を木に塗ってカブトムシを獲っていた少年時代を思い出す。

テレーゼの塵を集めた後、のんびりと回復を待っていたというわけである。

蘇生したばかりの吸血鬼は、能力が激減する。

蓄えた血の力も失い、肉体の維持で精一杯だからだ。

加えて言うと、今は昼間なので、吸血鬼は真価を発揮できない。

それでもテレーゼは君主級の力を持っているようだが、残念ながら、俺は吸血鬼君主くらいなら目を瞑っていても勝てるんだよな。

「さて、昨晩言った通り、性奴隷にして飼ってやる」

俺の宣言で、テレーゼの表情は恐怖に染まった。

彼女は即座に飛び退き、逃げ出そうとした。

「痛っ……あぁっ!?　な、なんで……!?」

ドアノブを触った瞬間、彼女はまるで火傷したかのように手を離す。

まあ無理もない。

この部屋のドアノブは銀製で、ツェツィーリアによって聖別済みだ。

テレーゼは脚を振り上げ、ドアを蹴破ろうとする。

俺は足首を捕らえ、そのまま宙吊りにした。

「離しなさい、この下郎！」

彼女は宙吊りにされたまま俺を蹴ろうとするが、簡単に受け止めることができた。

昨夜の動きと比べると格段に遅く、威力もない。

テレーゼは高レベル始祖吸血鬼だが、一度塵になるまで破壊されて復活したばかり。

一方、こちらは低レベルのただの人間だが、しっかりと休息して各種強化を万全にしてある。

その差は歴然だ。

テレーゼは靄化して俺の手をすり抜けた。

赤い靄はドアや壁の隙間から逃げようとして、ウロウロと彷徨う。しかし、部屋には結界が張ってあるので、どこからも脱出することができない。

俺は慌てることなく戸棚から霧吹きを取り出し、中に入った聖水を部屋じゅうに噴霧する。

靄は苦しそうに悶え、棺に逃げ込んだ。

そこが一番不浄な場所だから、少しは楽なのだろう。

棺の中で縮こまるように、テレーゼは実体化した。

「聖水なんて、高位の吸血鬼には大したダメージでもないんだろ。少しくらい我慢すればいいのに」

「あなたは体中に無数の針を刺されて平気でいられる？」

靄化しているとそういう感覚になるのか。

どうりで、この方法を使うと低級の吸血鬼がすぐに姿を現すはずだ。なかなか勉強になるな。

テレーゼも本来なら耐えられるのだろうが、弱体化が著しい現在は、ただの聖水すら深刻な苦痛なのだろう。

さて、余興はこれくらいにしよう。

始めるか。

俺はチンポを出し、棺に入ったままのテレーゼの両脚を蛙のような形に押さえつける。

テレーゼの顔が恐怖に歪んだ。

彼女はじたばたと暴れるが、俺を押し返すほどの力はないようだ。

「ぶ、無礼者！　わたくしを誰だと思っているの⁉」

「誰って、雌だろ？」

体重をかけて押さえ込んだまま、下着をずらす。

綺麗なピンク色の肉を割り開くと、処女膜が見えた。

さすがに、未来の王妃候補だけあって、遊んだりしてはいないようだ。

俺にとってはラッキーだな。

全く濡れていない秘裂にチンポを擦り付けた。

先走りくらいはサービスして塗り込んでやろう。

なかなか柔らかく、いい感触だ。これは期待できる。

「う、嘘でしょ……おやめなさい！　わたくしは吸血鬼の中でも最も尊いカリマール家の創始祖ナーフルの愛娘よ！　ゆくゆくは全吸血鬼、全魔族の女王になるはずの女なのよ！　下等な人間の穢らわしいモノを押し付けないで‼」

「そういうリアクションを待ってたんだ。せっかく吸血鬼の貴族を犯すんだからな」

「おのれ、劣等種ごときが！　言うに事欠いて、なんという侮辱を！」

「ああ、もういいよ。堪能したから犯すわ」

俺はお構いなしに、テレーゼを貫いた。

きつい肉をこじ開けていく、処女特有の感覚。

異物を排除しようとして、か弱い膣肉が押し返そうとしている。

俺のチンポにとってはただ気持ちいいだけだ。

女の子にとって一生に一度だけの大事な思い出を忘れることがないように、テレーゼをゆっくりと開通させる。

「あっ、あああぁぁ……、い、いや、痛い……、痛いっ‼　っ、ぐ……うぅ……いや、いやぁ……‼」

そりゃあ痛いはずだ。

処女を破ったことももちろんだが、挿入しやすいようにチンポに聖別した油を塗ってある。

傷口に塩をすり込まれているようなもんだろう。

「あ、ああ……わたくしの、初めてが……こんな、下劣な人間なんかに……」

奥まで押し込んでやったら、ようやく喪失の実感が湧いてきたらしい。

こういう反応は好きだ。圧倒的に格上の存在として生きてきた相手を、理不尽に蹂躙するのは気持ちがよい。

でもまあ、それも十分に堪能したから、いいや。

今度は肉の感触を堪能するとしよう。

テレーゼの悲嘆を無視して、俺は杭打ちするように彼女の中を抉る。

処女血を潤滑液代わりに、テレーゼの肉壷をかき回す。

狭さとキツさは良好。吸い付き、喰らいつくような感触はさすが吸血鬼のマ○コか。

まだ若く堅い肉なので、こなれて濡れやすくなった頃が楽しみだ。

時折、無理矢理根元まで突き込んで、俺の形を覚え込ませる。

「いや、やめ……っ、痛い！　痛い、痛い！」

めちゃめちゃに何度も突くと、テレーゼは痛みを訴えた。

弱点属性のチンポを入れられているのだから、突くたびに受ける苦痛は想像を絶する。

しかも、吸血鬼は気絶も無効なので、気を失うこともできない。

彼女は引っ掻いたりしてくるが、闘気などで防護してるのでほとんど痛くないし、かすり傷にしかならない。

処女レイプを堪能するための、スパイス程度の役割しかない。

まあ、それが大事なんだけどな。

興奮した俺は、遠慮なく彼女の身体を好き勝手に貪る。

「よし、そろそろ出すぞ」

「んっ……、ん……く……、な、何……？　何を……？」

おや、反応が悪いな。

もしかすると、よく知らないのか。

箱入り娘はこれだから困る。

俺が親の代わりに、ちゃんと性教育してやらないといけないな。

「これからお前の胎の中に精液を流し込んで、子供を孕ませる。可愛い半吸血鬼（ダンピール）を産んでくれよ」

「え……あ、あ、嫌、嫌！　抜いて！　今すぐ抜いて！　いや、ダンピールなんて嫌！　わたくしはカリマール家の純血の始祖なのよ!?　いや、いやぁ……あなたのあかちゃんなんて欲しくない！」

慌ててテレーゼは本気の抵抗を始めた。

こうじゃなきゃ、異種強姦初中出しじゃないよな。

俺はしっかり腰を捕まえ、こそばゆい抵抗を続ける吸血鬼の姫君の子宮に狙いを定める。

亀頭で子宮を徹底的に痛めつけていると、射精感が昇ってきた。

俺は体重をかけてテレーゼを逃げられないようにし、根元まで突き込んでチンポと子宮口をキスさせる。

「いや、嘘、助けて……、お父様、お母様、助けて、誰か、誰か……いやあぁぁぁぁぁああっ‼」

びゅるびゅるびゅるびゅるっるるる、びゅるるるるる、びゅぐびゅるびゅぶどぷびゅるるるびゅぷ、びゅる、びゅるるるっ、びゅるる、どぷ、どぷ、びゅっ。

一瞬気が遠くなりかけるくらい、大量に出た。

交配可能な異種族に無理矢理種付けするのは、何度やっても興奮する。このために冒険者をやっていると言っても過言ではない。

「い、ぎぃぃ……中に、中に何か入ってくる……⁉　出て行って、お願い、来ないで……‼」

血液ほど濃くはないが、体液全てに聖水が混じっているので、精液を受け止めるのが辛そうだ。

聖水に灼かれる痛みで精液がどこまで入っているのかも分かるのだろう。

しっかり腹に収まったのを確認して、彼女の脚を下ろしてやる。

黒檀の棺に、放心した表情の銀髪の絶世の美少女、乱れた真紅のドレス、股間から溢れる鮮血と精液。

素晴らしい光景だ。

とても股間が元気になる。

「嘘……、このわたくしが……下等な人間なんかに、穢された……？」

「まだたった一回だぞ。しかも身体しか穢れてない。穢されるのはまだまだこれからだぞ」

「あ、ぁ……いや、いや、もう嫌、痛いの嫌！　気持ち悪いの嫌！」

処女肉を喰らい、精液にまみれたチンポを見せつける。

テレーゼの痴態を見て、既に俺の相棒は鋼の刀のように硬く反り返っていた。

凶悪に鎌首をもたげる俺のチンポを見て、彼女は怯える。

美少女に本気で嫌がられながら無理矢理ヤるのは、実に楽しい。人間にやったら犯罪だが、相手は吸血鬼だから安心して陵辱できる。

「ひぎぃっ⁉」

テレーゼの片脚を持ち上げて、側位で挿入した。

さっきの体位より腰と腰が密着して、深窓の姫君の柔肌を更に楽しめる。

ああ、可愛らしくていい脚だ。

ふくらはぎに歯形がつくほど噛み付いてやると、彼女のマ○コがきゅっと俺を締め付ける。

「痛い……それ、痛い……やめて！」

「お前だって俺に噛み付いたじゃないか。おあいこだろ」

脚に甘噛みしてやりながら、腰を動かす。

中出しした精液のおかげで、さっきより動かしやすい。

いきなり激しくテレーゼを責め立てる。

処女を失ったばかりの、傷ついた少女の膣で好き放題にオナニーするようなイメージ。

ぶっぽぶっぽと卑猥で滑稽な音が部屋に響く。

「あああ……あぁぁ……、やめて、やめて……もう、入れないで！　お願い……本当に痛いの、気持ち悪いの！」

「そうか。でも俺は気持ちいいから、仕方ないな」

「ひぃぃ……⁉　いや、いやぁ……また出した⁉　だめって言ってるのに‼」

射精しながらゴツゴツと子宮を突き上げる。

二回目の射精だが、溢れるほど出た。

テレーゼは、がりがりと棺に爪を立てて悶えた。

「いや……、精液いや、痛い、痛い、痛い、痛いぃ……‼　お腹が、中から灼かれる……、殺される……‼」

「死なないように加減するから安心しろ。滅ぼすと楽しい時間が終わっちゃうからな」

「くぅぅっ……‼」

テレーゼの青白い顔が更に青ざめる。

今更ながらに、俺に生殺与奪を握られていることを思い知ったのだろう。


さて、三回目だ。

テレーゼに挿入したまま脚を離し、ケツを高く上げさせて後背位になる。

屈辱的な体位のはずだが、もはやそういうことに反応する余裕や繊細さがなくなっているようだ。

ちょっと残念なので、楽しむためのスパイスが必要だ。

パンと尻を叩く。

真っ白な肌に、わずかに赤い跡が残った。

「い、痛い！　痛い！　やめて、ひどいことしないで！」

「悪いな。ひどいことしかする気はない」

「い、いや……まだやるの⁉　やだぁ……お願い、許して、お願い……‼」

腰を強く尻に打ち付け、パンパンと音を立てる。

まだ硬さの残る肉の薄い尻が、突くたびにふるふると震えるのが可愛らしい。

強めに突くたびに、姫君の淫肉は男に媚びるように締め付けてくる。

「ごめんなさい、ごめんなさい……、ごめんなさいっ！　わたくしが悪かったから、もうしないで、お願い……お願いよ……、許して……」

「おいおい、心が折れるの早すぎだろ。お前が雑魚扱いしてたダークエルフはこの十倍以上でも耐えたぞ」

「うああ……なんで、なんでわたくしがこんな目に……」

「マ○コがついてるからだろ。うぅ……よし、出すぞ」

子宮口に亀頭を押し付け、溜まっていた欲望を解き放つ。精液を嫌うテレーゼの心とは裏腹に、彼女の身体は子種を歓迎するかのように吸い付いていた。

「あ、あ……また、また精液が……なんで……、ダメなのに……、もう、嫌なのに……」

テレーゼは屈従の姿勢のまま、絶望したように中出しを受け入れる。

棺にぽたぽたと涙が落ちた。

「う、ううぅ……いやぁ、許して……お家に帰して……」

当然だが、まだ許すつもりはないし、帰してやる気も毛頭ない。

抵抗の少なくなったテレーゼを持ち上げ、ベッドに運ぶ。

さて、このまま完膚なきまでに叩きのめして、チンポには絶対敵わないことを教えてやらないとな。

◇　◇　◇

「あぁ……痛い……、痛いのにぃ……、なにこれぇ……」

十回ほどの中出しを終えた頃、遅延していた媚薬精液が効いてきたようだ。

本来、吸血鬼には毒・薬物への耐性があるが、聖属性化することで耐性を貫通している。

どうせ精神攻撃耐性に加えて再生も持っているので発狂の心配はないし、気にせず残留特性も乗せておいた。

遅延特性は一時間に指定していたので、同時にそろそろ淫紋の条件も達成された頃だろう。

さっそくテレーゼに感度上昇の淫紋を付与する。

「ひぃぃぃぃっ⁉　何、何をしたの⁉」

テレーゼの膣がぎゅうっとチンポを抱きしめる。

たっぷりチンポで虐められ、薬で快楽の扉をこじ開けられた雌肉は発情し、男を求めていた。

姫君の蕩けた淫芯を、反りとカリを駆使してゆっくりと擦ってやる。

「あ、あっはぁぁぁ……、うそ、何、ひ、ぃあぁぁぁ……何これ、体が……ん、んひぃ、ぁぁぁ……」

テレーゼの媚肉が、嬉しそうに涎を垂らして俺のチンポを歓迎する。

体の準備も整ってきたようなので、もう一押しだ。

子宮に押し付けた状態で、フルパワーの強制発情を叩き込む。

「いっ、ひ、あぁぁぁ――、や、やめて、っあぁぁ――⁉　う、嘘、なんで……気持ちいいの、っく、つ、ぐ……ふ、ふぅぅぅう、あぁぁぁ――――……!!」

テレーゼは強烈な快楽に戸惑いながらも、抗うこともできず嬌声を上げる。

王妃候補として大事に育てられてきた箱入りお嬢様にとっては、初めての感覚だろう。

俺は緩やかにストロークしながら、テレーゼの感じやすい場所を探していく。

「あ、あぁ――……、ひぃ、いやぁ――……、気持ち悪いはずなのに、どうして、ん、んっ、あぁぁぁぁ、何か、っ、くぅ……来るぅぅ、んひぃぃぃ――……っ!!」

口では嫌がっているのに、吸血鬼の姫君は無意識に腰を振ってチンポを貪っていた。

その動きに合わせ、俺は彼女が欲しがっている所を優しく突いてやる。

戸惑いつつも甘く喘ぎながら、テレーゼは昇り詰め、果てる。

「あぁ――……、や、だめ、精液……んん――っ！　だめ、今注いじゃ……あぁぁぁ……いってるからぁ……だめぇ、子宮がぁ……精液の味、覚えちゃう、っぐぅ……あぁぁぁ、イク、イク、ん、イグぅぅぅぅ――……!!」

即効性に切り替えた媚薬精液をたっぷりと注ぎ込んでやると、テレーゼは一際甲高く鳴いた。

ちゃんと苦痛だけでなく、快楽も感じているようだ。

絶頂の味を覚えたばかりの彼女に、密かに絶頂禁止の淫紋を付与する。

ようやく第二段階の開始だ。

彼女の弱点をカリで擦ってやりながら、準備を始めた。

注射器と小壜。

ビンの中には、性愛神の聖薬が入っている。聖属性ではあるが、効果は言わば性なる薬だ。

ピンク色の液体を注射器で吸い上げる。

テレーゼはそれを見て怯えた表情を浮かべた。

「怖がらなくていい。もっとセックスが好きになる薬だ」

「あぁ……やめてぇ……、これ以上、わたくしに、変なことしないで……」

構わず彼女の右乳首に針を突き刺す。

四分の一ほど薬剤を注入すると、早くもむくむくと乳首が充血し、勃起してきた。

小ぶりながら美の結晶のような乳房の上で、淫らに変異した乳首と乳輪がアンバランスに存在を主張する。

針を抜くときに溢れた雫を舐めると、かすかに痺れるような甘さを感じた。

「っ、ぎぃぃぃぃぃぃ――!?」

テレーゼは獣のような悲鳴を上げ、背筋を反らせる。

若膣は痛いほどに俺を締め付けてくる。

さすが、処女でも一日でチンポ大好き神殿娼婦になれるお薬だ。

そのまま左乳首に同じ量を注射し、最後にクリトリスに針を差し込む。

「だめ、そこはだめ、絶対だめ……、壊れるぅぅぅ……っぎひぃぃぃぃ——!?」

さすがの箱入りお嬢様も、クリトリスがどんな場所かは知っていたようだ。

しかし、俺は懇願を無視して続けた。

乳首の倍の量の聖薬を注入し終えると、小さな快楽の蕾が勝手にズル剥けになって頭をもたげてきた。

強制勃起させられたクリトリスに、結合部から漏れた精液を塗り付けてやる。

「っ、いぅ——……!? ぐ、ぃ——……!?」

ベッドを軋ませ、テレーゼの身体が跳ねた。

常人ならほんの数秒で発狂してしまいそうな悦楽を流し込まれながら、吸血姫は狂うこともできずに悶える。

勃起した乳首を捏ねくり回しながら、俺はゆっくり抜き挿しを開始する。

襞のうねりがすごい。

入り口、中、奥、それに子宮口も合わせて熱烈にチンポを求めてくる。

気を抜くと根こそぎ搾り取られそうだ。

「あぁぁ——……っ、あはぁ——……、来る……あぁぁ、来る……、んん……なんで、あぁ——……、来てよぉ……、ふぇ、ぅ、あぁぁ——……」

テレーゼは掠れて裏返った声で喘ぎながら、絶頂直前のような痙攣を繰り返す。

淫紋のせいでイキたくてもイケないのが、相当な苦痛になっているようだ。

彼女は必死で腰を振って、俺のチンポに縋り付く。

俺は遠慮なしに、強烈な快楽を享受しながら射精する。

テレーゼの表情が一瞬だけ歓びに染まる。

精液を受けて、彼女は一緒に絶頂に押し上げられるのを期待していたようだ。

しかし、結果として彼女だけが取り残され、狂ったように頭をかきむしる。

「あぁぁ、あぁぁぁぁ、頭がおかしくなる、どうしていけないの……、いってるはずなのに、何度も何度もいってるはずなのに……」

「いってないなら大丈夫ってことだろ」

俺は適当なことを言って、すぐに再開する。

解放を求めてチンポに縋り付いてくるマ〇コに、たっぷり施しをくれてやる。

彼女の密壺は涙を流して悦んでいるが、テレーゼの目からは苦痛の涙が流れ落ちていた。

「あぁ、やめて……んん――……っ、いや、やめないで、もっと強く……ああ、なんで、もう少しなのに……ふぅ、あぁぁ――……!! 犯して……もっと犯しなさいよ……、あぁぁぁ、もうちょっと……あぁ……」

苦悶しているテレーゼの哀願に応え、射精と同時に許可を与える。

俺の射精のリズムに合わせるかのように、彼女の淫腔が悦びさざめき、より多くの精を搾り取ろうと収縮する。

「あああぁぁぁ、嫌、イクぅ――……、下等生物に種付けされてるのに、イク……、いや、イクぅ……ん、ぐぅぅ、屑人間なんかにぃ、お腹の奥まで穢されて、あぁぁ、イク、イクぅぅ――……っ!!」

テレーゼは脚を開いて俺を深く受け入れ、苦痛なはずの中出しを請い求める。

俺が抜こうとすると、脚を腰に絡め、自ら性器を密着させてくるほどだ。

深く繋がったままキスをすると、彼女は無意識に舌を絡めてきた。

ギザギザした牙を丹念に舐めてやると、恍惚とした表情でお返しとばかりに俺の口腔に長い舌を挿し込んでくる。

たっぷりと舌を絡めた後、口を離す。

ねっとりとした唾液が、俺とテレーゼの間に糸を引く。

口を離してもなお、彼女の舌は虚空を舐め回し、俺を誘おうとする。

俺は余韻でぼうっとしている彼女に告げた。

「さて、最初は一回。次は二回だった。その次は四回……あとは、分かるな?」

「え……」

テレーゼの表情に理性が戻ってくる。

俺が何を言っているか理解し、恐怖と快楽に引きつった表情を浮かべた。

「さて、テレーゼちゃんは何時間で壊れるかな」

「え、え、うそでしょ……死ぬ、そんなの、絶対死ぬ……」

「永久に俺の奴隷になるって誓うならやめてやる。ただし、奴隷の中でも最底辺だ。新しい奴隷が加わっても、ずっと最底辺の待遇だからな」

「うあぁぁ――……、そんな、奴隷なんて、いやぁぁ……、わたくしは高貴な……あはぁぁぁぁ――……、吸血鬼の姫なのに……」

まあ、嫌なら延々寸止めが続くだけだ。

俺はテレーゼへの責めを再開し、精液でドロドロの蜜壺をかき回し始めた。

「申し訳ありませんでしたぁ……低劣なメス吸血鬼の分際で偉大なオス人間様に逆らったわたくしが愚かでした」

通算五十回を越え、性愛神の聖薬も二回追加した。

本気で宣言通り壊しにかかる俺に、とうとうテレーゼの心が折れた。

傲岸不遜な最高位吸血鬼の姫は、全裸靴下で土下座して俺に赦しを請う。

「もうオス人間様には、絶対に逆らいません。何もかも、あなた様の仰る通りにいたします」

「それで？」

俺は頭を踏みながら続きを促す。

かなりの屈辱なはずだが、テレーゼはもはや逆らうことなく受け入れる。

「お願いします。ご主人様の偉大なおチンポ様で、卑しいわたくしのオマ○コを犯して、一度でいいのでイかせてください」

「どうせイッたらまた反抗的になるんだろ？」

「絶対服従します。信じてください。おチンポ様には絶対に敵わないことをオマ○コの奥まで教育していただきました。未来永劫、ご主人様のティッシュ代わりの性欲処理奴隷としてお仕えします」

テレーゼの宣言を聞いて、ステータスを見た。

昨夜の戦闘に加えて、テレーゼとの性交経験でレベルが上がっていたので、隷属化のレベルを上げてみる。

まだステータス上は隷属可能じゃないな。

しかし、彼女の様子を見た感じ、嘘は言っていない。

心が折れて、必死で媚びているのが分かる。

単にスキルに設定された隷属条件を満たしていないだけだろう。

まあ、鞭ばっかりじゃ従うものも従うまい。飴もくれてやるか。それでつけあがるようなら、今度は百発分は耐久させてやる。

「あぁぁ――……、ご主人様のおチンポ様が、ありがとうございますぅ……ありがとうございますぅぅ――！」

プライドを捨てて媚びる吸血姫に、土下座させたまま、チンポでご褒美を与えた。

彼女は俺が動きやすいよう尻を突き上げ、チンポに合わせて腰を振る。

「う、うっ、イクぅぅ――……、イクっ、いかせて……、お願い、おねがいします、いかせてぇぇ――……、あぁぁあぁぁぁぁ、頭おかしくなるぅぅぅ……・早くうぅぅぅ、いかせてぇぇぇ――……!!」

本来なら触れることもできない高貴な身分の美少女が、俺のチンポで本気で乱れる姿に射精感がこみ上げてくる。

俺はテレーゼを開脚させて持ち上げ、背面座位の体勢にして姿見に向けた。

姿見の前には記録用の魔法道具も置いてある。

彼女に自分の痴態を見せつけるように、チンポで蜜滴る花弁を捲り上げてやる。

鏡に映った自分の姿に、テレーゼは一瞬は頭が冷えたようだ。

しかし、少し動いてやるとすぐに快楽に流され、あられもない表情で喘ぐ。

「出してやるぞ。感謝するときはどうするか教えたよな?」

「はい、はいぃぃぃぃ……! ありがとうございます! 下等な吸血姫マ○コに精液を恵んでくださってありがとうございますぅぅ――!!」

「それだけか?」

「わたくし、テレーゼ・マリア・カリマールはご主人様の奴隷として永遠にお仕えしますぅ……、いついかなるときも、ご主人様に気持ちよく精液どぴゅどぴゅ排泄していただくために、下等な吸血鬼の性欲処理用姫マ○コをスケベ汁で濡らして準備いたしますぅ――……、あぁぁぁ、孕めと言われれば、半吸血鬼でもなんでもお孕み申し上げますので、どうかお慈悲を……ご主人様の最強オスチンポで、憐れな底辺奴隷にチンポ汁のお慈悲を……、あぁ、お願いします、なんでもするからイカせてぇぇ――……!!」

神秘的な美貌で場末の娼婦並みの下品なアへ顔を作り、テレーゼは顔の両側で二本指を立てたポーズを取る。

全尊厳をなげうった奴隷宣言を受け入れて、俺はご褒美チンポで吸血姫の底辺孕み袋を突き上げる。

「よし、出すぞ! 『許可』する、イけ!」

「いっぎぃぃぃぃぃ――!! いきますぅぅ……ご主人様の高貴な精液で種付けされてイッくぅぅ――……!!」

俺は射精とともに絶頂の許可を出した。

吸血鬼の中でも最も高貴な姫は、種付けされる姿をハメ撮りされ、アへ顔ダブルピースで俺に感謝しながらチン負け忘我する。

ガチイキ奴隷マ○コがぎゅうぎゅうとチンポを食い締めて喜んでいる。

常人なら発狂死するほどの快楽が押し寄せているはずだが、吸血鬼は狂うことできない。

それが幸か不幸か分からないが、少なくとも彼女が人間には味わえない最高の快楽の渦中にいることは確かだ。

奴隷宣言アへ顔ダブルピース絶頂と同時に、テレーゼはステータス上でも奴隷化可能になった。

純血吸血鬼の箱入り姫マ○コが、完膚なきまでにチン負けした瞬間だ。

「あぁぁぁ……あへぇぇ……」

テレーゼは完全に放心し、ずっとピースしたまま虚空を見つめていた。

溜めに溜めた後で解放されたせいで、絶頂が普段より長く尾を引いているようだ。

断続的にきゅんきゅんと少女の淫襞が収縮しているのを、チンポで感じる。

「あぁ……ごしゅじんしゃまぁ……ありがとうごじゃいましたぁ……」

「おいおい、まだ終わりじゃないぞ、奴隷になったんだから、俺が満足するまでマ○コでチンポを咥えてろ」

「ええ……？」

「俺を楽しませろよ。できなければまた絶頂禁止したまま永久に放置してやる」

俺の冷たい口調に、テレーゼははっとして青ざめる。

彼女はしばし呆然とした後、媚びるように腰をくねらせ始めた。

「ご、ご主人様、どうかわたくしの、メスガキ純血吸血鬼のご主人様専用スケベマ○コを、ご堪能くださいませ」

凍れる美貌を媚とへつらいで歪め、テレーゼは小ぶりな尻肉を拡げて結合部を見せつける。

まだまだぎこちないが、姫から奴隷に堕ちたばかりなのだからこんなものか。

さて、今度はたっぷりと和姦を楽しませてもらおう。

◇◇◇

テレーゼの犬歯を人差し指でなぞる。

わずかな痛みとともに、俺の指に小さな傷ができた。

一滴の血が、ぽたりと吸血姫の舌の上に落ちる。

「まだだぞ」

テレーゼは俺の命じるままに、口を開いてじっと待つ。

彼女は復活後初めて感じる血の味に興奮し、息を荒らげていた。

突き出した舌に、もう一滴垂らす。彼女はぞくりと全身を震わせた。

「まだだ。待て」

猛獣のような目をした少女が、ギラギラと凶暴な視線を俺に向ける。

俺はもう一度彼女の口内に指を挿し込んだ。

喉奥を傷ついた指で撫で、血を塗り付けていく。

彼女は本能と狂気に染まりながら、必死で衝動を耐えていた。

「いいぞ」

俺が指を抜くのを待って、テレーゼは口を閉じた。

たった数滴の血を、ありがたそうに飲み干す。

多少は薄くなったとは言え、まだ俺の血液には聖水が含まれている。

聖水に体を蝕まれる苦痛もあるだろうが、それ以上に空腹が勝っているようだ。

「あぁぁ……ご主人様……」

テレーゼは食欲と性欲の入り混じった視線を俺に向ける。

最上位の吸血鬼とは思えないほど浅ましい表情だ。

「ご主人様、どうか、もっと……」

「お前の仕事を果たすのが先だ」

俺が促すと、テレーゼは躊躇なくチンポを咥え、隅々まで丹念に舌を這わせていく。

技術はまだまだだが、箱入りお嬢様がほんの数時間でずいぶんと立派な奴隷になったもんだ。

お掃除フェラでガチガチに勃起したチンポに上気した頬を擦り付け、テレーゼは媚びるように囁く。

「では、ご主人様……勃起おチンポをいただきますね」

吸血鬼の美少女が、俺の上に跨がって、すっかりこなれた淫壷でチンポを銜え込む。

空きっ腹に中途半端な吸血で止められたせいで、彼女は異様なほどに昂っているようだ。

テレーゼは興奮しながら腰を遣い、チンポを自らの気持ちいい所に擦り付ける。

最初はゆっくりと、次第に激しく乱れていく。

自分のことで精一杯なのは奴隷としてはまだまだだが、熱が入っているおかげで俺も気持ちはいい。

それに、美少女が発情して腰を振っている様子は、実にいい眺めだ。

おかげで、すぐにでも射精できそうだ。

「どこに欲しい？」

「中に……、本当は勝手に異種族の種で子作りしたらいけない、純血吸血鬼令嬢のあかちゃんのお部屋に、ご主人様の元気な子種、いっぱい出してください……」

「よし、いい子だ。孕ませてやるぞ」

「あぁぁぁ……!! 嬉しいですぅぅ……ご主人様の精液で、早く、わたくしの純血卵子を屈服させて、半吸血鬼入りのボテ腹奴隷にしてくださいませぇ、ふあぁぁ——……!!」

望み通り、しっかりと子宮口に押し付けて射精してやる。

絶頂するテレーゼの孕み袋の唇肉が、貪欲にしゃぶりついて精を搾り取る。

「あぁあ……ご主人様の精液が、わたくしの子宮の奥までじくじくと灼いております……もっと痛く、もっと気持ちよくしてください……」

テレーゼは腰を上げて、俺のチンポの太さにぽっかり空いた穴を見せつける。

ほとんど垂れてこないのを見ると、孕み袋でちゃんと吸い上げたようだ。

高貴な吸血鬼が、すっかり淫らな吸精鬼になったようだ。

「せっかくだ、こっちも仕込んでやろうか」

「え……でも……」

俺はテレーゼの尻を押し開き、すぼまりを拡げる。

綺麗なピンク色の粘膜だ。

硬さや色合いに違和感がある。

もしかして、排泄にすら使われたことのない真の意味での新品なのではないだろうか。

「血以外の食物は口にしたことがあるか？」

「いいえ」

なら綺麗な新品だな。

ただの一度も、排泄にすら使われたことのない純吸血鬼のアナル。

それを完全に性処理専用穴にしてしまうのも面白い。


「分かりました。わたくしの身体のどこでも、ご主人様のものです……ご主人様に悦んでいただけるのならば、どうぞわたくしの役立たずの痕跡器官を、ケツマ○コとしてお使いくださいませ……」

テレーゼの許可が得られたので、遠慮なく亀頭をねじ込んだ。

とんでもなくキツく、ほとんど広がってくれない。

全く何も通ったことがないのだから当然か。

「あ、あ……、痛……、っ……」

「やめておくか？」

「いえ……、ご主人様に乱暴にされるの、好きですから、このまま、どうぞ、わたくしを壊してくださいませ……」

彼女は健気にも苦痛を堪えて笑顔を浮かべ、俺の頬を撫でる。

これだけ覚悟してくれているのだから、俺の方が遠慮するのは却って悪いな。

俺は乱暴に根元まで突き込み、思うままに犯す。

我慢することなく、俺は彼女の腸で精液を迸らせた。

精液と一緒に、赤いものが混じって垂れてくる。

「あぁぁ……ご主人様の精液が、奥まで入ってますぅ……あ、あ、んあぁ……、おなかの……ああ、こんなに奥まで、ここって……こんなに深いの？」

初めての肛門性交を耐えたテレーゼに、ご褒美としてキスしてやる。

彼女はぞくぞくと震え、幸せそうな表情を浮かべた。ぽろぽろと涙がこぼれ落ち、彼女は自分の変化に戸惑う。

「よく我慢できたな。いい子だ」

「あ……ああ……、なんで、なんでこんなに嬉しいの？」

「そりゃあ、お前が身も心も俺の奴隷になったからだろ」

「身も、心も……？」

なぜか感動している風なテレーゼのことは、とりあえず放っておくことにした。

一度射精したおかげで、少しはチンポが動かしやすくなったはずだ。

さて、こっちも性器として使えるようにしてやろう。

「あぁぁ……かき回されてますぅぅ……、中で、精液、ぐちょぐちょされてるぅぅ……ふあぁぁ……」

媚薬精液を傷口に塗り拡げるように、掘削していく。

ゆっくり反応を見ながら、キツいだけだった穴を、もう一つの肉壷へと作り替える。

そうしていると、次第に反応が変わってきた。

テレーゼは尻の穴でチンポを銜え込み、自ら腰を振って貪る。

「あ、ふぁぁ……しゅごいぃ……おチンポさまがズンズンきてるぅ……イクぅぅ、不浄の穴で、ご主人様の大事なおチンポしゃぶって、イッちゃうぅぅぅ――――っ!!」

先ほどよりも大量の精液が迸り、吸血姫の無垢な腸を満たしていく。

括約筋の収縮で、ずるりと半勃ちチンポがひり出される。

開いた股間から精液がこぽこぽとこぼれ落ちた。

初めての排泄が俺のチンポと精液というのも、なかなかよいものだな。

「あぁぁ……わたくしは、あなた様の性欲処理用奴隷なのですね……、今、頭ではなく、心と体で理解できました。わたくしが純血にして至高の吸血鬼として産まれたのは、あなた様に支配していただくためだったのですね……」

彼女は犯された二穴を晒して淫蕩な顔を浮かべる。

心の底から嬉しそうに、テレーゼはまるで初恋の少女のように微笑んだ。

「ご主人様、思いもしなかった世界を見せてくださって、本当にありがとうございます、どうぞ、永遠（とわ）に、永久（とこしえ）に、わたくしにあなた様のご奉仕をさせてくださいませ」

二度目の奴隷宣言を行ったテレーゼを、俺は優しく抱きしめた。

テレーゼが俺に連れられて部屋から出てくる。

吸血姫の美貌からは傲慢さが綺麗に洗い流されたように抜け落ち、多幸感に満ちた笑みが浮かんでいた。

ほとんど全裸と言っていい格好で、身に纏っているのは首輪と靴下のみ。

下腹部はわずかに膨らみ、股間からは俺に注ぎ込まれた精液を垂らしている。

拷問部屋の外にはクリス、スーリンディア、サエルミア、ツェツィーリア、タニス、チルダが待っていた。

チルダはともかく、タニスがいるなんて聞いてないぞ。

気まずい。

せめてテレーゼに何か羽織らせておけばよかった。

「お疲れさまです、ご主人様」

「信じていたのじゃ……あぁぁ、妾も監禁されてガッツリ調教されてみたいのじゃ……」

クリスとツェツィーリアは跪き、自主的にお掃除フェラを始める。

左右から息の合った刺激がチンポを悦ばせる。

実に可愛い奴隷たちだ。

でもタニスの前なので、チンポを出すのは微妙に気まずいんだが。

テレーゼは全裸靴下で俺の後ろに立ったまま、興味深そうに先輩二人のフェラを見つめている。

いや、それだけじゃなく、見ながら興奮してるな。

多数の視線を受けて乳首もクリもビンビンに勃起させ、足元に水たまりを作っている。

「説得の結果、テレーゼは協力してくれることになった。彼女は魔教皇派を寝返る」

「はい。テレーゼはご主人様の従順なオマ○コ奴隷として、魔教皇派を抜けてご主人様たちに奉仕いたします」

「えええ……は、はい。それは朗報……ですね？」

「説得って、いったいなんだったっけねえ……」

タニス、チルダは困惑しながらも頷く。

スーリンディアとサエルミアは、気まずそうに顔を見合わせた。

まあ、ダークエルフ二人は何が起こったのか身をもって知ってるだろうからな。

「とりあえず、テレーゼには誤情報を持ち帰ってもらう。人狼の失敗で神殿を抑えることができず、インキュバスが功名心から独断専行して都市の掌握を狙ったせいで計画が露見したことにする」

「はい、愚かな味方のせいで襲撃を予見され、わたくしの部下は全滅しました。絶体絶命の危機を、ダークエルフのお二人に救われ、命からがら脱出することができました」

テレーゼはすらすらと嘘をつく。

ダークエルフたちと詳細を詰める必要はあるが、概ね想定される質問には答えられるようにしてある。

敵だったときは苦しめられたが、テレーゼがただの猪侍じゃなくてよかった。

「これで、ダークエルフたちが魔教皇派を離反するための準備時間を稼げるはずだ」

「ありがとう、ディック。貴様にはどれだけ感謝してもし足りない」

スーリンディアとサエルミアは真剣な顔で頭を下げる。

俺の子を孕んでいるんだから、そりゃあ便宜を図るのは当然だけどな。

遠い土地に行くのだからまだ心配はあるが、できる限り助けてやりたいものだ。

「テレーゼには表向き魔教皇派に残り、その活動を報告し続けてもらう」

「はい、たくさん報告して、ご主人様にたくさん褒めていただきます」

テレーゼは恍惚とした表情でそう言うと、想像だけで潮を吹いて絶頂した。

タニスは俺たちから目を逸らす。

気まずい。

ここは早々に解散としておこう。

「まあ一件落着ということで、みんな、お疲れさま」

「タニス様には、後ほど私の方でまとめて報告させていただきますのでご安心ください」

見せつけるような卑猥な舌遣いでチンポを舐め回しながら、クリスが言う。

タニスは顔を覆った。

気まずい。

「やはり、ディックは若い娘の方が……」

「レディ、何か？」

「いえ、なんでもありません。それではまた後ほど」

何か言いかけた様子だったが、タニスは口ごもったまま退席した。

チルダも報告をクリスに命じて去る。

ツェツィーリアは俺のところに残りたがったが、クリスに引きずられて行った。

「スーリ、ミア、やはりすぐに帰るのか？」

「ああ。遅くなればなるほど、同胞たちが危険に晒されるからな。情報工作を行うのであれば、早めに帰国するべきだろう」

俺は一抹の寂しさを覚えた。

スーリンディアたちと会って、まだ一週間かそこらだ。

しかし、それは濃密な時間だった。

苦楽を共に分かち合い、愛の結晶を宿した相手と離れるのは辛いものがある。

「時間が取れないか。別れる前に、少しでいいから一緒にいたい」

「当たり前だ。お前が言い出さなかったら、こちらから頼んでいたところだよ」

「旦那様、スーリ様ったら、昨夜からずっと妬いていらっしゃったんですよ」

「ミア！　そういうことは言わなくていい！」

相変わらず、この主従のやり取りは微笑ましい。

テレーゼとの親睦を深める意味合いを含めて、その夜は四人で過ごすことにした。

終章　何事もない朝

スーリンディア、サエルミア、テレーゼとは朝が来るまで念入りに別れを惜しんだ。

日の出前のナローカント郊外。

俺は魔王国へと帰還する三人を見送ることにした。

三人はフードを目深に被り、正体を悟られないようにしている。

テレーゼだけは、日光を避ける意味もある。

始祖吸血鬼ともなれば、数分程度太陽光を浴びたところで消滅することはない。

しかし、痛いものは痛いので、防ぐに越したことはないのだそうだ。

スーリンディアを抱きしめ、唇を重ねる。

彼女は最初に会った頃からは考えられないほど、熱烈に俺を求めてくる。

何度も吸った唇だが、未だに飽きることはない。

それどころか、しばらくこの唇とキスできないと思うと寂しく思うくらいだ。

「すべきことが終わったら、絶対にあなたに会いに来る。その時はまた愛してくれ」

「スーリ様、安定期まで我慢ですよ？」

「言われなくとも分かっている」

「というわけで、旦那様。私にも我慢できるようにおまじないをしてください」

俺は片腕を空け、サエルミアを受け入れる。

同じくらい時間をかけて、サエルミアの唇を吸ってやる。

蕩けた表情で、彼女は俺に身体を預けた。

まだ外見からは何の兆候も見えない二人の腹を、優しく撫でる。

孕ませたのは初めてじゃないが、何度子作りしても感慨深いものだ。そう言えば、実際に自分の子を見るのは初めてになるかもな。

「安心しろ。必ず強い子を産んでやる」

「そしたら、また私たちを孕ませてくださいね」

最後に二人で俺の頬にキスし、ダークエルフの美姫たちは俺から離れた。

テレーゼは跪き、俺の靴にキスした。

俺は彼女を立ち上がらせ、唇にキスし直してやる。

「ご主人様、だめです、汚いです」

「野暮なことを言うな。綺麗とか汚いじゃないだろ。別れのキスぐらいさせろ」

俺はもう一度テレーゼの唇を塞ぎ、口内を蹂躙する。

彼女は脱力し、俺にしなだれかかった。

「あなたの奴隷になれてよかった……運命に感謝します」

名残惜しそうに頬ずりし、俺の匂いを嗅ぎ、テレーゼは離れる。

その目にはわずかに涙が滲んでいた。

俺は城壁に上り、地平線の向こうへと去って行く三人の人影を見送った。

寂しくはあるが、悲観はしていない。

そのうちまた会えるという確信はあるからな。

魔王国組三人の帰還報告のために、俺は冒険者ギルドへ向かった。

なぜか庁舎の前に人だかりができている。

どうやら、一般冒険者が締め出されているようだ。

「ああ、ディックの旦那、まだ入れませんよ。勇者たちが使ってるとかで」

「困ったもんでさあ。せっかく綺麗どころを見ながら朝酒でも呑もうかと思ったのに」

そういうところが嫌で、お前たちを追い出したんだと思うぞ。

とは言え、視姦目的じゃない連中はとばっちりだ。

そもそも俺は一般冒険者業務を滞らせていいなんて教えた覚えはない。

地方都市の平和を守っているのは一般冒険者たちだ。

ギルド業務の忙しい朝夕は、たとえ勇者だったとしても遠慮するものだ。

「悪かったな。ちょっとバカ娘たちを叱ってくる」

施錠魔法の術式の癖がオリビアのものだった。これならどこが弱いか知っている。

俺は施錠を許容量オーバーの擬似魔力を流して破壊し、扉を開けて中に踏み込む。

オリビアめ、世間知らずのお嬢さんたちに常識を教えなきゃいけないポジションなのに何やってるんだ。

「えぇぇ!? すげえー!! 本職が開けられなかった魔法錠を素手で開けた!?」

「勇者様たちを叱ってくるとか……ぱねえよ、旦那……」

後ろから冒険者たちのざわめきが聞こえてくる。

何がすごいのか分からないが、むしろ俺は自分が不甲斐なかった。彼女たちをちゃんと教育できなかったのは、俺の落ち度だ。

確かに勇者たちの会話は、一般冒険者に聞かれてはならないこともある。

だが、そういうときはギルドの会議室を借りておけと言ったはずなのに。

「確かに私も未熟だが、それでも糾弾されるほどではないはずだ」

「そういう歯切れの悪いことを言ってるのが悪いって言ってんだよ！」

「オリビアさんだって、一昨日のあれは何よ！　これだから人間という生き物は！」

「まあまあ、どちらにしてもディック殿を追い出したのが大失敗なので、今更ではないですか」

勇者たちは醜い責任の押し付け合いの最中だった。

エメリンとイリナは口喧嘩に加わらず、所在なさそうにしている。

まあ、確かにこんな姿は一般冒険者には見せられんなあ。

俺はエメリンに呼びかけ、軽く手を振った。

彼女は俺の声を聞いてすぐに顔を上げ、ぱっと明るい表情を浮かべた。

「おじさま！　ただいま帰りました！」

エメリンは俺に抱きついてくる。

よしよし、可愛いやつめ。

抱きしめ返して、ご褒美にたっぷりと撫でてやる。彼女からは相変わらずいい匂いがして、安心感を覚えた。

俺とエメリンのやり取りに、勇者たちは口論を止めて唖然とする。

しばらく唖然とした後、彼女たちは我に返り、一斉に俺を睨んだ。

「どうしてディックがいるんだい、誰も入れないようにしたのに！」

「入れないようにした？　どういうことだよ、オリビア」

「いいや、オリビア殿は悪くない。無関係のヤツに仲間面されたくはないからな！」

「まあまあ、実際ディック殿は元仲間ではないですか」

また変な言い争いが再開された。

うちのエメリンがかかわってなくてよかった。

そうこうしているうちに、上階からチルダや職員たちが降りてきた。クリスの姿もある。

見た感じ、勇者たちを諌めに来たって感じじゃないな。

「ディック、アンタが来たと聞いて、急いで出てきたんだけど……」

「ああ、チルダか。例の件は完全に片がついたぞ」

「そうかい。ギルド一同、アンタの協力に感謝するよ」

チルダとギルド職員が同時に俺に敬礼する。

なんだ、いきなり大袈裟だな。

「まあ、その話はいいや。それよりも、一般冒険者を中に入れてやれ」

「待ってくれ、私たちは極秘の会議があるんだ！」

「チルダ、こいつらには会議室でも用意してやってくれ」

「承知した。勇者さんたちは少し待ってな」

職員たちが何グループかに分かれて準備を始めた。通常業務の準備をする組と、会議室を準備する組だ。

剣士ウヅキは露骨にこちらを睨み、不満を口にする。

「なんで勇者であるアラメア殿には挨拶もなかったのに、ディック殿にばかり……」

そんなこと言われても、俺にも分からん。

準備の最中、正面入り口が開いた。

入ってきたのは、ツェツィーリアを先頭にした、多宗派の司教・司祭たちだった。

「おお、ディック殿、お目に掛かれて光栄なのじゃ」

「この度は、伝染病の撲滅にご協力ありがとうございます」

「あなたに用意していただいた特効薬のおかげで、患者たちは皆完治いたしました」

ツェツィーリアのみならず、各宗派の司教たちまでもが膝を折る。

やれやれ、以前も言ったが、たまたまなんだけどな。

それどころか、ツェツィーリアに対しては下心すら抱えていたんだが。

「たまたまの偶然だよ。俺は当然のことをしただけだ。どうか顔を上げてくれよ」

「しかし協力がなければ、神殿は今頃どうなっていたか」

勇者たち……特にイリナは呆然としてその光景を見つめている。

司教の中にはイリナの元上司もいるのだから、戸惑うのも無理はない。

「ところで、どうした？　別に、俺に会いに来たわけじゃないんだろ？」

「ああ、もちろん、そなたに会いたいとは思っていたが、ほら、ちょうど来たのじゃ」

次に現れたのはタニスだった。

彼女の背後には、家臣団に加えて、この国と隣国の特使が続いていた。

「あら、よかった。皆さんもお揃いですね。副支部長、会議室の用意を」

「今、準備させているところです」

「それは手際のよろしいこと」

タニスはチルダに指示を出した後、俺の目前に来て膝を折ろうとする。

それを制止し、膝をついて手に口づけた。

「ディック様……」

「あなたが俺に膝をつく必要はない。あなたは何があろうと俺のレディなのだから」

タニスの頬が薄紅に染まる。

なんとなく、エメリンがタニスを警戒の目で見ているような気がする。

「ちょっと待って、今のディックに様付けって、どういうことなの？」

「伯爵夫人、騙されちゃだめだ。こいつは、賢者じゃなくただのおっさんだぞ」

そうだな。その通りだな。

俺も、俺はただのおっさんだと思うわ。

「その話は後ほど……勇者様たちに急ぎ説明しなければならない極秘事項がございます」

「極秘なら、ディックはもう帰った方がいいのではないかしら？」

「そうだね。邪魔だから早く消えな！」

「言われなくても、内容は分かってるから帰るよ」

水を向けたキアラとオリビアが唖然とする。

俺はエメリンの腰を抱き、タニスに断りを入れる。

「ああ、エメリンには俺から説明しておくから、連れて帰っても大丈夫だな？」

「分かりました。ディック様にお任せいたします」


尚も元仲間の何人かは何か言いたがっていたが、ちょうど一般冒険者が入ってきたので彼女たちは口を噤む。

人ごみに紛れて、俺とエメリンは冒険者ギルドを出た。

「やっぱり、おじさまは凄いですね」

エメリンは俺を尊敬の目で見つめて囁いた。

俺は彼女の頭を撫でてやる。

できることなら、このまま凄いおじさまと思われたままでいたいものだ。

◇　◇　◇

昨日はエメリンと再会した後、たっぷりと愛し合って時間を過ごした。

風呂付きの高級な宿をとり、一緒に入浴して旅の汚れを落としてやりながら、そのまま致した。

一度身体を重ねると、お互いに歯止めが利かなくなり、欲望のまま、ベッドに場所を移して愛し合った。

時刻が昼を回ると、食事に街に出た。

食事の後はちょっとしたデート代わりに店を見て回る。

エメリンの望むままに色々買ってあげたかったが、彼女は一緒にいる時間だけで充分だと答えた。

それでも俺の選んだものを身につけて欲しかったので、新しい手袋を買ってやった。

ちょっとした魔術付与品で、冷気にも強く、魔術師の手の動きを損なわない。

この先は寒い地域も多いので、役立ててくれるといいが。

部屋に帰ると、再びひたすら愛し合う。

エメリンが気を失うように眠るまで、何度も何度も身体を重ねた。俺もまた愛しい新妻の寝顔を見ながら、いつしか眠りに落ちていたようだ。

◇　◇　◇

目を覚ます。

俺の寝顔を見ていたエメリンと目が合った。

なんだか、改めて見つめられると照れる。

「おはようございます、おじさま」

「おはよう。じっと見られてるとくすぐったいな」

「ふふ、ご冗談を。毎日見ていたのに、ぜんぜん気づかなかったじゃないですか」

そうか。まあ、我ながら鈍いな。

しかし、そんなに俺が好きだったとは可愛いやつめ。

俺はエメリンに抱きついて、シーツの上で転がる。

「きゃっ……、もう、おじさまったら……」

彼女を組み敷き、唇を重ねた。

最初はただ唇をつけるだけのキス。それが、互いの吐息を吸っているうちに、だんだんとエスカレートしていく。

先にエメリンが堪え切れなくなって、俺の口の中に舌を挿し込んできた。

俺はそれに応え、彼女の舌を吸って犯してやる。

くすぐったさと気持ちよさで泣きそうになるまで、俺はエメリンの口の中を蹂躙した。

口を離すと、彼女は蕩けたような表情で俺を見つめる。

「ふぁ……おじさま、好きです……好きすぎて、変になっちゃう……」

エメリンは甘えるように俺に身体を押し付けてくる。

チンポの先が、濡れそぼった場所に触れる。

「おっきくなっちゃってますね……」

「生理現象だ」

「生理現象でも、何でも、いいですよ。私といるときに、こんなにカチカチにしてくださるのなら……理由なんて、何でも……」

エメリンの細い指が俺の竿を這い、濡れそぼった雌芯と亀頭を擦り合わせる。

誘われるままに、彼女の幼膣にチンポを沈み込ませた。

すっかり俺専用になった蕩けた蜜壷が、愛しそうに俺を締め付ける。

長年大事に育ててきた少女が、俺だけのために女として花開いている。

その現実が、俺の胸に甘い背徳の痛みを与える。

エメリンは俺を受け入れながら、心の底から幸せそうに喘いだ。

彼女の幼胎が、俺を夫として認めるかのように、先端に口付けている。

俺を歓迎するために中は洪水のようになっていた。たったの一突きで押し出された愛液が、シーツに大きな染みを作る。

何百回も注ぎ込んだというのに、俺の本能は飽きることなくエメリンを求めていた。

「あぁぁ……すごい……おじさまの、おチンポで、お腹押し上げられてます……」

「ずいぶんとぐっしょりだな。エメリンのこれも生理現象か？」

「おじさまを、見ていたせいです……エミィの、えっちなオマ○コは、おじさまを見てるだけで、いつでもどこでも、えっちなお汁があふれちゃうんですよ……？」

チンポに響くような、嬉しいことを言ってくれる。

本当にいつでもどこでもヤってやろうか。

実際、彼女なら宣言通りに濡らして待っていてくれそうな安心感はある。

「ねえ、おじさま……エミィ、ママになりたいです……」

俺のチンポが、エメリンの蜜襞の中で更に反り返った。

衝動的に腰が動き、完全に雌を殺す形になったチンポが新妻の幼気な肉を苛む。

「あ、あっ、あぁぁぁぁ……おじさま、おじさまぁ……!!　んはぁぁぁぁ……おじさまの、精液ぃ……、あかちゃん、あかちゃん欲しい……、あかちゃんほしいの、ちょうだい……おじさまぁ、エミィに、あかちゃん孕ませて、エミィをママにして、ふあぁぁ……おねがい……!!」

少女の甘いおねだりが、俺の理性を破壊した。

ジャストフィットと言うには二回り以上も狭い幼膣が、本気交尾を始めた俺に必死でしがみついてくる。

最愛の姪の献身的な肉壷の蠕動に、俺のチンポは更に猛り狂った。

俺は幼妻の華奢な身体を壊さんばかりに腰を打ち付け、子宮にしっかりと狙いを定めて射精する。

限界で耐えていたエメリンも、俺の精液を子宮に受けながら果てた。

「あっ、あぁぁ……精液が、っ、ん、あぁぁ――……!! ひあぁぁ――っ!! ああ、好きぃ、好きです、おじさま、すきぃぃ――……!! あぁぁ……んはぁぁ――……!!」

エメリンは四肢で俺にしっかりしがみつき、精液を一滴たりとも零すまいと密着する。

俺は彼女の最奥を突き破らんばかりにねじ込み、ありったけの精を吐き出した。精巣から子宮までが一直線に繋がったかのように錯覚する、心地よい一体感だ。

一分の隙もなかった二人の間から、勢いよく精液が噴き出した。

彼女の未発達の子宮と膣を合わせても倍以上の精液が流し込まれていた。

尋常じゃない量の射精を受け止めながら、エメリンは何度も絶頂させられていた。

「あぁ……しゅき、だいしゅき……おじしゃまぁ……」

彼女のとろんとした幸せそうな笑顔に、俺は胸がいっぱいになった。

幼膣もまたチンポでいっぱいにしてしまったが、多少は自重する理性が残っている。

ガチガチの勃起チンポを、大事な姪の淫壷に包んだまま、俺は衝動を堪える。

エメリンが落ち着くまで、俺は彼女の髪を撫でてやった。

繋がったまま、彼女は甘えるように俺の背に手を回す。

「嬉しい……おじさまが、こんなにいっぱい……私と一緒にいてくれて、愛してくれて……、こんなに幸せで、本当にいいの……?」

「いいんだよ。俺もエメリンといると幸せだ」

昨日から、エメリンは俺からひと時も離れず甘えていた。

彼女の言葉を裏返すと、俺がいない冒険中は辛いんじゃないかと心配になってくる。

「俺がいなくて、苦労をかけていないか」

「……大丈夫です」

「すまないな。せめてアラメアのパーティに復帰できそうなクラスだったらよかったんだが……」

むしろ追放理由を考えると、ティンポ師だと知られたら接触禁止とか言われそうなほどだ。

エメリンは首を振り、俺を抱きしめた。

「おじさまが何になっても、私にとっては大好きなおじさまです……おじさまは、おじさまのままであるだけで、私を幸せにしてくださっているんです……」

確かにその通りかもしれない。

俺はクラスが変わっても、何ら変わったところはない気がする。

それなら目標とするところも変わらない。

俺は自分が何者になっても、俺の女を愛するだけだ。

「あぁ……おじさまが、中で、また……」

俺は再び活力を取り戻した剛直でエメリンを責める。

このまま今日も、一日じゅう自堕落に、俺の一番大事な女と愛し合って過ごすことにしよう。

案外、これが久しぶりのティンポ師らしい過ごし方かもしれない。

この幸せを、これからも密かに守っていこう。

何事もない朝と、平穏な日々が続くように。

俺は最愛の妻を抱きしめながら、そんなことを考えた。

番外編　新米賢者エメリンの「賢者タイム」

私の名前はエメリン・メリデケイオ。

お母さんは世界で一番恐ろしいと言われる、魔女の中の魔女ミネット・メリデケイオ。

お父さんが誰なのか、私は知らない。

でも、私は寂しくない。

お母さんは私にたくさんの愛を注いで育ててくれた。

それに、私には世界一素敵な叔父がいる。

人類最強の賢者、ディック・スティッフロッド。

私の魔法の師匠で、私の、私だけの、大好きな大好きなおじさまだ。

辛くて長い、魔王打倒の旅。

その中で、ずっと一緒にいてくれるおじさまだけが私の心の支えだった。

なのに、おじさまは心ない仲間たちによって追い出されてしまったのである。

おじさまは師匠の最後の仕事として私に全ての力を継承させ、賢者を引退してしまった。

これからは、最強だったおじさまの名に恥じないように、一人で立派に頑張っていかねばならない、のだけれど……。

「んんっ、あぁぁ……もう、ムズムズするぅぅ……」

私は宿の自室に帰って早々、ベッドに飛び込んだ。

お腹から胸まで、熱い魔力の波動がうねうねと暴れ回っている。

魔力継承の影響だ。

痛いわけではないし、苦しくもない。

熱っぽいのが困ると言えば困るけれど、おじさまの魔力だと思えば我慢できる。

そのはずなのに。

身体の内側をかきむしりたいような、じっとしていられないような衝動を感じる。

いつもの魔力調律ならば、十分もすれば治まったのに、もう一時間以上こんな状態だ。

私の身体、どうしちゃったんだろう。

胸に溜まっていた熱を吐き出す。

「ふあぁぁ……おじさまぁ……」

思わずおじさまのことを呼んでしまった。

無意識の自分の欲求に気づいたことで、どきりと心臓が跳ねる。

「あ……だめ……」

これ以上意識しちゃいけない。

枕を抱きしめて、ベッドの上を転がる。

うつ伏せになって枕を噛みながら、別のことを考えようとする。

魔法の勉強のこと、旅の計画のこと。

でも、何を考えてもおじさまの顔が頭に浮かんでくる。

だって、しょうがない。

私の生きてきた全部が、おじさまでできているのだから。

お腹の中にある何かから、こらえ切れないほどの気の乱れが溢れてくる。

こうなってしまうと、もう何も考えられない。

「仕方ない……仕方ないよね……、ちゃんとするためだから……、一回だけだから……」

手探りで鞄をたぐり寄せて、おじさまにもらったお古のコートを取り出した。

くしゃりとコートを抱いて顔を埋め、跨がるような形で枕を脚に挟む。

いい匂い。

おじさまの匂い。

安心感と幸福感を覚えながら、思う存分おじさまのことを考える。

おじさまの大きな手が好き。おじさまの落ち着いた声が好き。大きな背中。広い胸。ごつごつした体。

ゆらゆらと腰を揺する。

その動きに合わせて、魔力の流れが変化する。

さっきまでは私を苛んでいた渦巻く灼熱の乱動が、全身を循環する温かい律動になる。

「ん、んっ……あ、きた……っ」

頭がぼうっとして、熱くなる。

寒くないのに、腰から背中にかけてゾクゾクする。

思わず、ぎゅっと脚に力を入れて枕を挟んだ。

調律後の魔力が馴染んでない状態で、自分の身体を触ると気持ちいい。

このことを知ったのは、何年も前のことだ。

真面目な訓練の後にえっちなことをするのは、悪いことのような気がする。

でも、なぜかやめられない。

最初は魔力調律の日だけだったけど、最近はそうでないときでも毎日してしまう。

こんなの、おじさまに知られたら嫌われちゃうかも。

おじさまの前ではいい子のままでいたいのに。

『エメリンはいい子だね』『偉い偉い、さすが俺の姪だ』『お前は自慢の弟子だよ』

お気に入りのおじさまの思い出をローテーションで脳内再生する。

胸がきゅんきゅんして痛気持ちよくなって、お腹の中がトロトロになったような感覚がしてくる。

もうちょっと。

腰を揺する動きを、少し早めた。

『安心して俺に全部任せてればいい。俺の全てを、ここに注ぎ込んでやる』

ずきん。

腰から頭まで、小さな稲妻が突き抜けた。

少し遅れて、全力疾走したみたいに脈拍が速くなる。

腰を高く上げた姿勢のまま、私は硬直した。

あ、これ、どうしよう。

いつもと違う。

なんだか、いつもよりイケナイことをしてる感じがする。

じわりと、下着に湿り気を感じる。

汗？　おしっこ？

どちらとも違う体液を、おじさまのベッドでもたくさん垂らしてしまったことを思い出して、頬が熱くなる。

やめなきゃいけないのに、理性と裏腹に身体は続行を選んだ。

湿った部分を枕に押し付けると、そこにある何かから強い刺激を感じた。

『いいか、入れるぞ？』

おじさまの、ちょっと強引な口調の言葉が脳裏に蘇ってくる。

心臓が一際強く鼓動を打つ。

違うと分かっているのに、別の意味を考えてしまう。

むしろ裸でベッドに押し付けられて、他の可能性を考えろという方が難しい。

私だってもう大人の身体なので、そういうこともあり得るわけだし。

どうするのかは知っている。

私の、月のものが出てくるところに、おじさまの、その、あれを――

具体的ではないけれど、ぼんやりと思い浮かべる。

おじさまのは小さい頃にお風呂で見たことがあるはずなのに、あんまり思い出せない。

「……欲しい」

はっとして口を押さえる。

口が勝手に、思ってもいないことを……いや、正直すぎることを言ってしまった。

誰にも聞かれていないからいいものの、なんてことを。

でも、言葉にしたことではっきりした。

おじさまが、欲しい。

私は、おじさまが欲しいのだ。

私の中で一番淫らな場所が、おじさまのモノを欲してい私の中の経路が、抵抗できないくらい強い力でこじ開けられていく。

おじさまに触られたところが、じんわりと熱を持つ。

あ、何か来る。

私が知らない何かが、来てしまう。

なんだか怖い気がしたが、既に引き返せないところまで来ていた。

私の意思を無視して、腰が跳ねる。

そこから発した強い波が、頭の中を何もかも洗いざらい押し流してしまう。

「ふぁぁぁ……おじさまぁぁ……あっ、あぁぁ……！」

お腹の中心に心臓でも生まれたかのように、どくんどくんと何かが脈動するのを感じる。

血液の代わりに全身に送られているのは、仙気に似た気の一種と、癖になってしまいそうな真っ白い快楽。

甘く、切なく、危険で魅力的な、初めての感覚だった。

断続的に湧き出す体液の存在によって、そこに開いているのがただの穴ではなく、泉のようなものだと私は知った。

自分の身体がこんな風にできているなんて知らなかった。

それとも、おじさまによって完全に作り替えられてしまったのだろうか。

「ふゃあぁ……おじさまぁ……」

るのだ。

意識すると、そこからとろりと何かが滴ってくるのを感じた。

今なら分かる。

熱された魔力の濁流は、そこにある何かを中心にして身体を巡っている。

私の一番深い所にある何かに、おじさまの濃くて熱い魔力が巻き付いて嬲り続けている。

『入れるぞ？』

「い……入れてください……おじさま……」

記憶の中のおじさまの声に、思わず返事をしてしまう。

私の知らないその続きを、おじさまに教えて欲しい。

いつも優しいおじさまが、興奮して強引に迫ってきて。

身動き一つできないくらいきつく、おじさまに押さえつけられて。

中も外も、めちゃくちゃにされてしまう。

朧げな知識で妄想しながら、腰を揺すって快楽の中心に意識を集中する。

「ん……んっ、ん……」

おじさまの魔力がうねり、暴れて、私をいじめる。

魔力の流れは、魔力継承のときのことをなぞるように蠢く。

いつの間にか涎でべとべとにしてしまっていたおじさまのコートに頬ずりする。

肺一杯におじさまの匂いを吸い込み、はっと我に返った。

あれ？　私、なんだかとっても悪いことをしてしまったのでは？

冷静になって起き上がり、慌てて乱れた衣服を整える。

頭は冷えたのに、まだ身体は熱を持っていた。

いつもなら、すぐに熱が引いてくれるのに、まだお腹の中でおじさまの魔力が渦巻いている。

どうしよう、ぜんぜん収まらない。

そう言えば、おじさまは一週間で馴染むと言っていた。

無理だ。一週間もお腹の中を熱い魔力がぐるぐるしていたら、おかしくなってしまう。

すると、ノックの音が響いた。

一瞬頭が真っ白になった後、不意に部屋の中の匂いに気づいた。

こんなの、ついさっきまでしてたのがバレバレだ。

無詠唱、高速発動、範囲拡大で部屋全体を消臭。

併行してベッドや服の濡れた部分を乾燥していく。

「ど、どうぞ」

私が答えると、ばたんとドアが開いた。

アラメアさんとカティナさんが入ってくる。

「エメリン！　一人で勝手にディックのところに行っていたんだって⁉」

「そ、そうですけど……別に、おじさまは悪い人じゃないですからいいじゃないですか」

「それはそうだが、迂闊な行動を取ってしまっては、誤解を更に深めるだけだ」

アラメアさんはムッとした様子でそう言う。

カティナさんは、そんなアラメアさんをなだめながら、私にどんなことがあったのかと訊ねる。

私が手引書を受け取ったこと、賢者としての全ての力を継承したことを説明すると、二人は驚いた。

「そうか……ディックは……あの人は賢者ではなくなってしまったのか……では、誤解が解けても、もう一緒に旅することはできないのだろうか……」

アラメアさんは残念そうに呟く。

この人は本当はおじさまのことが好きなんじゃないか。

私はそう疑っている。

そうだとすると、もっとちゃんと反おじさま派を抑えて欲しかったなあ。

「ところで、エメリン殿、ちゃんとしてもらいましたか？」

「な、何の話ですか！　知りません！」

カティナさんはこっそりと私に耳打ちしながら、卑猥なアラメアさんのことを嫌ってる雰囲気がある。

「おっと、アラメア殿。そろそろ休まなければ、明日に響きますよ」

「ああ、そうだね。あんまりお邪魔してると悪いしね。じゃあまた明日、エメリン、イリナ」

そう言ってアラメアさんとカティナさんは出て行った。

部屋には私とイリナちゃんが残った。

気まずい。

「イリナちゃん」

「ひぅ……!?」

イリナちゃんはびくりと震える。

おっと、自分でもびっくりするくらい低い声が出ていた。

「えっと……そこに……最初からいたの？」

「急にエメリンが帰ってきて、その、いきなりアレを始めたから、出るに出れなくて……」

「そっか……」

まさか、全部聞かれていたとは。

変なことは言ってないから大丈夫なはずだけど、ひたすらに気まずい。

「このことは内緒にしてね。お願い」

「分かった。秘密にしておく……っていうか、誰にも相談できないし」

ジェスチャーをする。

そんなことを聞くなんて、デリカシーがない。

してもらってたら、今頃部屋に帰っていないし、一人で自分を慰めたりしていない。

「ところで、なんでイリナはそんなとこで寝てるんだ？」

「えっ!?　イリナちゃん!?」

私からはベッドの陰になっていて見えなかった場所から、イリナちゃんが起き上がる。

彼女はものすごく気まずそうな様子で俯いている。

あれ、イリナちゃんいたんだ？

確かに、同室だからいてもおかしくはないけど、でも、いつから？

もしかして、私が自分を慰めているときからずっと？

「えっと、ベッドの下に呪印石を落としてしまって……」

手には石が握られていた。

嘘ではないみたいだけど、ずっと床に這いつくばった姿勢でいたのか。

「そうか。言ってくれれば一緒に探したのに」

「チッ、いえ……勇者様の手を煩わせるわけにはいきませんので……」

小さな舌打ちが聞こえた。

アラメアさん本人は気づいてないけど、イリナちゃんは確かに、自分をイリナちゃんに置き換えたら誰かに話す気にはならない。

一応安心していいのかな。

何とも言えない空気になってしまったけど、とりあえず消灯することにした。

まだ身体が火照っている。

というか、おじさまの魔力がまだ元気に私を内側から刺激し続けている。

こっそりと音を立てないように、自分の股間に触れる。

ああ、おじさまに直接触ってもらえたら。

「エメリン、思考が入ってくるから、やめて……あなたの魔力、前より強くなってるから遮断できない……」

「あ、ごめん」

イリナちゃんは調和神に仕える僧侶だ。

神様から得た特殊能力の一つに、同調の祝福というのがある。

相手の感情を読み取ったり、波長を合わせた仲間の呪文を複製したりすることができる。

意図せず勝手に同調してしまうデメリットもあるけれど、概ね強力な祝福だ。

さっきのオナニーも同調のせいでバレていたのだろうか。

さすがに恥ずかしい。

同室に同調能力者のイリナちゃんがいるんじゃ、こっそりオナニーもできない。

必死で自制しながら、毛布を被って目を瞑る。

そうして私は寝苦しい一夜を過ごしたのだった。

◇　◇　◇

結局ほとんど寝てないまま、翌日になった。

私たちは二時間ほど準備に使い、すぐに出発した。

おじさまがいた頃は、もっと準備に日数をかけていたんだけどなあ。

おかげでかなり眠かった。

とは言え、私は杖を浮かせてその上に腰掛けているだけなので、やろうと思えば居眠りもできる。

こっくりするとバレるので、見えざる手の魔法で脇を支えて固定している。

見えざる手は姿なき従者の下位魔法だが、同時展開が容易だったり、複雑な命令を組み込めたり、咄嗟に手動操作できたりといったアドバンテージがある。

更に不意の戦闘対策として、瞑想法を応用して一割程度の意識をキープ。

魔法大学在学中におじさまが編み出したらしい、完璧な居眠りスタイルだ。

そんな感じで午前中をやり過ごし、眠気を解消した。

そうすると、別の問題が浮上してきた。

昨日に引き続き、身体の中がむずむずするのだ。

横座りじゃなくて杖に跨がっていたら、確実に擦り付けていた。

むしろ、こっそり擦り付けるべきだろうか。

いや、さすがに座り方を変えたら目立つよね。

座り方を模索していたらバランスを崩しかけ、見えざる手に支えられる。

その瞬間、ピンときた。

魔法を使えば、こっそりオナニーできるのではないだろうか。

まずは喘いでもいいように遮音と、顔が赤くなってもいいように幻影。

沼のせいで匂いはバレにくいけど、斥候役のオリビアさんが嗅覚強化を使うかもしれないので、念のための消臭。

見えざる手を多数展開し、姿勢制御をより強固にしつつ、服の下にも潜り込ませる。

無詠唱魔法バンザイである。

「んっ、ふあぁ……」

空気が冷えているせいか、乳首が硬くなっていた。

内側からも絶えず嬲られているせいで、かなり敏感になっている。

触れただけでびりびりとした刺激が走る。

これは、下を触ったら大変なことになるのでは？

恐る恐る、スカートの上から押す。

「ひんっ‼」

そこは既にぐしょぐしょになっていた。

我ながら、えっちな身体すぎるのではないだろうか。

いや、違う。これは魔力が落ち着かないせいだ。

身体と魔力が馴染めば、きっと元に戻るはず。

そもそもおじさまの魔力だと意識してしまうと、身体だけじゃなく心もその気になってしまうので、歯止めが利かなくなるし。

「あ……」

意識したら、お腹がきゅんきゅんしてきた。

ああもう、おじさまがずっと中をかき回してるせいなんですからね。

言い訳をしながら、見えざる手で身体を弄る。

よく考えたら、今の私の魔力は九割くらいおじさまの魔力なので、この手は九割がたおじさまの手みたいなものなんだよね。

おじさまに愛撫されている、と思うと行為にも熱が入る。

「ふぁぁ……おじさまぁ……もっと触ってくださぃ……」

遮音されているので遠慮なく喘ぎ声を上げながら全身を触る。

内側も外側もおじさまの魔力に包まれて、私の身体はあっけなく昇り詰めていく。

もう少し、もう少しでいけそう。

我に返り、オリビアさんが叫んだ方角を確認する。

「敵襲！　二時方向に沼ワーム！」

もう少しでいけそうだったのに、こんなタイミングで。

涙目になりながら、泥中から飛び出した沼ワームを睨む。

戦闘準備を進める仲間たちを尻目に、短縮詠唱で呪文を発動する。

「二重発動、威力増幅、範囲集束――脱水」

仕上げに魔力を擬似闘気に変換し、出発前から維持していた防御魔法・不可視の鎧を掌で打つ。

衝撃波を受けて、沼ワームの頭と胴が同時に爆ぜた。

乾き切った組織片が風に吹き散らされ、沼ワームの巨体が地響きを立てて倒れる。

「ワームが……」

「いきなり吹き飛んだぞ？　いったい何が？」

「皆さん、早く魔石を回収してください」

ため息混じりに言いながら、帽子にかかった塵を払う。

「すごい。こんな短時間で戦闘が終わるなんて」

「ディックを追い出してよかったな。エメリンの方が優秀じゃないか」

何も知らないウヅキさんとオリビアさんが、そんなことを言った。

むしろ、おじさまならもっと効率よく同じことができた。

私はおじさまの知識や技を継承しているから、そのことを知っている。

でも、おじさまはあえて苦戦しそうな敵に限って瞬殺しなかった。

私たちに戦闘経験を積ませるためだ。

おじさまは私たちが成長できるよう、ずっと見守っていたのだ。

ああ、おじさま。

未熟な私たちに深い慈悲をかけていた、優しいおじさま。

その優しさを私だけに向けてくれたら、命すらも捧げるのに。

いや、むしろ何も理由がなくても、私の全てを捧げたい。

「……エメリン……エメリン、聞いてる？」

「ふぁっ!?　はい？　なんですか？」

「注意力が散漫ですよ、エメリンさん。沼ワームの縄張りを利用して、休憩でもしようかと話してたんです」

「無理もないさ。沼ワームを一撃で倒すような大きな魔法を使ったんだ。きっと疲れているんだろう」

中級魔法程度しか使わなかったので、疲れてはいない。

でも、オナニーを中断されてずっとムラムラしているので、早く続きがしたい。

キアラさんが大地の精霊を呼び出し、休憩用の陣地設営を始める。

設営や見張りは他の人に任せて、私は藪に隠れる。

休憩の準備中だけど、誰も見ていないし、ちょっとだけならいいよね？

程よい茂みに隠れ、私はこっそりと身体に触れ始めた。

まだ疼きが残っていたせいで、すぐにスイッチが入って、気持ちよくなってくる。

とろり、とろりと、中から温かな蜜が滴り落ちてくる。

不意に好奇心が刺激される。

そこは、いったいどうなっているんだろう。

お風呂やトイレで最低限触ったことはあるけれど、具体的な形は意識したことがない。

恐る恐る、周辺から触れていく。

唇みたいになっているような、花弁みたいになっているような。

その形にそってゆっくりとなぞっていく。

内側でも呼応するように魔力の小さな流れが起こり、じんわりとした気持ちよさを感じる。

「んっ！」

指が頂点に触れると、そこに何かの突起がついていることが分かった。

触れた瞬間、なんだか身体がびっくりしてしまう。

今度はそっと触れると、ゾクゾクとした刺激を感じる。

最初はとにかくなんだか強い刺激としか認識できなかったけど、触っているうちにそれが快楽だと判別できるようになってくる。

「ひぅっ⁉　はぁぁ……、これ、ん、んっ……」

ここ、すごい。

下手にここばかり触っていると癖になりそうだ。

やめたいのに、なかなか手が離せない。

きっと、ここがクリトリスとかいう場所なのだろう。

軽く脚を開いた姿勢で、自分を見えざる手で身動きできないくらいに固定。

おじさまに無理矢理されているつもりで、見えざる手の指先で触れる。

「んんっ‼」

自分で触れるのとはちょっと違う感じ。

おじさまの魔力……おじさまの指だと思えば、尚更だ。

そのまま、私が絶頂するまで絶対に解除不能という命令を送り、見えざる手を微振動させる。

「んっ!? ひっ、ひぃぃ……あぁ、ぁ、ぁ……、あ、ぁ、だめ、ぁ、だめぇぇ……!!」

あっという間に昇り詰めそうになった。

怖くて、逃げたくても、容赦なくおじさまは責めたてる。

ささやかな抵抗も虚しく、私はあっけなくイカされてしまった。

「い、イク……、あぁぁぁ、イクぅ……いきますぅぅ……おじさまぁぁぁっ!!」

ぱた、ぱたた、ぱた。

水滴が地面に落ちる音がする。

私は真っ白になった頭で、どこか他人事のようにそれを聞いていた。

ああ、大変だ。

こんなの覚えたら、おバカな子になってしまう。

魔法も技術も、全部いやらしいことに使うことしか考えられなくなってしまう。

おじさまにお仕置きされてしまうだろうか。

想像すると、なぜか私のお腹は悦びに震えた。

「エメリン、いったいどこに……おっと、トイレだったか、すまない！」

アラメアさんが急に茂みの向こうから顔を出した。

私は慌てて見えざる手を解除し、ローブで下半身を隠す。

見られた？ 見られてない？

どちらにしても、バレないように急いで消臭と乾燥だ。

慌てて証拠隠滅し、私はアラメアさんに向き直る。

「いえ、もう済んだところでしたし」

「そうか、ならよかったが。次からは気をつけるよ」

「それより何か用事があったのでは？」

「ああ、ちょっと火をつけてもらおうと思って……」

キアラさんやオリビアさんも火が出せるはずなのに。

確かに、一番魔力に余裕があるのは私だけど。

不承不承に頷いて、私も設営に参加することにした。

戻ってみると、びっくりした。

せいぜい昼食を摂るだけの休憩なのに、キャンプでもするかのようなしっかりとした陣地が作られている。

魔力が無駄すぎる。

確かに、おじさまがいた頃は、ささっとこの程度の陣地は作ってもらえた。

でも、ここにおじさまはいないし、術者が一人少ない編制なのだ。

初日からこんな調子では、すぐに魔力切れを起こして進めなくなるんじゃないだろうか。

瘴気が満ちている土地では、魔法で保護していても自然回復力は大きく下がるって、何度もおじさまや私が言ったのに。

おじさまがいた頃の便利さに慣れ切って、なんでも魔法頼みになっている。

みんな気づいてはいるようだけど、はっきりと指摘されるのは嫌らしい。

アラメアさんが「ディックがいれば……」と口に出した瞬間、空気が凍った。

少し溜飲が下がった。

でも、本当にこれから大丈夫なのか、不安でならない。

◇　◇　◇

一週間の不毛な遠征を終えて、私たちはナローカントへ帰ってきた。

賢者の視点から見て、私たちの冒険技術は無駄が多くて稚拙だ。

それを無理にカバーしようとして私の消耗も増え、支えきれなくなって前進することが困難になった。

結果的に私たちは敗走に近い形でナローカントへと撤退することになった。

だけど、私は文句を言える立場じゃない。

パーティの中では私が最年少で、クラス変更直後なせいでレベルも一番低い。

おじさまの技術と知識のおかげで実力は一気に最強に躍り出たけれど、付け焼き刃だと言われればそれまでだし。

実際、私はおじさまから継承した力の全てを使いこなせているとは言いがたい。

最初こそ調子がよかったが、魔力配分を誤ってしまった。

夕食兼反省会の間、私は無言で料理を咀嚼するのに徹していた。

終始どっちもどっちの責任の押し付け合いが続き、不毛な反省会だった。

食べた気がしなかったので、解散後、お腹にたまらないような甘いものをいくつか購入した。

イリナちゃんへの口止め料の意味も込めて、少し多めに買ってある。

「おおおっ、おんっ！　おふぅ……おっ！　あおっ！　お、おっ、おんっ！　あおんっ！」

宿へ戻る途中、犬の鳴き声が聞こえた。

野犬だったら嫌だな。

急ぎ足になった直後、視界の隅を見慣れたローブ姿が掠めた。

なんだか、見てはいけないものを見てしまったような気がする。

「あがっ⁉　はいっ！　ごしゅじんさまの、おチンポにっ！　えいえんのっ！　忠誠を、ちかいましゅ！」

私はようやく理解した。

おじさまと女の人は、セックスしているのだ。

私みたいに妄想じゃなくて、本物のおじさまと繋がって、一つになっているのだ。

だから、あんなに幸せそうな顔で、幸せそうな声を上げているんだ。

「いい子だ」

おじさまが、私ではなくその人を褒めている。

頭の中が真っ赤に染まった。

胸がギリギリと苦しくなって、お腹の中から黒くてドロドロしたものが溢れてくる。

私のおじさまなのに。

私だって、おじさまとしたいのに。

ずるい。許せない。

「はぁ……はぁ……」

煮えたぎるタールのような心とは裏腹に、身体の中では甘い蜜が煮えていた。

おじさまがいろんな女の人で性欲処理していたのは知っ

「……になっちまったな」

おじさまの声だった。

この私が聞き間違うはずがないので、絶対である。

私は足を止め、暗い路地を覗き込んだ。

おじさまのくすんだ色のローブの背中が見えた。

おじさまのローブの陰に、金色の毛が揺れている。

おじさまの手には鎖。

さっきの犬の声を連想し、おじさまが犬を連れているのだろうと推測した。

こんなところでおじさまに会えるなんて、すごい偶然だ。

私は嬉しくなって、駆け寄ろうとした。

路地に入る寸前、私はようやくおじさまが連れた生き物が犬でないことに気づいた。

「おっ、あっ、はい！　ありがとう、ごじゃいましゅ！」

「だからって、絶対に俺以外に身体を許すなよ」

四つん這いになっていたのは、ギルド職員の制服を着た女性だった。

揺れていたのは、犬の毛じゃなくて、彼女の金髪だった。

遠目に見ても綺麗な女の人なのに、首輪をつけて、犬みたいな格好で、犬みたいな声を上げて、おじさまにお尻を押し付けている。

私は、とっさに積み上げられた樽の陰に身を隠した。

ていた。

でも、その現場を実際に見たのは初めてだった。

見たい。

おじさまがどんなことをしているのか。

どんな顔をしているのか、見たい。

暗視、拡大などの視覚強化魔法を発動する。

意地悪そうな顔をしたおじさまに、私のお腹がきゅんと反応した。

それと同時に、私の前では見せたことのない表情を引き出したその女に、薄暗い憎しみを感じる。

嫉妬しているのに、いや、嫉妬しているからこそ、私の身体はどんどん昂っていく。

緩急をつけて、下着の上から股間を擦る。

お腹の奥に籠もった熱が、もっとして欲しいと溢れ出てくる。

身体の中から蕩けてしまいそうな感覚がする。

「ん、んっ……おじさまぁ……」

クリトリスに愛液を塗り付けるように弄る。

何度もしたせいか、それとも目の前でおじさまが性交している姿を見ているせいか、感じやすくなっている。

女の人の中を、おじさまがかき回す。

私の中を、おじさまの魔力がかき回す。

ああ、私も本物が欲しい。

「この、中に……」

指をずらし、入り口のある場所に触れる。

溢れてくる蜜のせいなのか、洗ったときとは感触が違うような気がする。

そこは緩やかに開いて、おじさまを求めていた。

恐る恐る、指の先端を少しだけくぐらせる。

ちょっとだけなら、大丈夫そうだ。

中と外を弄りながら、私はおじさまと一緒に昂っていく。

「お、おんっ！　あああぁぁ！　あおぉぉっ！　い、イグぅぅ！　ほぁ、あぁぁぁっ!?」

あの人、いきそうなんだ。

私も、もうちょっと、もうちょっとでいけそう。

「クリス、孕めっ！」

孕め？　その人とあかちゃんを作るの？

その人が好きなの？

私は殺意を込めてその女を睨んだ。

みしりと、私が手をついていた壁にヒビが入った。

ずるい、許さない。

私だって、おじさまのことが好きなのに。

もう、あかちゃんだって産めるのに。

「ひゃ……ひゃい!!　あおぉおぁぁぁあああぁぁぁぁっ!!」

私のあそこは、私の指先に悔しそうに吸い付きながら、絶頂した。

「ふう……いいマ○コだったぞ、クリス」

褒められているその女に少し嫉妬を覚えながら、下げていた下着を穿き直す。

そろそろ逃げなきゃ、見つかっちゃう。

覗いてたなんてバレたら、おじさまに悪い子だと思われてしまう。

そう思って立ち上がった私だったが、ぴたりと硬直してしまった。

見てしまった。

女の中からずるりと姿を現した、おじさまの――

それは、月明かりに照らされてそそり立っていた。

黒光りし、はち切れんばかりに張りつめ、禍々しく反り返っている。

その威容は、ただ見ているだけの私を、指一本たりとも動けなくするのに充分なものだった。

何、あれ。想像してたのとぜんぜん違う。

喩えて言うなら、大トカゲがいると聞いて討伐に行ったら、伝説のドラゴンがいたような感じだ。

肉の剣という喩えがあるのは知っているけど、あんなに恐ろしくて力強い魔剣は見たことがない。

おじさまは女の人の腰をぴったりと引き寄せて、動きを止めた。

女の人は心の底から気持ちよさそうな声を上げている。

でもそれ以上に、おじさまは何倍も気持ちよさそうな表情をしていた。

あんなに気持ちよさそうで幸せそうなおじさまの顔は見たことがなかった。

あかちゃんの素を注ぎ込んでいるおじさまの表情を見ていると、ゾクゾクする。

嫉妬の気持ちも忘れるぐらい、心が揺れた。

「あぁぁ……おじさまぁ……」

お腹の中にある女の器官が、おじさまに恋している。

熱されて、蕩けて、切なさに震えている。

そんなにも子作りが好きなのであれば、私も孕んであげたい。

もしも、私が他の女よりも、たくさんのあかちゃんを孕むことができたら。

きっと私のことが一番好きになってくれるはず。

おじさまの射精する姿を見ながら、私の身体はかつてないほどに昂っていく。

欲しい。

おじさまの精液、私も欲しい。

脈打ち、震える姿は、獲物を求める飢えた獣そのものだ。

何より、大きすぎる。

仮に私の中に入れたとしたら、おへそより上まで来てしまう。

たぶん手首よりは細いけど、それでもあんなのが入ったら二度と閉じなくなっちゃいそうだ。

「んんっ‼」

入れるのを想像してしまったせいか、お腹がおじさまのそれを欲しがっている。

無理、絶対無理……なのに。

おじさまのそこに、女の人が嬉しそうにしゃぶり付く。

私はごくりと生唾を呑んだ。

きっと、一度でも入れられたら、私もあんな風になっちゃうんだ。

おじさまの、お、お、おチンチンに逆らえなくなって、頭の中がそれでいっぱいになっちゃうんだ。

おチンチンを入れられて喜ぶだけの、メスにされちゃうんだ。

くらりと目眩がする。

よろめいて、数歩踏み出していた。

おじさまと目が合う。

あ、いけない。見つかってしまった。

「し、師匠……？」

呼んだはいいが、どうすればいいか分からない。

どうしよう、どうしよう、どうしよう。

怒られる？　それとも、次は私を犯してもらえる？

おじさまが口を開く前に、私は脱兎のように逃げ出していた。

私は悔しさと切ない疼きを抱えながら、宿へと戻った。

◇　◇　◇

部屋に駆け込んでドアを閉じる。

苦しくて、すぐにでもベッドに飛び込みたかった。

そして、めちゃくちゃに自分をいじめて、忘れてしまいたかった。

「もう、うるさい……」

イリナちゃんがじろりと私を睨む。

そう言えば、彼女がいた。

すぐに疼きを何とかしたいのに、これじゃあオナニーできない。

「また肉親に発情してるの？　どこか遠くでしてきなよ」

同調の祝福がまた勝手に発動しているらしく、彼女は不機嫌そうだ。

彼女は小動物系のくせに、私みたいに立場が下の相手には強気だ。

いや待って。それはおかしい。

なんでまだ私が下の立場だと思っているんだろう。

なんだか納得できない。

「覗きなんかしてきたんだ……穢らわしいものを見せないでよ」

「そんなことまで分かるの？」

「知りたくないのに、あなたのが勝手に入ってくるの……師匠が師匠なら弟子も弟子ね。あの男もいつもいやらしいことばっかり考えてたもの」

ついムッとしたせいで、魔力が強めに漏れる。

イリナちゃんは震えて股間を押さえた。

「も、もう！　何するの！　私を巻き込まないでよ！」

「さっきの話だけど、おじさまの考えも入ってきてたの？」

「……見たくなかったし、知りたくもなかったよ」

「ふーん、そっか……いいなあ」

ドロドロした気持ちが、イリナちゃんに向かってしまう。

同調の祝福によって敏感に感じ取ったのか、彼女は怯えたように身を竦めた。

こんなに簡単に怖がるなら、初めから強気にならなきゃいいのに。

「待って。エメリンよりも相性が悪いから。ほとんど同調しなかったから。ホントに時々だから」

「そっかー。ところで、おじさまのことをみんなに話したのはイリナちゃん？」

「…………」

イリナちゃんは口を閉ざして目を逸らす。

こんな状況での沈黙は、肯定も同義だ。

「まさか、私のは話さないよね？」

「話さない」

「本当かなあ？」

「本当に話さない。絶対に」

おじさまを裏切った人の口約束は信じないけどね。

じゃあどうするか。

私も弱みを握ればいい。

ちょうどオナニーしようと思っていたところだし、付き合ってもらおう。

無詠唱、威力強化で魔法錠を使い、ドアをロックする。

結界で音声を遮断し、イリナちゃんの手足に魔力の枷をつける。

仕上げとして、彼女の同調の祝福……仙蓮華に似た魔力の流れに無理矢理強化をかけた。

「な、何を!?」

「オナニーしようかと思って。イリナちゃんは気楽にしていいよ」

「やだ、だからやめてってて！」

イリナちゃんの意思を無視して魔力の経路を繋ぐ。

直接接触しなければ減衰率が高いが、賢者の膨大な魔力の前ではささやかな障害だ。

同調の祝福が彼女の意思を無視して私に開く。

手始めに、身体の中の魔力を意図的にうねらせた。

何度もオナニーするうちに、私は体内の魔力を意図した方向に自在に流せるようになっていた。

まずは内性器を中心に魔力を巡らせる。

「ひぅっ!? 何、今の……!?」

敏感で分かりやすい反応だ。

しっかりと身体の感覚も繋がっている。

そのまま手も使って、敏感な箇所を手っ取り早く弄る。

イリナちゃんの乳首が早くもむくむくと持ち上がっているのが、薄い部屋着越しに見えた。

「あぁぁ……、おじさまぁぁ……愛してますぅ……!!」

「ふぅ……っ!?」

私は容赦なく、おじさまを思い浮かべてクリトリスを撫で回し、速やかに絶頂する。

イリナちゃんはイクまでは至らなかった。だけど、身体の準備はできたようだ。

余韻もそこそこに、私は自分への刺激を続ける。

彼女が私よりも乳首が弱いと分かると、だいぶ余裕を持って追い込むことができるようになった。

「んっ、あぁ……おじさまぁ……もっと……」

「やめて、ディックさんなんか大嫌いなんだから！」

もう一回絶頂して、彼女の意識下におじさまが大好きな気持ちを流し込む。

彼女の同調能力はほぼ私のコントロール下にあるので、思考は強めに、快感は弱めに調整しておく。

そうしているうちに、彼女はもじもじと身体を揺すり始めた。

「ど、どうしてこんな……、中途半端に……」

「イキたければ、自分で弄ってもいいよ。私は気にしないから」

私はそう言って、焦らすような刺激だけを送り続ける。

とうとうイリナちゃんは折れて、衣服の裾を捲り上げ、私の動きを真似するように、秘処に指を這わせていく。

あとほんのわずかの絶頂までの階段を、彼女は自分自身のぎこちない刺激で昇っていく。

私は魔力で彼女の仙蓮華を複製し、最後の一押しの刺激を受け取った。

初めての自慰に対する戸惑いが、彼女から伝わってくる。お返しに、おじさまに対しての大好きな想いをたっぷりと分けてあげる。

「あぁぁぁぁぁ……、おじさまぁ、おじさまのおチンチン欲しいですぅ……!!」

「いや、いやぁぁ……ディックさんなんかでいきたくない、ふあぁぁっ……!!」

今度は、私と彼女は同時に絶頂した。

肌を薄紅色に染め、汗だくになって喘ぐ姿は、同性の私から見ても艶かしく見えた。

あの女と同じ真っ白い肌、あの女と同じ金の髪。

もしかするとおじさまは私よりイリナちゃんの方が好みかもしれないという考えが湧いて、お腹の中でチクチクと痛みが育っていく。

「も、もう、いいでしょ？　絶対に誰にも言わないから、これ以上私をおかしくしないで……」

「あれ？　そんな約束したっけ？」

とぼけたような私の言葉に、彼女は目を見開き、絶望に震えた。

「私はオナニーするから、イリナちゃんはそのまま気楽にしててよ……ね？」

逃げ出そうとして這いずる彼女を尻目に、私は宣言通り自慰を続ける。

強制的に性的刺激を送り込まれた彼女は、ドアに縋り付くような姿勢で崩れ落ちた。

彼女の悲鳴は、誰にも届かない。

まだ夜は長い。

今度同じようなことがあっても、おじさまを追い出さないように、しっかりと覚え込ませないとね。

◇　◇　◇

その夜は劣等感と嗜虐心に突き動かされるまま、イリナちゃんをいじめて過ごした。

最終的に、イリナちゃんはおじさまをイメージしただけで身体がえっちな方向にスイッチが入るようになった。

面白かったけど、自分でライバルを作ってしまったような気がして釈然としない。

私も気持ちよくなれたのはいいけど、どこか虚しさだけが残った。

イリナちゃんが気を失うように眠った後、私は自問自答した。

ぐだぐだなパーティに所属し続けるべきか。

おじさまと関係を持った女に対抗するにはどうすればい

いか。

　結局、答えが出ないまま朝が訪れた。

　おじさまがいることを期待して、冒険者ギルドへ向かう。

　ギルドのテーブルで、瞑想しているかのように目を閉じて何かを考えているおじさまを見つける。

　おじさまの姿を見ただけで、心臓が切なそうに跳ねた。

　ああ、やっぱり、私はあなたがいないとダメです。

　私はずっと、あなたと一緒にいたいのです。

「師匠。またお会いしましたね」

　気づけば、私は何の考えもなしにおじさまに声をかけていた。

　おじさまは目を開き、私を見つめた。

　ただそれだけで、私は無上の幸せを感じてしまう。


　その数十分後、私はおじさまによって比べ物にならないくらい幸せにされてしまうのだが、当時の私には知る由もなかったのであった。

あとがき

はじめまして、淡海翁人と申します。

このたびは本書を手に取って頂きありがとうございます。

手に取る時、周りの目が気になりましたよね？　レジの店員が女性だった方、ドキドキしましたよね？　持ち帰る際、うっかり落として紙袋から本書が飛び出したりしたら……なんて想像が脳裏を過りましたよね？　そんなほの甘いトキメキを少しでも味わって頂けたなら、わたくし、望外の歓びです。

そうでもない、普通に買ったよって方、あんたの勇気をオイラにも分けてくれえええええ。

改めまして、ノクターン版からの読者の方、お久しぶりです。

内容はもう頭に入ってると思いますので、本文飛ばして存分に挿絵でシコりましょう！　Shall we jack off !!

まあ、実は書き下ろしもあるんですけどね。

おそらく皆様の中には、あとがきから読むタイプの方もいらっしゃると思います。

ですので、この辺りでネタバレにならない程度に最重要作中用語である［ティンポ師］の解説をやっておこうかと思います。

ティンポ師というのは、読んで字の如くティンポで戦う職業です。

具体的にはチンポ力を高めてカンフーします。

主人公はティンポ師のパワーとスキルでカンフーしつつ敵を倒したり、それと別に趣味で女をコマしたりしながら、都市に潜む邪悪な陰謀と戦います。

だいたいそんな話です。

アタシ嘘は言ってないよ。嘘は。

でもカンフーには謝ります。ごめんなさい。

初めての出版で不慣れな私にいつも迅速かつ手厚く対応して下さった担当編集様、ご多忙な中に可愛くて可愛くてめっちゃ可愛くてシコい絵を手がけてくださったｓａｂｅｔ様、ウチが不安になると撫で撫でヨシヨシしてくれた優しい妻、本書の出版・流通に携わった全ての皆様に、深く御礼申し上げます。

そして、最後まで読んでくださったあなた。ありがとうございました。

キャラクターデザイン案

BEGINNING NOVELS

勇者パーティから追い出された俺は「ティンポ師」として生きることになった

2018年12月25日　初版発行

【小説】
淡海翁人

【イラスト】
sabet

【発行人】
岡田英健

【編集】
山崎竜太

【装丁】
マイクロハウス

【印刷所】
図書印刷株式会社

【発行】
株式会社キルタイムコミュニケーション
〒104-0041　東京都中央区新富1-3-7ヨドコウビル
編集部　TEL03-3551-6147／FAX03-3551-6146
販売部　TEL03-3555-3431／FAX03-3551-1208

ISBN978-4-7992-1212-7　C0093

本書は小説投稿サイト「ノクターンノベルズ」（http://noc.syosetu.com/）に掲載されていたものを、
加筆の上書籍化したものです。

本作品のご意見、ご感想をお待ちしております

本作品のご意見、ご感想、読んでみたいお話、シチュエーションなどどしどしお書きください！
読者の皆様の声を参考にさせていただきたいと思います。手紙・ハガキの場合は裏面に
作品タイトルを明記の上、お寄せください。

◎アンケートフォーム◎　**http://ktcom.jp/goiken/**

◎手紙・ハガキの宛先◎
〒104-0041 東京都中央区新富 1-3-7 ヨドコウビル
(株)キルタイムコミュニケーション　ビギニングノベルズ感想係